개정판

온라인게임 스토리텔링의 서사시학

온라인게임 스토리텔링의 서사시학

저자 소개

이용욱 _ 전주대학교 인문대학 국어국문학과 교수

사이버문학에서 출발하여 디지털스토리텔링까지 다양한 모색을 시도하고 있
지만 여전히 학문의 미로에서 헤매고 있는 실없는 테세우스

사람을 만나는 것만큼 온라인게임을 즐겨하는 ¥人¥GA 인터넷상에 인문인
(http://www.inmunin.com)이라는 사이트를 운영하고 있으며, 전주대학교
국어국문학과에서 문학은 여전히 유효하지만 소설은 그 시효가 다했다고 강
의하고 있는 무규칙이종격투기연구가

주요 저서 『사이버문학의 도전』, 『문학, 그 이상의 문학』

개/정/판
온라인게임 스토리텔링의 서사시학

초 판 발행 2009년 6월 30일
개정판 발행 2010년 10월 5일

지은이 이용욱
펴낸이 최종숙
편 집 권분옥 박윤정 이소희 이태곤 박선주 임애정
디자인 안혜진
마케팅 문택주 안현진 이희만

펴낸곳 글누림출판사
주 소 서울시 서초구 반포4동 577-25 문창빌딩 2층
전 화 02-3409-2055(편집), 2058(마케팅)
팩 스 02-3409-2059
등 록 2005년 10월 5일 제303-2005-000038호
홈페이지 www.geulnurim.co.kr
전자우편 nurim3888@hanmail.net

값 24,000원
ISBN 978-89-6327-095-1 93800

개정판

온라인게임 스토리텔링의 서사시학

이 용 욱

글누림

머리말

세 번째 책을 내게 되었다. 학술지와 문학잡지에 실었던 논문들을 모아 펴낸 두 번째 책『문학, 그 이상의 문학』은 평론집이었으니, 1996년『사이버문학의 도전』을 낸 이후 14년 만에 두 번째 이론서를 출간하는 것이다. 14년이라는 긴 시간 동안 결국 난 한 발자국 정도 움직인 셈이다. '사이버문학'에서 '디지털서사학'으로 한 걸음을 떼기 위해 보낸 시간이 길 수밖에 없었던 것은, 문학을 버리고 서사로 나아가기가 그만큼 힘들었기 때문이다.

『사이버문학의 도전』에서 나는 소설이 변화해야 한다고 주장했었다. 컴퓨터라는 글쓰기 도구와 인터넷이라는 소통 공간이 문학에 미칠 영향을 인정하고, 재현에 대한 진지한 모색과 상상력의 스펙트럼을 확장시키는 적극적인 시도를 통해서만 소설이 살아남을 수 있다고 판단하였다. 최근 한국 소설의 신경향인 환상성과 이미지의 강조, 문자의 한계를 뛰어넘는 상상력의 비물질화 등은 소설이 새로운 모색과 시도를 통해 변화하고 있음을 보여주고 있다. 소설은 앞으로도 살아남을 것처럼 보인다. 그런데 왜 난 지금 소설을 버리려는 것인가?

세르반테스의『돈키호테』는 마지막 로맨스인가, 최초의 소설인가? 분명한 건 로맨스의 형식을 빌려 로맨스의 조종(弔鐘)을 울렸다는 것이다. 마지막과 최초는 이처럼 서로 연결되어 있다. 최근의 한국 소설 역시 마지막과 처음의 연결고리임에 분명하다. 소설은 살아남을 것처럼 보이지만, 리얼리티를 포기하면서, 재현에 대한 오랜 부채감에서 벗어나면서, 지금 소설은 그 내부로부터 붕괴되고 있다. 내가 소설을 버리기로 한 것은 소설이 더 이상 신화(新話)가 아니기 때문이다. 소설은 죽어도 서사는 살아남을 터이니, 새로운 시대에 걸맞은 새로운 이야기 양식에 대한 학문적 관심은 어쩌면 당연한 욕망일는지 모른다.

로망스에서 소설로 서사양식의 변화 이면에는 우리가 알아차릴 수 없을 만큼 복잡한 단계와 다양한 변수가 존재하였다. 나는 단연코 지금이 소설에서 새로운 서사양식으로 이행되는 과도기로 판단한다. 결국 내 14년은 시행착오를 거치면서 복잡한 단계와 다양한 변수를 확인하는 시간이었다. 그리고 지금 이 책을 통해 소설을 대체할 새로운 서사양식에 대한 무모한 첫 발언을 시작하고자 한다.

엄정하게 말하면 이 글은 저자 서문이 아니라 편집자 서문이라 해야 마땅하다. 이 책을 쓰기 위해 참조한 많은 정보와 지식들은 때로는 영감을 주었고, 인용이나 각주의 형태로 책의 일부분을 형성하고도 있다. 집단지성의 일원으로서 참여한 글쓰기 작업은 즐거웠으나 이름을 끝내 지우지 못한 것은, 책이 갖는 관습 때문이기도 하지만 내가 한 발언에 대해 책임을 져야겠다는 생각에서이다. 냉철한 비판과 올바른 지적을 기대한다.

네 번째 책은 빨리 나올 것 같다. 이왕 첫 걸음을 뗐으니 속도를 낼 생각이다. 아마도 그 속도는 집단지성의 진화와 연동될 것이다. 불혹(不惑)의 나이에 첫 걸음을 떼는 건 흥미로운 경험이다. 이제 겨우 지우학(志于學)이다. 이립(而立)이 목표다.

저자 **이 용 욱**

CONTENTS

Chapter ❼ 온라인게임 서사의 제 문제__229

Chapter ❽ 디지털서사학의 전망과 쟁점__289

Chapter ❶ 디지털스토리텔링과 디지털서사학

1. 디지털스토리텔링과 디지털서사학의 개념과 범주

최근 들어 국어국문학계에서 논의의 중심이 되고 있는 연구 영역은 단연 '디지털스토리텔링'과 '디지털서사학'이라는 낯선 주제들이다. 낯섦의 표층적 의미는 가장 아날로그적인 서사양식인 문학 연구 주제에 '디지털'이라는 접두사가 붙어 있는 영역을 포섭하는 것이 과연 합당한가에 대한 의문이라면, 심층적 의미는 우리가 종래 알고 있던 서사(敍事)와 근본적으로 이질적인 디지털서사물들을 서사학의 범주 안으로 끌어들이는 것에 대한 불안이다.

그러나 의문과 불안에 대한 반작용인지, 아니면 국어국문학 연구의 새로운 모색인지 아직 판단할 수는 없지만 최근 몇 년 동안 대형 학회들을 중심으로 디지털스토리텔링과 디지털서사학은 학술대회의 주요한 주제로 다루어지고 있다.

'디지털스토리텔링과 영상의 미래'나 '디지털미디어의 서사학'처럼 주제를 직접 언급하거나, 재검토, 새로운 경향, 새로운 모색 등으로 풀어 쓴 차이만 있을 뿐 국어국문학의 연구 주제로 '디지털스토리텔링'과 '디지털서사학'이 확실히 포섭된 것은 분명해 보인다.

일시	주제	학술대회명	학회명
2005년 5월 28일~29일	국어국문학 학문후속세대를 위하여 : 제12분과 디지털스토리텔링과 문학	제48회 전국 국어국문학 학술대회	국어국문학회
2006년 2월 10일	한국문학 연구 방법의 재검토	한국문학연구학회 제69차 정기학술대회	한국문학연구학회
2006년 5월 26일	디지털시대의 국어국문학	제49회 전국 국어국문학 학술대회	국어국문학회
2007년 4월 26일~27일	디지털스토리텔링과 영상의 미래	한국문학이론과비평학회 2007 전국학술대회	한국문학이론과 비평학회
2008년 6월 20일	한국 서사학의 새로운 경향	한국문학이론과비평학회 2008 전국학술대회	한국문학이론과 비평학회
2008년 10월 24일	한국어문학 환경의 변화와 연구방법론의 새로운 모색	2008년도 어문연구학회 전국학술대회	어문연구학회
2009년 4월 11일	디지털미디어의 서사학	2009년 한국서사학회 전국학술대회	한국서사학회

그러나 이런 학문적인 움직임에도 불구하고 '디지털스토리텔링'과 '디지털서사학'의 개념과 범주는 아직 구체화되지 못하고 있다. 논자들에 따라 시각이 다를 뿐 아니라 논의의 무게중심이 어디에 위치하느냐에 따라 범주 설정이 제각각이기 때문이다. '디지털스토리텔링'과 '디지털서사학'의 개념과 범주에 대한 기왕의 논의를 정리해 보면 다음과 같다.

단순히 디지털 매체를 통한 이야기 공유로 해석하거나(권영운·정형철), 표현 수단의 변화로 접근하거나(이인화), 서사 행위에 새로운 기능이 추가된 것으로 보거나(곽정연), 기존의 서사방식과는 다른 미학적 특징이 있다는(이용욱) 정의항들은 그러나 디지털매체가 서사에 영향을 주고 있다는 것을 일관된 전제로 삼고 있다.

논자	디지털스토리텔링의 개념	발표 연도
권영운	한 사람의 이야기를 다양한 매체, 즉 디지털 환경에서 디지털소프트웨어에 의해 제작된 영상, 텍스트, 음성, 사운드, 음악, 비디오, 애니메이션을 통해 서로 공유하는 과정	2003
이인화	디지털 기술을 매체환경 또는 표현수단으로 수용하여 이루어지는 스토리텔링	2005
곽정연	디지털 매체에서 일어나는 모든 서사행위이며 디지털매체의 네트워크 기능과 하이퍼텍스트 기능 중 하나를 활용하는 것으로 구별	2006
정형철	지식 전달의 구술적 전통을 바탕으로 개인의 정체성 형성과 연관된 주요한 체험을 다른 사람들과 공유	2006
이용욱	디지털 환경에서 구현되는 다양한 서사체의 이야기하기 혹은 듣기 방식이며 쌍방향 소통체계, 멀티미디어 환경, 인터랙티브한 서사경험, 사용자중심 서사, 버추얼 리얼리티의 구현, 무한확장과 비선형적 구조가 특징	2009

언급된 논의들을 단순화해보면 '디지털매체가 스토리텔링 방식에 영향을 주어 새롭게 나타난 이야기 방식'이 디지털스토리텔링이며, 논자들의 접근 방식에 따라 매체 특성에 따른 공유와 경험 방식의 차이, 기술의 진보와 연동된 서사 구조의 변화, 멀티미디어 매체 환경에 따른 서사 요소의 통합 등으로 범주화할 수 있다.

디지털서사학은 '디지털스토리텔링을 기반으로 한 멀티미디어 서사 텍스트'의 미학적 규범을 연구하는 학문 영역으로 정의 내려진다. 좀 더 구체적으로 접근하기 위해서는 서사학에 대한 제럴드 프랜스의 견해를 먼저 살펴볼 필요가 있다. 서사의 초언어적 보편구조에 주목한 그의 이론이 디지털이라는 새로운 테크놀로지와 거기에서 파생하고 있는 '서사체' 사이의 관계를 해석하는 데 유의미하기 때문이다. 제럴드 프랜스는 서사학을 '모든 서사물의 서사물로서의 공통점과 상이점을 연구'하는 학문으로 정의내리고, 서사학이 서사문법을 규명해 내어야 한다고 보았다. 서사문법이란 서사물의 원리와 특징을 설명하는 형식 모델이며, 서사물의 본성에 관한 인간의 보편적인 직관에 근거하여 서사물을 이루는 근본 규칙이다.[1]

제럴드 프랜스의 서사이론에서 가장 인상적인 것은 매체적 특수성의 제약을 넘어 서사의 초언어적 보편구조에 주목하고 있다는 것이다. 디지털이라는 매체는 인류가 발전시켜온 그 어떤 매체보다도 통합(統合)적이고 통섭(統攝)적이다. 개별적 모노미디어를 보편적 멀티미디어로 전환시키는 디지털의 강력한 매체통일성은 매체의 특성에 의존해 온 단위 서사체들의 변별적 자질들을 무력화시키면서 서사성(敍事性)에 대한 기존 접근방식의 혁명적인 수정을 요구하고 있다. 서사물의 층위를 서술행위와 서술대상으로 나누고 '어떻게 이야기하느냐'보다는 '무엇을 이야기하느냐'를 강조했던 프랜스의 서사학 개념이 디지털서사학의 전거(典據)가 될 수 있는 것은 디지털이 서술행위의 매체적 특수성을 제거하고 그 자리에 멀티미디어로 형상화된 이야기만을 남겨놓았기 때문이다.[2]

디지털의 등장으로 언어적 서사와 비언어적 서사라는 구분은 모호해지면서 '디지털서사'라는 초언어적 보편구조가 가능해졌고, 이를 근거로 디지털서사학의 개념을 재조직화 해보면 '디지털이라는 기술의 발전이 가능케 한 다양한 디지털서사체간의 보편적 서사문법을 연구하는 학문'으로 정의 내릴 수 있다. 디지털서사체에는 컴퓨터게임, 하이퍼텍스트, 웹아트, 디지털아트 등이 포함되는데 디지털서사학은 개별적인 디지털서사체의 서술행위를 연구하는 데에서 한걸음 더 나아가 디지털서사체 일반의 서사규범을 밝히는 데 학문적 목적이 있다.

디지털서사체에서 작가(writer)는 편집자(editor)로, 독자(reader)는 행위자(performer)로, 쓰기(writing)와 읽기(reading)는 놀이(play)로 각각 치환된다.

---

1 제럴드 프랜스 저, 최상규 역, 『서사학 : 서사물의 형식과 기능』, 문학과지성사, 1988 부분 요약.
2 디지털이 형상화하고 있는 이야기가 아직 우리에게 낯설다면 그것은 멀티미디어에 대한 낯섦 때문이다. 디지털서사체를 온전히 받아들이기 위해서는 보이는 방식이 아니라 하고 있는 이야기에 주목해야 한다.

디지털서사학은 이 같은 변화가 왜 발생했는지, 서사성에 어떤 영향을 초래했는지, 디지털서사문법은 어떤 것인지를 미학적으로 규명하고 지지해 주어야 한다.

디지털서사학의 하위 영역으로는 디지털서사체의 미학적 형식에 집중하여 '위치',[3] '행위',[4] '소통'[5]을 연구하는 서사행위 이론이 있고, 디지털서사체의 개별 장르에 집중하는 서사장르 이론이 있으며,[6] 디지털서사체 내에서의 이야기의 변주, 상호텍스트성, 네트워크와 구술성, 산업적 활용 등을 연구하는 서사텍스트 이론[7]이 있다.

디지털서사학에서 우리가 간과해서 안 될 것은 디지털서사를 기술(記述)형 서사로 볼 것인가, 기술(技術)형 서사로 볼 것인가 하는 부분이다. 디지털서사학이 문학 연구의 범주에 속하기 위해서는 어떻게 이야기하느냐 보다는 무엇을 이야기 하느냐에 무게중심을 두어야 한다. 우리가 컴퓨터게임이나 웹아트를 텍스트로 상정할 수 있는 것은 행위자들이 디지털텍스트를 통해 이야기를 만들거나 이야기를 듣거나 이야기를 하기 때문이다. 컴퓨터게임은 문학은 아니나 서사이기 때문에 형식을 초월한 보편적 서사규범을 내재하고 있다. 디지털서사학이 컴퓨터게임을 연구한다면 그것은 게임 자체의 장르적 속성에 주목하는 것이 아니라 게임 속에 녹아들어간 이야기의 서사규칙이 언어적 형식으로 추출될 수 있기 때문이다.

---

3 편집자와 행위자가 텍스트의 어디에 위치해 있는가를 연구하는 서사행위이론

4 행위자와 행동자를 구분하여, 텍스트를 탐색해나가는 서사주체를 연구하는 서사행위이론

5 편집자와 행위자, 행위자와 행위자, 행위자와 행동자, 편집자와 행동자, 행동자와 행동자 사이의 소통 관계를 연구하는 서사행위이론

6 게임학(ludology) 같은 것이 대표적인 디지털서사학에서의 서사장르 이론이다.

7 구비문학적 관점에서 웹의 구술성과 텍스트의 열린 가능성을 연구하는 경향이 이 범주에 속한다.

2. 디지털서사학의 학문적 위상

1) 디지털서사학의 전 단계

국내 디지털서사학의 학문적 위상을 이해하기 위해서는 그 전 단계였던 사이버문학론을 먼저 살펴보아야 한다. 사이버문학론은 비록 학문적 논의 과정이 짧았고, 구체적인 텍스트가 부재했으며, 이론화 과정에서 많은 약점이 노출됐지만 컴퓨터와 인터넷의 등장이 문학 혹은 예술을 어떻게 변화시킬 것인가에 대한 가장 한국적인 반응이었다는 점에서 유의미할 뿐 아니라 디지털서사학이 출현할 수 있도록 필요충분조건을 형성해 줌으로써 서사이론의 발전과정에 연결고리 역할을 해 주었다.

사이버문학은 1995년 PC통신 하이텔에 '사이버문학비평그룹 버전업'이라는 소모임이 개설되면서 게시판을 통해 진행됐던 일련의 문학논쟁이 그 토대가 되었다. 1996년 국내 최초의 컴퓨터와 인터넷상의 문학 행위에 대한 이론서인 『사이버문학의 도전』(이용욱, 토마토)이 단행본으로 출간되고 그해 가을 계간 사이버문학 『버전업』이 창간되면서 사이버문학론은 가상공간을 벗어나 현실공간의 문학 이슈로 등장하였다. 그러나 사이버문학론은 이론만 난무하고 실제 작품분석이 뒷받침되지 못했고, 『버전업』에 지나치게 의존함으로써 학문으로서의 담론 생산성에 치명적인 약점이 노출되었다. 결국 1999년 『버전업』이 종간됨으로써 사이버문학론은 공식적으로 문학판에서 퇴장하게 된다.

『버전업』이라는 구심점은 사라졌지만 사이버문학을 주장했던 논자들은 그동안의 논의를 토대로 개별적인 연구 활동에 주력하게 되면서, 사이버문학론을 정리하고 그 다음의 학문적 모색을 시도하는 결과물들이 2000년 이후 학위논문과 단행본의 형태로 나타나게 된다.

박사학위논문으로는 「정보화사회 문학 패러다임 연구-사이버리즘의 이론적 모색」(이용욱, 한남대학교, 2000)과 「웹 게시판소설의 서사연구」(김진량, 한양대학교, 2000), 「디지털기술과 한국현대시」(이성우, 고려대학교, 2005) 등이 나왔고, 단행본으로는 김재국의 『사이버리즘과 사이버소설』(국학자료원, 2001)을 시작으로 『사이버문학론』(신범순 외, 월인, 2001), 『사이버문학의 이해』(김종회 편, 집문당, 2001), 『다매체문화와 사이버소설』(최병우, 푸른세상, 2002), 『문학, 그 이상의 문학-사이버문학론의 연대기적 보고서』(이용욱, 역락, 2004), 『사이버소설의 미적 구조와 세계관 연구』(김진기 외, 박이정, 2004), 『사이버문화, 하이퍼텍스트문학』(김종회 편, 국학자료원, 2005), 『우리시대 우리문학 사이버문학-사이버 소설과 타자성의 환상적 지형도』(나은진, 한국학술정보, 2008) 등이 출판되었다. 연구 성과를 개별적으로 논의하지 않은 것은 2000년 이후의 사이버문학론이 1990년대 사이버문학론에서 한 발자국도 나아가지 못했기 때문이다. 정리, 그 이상도 이하도 아닌 평범한 논문들이 묶여 단행본으로 출간됨으로써 사이버문학론은 더욱 급속히 힘을 잃어갔다.[8]

사이버문학은 가장 한국적인 현상이었다. 미국 학자들이 문학이 웹으로 들어가 하이퍼텍스트라는 이질적인 장르를 만들어내는 것에 환호했다면, 한국의 사이버문학론자들은 컴퓨터와 인터넷이 문학의 전통과 관습을 어떻게 고쳐 쓰는지에 흥미를 가졌다. 하이퍼텍스트는 2차원적인 아날로그 텍스트에서 3차원적인 디지털 텍스트로 차원 이동을 한 것이지만, 한국의 사

---

8 2003년 귀여니가 혜성처럼 등장하면서 대중들이 그녀의 소설에 열광하자 '인터넷소설'이라는 신조어가 나타나게 됐고, PC통신 시절의 유산처럼 쇠락해버린 사이버문학이라는 용어는 '인터넷소설'에 밀려 그 지시력을 상실하게 된다.

이버문학은 텍스트를 해체시킬 생각은 하지 못한 채 그 안에서 새로운 해석을 하려고 노력하였다. 결국 그것이 한계였다.

사이버문학론이 정리 수순을 밟고 있을 때 한쪽에서는 전혀 새로운 각도로 서사에 접근하려는 시도가 생겨나기 시작했다. 2001년 자넷 머레이의 『사이버서사의 미래-인터랙티브 스토리텔링』(한용환 외 역, 안그라픽스)과 조지 랜도우의 『하이퍼텍스트 2.0』(여국현 외 역, 문화과학사)이 번역 출간되면서 디지털의 등장이 예술에 미칠 영향에 대한 새로운 시각이 소개되었다. 문학에서 한발국도 벗어나지 못했던 우리와 달리 텍스트 개념을 확장시켜 서사 일반으로 접근하는 서구 학자들의 다양한 시도는 사이버문학론에 식상해있던 연구자들에게 학문적 관심을 불러일으켰고, 특히 하이퍼텍스트는 문학을 포기 안하면서도 문학을 이야기할 수 있는 대안으로 여겨졌다.

『하이퍼텍스트 문학』(류현주, 김영사, 2000)을 시작으로 『인터넷, 하이퍼텍스트 그리고 책의 종말』(배식한, 책세상, 2000), 『모든 견고한 것들은 하이퍼텍스트 속으로 사라진다』(최혜실, 생각의나무, 2000), 『하이퍼텍스트 이론』(정형철, PUFS, 2003), 『하이퍼텍스트-디지털미학의 키워드』(유현주, 연세대학교출판부, 2003), 『하이퍼텍스트 서사』(장노현, 예림기획, 2005) 등 유행처럼 출간된 하이퍼텍스트에 대한 국내 이론서들은 조지 랜도우의 저서와 같은 학문적 영향력을 발휘하지 못했는데, 그 이유는 한국 하이퍼텍스트 문학론도 사이버문학론의 실패와 마찬가지로 작품을 갖고 있지 못했기 때문이다. 하이퍼텍스트를 처음 국내에 소개한 류현주는 본인 스스로가 하이퍼텍스트 작가였지만 자신의 작품을 한국어로 번역하지 못하였고, 정부 예산을 지원받아 야심차게 추진됐던 하이퍼텍스트 프로젝트 〈언어의 새벽〉과 〈디지털구보〉는 처참하게 실패하였다. 세계 최대의 인터넷 포털사이트 중 하나인 네이버에서 '하이퍼텍스트'를 검색하였을 때 단 한 건의 하이퍼텍스트 작품도 검색되지 않는 현실은, 왜 우리나라에서 하이퍼텍스트 이론이 공허할 수밖에 없는가를 단적으로 말해준다.

국문학 연구자들이 사이버문학과 하이퍼텍스트문학 등 '문학'에서 빠져 나오지 못하고 있을 때, 서사체의 초언어적 보편 구조에 관심을 가지고 디지털 내러티브를 연구한 사람들은 미디어 전공자들이었다. 「디지털 내러티브에 관한 연구-상호작용성과 서사성의 충돌과 타협」(전경란, 이화여자대학교 신문방송대학원, 2002), 「영상미디어의 하이퍼텍스트 서사성에 관한 연구」(김영도, 추계예술대학교 영상문예대학원, 2003), 「영상서사의 하이퍼텍스트 내러티브 구조와 상호작용성(Interactivity)에 관한 연구」(김문희, 이화여자대학교 정보과학대학원, 2003) 등의 학위논문이 나오면서 문자에만 집중하고 있던 국문학 연구자들의 시야 확장에 자극을 주었다.

'사이버문학론'과 '하이퍼텍스트이론', 미디어전공자들의 '디지털 내러티브이론' 등은 결국 디지털서사학으로 가기 위한 징검다리였다. 디지털서사체의 미시적인 단계를 거쳐 서사학이라는 큰 밑그림을 그리기 위한 국문학 연구자들의 모색이 시작된 것이다.

2) 디지털서사학 논의를 위한 몇 가지 전제[9]

정보화사회로 급속히 사회 패러다임이 변화하면서 가장 아날로그적인 예술일 수 있는 문학에 대한 위기감이 높아지고 있다. 이는 기왕의 문학 위기설과는 그 성격이 다르다. 문학이 서사예술로서 가지는 재현의 능력에

---

9 디지털서사학 연구의 전제를 몇 가지 제안코자 하는 목적으로 쓰인 이 절에서 필자는 '서사물에서 서사양식으로', '리얼리티에서 버추얼 리얼리티로'라는 두 개의 테제를 제시하였다. 원래 기획은 '현실화에서 가상화로'와 '선험에서 체험으로'라는 두 개의 테제가 더 있었으나 이는 다음 작업의 과제로 넘기고자 한다.

대한 회의도 아니고, 상상력의 고갈에 따른 갈증도 아니며, 책과 문단으로 상징되는 문학 제도의 위기도 아니다. 문학이 문학 그 이상으로 확장되어 가고 있는데 그것을 해석하고 선도해나가야 할 연구방법론의 부재에 따른 학문적 공백과 무관심에서 파생된 문학이론의 정체(停滯)에 대한 불안이다.

물론 문학이 문학 그 이상으로 확장되어가는 것을(예를 들어 하이퍼텍스트나 게임서사 등의 디지털서사) 문자 서사가 아니기에 문학이 아니라고 단정짓고, 문학 연구의 대상 텍스트로 아예 상정하지 않는다면 위에서 언급한 문학위기설은 실체가 없어진다. 영화가 문학에 많은 빛을 지고 탄생했지만 지금은 개별적인 서사 예술로 그 예술적 지위를 확고히 했고, 문학연구와 영화연구가 독자적인 학문 영역을 형성하고 있음을 상기하면서 문학과 디지털서사를 분리하여 이해한다면 문학위기설은 무력화된다. 문학이 아닌데 그것을 연구할 방법론이 부재하다고 위기라고 말할 수는 없기 때문이다. 따라서 필자가 제기한 '문학위기설'이 설득력을 얻기 위해서는 디지털서사가 왜 문학의 연구영역으로 포함되어야 하는지가 먼저 설명되어야 한다.

소설이라는 장르의 탄생에는 산업혁명이라는 시대적 배경이 커다란 영향을 미쳤다. 산업혁명으로 인해 사회 질서의 지배 이데올로기가 바뀌었고, 생산 수단의 소유가 선천적으로 주어진 귀족 계급에서 후천적 노력에 의해 획득될 수 있는 부르주아 계급으로 사회 주체 세력이 대체되었다. 중세봉건질서가 무너지고 근대시민사회가 형성되면서 문학은 그 재현 대상과 형식을 바꾸게 된다. 소설은 새롭게 등장한 부르주아의 일상과 그들의 이데올로기를 재현코자 문학이 선택한 서사 양식이다. 중세를 대표했던 로망스는 그 서사적 지위를 소설에게 내주면서 역사 속으로 퇴장한 것이다. 소설은 로망스가 보여주었던 낭만적 환상의 세계가 아니라 현실적 일상의 세계를 텍스트에 재현하는 데 집중함으로써 자본주의를 대표하는 문학 형식으로 우월적 지위를 지금까지 누려왔다.

이제 우리는 산업혁명과 버금갈만한, 혹은 그 이상의 거대한 사회 변혁의 초입에 서 있다. 정보화혁명이라 일컬어지는 이 새로운 물결은 산업혁명이 그러했듯이 우리 일상의 모든 것을 바꾸고 있다. 생산 수단으로서의 자본은 정보로 주도권을 넘겼고, 부르주아는 그 사회적 지배력을 네티즌에게 양도했으며, 일상적 시민계급을 지시하던 '대중'이라는 용어는 '다중'으로 변경되었다. 이 같은 사회의 변화는 당연히 문학에게 새로운 서사 양식의 출현을 요구하고 있다. 만약 문학이 이 요구를 외면한다면 그것은 서사예술로서 지금까지 담당했던 역할을 포기하는 것이며, 자본주의와 그 종말을 같이하게 될 것이다.

서사문학의 발전 단계는 '신화 → 서사시 → 로망스 → 소설'의 순으로 진행되어 왔다. 사회의 변화에 맞춰 문학은 항상 새로운 장르를 만들어 온 것이다. 이제 문학 연구자들은 소설 그 다음에 올 서사 양식의 변화에 대해 학문적 관심을 가져야 할 때이다. 현존하는 문학의 위기는 이론의 위기이며, 서사는 디지털로 달려가는데 우리는 여전히 문자와 소설에 머물고 있음에 대한 반성적 비판이다.

우리는 아날로그식 문학의 디지털식 확장에 주목하여야 한다. 하이퍼텍스트나 게임서사는 문자와 문학적 상상력에서 출발하고 있지만 문자와 문자가 선택적, 임의적으로 연결되어 서사의 진행이 디지털화 되거나(하이퍼텍스트), 문자가 디지털 음영에 가려 보이지 않는다(게임서사). 이들은 지금까지 우리가 보아왔던 문학 서사와는 분명 다르지만 그 다름이 단절이 아니라 확장이기에 문학 연구의 대상이 될 수 있다.

디지털서사는 문학 장르 그 자체가 아니라 새로운 형식적 가능성을 아우르는 포괄적 개념이다. 정보화사회가 앞으로 탄생시킬 문학 장르가 하이퍼텍스트나 게임 서사가 아닐 수도 있다. 그렇지만 새롭게 등장할 문학 양식을 이해하는 데 디지털서사는 분명 유효한 키워드이다. 하이퍼텍스트나 게임을 문학으로 보자는 것이 아니라 그들에게서 보이는 디지털서사의 시학적 특징을 연구함으로써 앞으로 진행될 문학의 진화에 대한 학문적 단서를 확보하자는 것이다.

(1) 서사물에서 서사양식으로

디지털서사를 연구하기 위해서는 문학 연구 방법론의 전제가 서사물에 대한 연구에서 서사양식에 대한 연구로 옮겨져야 한다. 물론 이 같은 시도는 예전에도 있어왔다. R.스콜즈와 R.켈로그는『서사의 본질』(1966)에서 소설이라는 장르 자체의 불안정성, 그리고 소설을 서사 양식의 최후로 보는 일반적 통념의 허구성을 환기시켰다. 소설은 태생적으로 여러 가지 다양한 요소들—이른바 역사적, 모방적, 낭만적, 교훈적 요소들—로 구성된 복합적인 장르이며, 따라서 언제든지 이 다양한 요소로 다시 분해될 수밖에 없는 운명에 놓여 있다는 것이다. M.바흐친도 정의한 바 있듯이 소설은 그 자신의 고유한 형식을 가지지 않은 형식, 다시 말해 그 장르상의 속성을 확정적으로 규정할 수 없는 움직이는 서사 양식인 셈이다. 그리하여 그들은 소설을 고대 설화나 중세 로망스와 같은 미개한 서사 양식에서 진화된 최종적 산물로서가 아니라, 다만 다양한 서사 유형 중의 하나에 불과한 과도기적인 것으로 받아들일 필요가 있음을 강력히 시사한다.[10]

그러나 기왕의 문학 연구는 "문학은 문자예술이며, 서사 양식의 변화는 문자를 통한 스토리텔링 방식의 변화와 연동된다."는 테제로부터 자유롭지

---

10 변지연, 「소설에서 서사로」, 『21세기 문예이론』, 문학사상, 2005, 157~158면.

못하였다. 문학의 매체가 문자라는 사실은 여타 서사예술(영화, 드라마, 애니메이션 등)과 문학을 구분 짓는 가장 효과적인 방식이었지만 역으로 문자에 강박 당함으로써 문학 연구의 대상을 문자 텍스트로 한정하는 결과를 가져왔다. 스스로 연구의 대상과 범위를 좁힘으로써 매체로서의 문자의 영향력이 디지털에 의해 위협받고 있는 21세기에 문학 연구가 위기를 맞고 있는 것이다.

정보화시대 문학 연구가 탄력성을 갖기 위해서는 무엇보다도 문자의 강박에서 벗어나야 한다. 그러기 위해서는 문학 연구가 서사 연구로 확장될 필요가 있다. 서사 연구의 핵심이 만들어진 이야기(서사물)가 아니라 이야기를 만드는 방식(서사 양식)에 있다면 그 결과물이 굳이 문자일 필요는 없기 때문이다. 이미 국문학 연구의 한 경향으로 영화나 드라마, 애니메이션 같은 문자 이외의 매체 서사에 대해 문학이론을 적용한 연구 방법론이 등장하였고, 인터넷상에 디지털 문학 텍스트에 대한 관심이 사이버문학 이론으로 연결되기도 하였다. 그러나 여전히 우리는 디지털서사를 문학 연구 대상으로 삼는 데 주저하고 있다. 디지털 문학 텍스트와 디지털서사는 다르다. 디지털 문학 텍스트는 문자(비록 비트로 표시되지만)로 쓰인 것이지만 디지털서사는 문자와 여타 매체와의 하이브리드(hybird)이다. 디지털 문학 텍스트는 완결성을 갖지만 디지털서사는 결말이 끊임없이 차연된다. 디지털 문학 텍스트는 서사물이지만 디지털서사는 서사 양식이다. 우리에게 디지털서사가 낯설고 불편한 이유가 바로 여기에 있다.

비록 매체는 다르지만 영화나 드라마, 애니메이션 텍스트는 분석의 대상으로 삼고자 했을 때 이미 완결된 서사물의 형태를 갖추고 있다. 문학 연구자들이 완결된 서사를 분석하는 데 유용한 문학 연구 방법론으로 문학 이외의 서사물을 분석하고자 할 때, 서사의 완결성은 문자가 아닌 텍스트를 대상으로 삼는 데서 오는 심리적 불안감을 희석시키는 데 중요한 역할을 한다. 그러나 디지털서사는 문자만으로 이루어진 것도 아니며, 서사의 완결성은 환상에 불과하고 단지 그곳으로 가기 위한 부단한 과정만이 존재한다. 따라서 디지털서사는 문학이 아닐 뿐 아니라 기존의 서사 이론으로는 도저히 해석할 수 없는 기괴한 양식으로 우리에게 인식된다.

결국 이것을 극복하고 디지털서사를 문학 연구 대상으로 삼기 위해서는 문학 연구 방법론의 새로운 패러다임이 구축되어야 한다. 『학문적 문학연구에 있어서 '패러다임'의 변화』라는 1969년도의 에세이에서[11] 한스 로베르트 야우스는 문학적 방법의 역사를 개관하고, 현대문학연구의 하나의 '혁명'이 박두해 있다는 가설을 제시하고 있다. 그는 토마스 쿤(Thomas S. Kuhn)의 저술로부터 '패러다임(paradigm)'과 '과학혁명'의 개념을 빌려다가 문학연구를 자연과학의 절차와 유사한 과정으로 설명하고 있다. 즉, 문학연구는 사실(事實)과 증거(證據)가 점차적으로 누적되어 연속되는 각 세대로 하여금 문학이란 사실상으로 무엇인가를 인식하게 해주거나 개개의 문학작품을 올바르게 이해하게 해주는 과정이 아니라는 것이다. 오히려 문학연구의 발전은 인식의 코페르니쿠스적 전환, 발전 단계의 불연속성, 독자적인 출발점 등을 특징으로 한다. 따라서 한 시대에 문학연구를 주도했던 패러다임은 문학연구가 제기하는 요구사항을 만족시켜줄 수 없게 되면 버려진다. 그리고 문학연구를 위하여 보다 적합하고, 낡은 모델과는 무관한 새로운 패러다임이, 폐기된 접근법을 대체한다. 그러다가 현재를 위하여 과거의 문학작품을 설명해준다고 하는 그 기능을 감당할 수 없게 되면 또다시 새로운 패러다임으로 대체된다. 이 개개의 패러다임은 비평가가 문학에의

---

11 Hans Robert Jauss, 'Paradigmawechsel in der Literaturwissenschaft', *Linguistische Berichte*, no.3, 1969, pp.44~56.

접근에 사용하는 공인된 방법론적 절차―학문사회 내에서의 '정상적 normal' 문학연구방법―를 한정할 뿐만 아니라 공인된 문학의 정전(正典)까지도 한정한다. 다른 말로 한다면 하나의 주어진 패러다임은 해석의 기법은 물론 해석의 대상까지도 만들어낸다는 것이다.[12]

근본적으로 과학적 지식의 발전이 혁명적이라고 주장함으로써 과학의 진보가 누적적이라는 종래의 귀납주의적 과학관을 부정하는, 쿤의 패러다임이론에 근거한 야우스의 이 같은 진술은 디지털서사를 문학 연구 대상으로 삼기 위해서 왜 인식의 전환이 필요할지를 설명해 준다. 기존의 서사학으로는 디지털서사를 설명할 수 없다. 그것은 이미 한계에 다다랐고 디지털서사를 해석하기 위해서는 새로운 방법론이 등장해야 한다. 이 새로운 방법론은 기존 서사학의 연장선상도 아니며 축적된 지식의 결과도 아니다. 코페르니쿠스적인 인식의 전환만이 새로운 패러다임을 구축할 수 있다.

필자는 이 절을 통해 디지털서사를 포함할 수 있는 문학 연구가 가능하기 위해 몇 가지 인식 전환의 틀을 제시하고자 한다.

먼저 '文'의 개념을 확장시켜야 한다. 디지털 시대는 우리에게 문자를 단지 읽는 것이 아니라 들을 수도 있고(聞, 들을 문) 말을 건넬 수도 있고(問, 물을 문) 어루만질 수도 있게(捫, 어루만질 문) 해 주었다. 정보화사회가 만들어 낸 새로운 일상인 인터넷 공간에서 문자는 더 이상 글이 아니다. 글과 말의 경계에 걸쳐 있으며 글을 쓰고 읽는 행위는 '말한다' 혹은 '듣는다'라는 행위로까지 확장되고 있다. 문자는 텍스트에 고정된 기호가 아니라 누구나 손쉽게 만지고 수정하고 삭제할 수 있는 디지털 말뭉치이다.

한자어 文의 상형적 의미가 문신을 한 모양에서 유래되었고 '몸에 새기

---

12 로버트 C. 홀럽 저, 최상규 역, 『수용이론』, 삼지원, 1985, 13~14면.

다.'라는 뜻도 갖고 있음은 매우 의미심장하다. 아날로그 시대에 쓴다는 것은 문자를 종이에 새기는 일이었다. 새기면 다시는 고치기 어려웠고, 그렇기 때문에 문자의 권위는 강력했다. 그러나 디지털 시대에 쓴다는 것을 말한다는 것이다. 말은 고정적이지도 확정적이지도 않다. 유동적이며 상황 의존적이며 참여적이다. 문자가 구술의 속성을 가짐으로써 강력했던 권위는 도전받는다. 텍스트에 새길 수 없음으로 디지털 공간에서 文은 言으로 흩뿌려진다. 문자와 디지털이 만났을 때 이미 서사의 완결은 환상이 되어버린 것이다.[13] 따라서 문학은 수천 년을 지켜온 텍스트에 새기겠다던 文과의 계약을 파기하여야 한다.[14] 이제 문학은 聞學일 수도, 問學일 수도, 捫學일 수도 있다. 이것이 문학에 대한 첫 번째 코페르니쿠스적 인식 전환이다. 文의 동음이의어로 입과 귀와 손이 각각 표시되어 있는 問, 聞, 捫은 상징적이다. 인터넷은 정보화사회가 우리에게 열어놓은 새로운 일상의 門이다. 이제 우리는 그 문을 열고 들어가야 한다.

두 번째, 서사의 소통구조에 대한 근본적인 시각 변화가 있어야 한다. 디지털서사는 상호 소통, 상호작용의 실시간 커뮤니케이션을 근간으로 형성된다. 특히 실시간이라는 특징은 기존의 어떠한 서사예술도 보여주지 못했던 파격적인 소통 방식이다.

아날로그식 문학 소통구조의 전형적인 모델은 로만 야콥슨에게서 찾아볼 수 있다. 야콥슨은 「언어학과 시학」이라는 논문에서 언어적 의사소통의 도식을 다음과 같이 제시한다.

---

13 디지털 문학 텍스트가 서사의 완결성을 보여주는 것은 매체만 바뀌었을 뿐 기왕의 문학적 관습에서 아직 벗어나지 못하고 있기 때문이다. 여전히 시와 소설이 디지털 문학 텍스트의 유력한 장르가 되고 있음이 그 증거이다.

14 문자를 새기는 행위는 개인적 활동이며 그 행위가 끝나는 순간 완성되지만, 말을 하는 행위는 화자와 청자가 설정된 집단적 활동이며 화자와 청자 중 누군가가 더 이상 대화할 의사가 없을 때 끝이 난다. 완성이 미루어지는 것이다.

발신자는 수신자에게 메시지를 보낸다. 메시지가 전달되기 위해서는 또한 그것이 지칭하는 관련 상황이 요구되고, 이것은 수신자가 이해 가능한 것이어야 하고 언어라는 형식을 취하거나 언어화될 수 있는 것이어야 한다. 그 다음은 발신자와 수신자(다른 말로 하면 메시지를 약호로 전달하는 자와 그 해독자)에게 완전하게 아니면 적어도 부분적으로 공통적인 약호체계가 필요하다. 마지막으로 필요한 것은 발신자와 수신자 간의 물리적 회로 및 심리적 연결이 되는 접촉으로서 양자가 의사 전달을 시작하여 이를 지속할 수 있는 요소이다.[15]

그러나 디지털서사에서 발신자(작가)와 수신자(독자)는 그 기능과 역할이 수시로 자리바꿈할 수 있는 유동적인 지위이다. 야콥슨의 언어적 의사소통의 도식은 전통적인 문자 중심의 단방향 소통구조를 보여주는 것으로, 쌍방향 소통구조를 지향하는 디지털서사의 소통구조는 야콥슨의 도식을 다음과 같이 고쳐 쓴다.

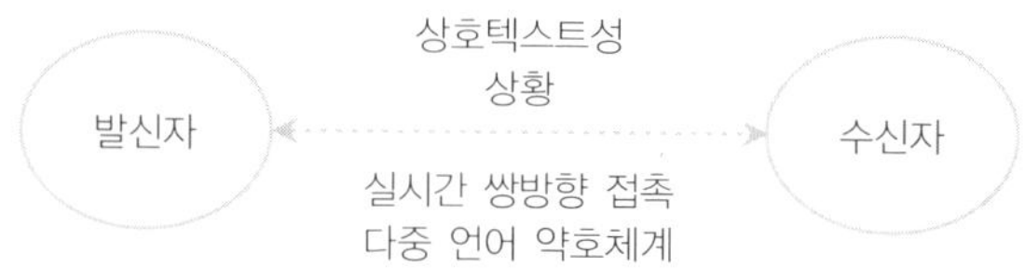

15 로만 야콥슨 저, 신문수 편역, 『문학 속의 언어학』, 문학과지성사, 1989, 54~55면.

위 도식에서 발신자와 수신자를 이어주는 쌍방향 화살표는 소통구조 전체가 쌍방향 소통구조로 이루어지고 있음을 의미한다. 수신자가 이해 가능한 것이어야 하며 언어라는 형식을 취하거나 언어화될 수 있는 것인 야콥슨의 관련상황(context)은 그것이 언어이든 비언어이든 디지털서사에서는 상호텍스트성으로 대체된다. 하이퍼텍스트에서 문장과 문장의 연결은 작가가 독서의 동선을 제시하고 독자가 따라 읽어가는 것이 아니다. 작가가 다양한 독서 동선을 제시하면 독자가 선택적, 임의적으로 스스로 동선을 만들어 가면서 읽는 것이다. 게임 서사에서도 서사의 진행은 게이머가 처한 상황에 따라 수시로 동선이 바뀐다. 수신자가 발신자의 의도와는 상관없이 텍스트와 직접 소통함으로써 context는 수신자가 이해 가능한 것이 아니라 소통 가능한 intertextuality로 치환된다.

여기서의 상호텍스트성은 줄리아 크리스테바가 이야기하고 있는 상호텍스트성을 고쳐 쓴 것이다. 크리스테바에게 상호텍스트성은 과거나 미래의 모든 담론들과 상호 의존하는 텍스트의 성질이다. 그녀는 어떠한 새로운 문학 텍스트들도 곧 텍스트들의 교차(intersection)라는 생각을 표현하기 위해 이 용어를 사용하였다. 즉 그것들은 변형된 과거의 텍스트들을 흡수하였고, 또한 미래의 텍스트들에 의해 흡수되고 변형되리라는 것이다. 크리스테바는 그러나 현재 텍스트가 실시간으로 변형될 수 있다고는 생각하지 않았다. 텍스트는 확정적이고 고정인 것이며 그 자체로 완결된 것이기에 다른 완결된 과거 혹은 미래의 서사와 연결되고 상호 영향 관계를 형성할 수는 있지만 독자에 의해 변형될 수는 없다고 본 것이다. 위 도식에서의 상호텍스트성은 과거나 미래가 아니라 현재 독자가 직접적으로 텍스트와 소통함으로써 실시간으로 이루어지는 텍스트의 변형(transformation)을 의미한다. '상호'는 텍스트와 텍스트 사이가 아니라 텍스트와 독자 사이를 지시한다.

아날로그식 소통구조에서 발신자는 수신자에게 메시지를 전달했지만 디지털식 소통구조에서는 메시지를 전달할 수 없다. 야콥슨이 제시한 도식에서 메시지는 작가가 독자에게 전하고자 하는 분명한 의도 혹은 의미였다면 디지털서사에서는 발신자와 수신자, 혹은 수신자와 텍스트가 상호 소통을 통해 메시지를 고쳐 쓸 수 있음으로 해서 메시지는 유동적이거나 가변적인 것으로 변질된다. 따라서 디지털서사에서 발신자가 수신자에게 전달하는 것은 수신자가 메시지를 스스로 만들 수 있도록 유도하는 특정한 상황이다. 독자의 참여를 유도하고 이끌어내는 서사상황이 작가에 의해 제시되면 독자는 상호텍스트성을 통해 그것을 소통 가능한 메시지로 바꾼 후 단순히 읽는 것에 머무는 것이 아니라 보고 듣고 임의적인 해석을 추가해 가면서 스스로 서사를 진행해 나간다. 이것이 가능할 수 있는 것은 접촉(contact)이 실시간 쌍방향 접촉으로 환치될 수 있기 때문이다.

마지막으로 발신자와 수신자에게 완전하게 아니면 적어도 부분적으로 공통적인 약호체계(code)는 디지털서사에서는 다중 언어의 약호체계로 대체될 것이다. 다중 언어의 약호체계는 문자를 포함하는 멀티 랭귀지이며, 나중에 다시 논의하겠지만 선험적인 것이 아니라 체험을 통해 형성된다. 인터넷 공간은 멀티미디어 공간이다. 그 안에서 소통되는 언어는 문자, 음악, 그림, 동영상 등 다양한 매체의 결합으로 표시되지만 실제로는 HTML이라는 단일한 방식으로 만들어진다. HTML(Hyper Text Makeup Language)은 비트(bit)라는 디지털 코드를 통합하고 통제하는 언어이다. 디지털 시대 문자는 스스로의 독창적인 표현방식을 포기하고 HTML의 규칙 안으로 종속된다. 문자 텍스트에서 단어와 단어, 문장과 문장은 2차원적(평면적)으로 연결된다. 선형적이며 인과적인 이 방식은 내용을 읽는데(reading) 유리하였다. 그러나 HTML은 단어와 문장의 연결을 3차원적(입체적)으로 수행한다. 다시 말해 단어나 문장에 필요한 경우 어떤 의미를 갖거나 어떤 기능을 수행할 수 있도록 지정해 줌으로써 문장을 층층의 연속체가 아니라 겹겹의 비연속체로 바꿔 놓는 것이다. HTML로 작성된 문서는 읽기(reading)가 불편한 것도 이 때문이다. 우리의 독서는 텍스트에 집중하지 못하고 훑어보기(scanning)를 통해 의미를 생산해 내야 하는데, 사용자는 긴 문서를 스크롤해 가며 큰 제목, 작은 제목, 리스트, 핫워드 등을 보면서 중간 중간의 하이퍼링크를 따라 다닌다. 이 페이지는 가독성을 위한 최적의 행간, 단락 나눔, 소제목과 적당한 하이퍼링크로 사용자가 페이지의 내용을 쉽게 파악할 수 있도록 디자인되었다.[16] 이 방식은 분명 전통적인 독서 방식과 다르다. 위에서 아래로 왼쪽에서 오른쪽으로 꼼꼼히 읽는 방식에서 이미 디자인된 표제어를 먼저 훑어보고 그중 관심이 가는 부분만을 선택적으로 찾아 읽는 방식은 독서 동선의 일관성과 인과성, 선조성을 해체시키고 있다. 훑어보기와 선택적 독서, 독서 동선의 자의성이 정보화시대 독서 패턴의 특징이라면 미래의 문학은 스토리와 플롯의 구성에 있어 아주 혁명적인 변화를 겪게 될 것이다.

아날로그 시대 책의 본문은 문자가 중심이었다. 다른 매체가 문자의 의미를 보충해 주거나 이해를 돕는 보조 수단으로 사용되기도 하였으나 문자만으로도 모든 의미는 충분히 전달될 수 있었다. 문자는 다른 매체와 경쟁할 필요가 없었고 책은 문자의 권위를 강조하고 재생산해 내는 중요한 도구였다. 그러나 디지털 시대 인터넷이라는 거대한 책의 본문에서 문자는 다른 여타 매체들과 경쟁해야 한다. 문자 역시 HTML 코드로 치환됨으로

---

16 이만재·이상선 공저, 『멀티미디어교과서』, 안그래픽스, 2005, 201면.

써 읽기라는 독창적인 방식을 포기할 것을 강요당하고 있다. 문학을 읽는 것으로만 한정짓는다면 다른 서사예술과의 경쟁에서 살아남기 어렵다. 동시에 읽기를 가장 오래된 관습으로 유지해 온 문학이 그것을 포기한다는 것 역시 쉬운 일이 아니다. 디지털서사는 이 딜레마를 해결할 수 있는 단서를 제공해 준다. 읽기와 쓰기를 동시에 진행하는 서사, 작가의 영역과 독자의 영역이 서로 넘나드는 서사라는 디지털서사의 소통 방식은 인류가 창조해낸 어떤 서사 방식보다도 진보적이며 혁명적이다.

야콥슨의 언어적 의사소통의 도식을 원용하여 레이먼 셀던이 만들어낸 아래 도식 역시 작가를 발신자로 독자를 수신자로 놓고, 텍스트를 매개로 하여 이루어지는 아날로그식 소통구조를 맥락화한 것이다. 이 도식만을 놓고 보면 작가는 텍스트를 통해 독자에게 의미를 전달하고, 독자는 텍스트를 통해 그 의미를 전달받을 뿐이다.

그러나 디지털서사는 실시간 쌍방향 소통구조를 통해 텍스트의 다성성을 지향하며, 의미 구축 작업의 주체로 작가와 독자 모두가 참여하는 체험형 문학이다. 따라서 셀던의 도식 역시 다음과 같이 고쳐 쓸 수 있다.

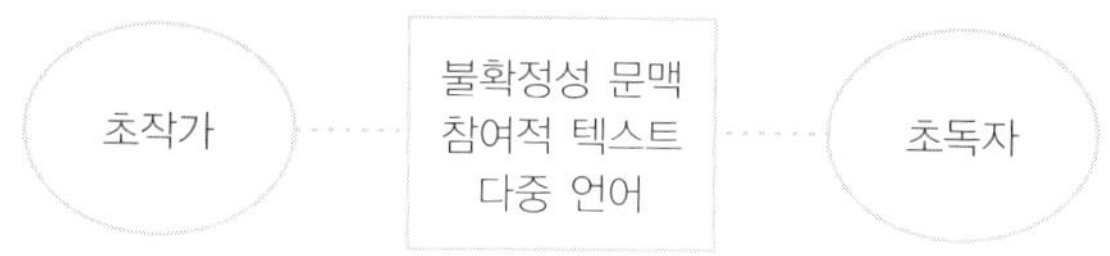

독자(초독자)는 작가에게 질문하거나 고쳐 쓸 것을 요구할 수 있으며, 작가(초작가) 또한 텍스트를 독자에게 열어놓음으로써 그 요구를 받아들여야 한다. 텍스트는 끊임없이 고쳐 써질 수 있는 여지로 인해 다성적인 텍스트가 되며, 의미의 확정은 끊임없이 연기된다. 오히려 의미는 초독자의 참여 상황과 독서 동선에 따라 그때그때 '새로 고침(refresh)'된다. 불확정적인 문맥이 우리에게 불안감을 준다면 그것은 '서사의 완결'이라는 문학의 환상에서 아직 벗어나지 못하고 있기 때문이다. 불확정성은 읽기와 쓰기를 동시에 진행하는 서사, 작가의 영역과 독자의 영역이 서로 넘나드는 디지털서사의 미학적 가치이자, 아날로그 환경(책)이 아닌 디지털 환경(인터넷)에서 문학이 문자가 여타 매체들과 경쟁하기 위해서 서사 구조에 양식화해야 할 중요한 맥락이다.

바흐친은 문학 텍스트의 의미가 마치 마을의 공유지처럼 주어진 사회 집단의 구성원들에 의해 서로 함께 공유된다고 말한다. 그것은 오직 의사소통의 한 행위로서 개인과 개인, 주관적 의식과 주관적 의식 사이에서 이루어지는 역동적인 관계 속에서 창출된다. 따라서 그의 경우 텍스트의 의미에는 최초의 의미도, 마지막 의미도 있을 수 없다. 이해될 수 있는 모든 것은 항상 의미라는 쇠사슬의 한 고리로서 다른 의미 사이에서 존재하며, 총체성 속에서의 의미만이 오직 유일하게 진실될 수 있다.[17] 바흐친이 말하는 공유하는 텍스트야 말로 가장 이상적인 디지털서사의 텍스트이나, 동시에 총체성을 거부하는 텍스트이다. 총체성이야말로 기존의 문학 관습이 가져다준 가장 견고한 환상에 불과하다. 다성적인 텍스트는 이미 총체성의 맥락 바깥에 위치해 있으며, 디지털서사의 언어적 기반인 다중 언어는 총체

---

17 김욱동, 『대화적 상상력』, 문학과지성사, 1988, 272면.

성을 생래적으로 구현할 수 없는 언어이다. 이 시대의 총체성은 정전(또는 원본)과 함께 소멸되어버린 것이다.

야콥슨과 셸던의 도식을 고쳐봄으로써 이제 우리는 문학에 대한 두 번째 코페르니쿠스적 인식 전환을 도출해 낼 수 있다. 텍스트는 이제 더 이상 고정적이거나 확정적인 것이 아니며 독자의 참여에 의해 물리적 형태의 변형이 실시간으로 가능한 열려 있는 다중 언어의 절합(切合)이라는 것이다.

디지털서사는 만들어진 결과물만 놓고 보면 결코 문학 연구의 대상이 될 수 없다. 그러나 서사가 만들어지는 과정에는 여전히 문학적 서사 양식들이 존재한다. 서사물에서 서사양식으로 문학 연구의 대상이 옮겨가야 하는 것은 디지털서사가 이어 쓰고 고쳐 쓰고 있는 문학의 서사 양식과 그 양상이, 문학의 미래를 추론해 볼 수 있는 학문적 단서가 될 수 있기 때문이다.

(2) 리얼리티에서 버추얼 리얼리티로

정보화사회는 우리에게 의사 체험의 공간인 가상현실(Virtial Reality)의 세계를 활짝 열어주었다. 현실 세계가 물질적인 공간이라면 가상현실의 세계는 비물질적인 공간이다. 지금까지 우리들은 오직 '볼 수 있는 것'만을 보아 왔다. 그러나 가상현실로 대표되는 정보화의 진전에 의해, 현실 세계에서 보는 것과는 구별되는 또 하나의 방식(컴퓨터를 통해 본다고 하는)이 동시에 성립할 수 있게 되었다. 이것은 인간의 인지와 이해에 커다란 영향을 미친다.[18] 현실공간에서 볼 수 있는 것과 컴퓨터를 통한 비현실공간에서 볼 수 있는 것이 모두 '보고 있다'라고 우리에게 인지된다 했을 때, 당연히 현실에서 '보는 것'과 비현실에서 '보는 것'의 거리만큼 '보일 수 있는' 상상의

---

18 『정보교류의 사회학』, 한국정보문화센터, 1995, 177~178면 재인용.

세계 또한 분명히 달라진다. '이전부터 존재해 왔던 일상세계'와 '가상현실로 구성되는 새로운 일상세계'가 공존하고 있는 지금, '보는 것'을 토대로 '보일 수 있는' 세계를 구현하고자 하는 문학의 상상력은 기왕의 일상세계와 새로운 일상세계가 어떤 공간적 특성을 갖고 있는가에 따라 그 형질 변화가 수반될 수밖에 없는 것이다.

따라서 가상현실의 세계가 보편화되거나 현실 세계와 동등한 비중을 지니게 될 때, 문학적 리얼리티는 지금까지 우리가 생각지도 못했던 전혀 새로운 형질을 갖게 될 것임은 자명하다.

리얼리티 논의에서 중심이 되는 것은 실재(재현대상)와 재현 사이의 지시관계의 문제이다. 여기서 논점을 다시 두 가지로 나누어 보자. 실재, 즉 재현 대상의 성격과 그것을 어떻게 파악할 수 있는가의 문제가 그 하나라면, 재현가능성 혹은 재현의 자기창조성 문제가 다른 하나이다.

첫 번째 문제는 철저하게 현실 변화와 그에 따른 인식론의 문제를 닮아 있다. 특히 격변하는 요즘의 현실과 문학에서 대단히 문제적인 대목이다. 소박한 의미에서의 리얼리즘 시대에는 재현대상은 질서정연하게 실재하는 것으로 여겨졌기에 재현과 실재 사이의 지시관계는 아주 명료하였다. 그러나 가상공간의 대두로 인한 버추얼 리얼리티의 대두는 리얼리즘 자체의 성격을 근본적으로 바꾸어 놓고 있다. 재현 대상이 비물질적이며, 시공간의 거리가 무화되어 있을 때 과연 그것을 실재라고 할 수 있을 것인가? 정보화사회의 문학은 바로 이 재현의 딜레마를 어떻게 풀어 나가느냐에 따라 새로운 문학 패러다임을 생산해낼지, 아니면 기존의 패러다임에 의지하여 전통적인 리얼리티의 세계로 침잠할지가 결정난다.

두 번째 문제인 재현가능성, 혹은 재현의 자기창조성 역시 버추얼 리얼리티를 리얼리티로 볼 것인지, 아니면 감각에 의존하는 환상으로 판단할지에 따라 그 결과가 달라진다. 버추얼 리얼리티를 리얼리티로 상정하고 그 재현 가능성을 전제한다면 문학적 실천이 기왕의 리얼리티와는 다른 재현의 자기창조성을 획득할 것이지만, 감각에 의존하는 환상으로 판단한다면, 버추얼 리얼리티는 기왕의 환상소설이나 과학소설의 상상력과 별반 다를 바 없게 된다.[19]

마이클 하임은 가상적인(Virtual)을 형상적으로는 주관과 독립해서 객관적으로 인지되거나 허용되지는 않지만 본질적으로 또는 효력을 미치는 면에서 존재하는 것으로, 현실(Reality)을 실제적인 사건, 사물 또는 일의 상태라고 해석하고, 버추얼 리얼리티를 효력 면에서는 실제적이지만 사실상 그렇지 않은 사건이나 사물이라고 정의하였다.[20] 언뜻 장 보드리야르의 시뮬라크르 개념과 유사한 듯 하지만 사실은 전혀 다르다. 시뮬라크르가 후기산업사회가 대중에게 제공한 감각적 이미지라면, 버추얼 리얼리티는 정보화사회가 대중에게 선사한 공감각적 이미지이다. 제공한 사회 패러다임의 문제가 아니라 제공된 이미지의 문제이다. 시뮬라크르가 시각을 우선시하는 반면, 버추얼 리얼리티는 시각과 청각, 촉각을 동시에 만족시켜 준다. 마이클 하임도 이 점에 착안해 버추얼 리얼리티의 일곱 가지 특징 중의 '상호작용'과 '온몸몰입'을 강조하고 있다.[21]

상호작용과 온몸몰입은 버추얼 리얼리티가 공감적인 이미지임을 드러내준다. 우리는 가상공간 안에서 실재하지 않는 무수한 이미지들과 상호작용을 통해 자신의 이미지를 구체화시키며, 그 과정은 가상과 현실의 빗금을 지우는 온몸몰입을 통해 이루어진다. 상호작용과 온몸몰입은 주체로 하여

---

19 우찬제, 「모든 것은 리얼하다」, 『포에티카』 97년 봄호, 101~102면.
20 마이클 하임 저, 여명숙 역, 『가상현실의 철학적 이해』, 책세상, 1997, 180면.
21 마이클 하임이 제시한 버추얼 리얼리티의 일곱 가지 개념은 시뮬라크르, 상호작용, 인공성, 몰입, 원격현전, 온몸몰입, 망으로 연결된 커뮤니케이션 등이다.

금 실재가 무엇인지에 대한 판단을 모호하게 해 준다. 버추얼 리얼리티는 모호해진 실재에 실재라는 체험적 판단을 덧씌운다. 의미의 실재를 상정할 수 없음으로 해서 추구해야 할 새로운 문학적 질서가 보이지 않는 이 시대에 문학은 몸을 바꾸어야만 한다. 문학이 진정 새로운 시대에 걸맞은 새로운 몸을 갖고 싶다면, 버추얼 리얼리티를 리얼리티의 영역 안으로 끌어들이려는 시도를 해야만 할 것이며 그 전범을 디지털서사에서 발견할 수 있다.

디지털서사 중 온라인게임 서사는 버추얼 리얼리티를 놀이의 형태로 재현하는 서사 양식이다. 온라인게임이 제공하는 버추얼 리얼리티는 온몸몰입을 통해 확실하게 구현된다. 문학 역시 몰입의 경험을 제공하지만 온라인게임의 온몸몰입과는 다르다. 문학은 감각의 모든 채널이 언어로만 대체될 수 있을 뿐이지만, 버추얼 리얼리티는 그 채널이 육체와 직접 연결된다. 우리의 몸이 곧 우리의 인터페이스가 되는 것이다. 따라서 문학과 온라인게임을 동일선상에 놓고 몰입이라는 의식적 수준으로 비교할 수는 없다. 몰입의 경험 역시 문학과 버추얼 리얼리티는 그 층위가 다르다. 문학의 몰입은 단기간의 기억에 의존하며 점강(漸降)적이지만, 버추얼 리얼리티의 몰입은 지우지 않는 한 영속적으로 보존되는 컴퓨터의 기억에 의존하며 그 세계 안으로 뛰어들 때마다 항상 새로운 몰입을 경험할 수 있어 점층(漸層)적이다.

나관중의 『삼국지』를 읽을 때 독자들이 경험하는 몰입은 바로 그 직전에 읽은 내용을 기억함으로써 가능하며, 그 기억은 책을 덮는 순간 사라진다. 또 동일한 책을 다시 읽을 때마다 몰입의 강도는 현저하게 약해진다. 작중 화자가 보여주는 것이 항상 동일하기 때문이다. 그러나 시뮬레이션 게임 〈삼국지〉는 유저가 게임 도중에 그만두게 되면 다음에 게임을 할 때까지 컴퓨터가 대신 기억하고 있다가 고스란히 유저에게 복원시켜 준다. 동일한 게임을 다시 시작해도 게임 캐릭터 중 누구를 플레이어로 선택하느냐에 따라 몰입은 매번 새로워진다. 소설이 버추얼 리얼리티만큼이나 강한 몰입 경험을 창조해내기 위해서는 텍스트의 형질 자체가 쌍방향의 멀티미디어 환경으로 변화하여야 하고, 인공 지능형의 하이퍼텍스트 기술이 요구되며 게임의 서사 양식을 차용해 와야 한다. 우리가 소설에 대한 관습을 수정할 수 있다면 〈스타트랙〉 텔레비전 시리즈 마지막 편인 〈스타트렉 : 보이저 호〉에서 제인웨인 선장이 보여준 홀로 노블(holonovel, 홀로그래픽으로 된 소설)이 아마도 소설의 미래적 형태가 될 것이다.

온라인게임의 상상력은 아이러니하게도 소설에 의해 소멸된 로망스의 상상력과 유사하다. 선과 악의 대립, 영웅의 등장과 그에게 주어지는 임무, 합당한 보상 등 온라인게임 서사의 원형적 상상력은 지극히 신화적이며 동시에 중세적이다.

로망스와 소설의 차이를 구분하면서 노드랍 프라이는 로망스가 "모든 문학의 형식 중에서 욕구 충족의 꿈에 가장 가까운 것"이라 하였다. 로망스는 지배계급에 속한 사람들의 이상이 투영됨으로써 덕 있는 주인공들과 아름다운 주인공들이 그들의 이상을 표상하고 악인들이 그것을 방해한다. 로망스의 플롯에서 본질적인 요소는 편력(quest)이기 때문에 자연히 로망스는 연속적이고 과정적인 형식을 지닌다. 또한 이 편력은 성공적으로 끝마치게 되는 형식으로 되어 있다. 등장인물의 성격이 너무 복잡하면 좋지 않기 때문에 로망스의 성격 묘사는 일반적으로 변증법적인 구조를 취하고 있다.[22] 프라이가 요약한 로망스의 특징은 온라인게임 서사와 너무도 흡사하다. 온

---

22 노드랍 프라이 저, 임철규 역, 『비평의 해부』, 한길사, 1982, 260~271면 부분 요약.

라인게임 역시 단순하지만 전형적인 아바타(캐릭터)를 등장시켜 인간이 현실에서는 결코 이룰 수 없는 욕망 충족의 서사와 편력의 서사를 보여준다. 한 가지 차이점은 로망스의 서사가 대리만족에 머문다면 온라인게임의 서사는 직접 참여를 통해 몰입의 내러티브로 확장된다는 것이다. 로망스가 환상(fantasy)이었다면 온라인게임은 가상(virtual)이다. 그리고 그 둘 사이에 리얼리티를 강조하는 소설이 있다.

로망스와 소설을 비교하였을 때 가장 극명한 차이를 보이는 것은 성격묘사의 구상에서이다. 로망스 작가가 살아 움직이는 인간보다는 오히려 인간 심리의 원형에 가까운 인물을 창조하는 데 비해 소설가는 사회 속에서 살아 움직이는 인물을 창조한다. 다시 말해 로망스 작가는 진공(vacuo) 속에 등장하는 등장인물의 개성을 취급하기 때문에 이상화된 인물을 창조할 수밖에 없고, 소설가는 사회적인 가면(persona)을 쓴 등장인물들의 인격을 다루는 것이다. 이러한 차이점에 주목하여 아우얼바흐나 불튼 등은 로망스와 소설이 리얼리즘 정신에 있어 큰 차이를 보인다고 생각하였다. 특히 아우얼바흐는 그의 주저인 『미메시스』에서 소설의 가장 두드러진 특징이 작품 대상으로서의 현실의 사실적 표현방법에 있다고 보았다. 요컨대 로망스의 뒤를 이어 소설이 등장하였다고 보는 이론들을 종합해보면, 근대사회로의 이행과 더불어 로망스적인 이상과 원형이 더 이상 통용될 수 없게 되면서 보다 합리적이고 실제적인 시민의 요구에 부응하는 소설이 등장하였다는 것이다.[23]

소설은 사회와 일상에 대한 부르주아 계급의 욕망을 경험 가능한 세계의 재현을 통해 충족시키고자 하였다. '경험 가능한'이라는 테제는 근대시민사

---

23 김외곤, 『한국현대소설탐구』, 도서출판 역락, 2002에서 부분 인용.

회에 의해 붕괴된 중세봉건질서와 그것을 문학적으로 수호하고자 했던 로망스에 대한 안티테제의 성격이 강하다. 소설이 등장함으로써 판타지는 반리얼리티적인 것으로 간주되어 미학적 가치를 상실했으며 리얼리즘이 중요한 가치로 부상하였다. 그렇다면 왜 온라인게임은 리얼리티가 아니라 버추얼 리얼리티를 미학적 품성으로 선택하였을까? 만약 그것이 '경험 가능한 세계의 구현'이라는 소설의 서사 양식에 대한 반발이나 자본주의사회의 일상성에 대한 싫증 때문이라면 소설은 로망스와 동일한 전철을 밟게 될 것이다. 그 파국을 막기 위해 소설이 해야 할 일은 소설이 잊고 있었던 미학적 가치를 다시 회복하는 것이다. 버추얼 리얼리티를 통한 환상성으로의 복귀. 어쩌면 로망스가 문학의 미래를 여는 중요한 키워드일지도 모른다.

아직 디지털 시대를 아우를 수 있는 문학이론이 정립되지 않은 상황에서 필자의 주장은 체계화된 이론이라기보다는 시론에 가깝다. 서론에서도 문제 제기를 했듯이 현재 한국문학은 극심한 이론의 위기에 처해 있다. 1990년대 중반 사이버문학론이 등장한 이후 지금까지 디지털 시대의 문학에 대한 각론은 다양한 방식으로 쏟아져 나왔지만 창작과의 괴리, 지시대상의 불분명함, 문학에 대한 완고한 신념 등의 이유로 문학 연구자들의 지지를 얻는 데는 실패하였다. 사이버문학론의 이론적 실패는 디지털 시대 문학 연구의 방향이 단순히 현상에 대한 이해와 해석에 머물러서는 안 된다는 교훈을 준다. 앞으로 펼쳐질 문학 연구는 나무가 아니라 숲을 바라봐야 하며 그러기 위해서는 '디지털 시대 문학은 과연 유효한가?'라는 원론적인 문제 제기를 통한 문학 자체에 대한 진지한 반성과 성찰로부터 출발하여야 한다.

디지털서사는 아직 미개척지이다. 한국 현대문학이론에 이론적 자양분을 제공해 주었던 서구에서도 이 분야에 대한 연구는 우리와 비슷한 수준에 놓여 있다. 이론의 공백이 길어질수록 문학은 다른 서사예술과의 경쟁에서 뒤처지게 될 것이다. 한 가지 흥미로운 현상은 서구에서의 디지털서사 연구가 하이퍼텍스트나 웹아트 같은 기술형 서사를 주목하는 반면, 국내 디지털서사 연구는 온라인게임 서사로 대표되는 체험형 서사에 집중되고 있다는 사실이다. 이는 한국 온라인게임 산업이 세계 최고 수준을 보여주고 있고, 초고속 인터넷의 광범위한 보급으로 게임이 일상화되고 있는 현상과 무관하지 않다. 디지털서사를 문학 연구의 대상으로 받아들이기를 주저하지만 않는다면 우리는 디지털서사를 연구하는 데 가장 이상적인 환경에 둘러싸여 있는지 모른다.

인터넷은 정보화사회가 우리에게 열어놓은 새로운 門이다. 그것은 문학에게도 마찬가지이다. 인쇄술이라는 기술의 발전에 힘입어 소설이 탄생할 수 있었듯이 디지털 기술 역시 새로운 문학 장르를 탄생시킬 것이다. 디지털서사에 대한 연구는 분명 그 시기를 앞당기게 될 것이다.

3. 디지털서사학 연구의 세 영역

아직 한국에서 디지털서사학은 모색의 단계에 서 있다. 더 정확하게 표현하자면 온라인게임이라는 특정 장르에 집중된 디지털서사 장르이론이 대세를 형성하고 있어 보편적 서사문법을 연구하는 단계에까지는 이르지 못했다. 그러나 2000년 이후부터라 해도 10년이 채 되지 않는 일천한 역사 속에서 비록 미시적이긴 하나 디지털서사에 대한 활발한 연구가 이루어지고 있다는 것은 고무적인 현상이다.

2000년 이후부터의 디지털서사의 연구동향을 몇 명의 연구자를 중심으로 살펴보면 연구자들의 학문적 관심을 구분하고 분류할 수 있게 됨으로써 디지털서사학으로 가기 위한 큰 물줄기를 잡아낼 수 있을 것이다.

연구동향에서 살펴볼 연구자는 최혜실, 이인화, 이용욱이다. 모든 디지털서사학 연구자들을 꼼꼼히 살펴보기에는 지면상의 제약이 있어, 서사텍스트이론, 서사장르이론, 서사행위이론 등 디지털서사학의 하위 세 영역에서 활발하게 학술활동을 하고 있는 연구자를 중심으로 개관토록 하겠다.

처음 살펴볼 최혜실은 일찍부터 디지털서사에 관심을 가진 1세대 연구자이다. 2000년부터 지금까지 학회지에 발표한 디지털서사 관련 논문들과 단행본은 다음과 같다.

논문

- 「디지털서사의 현황과 전망」, 한국현대문학연구, 한국현대문연구회, 2000.
- 「디지털문학 환경과 서사의 새로운 양상」, 문학수첩, 2003.
- 「디지털시대의 게임」, 현대소설연구, 한국현대소설학회, 2003.
- 「디지털스토리텔링」, 정보과학회지, 한국정보과학학회, 2003.
- 「게임의 스토리텔링」, 문학수첩, 2004.
- 「가상공간의 환상성 연구」, 인문콘텐츠, 인문콘텐츠학회, 2006.

단행본

- 『모든 견고한 것들은 하이퍼텍스트 속으로 사라진다』, 생각의나무, 2000.
- 『사이버문학의 이해』, 김영사, 2001.
- 『디지털시대의 영상문화』, 소명, 2003.
- 『디지털, 스토리텔링, 산업』, 아카넷, 2006.
- 『문화콘텐츠, 스토리텔링을 만나다』, 삼성경제연구소, 2006.
- 『인문학과 문화콘텐츠』, 다할미디어, 2006.
- 『황순원 소나기마을의 OSMU와 스토리텔링』, 랜덤하우스코리아, 2006.
- 『문자문학에서 전자문학으로』, 한길사, 2007.
- 『문화산업과 스토리텔링』, 다할미디어, 2007.

　　최혜실의 학문적 관심은 디지털서사에서 출발했지만 현재는 문화산업과 스토리텔링 쪽으로 기울고 있다. 학문적 관심에서 산업적 활용으로 확장된 것인데, 디지털서사학의 연구 영역 중 서사텍스트 이론으로 분류할 수 있다. 스토리텔링 영역은 CT 산업에서 그 중요성이 점차 강조되고 있으며, 21세기 디지털 국어국문학의 주요한 관심사로 부상하고 있다. 스토리텔링 연구의 관건은 아날로그 스토리텔링과 디지털 스토리텔링의 변별점을 어떻게 설정할 것인가이다. 매체의 변화와 리터러시(literacy)의 연동성을 이론적으로 밝혀내는 작업이 앞으로의 과제이다. 박기수,[24] 조은하[25] 등의 연구도 여기에 포함된다.

　　이인화는 컴퓨터게임스토리텔링을 국내에서 본격적으로 연구하기 시작한 학자이다. 2003년 『디지털스토리텔링』(이인화 외, 황금가지)과 2005년 살림에서 출간된 『살림지식총서 196~201』는 국내 디지털스토리텔링 연구를 한 단계 업그레이드 시켰다.

논문

- 「한국온라인게임 스토리의 창작 방법 연구」, 한국문학연구학회, 2006.
- 「서사계열체이론」, 디지털스토리텔링학회, 2006.
- 「디지털시대의 한국현대문학」, 국어국문학, 국어국문학회, 2006.

---

24 주요 논문은 다음과 같다.
- 「서사를 활용한 문화콘텐츠 간 원소스멀티유즈 활성화 연구」, 『한국언어문화』, 한국언어문화학회, 2008.
- 「Culture Technology와 문학의 상생방안 연구」, 『인문콘텐츠』, 인문콘텐츠학회, 2008.
- 「문화콘텐츠 정전 구성을 위한 시론」, 『문학교육학』, 한국문학교육학회, 2008.
- 「삼국유사 설화의 스토리텔링 전환 방향 연구」, 『한국언어문화』, 한국언어문화학회, 2007.
- 「한국 문화콘텐츠학의 현황과 전망」, 『대중서사연구』, 대중서사학회, 2006.
25 주요 논문은 다음과 같다.
- 「청소년 게임 문화의 이해」, 『한국콘텐츠학회 논문지』, 한국콘텐츠학회, 2007.
- 「시뮬레이션 게임의 모의성」, 『한국엔터테이먼트산업』, 한국엔터테이먼트산업학회, 2007.
- 「디지털스토리텔링」, 『한국근대문학연구』, 한국근대문학회, 2007.
- 「인터랙티브 스토리텔링」, 『구보학회』, 구보학회, 2006.

- 「상호작용 서사의 시간성 연구」, 어문학, 한국어문학회, 2006.
- 「매체 특성에 따른 RPG 개념변화 연구」, 한국컴퓨터게임학회, 2007.
- 「가상세계의 재미노동과 사용자 정체성」, 한국콘텐츠학회, 2007.
- 「가상세계의 디지털스토리텔링 연구」, 게임산업저널, 2007.
- 「영상서사에 나타난 대체역사 주제 연구」, 어문학, 한국어문학회, 2008.

이인화의 연구는 온라인게임에 집중한 서사장르 이론으로 분류된다. 가장 한국적인 디지털서사체인 온라인게임은 분명 예술 텍스트로서의 가치가 있지만 기왕의 연구 성과들이 온라인게임에만 적용되는 서사규칙이라는 점은 부담이 될 수 있다. 컴퓨터게임과 다른 디지털서사체와의 접점을 찾아내지 못하게 된다면 온라인게임 연구는 학문적으로 고립될 수 있다. 특수성에서 보편적 규칙을 추출해 내는 작업의 어려움은 예상되지만 가장 독창적인 서사이론으로 발전해 나갈 가능성은 충분하며 가장 두터운 연구자 인력풀을 갖고 있는 영역이기도 하다. 온라인게임 서사 연구를 기존 서사학의 연장선상에서 논의를 진행시켜 나갈 것인지, 아니면 '게임학'이라는 독립적인 영역을 새롭게 구축할 것인지에 대한 연구자들의 개별적 판단에 따라 논의의 방향이 역동적으로 움직이고 있는데, 섣부른 見仁見知(견인견지)보다는 학문적 경쟁이라는 관점에서 이해하는 것이 바람직하다. 이정엽,[26] 한혜원[27]도 온라인게임의 서사시학을 구축해나가는 데 유의미한 연구를 진행하고 있다.

---

26 주요 논문은 다음과 같다.
- 「디지털 게임의 서사학 시론」, 『한국문학이론과비평』, 한국문학이론과비평학회, 2007.
- 「디지털 게임의 환상성과 정치적 무의식」, 『대중서사연구』, 대중서사학회, 2005.

27 주요 논문은 다음과 같다.
- 「한국 온라인게임의 영웅서사 연구」, 『기호학 연구』, 한국기호학회, 2007.
- 「디지털스토리텔링의 현황 및 활용방안 연구」, 『한국언어문화』, 한국언어문화학회, 2007.
- 「디지털게임과 트랜스미디어 스토리텔링」, 『게임산업저널』, 게임산업개발원, 2006.
- 「디지털게임의 다변수적 서사」, 『현대문학의 연구』, 한국문학연구학회, 2006.

이용욱의 연구는 서사행위 이론으로 분류될 수 있다. 「디지털서사체의 미학적 구조」라는 제목으로 발표한 세 편의 논문을 살펴보면 웹아트, 인터넷소설, 컴퓨터게임 등 다양한 장르를 포괄할 수 있는 서사규칙을 제안할 것임을 연구 목적에서 분명히 하고 있다.

논문

- 「가상공간의 문학적 가능성에 대한 시론」, 한국문학이론과비평, 2000.
- 「사이버리즘의 문학적 구현 양상」, 내러티브, 2001.
- 「사이버서사에서 작가의 문제」, 내러티브, 2002.
- 「디지털 서사체의 미학적 구조 연구 (1) – 웹아트의 디지털 내러티브를 중심으로」, 한국문학이론과비평, 2002.
- 「디지털 서사체의 미학적 구조 연구 (2) – 전자종이로서의 인터넷 게시판의 문학적 가능성」, 어문연구, 2003.
- 「유목민을 위한, 유목민에 의한, 유목민의 문학 – 인터넷소설의 문학적 성격」, 내러티브, 2004.
- 「컴퓨터 게임 스토리텔링의 서사 구조 연구」, 게임산업저널, 2004.
- 「디지털서사체의 미학적 구조 연구 (3) – 컴퓨터게임의 시간축을 중심으로」, 한국언어문학회, 2006.
- 「다중문학 시론」, 어문연구학회, 2006
- 「디지털시대, 문학연구 방법론의 새로운 모색」, 국어국문학회, 2006.
- 「온라인게임의 놀이적 맥락과 환상성」, 대중서사학회, 2006.
- 「디지털스토리텔링의 서사시학 (1) – 논의를 위한 몇 가지 전제」, 국어문학회, 2007.
- 「온라인게임의 서사적 지위 연구」, 한국언어문학, 2008.

최근 논문에서 '미학적 구조 연구'라는 제목 대신 '서사시학'이라는 제목을 단 것은 디지털서사학으로 연구를 진행 발전시키기 위한 의도적 선택이다. 디지털과 웹이라는 공통분모로 묶일 수 있는 다양한 디지털서사체를 위한 서사학을 정립하기란 쉽지 않다. 이 학문적 작업을 위해서는 인문학적 감수성과 자연과학의 기술, 예술의 상상력 모두를 포괄해야 하는데 한 개인이 수행해내기에는 그 범주가 너무 넓다. 서사행위 연구는 통섭(統攝, Consilience)을 필요충분조건으로 가지는 디지털 인문학의 생성을 통해서 가능할 것이며 이용욱의 연구는 그 발전 과정의 한 축을 담당할 뿐이다.

그밖에 신문방송학을 전공한 전경란의 연구도 눈여겨볼 만하다. 「모바일 게임과 이동성의 성별화」(한국방송학보, 한국방송학회, 2007), 「여성 게이머의 게임하기와 그 문화적 의미에 대한 연구」(사이버커뮤니케이션학보, 사이버커뮤니케이션학회, 2007)처럼 디지털서사학에 젠더적 시각을 접목시킨 논문들은 폭넓은 시야의 확보라는 측면에서 주목할 만하다.

연구자들의 각개 노력뿐만 아니라 집단적 수준에서 응집되고 축적되고 있는 성과도 가시적으로 드러나고 있다. 개별적 연구와 별도로 연구역량을 결집시키고 그 성과물을 체계적으로 축적하기 위해서는 학회 결성이 필수적으로 요구된다. 2003년 5월에 창설된 사단법인 디지털스토리텔링 학회는 디지털서사체의 장르이론을 연구하는 연구자들이 모여 만든 국내 유일의 디지털서사학 전문학회이다.

2003년 '2003 인터내셔널 디지털 스토리텔링 컨퍼런스' 개최를 시작으로, '2006 인터내셔널 디지털 스토리텔링 컨퍼런스'와 '2007 제3회 디지털 스토리텔링 컨퍼런스'를 연달아 개최하였고, 2008년 6월 23일 삼성동 코엑스에서 '한국형 스토리텔링의 개발 현황과 전망'이라는 주제로, '2008 제

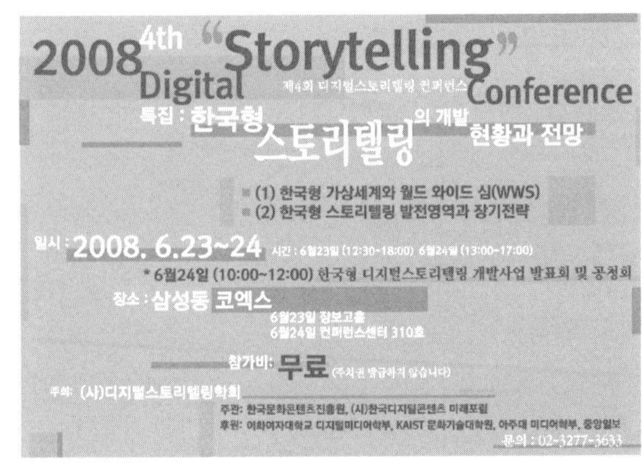

2008년 디지털스토리텔링학회 학술대회 팸플릿

4회 디지털 스토리텔링 컨퍼런스'를 개최하였다. 2006년에 학회지인『디지털스토리텔링연구』를 창간하여 매년 2회씩 학회지도 발간하고 있다. 현재 디지털서사체의 장르이론은 디지털스토리텔링 학회를 중심으로 이루어지고 있으며, 특히 이화여대 디지털미디어학부(디지털스토리텔링랩)와 카이스트 CT대학원(스토리텔링랩)이 중심이 되어 랩을 기반으로 젊은 연구자들이 프로젝트 수행과 활발한 연구 활동을 하고 있다. 학문후속세대의 양성이라는 측면에서 이 두 대학은 디지털서사학 연구의 중요한 산실이다.

　현재까지 국내 디지털서사학의 연구 역량은 한정적이다. 한정적이다 보니 가장 쉽게 접근할 수 있는 온라인게임에 연구 역량이 집중되는 편중현상이 발생하고 있다.[28] 무엇보다도 국어국문학의 연구영역으로 디지털서사체가 편입될 수 있는가하는 근본적인 문제부터 아직 해결되지 못하고 있다. 문자를 포기하는 순간 문학은 사라가는 것이 아니다. 문자는 사라져도 이야기는 남는다. 국어국문학자들이 디지털서사학을 받아들인다면 그것은 문자 때문이 아니라 이야기 때문일 것이다.

---

28 왜 국내 디지털서사학 연구에서 온라인게임 연구가 주류를 이루게 되었는가에 대해서는 다음 장에서 다루도록 하겠다.

Chapter ❷ 온라인게임[1]은 서사인가?

온라인게임을 연구하기 위해서는 먼저 네트워크와 다중사용자를 조건으로 하는 이 독특한 컴퓨터게임이 서사학의 대상이 될 수 있는가부터 규명되어야 한다. "온라인게임은 서사인가?"라는 질문은 "문학은 무엇인가?"라는 질문과 유사하다. 연구의 가장 기본이 되는 질문이면서 동시에 가장 대답하기 어려운 질문이기 때문이다. 문학이 무엇인가에 대답하기 위해서는 문학이라는 서사예술의 매체적 특성을 살피는 것으로 논의를 출발하여야 한다. 마찬가지로 온라인게임은 서사인가를 이야기하려면 온라인게임을 가능케 한 인터넷이라는 매체가 서사 방식에 끼친 영향을 먼저 살펴보아야 한다.

1. 인터넷의 서사 구성 원리

정보화사회로 사회 패러다임이 변화하면서 우리는 지금까지는 경험하지

---

[1] 필자는 디지털서사학의 연구 대상으로 디지털스토리텔링의 하위 범주 중 온라인게임만으로 한정하고자 한다. 하이퍼텍스트나 웹아트는 국내에 아직 충분히 분석 텍스트가 축적되지 못한 상황이고, 동일한 컴퓨터게임 장르 중 PC게임이나 콘솔 게임을 배제한 것은 이들 장르의 서사장에서 실시간, 쌍방향, 인터랙티브, 주체적, 상호텍스트의 몰입 경험이라는 디지털스토리텔링의 서사 원리가 미약하게 작동되고 있기 때문이다.

못했던 새로운 방식의 서사와 그 행위물들을 접하게 되었다. 온라인게임도 그중에 하나이다. 시대의 변화가 서사 방식의 변화를 가져온다는 것은 서사학에 있어 가장 근본적인 테제이다. 시대의 변화는 크게 의식의 변화와 물적 토대의 변화로 나누어 볼 수 있는데 서사는 그것을 구성해 내는 상상력이라는 부분에서 사회 구성원들의 의식의 변화를 담아내야 하고, 서사를 해석 가능한 텍스트로 구체화시킨다는 점에서 물적 토대의 변화를 수용한다. 따라서 서사의 변화는 의식의 변화와 물적 토대의 변화 모두와 연관을 맺고 있다.

인터넷은 온라인게임의 물적 토대이다. 그러나 인터넷은 문학의 물적 토대인 책이나 영화의 물적 토대인 스크린과는 전혀 다르다. 읽거나, 볼 수 있는 것에만 그친 수동적인 형태가 아니라 직접 참여하여 읽고 쓰고, 보고 듣고 만드는 능동적인 형태이며 눈에 보이지 않는 가상의(virtual) 토대이다.

능동과 가상이라는 특징은 서사의 방식에 혁명적인 변화를 가져왔다. 정보화사회 이전까지 우리는 서사의 결과물에 주목하여 왔다. 시, 소설, 희곡, 영화 등 전통적인 서사 장르는 결과물의 정체성과 타 장르와의 변별성 때문에 그 구분이 가능할 수 있었다. 그러나 정보화사회에서 서사는 '결과'가 아니라 '과정'에 무게중심의 추가 놓이게 되었다.

흔히 인터넷의 공간적 특징이라고 이야기되는 실시간성, 쌍방향성, 익명성, 비대인성 등은 현실공간과의 비교를 통해 부각된 특징이다. 따라서 엄밀하게 이야기하면 일상성과 관련되어 유효한 것들이다. 인터넷을 새로운 서사를 가능케 하는 예술적 공간임을 인정한다면 예술의 소통 공간으로서의 특징을 치밀하고 분석적으로 살펴볼 필요가 있다.

자넷 머레이는 컴퓨터를 문학적 창조의 강력한 수단으로 보고 과정추론적이고 참여적이며 공간적이고 백과사전적인 네 가지 고유한 자질이 있다고 보았다. 앞의 두 가지 자질은 우리가 상호작용이라는 모호한 단어를 사용할 때 그 말이 의미하는 거의 모든 것을 창조해내며, 나머지 두 가지는 실제 세계처럼 광대하고도 답사가 가능한 디지털 세계를 창조하도록 도와준다는 것이다.[2] 자넷 머레이의 진술을 토대로 하여 상호 연결된 컴퓨터의 가상공동체인 인터넷이 예술의 창조와 소통에 관여하는 공간으로서 가지는 특징을 살펴보면 다음과 같다.

먼저 인터넷은 링크와 링크로 거미줄처럼 연결된 삼차원의 하이퍼 구조를 지닌 공간이다. 인터넷상에 존재하는 모든 웹페이지들은 결코 개별적으로 존재하지 않는다. 웹페이지의 어딘가에는 다른 페이지로 연결되는 통로가 있고, 그 통로는 또 다른 통로와 연결되어 있다. 인터넷은 시작과 끝이 존재하지 않는 뫼비우스의 띠이며, 우리의 탐색은 항상 무한히 열려 있는 한 지점에서 시작하여 무한히 열려 있는 한 지점에서 끝이 난다.[3]

우리가 인터넷에 접속해서 특정한 홈페이지에 들어갔을 때 가장 처음 접하게 되는 것은 메뉴이다. 홈페이지를 집이라 한다면 메뉴는 각각의 방 문이다. 접속자는 그중에 하나를 자신의 의지로 선택해서 문을 열고 들어갔다가 다시 나와 다른 방을 들어갈 수도 있고, 아니면 아예 다른 집으로 이동할 수도 있다. 들어가는 문은 있지만 나오는 문은 없기 때문에 아무리 홈페이지를 샅샅이 검색한다 하여도[4] 접속자는 그 집을 다 둘러보았다는 만족감을 결코 얻을 수 없다. 이것은 텍스트의 장악력과 연관된다. 활자 텍스트의 경우 한 권의 책을 다 읽었다는 포만감을 독자에게 가져다줄 수 있지만, 인터넷으로 글을 읽을 경우 결코 그 포만감에 다다를 수 없다. '다 읽었

---

2 자넷 머레이 저, 한용환 외 공역, 『인터랙티브 스토리텔링』, 안그라픽스, 2001, 80면.
3 온라인게임이 결코 완결될 수 없는 미완의 구조를 가질 수밖에 없는 이유가 여기에 있다.
4 이것은 결코 가능하지 않다. 접속자는 자신이 원하는 정보를 얻기 위해 집(site)에 들어왔고, 원하는 정보만을 찾아보며, 그것이 구해지면 미련 없이 그곳을 떠난다.

다'가 아니라 '읽고 있는 중이다'라고 독자가 인식할 때 텍스트에 대한 장악력은 현저히 약화된다.

인터넷은 또한 순서의 개념을 파괴시킨다. 각 방에는 다른 집으로 가는 통로가 있을 수도 있고, 다른 방으로 연결된 통로가 있을 수도 있다. 미로처럼 서로 얽혀 있는 방 안에서 접속자는 스스로 자신만의 길을 만들어 나간다. 따라서 인터넷에서 순서라는 개념은 절대적인 것이 아니라 상대적이며, 임의적이며, 순간적이며, 가변적이다. 활자 텍스트에는 페이지가 정해져 있어 그 순서대로 독서를 해야 하지만 인터넷에서의 글읽기는 순서 자체가 무의미하다. 순서는 시독자(視讀者)[5]의 선택에 따라 임의로 재배치되며 항상 새로운 순서를 만들어내며, 한 번 경험했던 순서를 다음에 다시 반복할 수 없다. 인터넷은 독서 과정을 매번 새롭게 만들어내는 것이다.

두 번째 인터넷은 문자와 음향과 영상이 한 화면에서 동시에 표시되는 멀티적인 공간이다. 이때 멀티라는 의미는 표현 수단이 다양하다는 의미와 함께 두 개 이상의 화면을 동시에 띄울 수 있다는 의미도 내포하고 있다. 물론 영화에서도 문자와 음향과 영상이 한 화면에 표시된다. 그러나 영화에서는 각각의 표현수단들이 감독의 치밀한 계산하에 유기적으로 결합되어 단일한 기의를 형상화하고 그것을 관객에게 전달해주지만, 인터넷은 표현수단의 결합 자체가 유동적이다. 영화를 볼 때 관객은 스크린이라는 종이 자체를 총체적으로 이해하기 때문에 문자와 음향과 영상이 개별적인 표현수단이라는 것을 인식하지 못한다. 그러나 인터넷은 모니터라는 종이 위에 문자와 음향과 영상이 분산되어 있고 그것들을 결합시켜 의미를 만들어 내

---

5 시독자(視讀者)라는 용어는 인터넷이 시각 중심의 공간임을 염두에 둔 것이다. 인터넷에서 글을 '읽는다'는 행위는 기실 '본다'는 행위이다. 또한 인터넷상의 텍스트가 문자와 그림, 동영상 등 멀티미디어 텍스트로 표시되기 때문에 '독자'라는 관습적인 용어로는 그 경험을 포괄할 수 없다.

는 일은 접속자의 몫이다.

전통적인 서사물의 경우 오로지 문자에 의지하여[6] 한 번에 하나의 텍스트밖에는 독서할 수 없지만, 인터넷상에서 서사는 문자와 음향과 영상이 동시에 독서 과정에 개입하는 두 개 이상의 텍스트를 띄워놓고 각각 개별적인 독서를 진행할 수 있다. 그리고 이때 기표와 기의의 결합은 전통적인 서사물이 총체적이며 일관적이며 중층적인데 반해 개별적이며, 임의적이며 분산적이다. 전통적인 서사물에서 독자는 앞서 진행한 독서 과정에 의지하여 다음 독서 과정을 진행시킨다. 독서 과정 중에 텍스트의 의미는 점점 분명해진다. 현재 읽고 있는 텍스트의 의미는 앞서 읽었던 기억에 의해 분명해지고 이것은 다시 다음 텍스트 해석에 단서가 된다.

인터넷상에 텍스트를 구성하는 주요한 원리인 HTML은 링크를 만들어내는 디지털 언어이다. 지금 보고 있는 화면이 다음에 볼 화면의 전 단계일 수도 있고, 다음 화면과 전혀 상관이 없을 수도 있다. NEXT 버튼을 클릭하느냐 BACK 버튼을 클릭하느냐에 따라, 연결된 노드 중 어느 것을 선택하느냐에 따라 서사의 연결은 임의적이 된다. 따라서 텍스트의 의미는 전통적인 서사물의 경우처럼 저장된 기억에 의해 순차적으로 형성되는 것이 아니라 앞으로 새롭게 보게 될 화면에 의해 매번 새롭게 갱신된다.

인터넷의 멀티미디어적인 성격은 글읽기의 방식에도 영향을 준다. 총체적으로 텍스트를 읽는 것이 가능한 서사물과 그것이 불가능한 서사물이 있을 때 집중의 강도는 분명한 차이가 있다. 전통적인 서사물에서 독자는 문자에 집중하면서 독서 경험을 수행한다. 집중은 전 단계 독서경험의 기억을 끊임없이 재생시켜주면서 단서와 단서를 연결시켜주고 독자가 텍스트의

---

6 물론 사진이나 도판을 삽입한 책이 있기는 하나, 이때 사진이나 도판은 단지 문자 텍스트를 이해하는 데 도움을 주는 보조적인 역할만을 수행한다.

의미망을 구축할 수 있도록 도와준다. 그러나 인터넷상의 서사물은 시독자가 문자에 집중할 수 있는 독서 환경을 생래적으로 거부한다. 책을 읽을 때 우리의 시야는 종이에 고정되지만(그래서 종이와 문자가 시야에 꽉 차지만) 인터넷상에서 우리는 몰입을 방해하는 다양한 요소들(웹브라우저의 다양한 버튼들, 마우스의 움직임, 실제 텍스트와 무관한 불필요한 정보들) 때문에 독서에 집중할 수 없는 것이다. 책을 읽을 때 책과 독자 사이의 물리적 거리(혹은 각도)를 화면을 볼 때 화면과 시독자의 물리적 거리(혹은 각도)와 비교해 보면, 그리고 인터넷이 전통적인 서사물과 달리 왼쪽에서 오른쪽이 아니라 마우스 스크롤바에 의지하여 위에서 아래로 움직이는 시신경을 활성화시켜준다는 것을 생각해보면 왜 인터넷이 읽기에 대한 집중의 강도를 현저하게 떨어뜨리고 문자를 '보게' 만드는가를 확연하게 알 수 있다.

마지막으로 인터넷은 도전적인 실험정신과 주류 문화를 거부하는 반항정신, 경계를 허물고 중심을 해체하는 프런티어 정신으로 대변되는 공간이다. 이 특징은 왜 인터넷이 21세기 새로운 전위예술의 모태가 될 수밖에 없는가를 대변해준다. 인터넷은 기술의 소산이다. 현실공간에서 기술은 예술의 보조 수단에 불과할 뿐 예술 자체를 생산해 낼 수는 없었다. 예술은 오로지 작가의 상상력 안에서만 발아되는 의식적 행위의 소산이었다. 현실공간은 예술로 대표되는 정신문명과 기술로 대표되는 물질문명이 개별적으로 존재하는 공간이다. 따라서 기술을 습득하지 않아도 상상력만으로 예술 활동이 가능하다. 그러나 인터넷은 기술의 도움 없이는 어떠한 예술도 가능하지 않는 공간이다. 문학 텍스트를 인터넷에 올리기 위해서는 HWP 문서를 TEXT 파일로 변환하는 방법과 FTP를 사용하여 파일을 업로드하는 방법을 알아야만 한다. 음악을 작곡하기 위해서는 케이크웍(Cakewalk) 같은 음악 소프트웨어를 다룰 줄 알아야 하고, 애니메이션을 창작하려면 플래시

(Flash) 기술을, 디자인을 위해서는 포토샵(Photoshop)을 알아야만 가능하다. 인터넷에서는 기술이 먼저고 그 기술을 토대로 하여 예술적 상상력이 탄생했다. 인터넷이 만들어낸 대표적인 서사물인 하이퍼텍스트는 HTML 기술의 발전이 있었기에 가능했다. 온라인게임 서사물은 3D 그래픽과 동영상 재생기술의 소산이며, 웹아트는 플래시 애니메이션 기술이 텍스트 창작에 직접 개입한다.

정보화사회 예술의 발전은 예술가의 상상력이 아니라 기술의 진보에 의지하게 되었으며, 예술적 상상력은 기술의 발전을 뒤따라가게 되었다. 예술과 기술의 이 역전된 관계는 예술의 개념 자체를 해체시키면서 그동안 우리가 예술이라고 명명하지 않았던 것들을 예술의 영역 안으로 끌어들이게 되었고, 전위적인 예술가들에 의한 다양한 시도들을 가능하게 해 주었다. 현실공간에서는 시도할 수 없었던 다양한 형식 실험들이 인터넷에서 가능할 수 있었던 것은 오로지 기술의 진보 덕분이다. 하이퍼텍스트를 현실공간에서 시도하지 못했던 것은 구체적인 텍스트로 만들어낼 수 있는 기술이 없었던 때문이기도 하지만 평면적이고 이차원적인 활자기술이 작가의 상상력을 제한했기 때문이기도 하다. HTML 기술의 발전으로 인해 우리의 상상력은 하이퍼텍스트라는 새로운 서사방식을 생각해낼 수 있었던 것이다.[7] 또한 인터넷은 예술의 개별 장르들이 갖는 고유한 표현방식을 모두 비트로 단일화시킨다. 문자도, 음악도, 그림도 모두 0과 1의 이진수로 변환되어 디지털 코드화된다. 따라서 현실공간에서는 불가능했던 문자와 음악과 그림의 결합이 인터넷에서는 가능해진다. 이제 우리가 문학이다, 음악이

---

7 보르헤스와 제임스 조이스의 몇몇 작품에서 하이퍼텍스트의 원형을 찾아내려는 시도가 기술의 발전이 예술적 상상력을 선도한다는 사실을 덮어버리지는 못한다. 보르헤스의 『끝없이 두 갈래로 갈라지는 길들이 있는 정원』이 하이퍼텍스트의 원형을 보여주고 있기는 하나 그것은 하이퍼텍스트를 경험한 다음에 연역적으로 내릴 수 있는 판단에 불과하다.

다, 미술이다 부르는 장르들은 인터넷상에서는 그 장르의 특수성을 상실한다. 그 모든 것이 결합된 멀티텍스트만이 존재할 뿐이다.

인터넷은 단순한 물적 토대가 아니다. 그것은 예술의 패러다임을 송두리째 바꿔 놓을 만큼 혁명적인 방식이다. 인터넷은 명사형으로 쓰이지만 예술의 토대를 의미할 때는 동사형이다. 통신망과 통신망을 연동해 놓은 망의 집합을 의미하는 인터네트워크(internetwork)에서 출발하여 지금은 범세계적인 광역가상통신망으로 발전한 인터넷은 결과가 아니라 과정만을 보여주는, 선형적이 아니라 비선형적인, 텍스트의 확정성을 해체시켜 타자의 개입을 수용하는 독특한 방식을 통해 예술의 흐름을 바꿔놓고 있다.

2. 디지털서사에서 온라인게임의 위치

정보화 기술의 발전에 의해 가능해진 새로운 형식의 서사물들을 디지털서사(Digital narration)[8]라 명명할 수 있다. 모든 서사체들은 정도의 차이는 있지만 기술의 발전에 빚을 지고 있다. 소설은 인쇄술의 발명으로 인해, 영화는 영사기술의 발전으로 서사예술로 자리잡을 수 있었다. 디지털서사는 컴퓨터와 인터넷, HTML의 등장으로 인해 가능해졌다. 그리고 그 어떤 서사예술보다도 기술의 발전이 미학적 아우라 형성에 미치는 영향이 크다.

디지털 기술로 구현된 가상공간에서의 예술적 변화는 종래의 미학적 차원에서 단순한 도구적 수단의 변화만을 의미하는 것이 아니다. 그것은 예술의 개념, 존재형식, 예술가의 행동양식, 예술제도, 예술가와 관중의 관계

---

8 디지털서사는 컴퓨터 기술을 기반으로 인터넷상에 구현된 다양한 형태의 멀티미디어 텍스트를 일컫는다. 온라인게임은 디지털서사의 하위 장르이다. 이 책의 목적은 온라인게임의 서사 시학을 연구함으로써 궁극적으로는 디지털서사학이라 명명할 수 있는 새로운 서사 이론의 단초를 제공하려는 데 있다.

등의 폭넓은 범위를 망라한다. 무엇보다 예술개념과 존재형식에 있어 디지털 기술은 종래의 수동적인 응시 대상으로서의 작품을 능동적인 상호작용의 차원에서 정의하고 존재하게 한다. 여기에는 작가-컴퓨터 사이의 인터페이스, 작품-관객 사이의 인터페이스가 존재하는데, 전자는 창작수단의 확장이라는 측면에서, 후자는 소통과 경험의 확장이라는 측면에서 의미를 갖는다.[9] 디지털서사가 전통적인 장르 구분을 무시하고 다만 기술의 차이와 참여방식에 근거한 하위 장르를 갖는 것도 바로 이 때문이다.

지금까지 개발된 기술의 발전에 힘입어 인터넷상에서 우리가 접할 수 있는 디지털서사물은 HTML 기술을 통한 선택적 플롯 구현 방식인 하이퍼텍스트와, 플래시 기술을 이용하여 보고 들을 수 있도록 프로그래밍된 웹아트(Webart), 3D 기술과 플레이어들의 실시간 공동 참여가 가능한 서버기술의 발전으로 가능해진 온라인게임, 문자 음향 영상을 하이퍼텍스트로 묶어 구현해 놓은 인터랙티브 픽션(Interactive Fiction)이 있다.

현재 디지털서사에 대한 학문적 관심은 온라인게임, 특히 MMORPG에 집중되어 있다. 이는 온라인게임이 디지털서사체로서 확고한 지위를 획득하였기 때문이라기보다는 여타 장르들이 온라인게임에 훨씬 못 미치는 수준에 머물고 있기 때문에 발생한 일종의 반사이익이다.

하이퍼텍스트나 웹아트, 인터랙티브 픽션 같은 디지털서사 장르들은 국내에서 별다른 관심을 얻지 못하고 있다. 환언하면 활발한 창작 활동이 이루어지지 못하고 있다는 것이다. 대상 텍스트가 부재한 상황에서 학문적 접근은 공허할 수밖에 없다. 하이퍼텍스트의 경우 이미 미국에서는 그 예술적 가치를 인정받고 있는 디지털서사의 대표적인 장르임에도 불구하고

---

9 http://www.kpaf.org

국내에서의 인식 수준은 미국에서 시작된 새로운 서사 양식 정도에 머물고 있다. 2000년 이후 다양한 하이퍼텍스트 이론서가 국내에 소개되었지만[10] 그것을 뒷받침할만한 창작물이 나오지 못하였다. 이론은 있지만 텍스트가 없기 때문에 하이퍼텍스트 연구는 현실적인 벽에 부딪치고 말았다.[11] 이는 웹아트나 인터랙티브 픽션도 마찬가지이다.

이에 반해 온라인게임은 이론보다 먼저 텍스트가 만들어졌다. 우리나라 최초의 온라인게임인 〈바람의 나라〉가 1996년 4월 상용서비스를 시작하였지만 컴퓨터게임에 대한 인문학 이론서는 그보다 7년 뒤인 2002년에 비로소 출간되었다.[12] 특히 IMF를 거치면서 벤처열풍에 편승한 한국 온라인게임의 발전은 세계적으로 유래가 없을 만큼 폭발적이었고, 처음에는 단순한 놀이로만 여겨졌던 온라인게임은 어느 순간 IT 강국 한국을 대표하는 아이콘이 되었다. 온라인게임이 대중문화의 한 영역으로 확실하게 자리 잡게 되면서 온라인게임에 대한 학문적 관심이 자연스럽게 발생하게 되었다. 특히 문학 영역에서 학문적 관심이 두드러졌는데 이는 온라인게임이 문자형 시나리오를 기반으로 한 디지털서사이기 때문이다. 영화를 문학 연구의 한 범주로 위치시킨 것과 같은 맥락이다.

온라인게임에 대한 학문적 관심의 또 다른 배경은 연구자들이 직접 온라

10　국내에 출판된 하이퍼텍스트 관련 이론서는 다음과 같다. 번역서로는 『하이퍼텍스트 2.0』(조지 P.랜도우 저, 여국현 외 옮김, 문화과학사, 2001)이 있고, 국내 학자들의 논저로는 류현주의 『하이퍼텍스트문학』(김영사, 2000), 배식한의 『인터넷, 하이퍼텍스트 그리고 책의 종말』(책세상, 2000), 최혜실의 『모든 견고한 것들은 하이퍼텍스트 속으로 사라진다』(생각의나무, 2000), 유현주의 『하이퍼텍스트』(연세대학교출판부, 2003), 정형철의 『하이퍼텍스트 이론』(부산외국어대학교출판부, 2003), 김종회가 엮은 『사이버문화, 하이퍼텍스트문학』(국학자료원, 2005), 장노현의 『하이퍼텍스트서사』(예림기획, 2005) 등이 있다.

11　특히 2000년에 야심차게 시도된 하이퍼텍스트 프로젝트인 〈언어의 새벽〉과 2001년 〈디지털 구보 2001〉의 실패는 독자의 맘을 움직이지 못하는 성급한 이론의 폐해가 얼마나 참담할 수 있는가를 보여주었다. 소수 문학 권력에 의해 이벤트로 기획된 프로젝트가 오히려 한국 하이퍼텍스트의 발전을 퇴보시킨 것이다.

12　컴퓨터게임에 대한 최초의 인문학 이론서는 그 기준이 다소 애매하지만 2002년에 최유찬이 문화과학사에서 출간한 『컴퓨터게임의 이해』가 될 것이다.

인게임을 경험했거나 경험하고 있는 유저라는 사실이다. 처음에는 놀이로서 온라인게임을 경험했다가 어느 순간 연구자로서의 관심이 발현되는 과정을 거침으로써 게이머에서 게임학자로 자연스럽게 변신하는 것이다.[13] 하이퍼텍스트나 웹아트, 인터랙티브 픽션은 우리가 쉽게 접할 수 있는 서사물이 아니지만 온라인게임은 서점에서 책을 골라 읽듯 그 장르가 다양하며, 초고속 인터넷망의 일반적 보급으로 접근성이 용이하고, 무엇보다도 몰입과 중독의 재미가 있다. 그 어떤 디지털서사 장르보다는 온라인게임은 대중성을 획득하는 데 성공함으로써 디지털서사 연구의 가장 중요한 장르로 부상할 수 있게 된 것이다.[14]

3. 온라인게임 연구의 현 좌표와 딜레마

온라인게임에 관련하여 우리의 학문적 관심과 성취는 최근 몇 년 사이에 괄목할만한 성장을 거두었다. 최유찬의 『컴퓨터게임의 이해』(문화과학사, 2002)와 류현주의 『컴퓨터게임과 내러티브』(김영사, 2003)가 의미 있는 개론서 역할을 하였다면, 젊은 연구자들이 공저한 『디지털스토리텔링』(황금가지, 2003)은 게임 연구의 방향을 스토리텔링으로 돌리면서 게임학에 대한 본격적인 각론 토대를 마련하였다. 특히 국내에서는 온라인게임에 대한 연구가 활발하게 진행되고 있는데 2005년에 '살림'에서 시리즈로 출간된 전경란의

---

13 최유찬은 전략시뮬레이션 게임인 〈삼국지〉에 대한 개인적 경험이 『컴퓨터게임의 이해』를 쓰는 배경이 되었고, 이인화는 그 자신이 직접 시나리오 작업을 한 〈길드워〉의 열혈 유저이다. 필자 역시 1990년대 초부터 텍스트머드를 시작으로 PC게임과 온라인게임을 10년 이상 해오고 있는 컴퓨터 게임 마니아다.

14 대중성이 예술 텍스트로서 부적합한 미학적 가치라고 생각한다면 산업혁명 이후의 소설의 등장을 떠올려 보기 바란다. 소설이 자본주의 서사예술의 총아로 자리 잡게 된 배경은 자본주의 사회의 새로운 신흥지배계급으로 떠오른 부르주아의 대중적 지지를 받았기 때문이다.

『디지털게임의 미학』, 한혜원의『디지털게임의 스토리텔링』, 이인화의『한국형 디지털 스토리텔링』, 이정엽의『디지털 게임, 상상력의 새로운 영토』등의 단행본들은 본격적인 온라인게임 서사 연구의 중요한 성과물들이다.

이 같은 온라인게임에 대한 연구자들의 관심은 국내 게임시장의 기형적인 구조에서 기인하였다.[15]

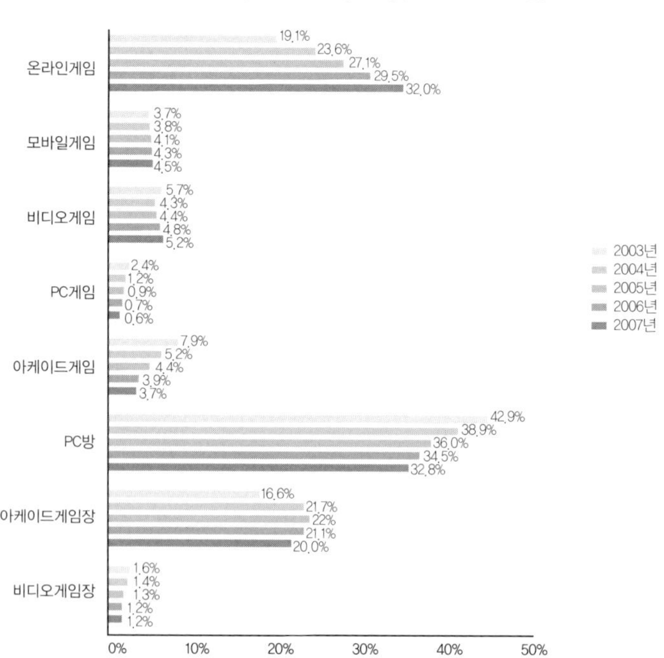

위 표에서 보듯이 한국 게임 시장은 온라인게임 중심으로 재편되고 있다. 게임 강국인 미국과 일본에서 PC게임과 비디오게임이 강세를 이루고

15 『2005게임백서』 국내 게임시장 분야별 비중 전망(2003~2007년) 참조.

있다는 것을 염두에 두어볼 때 한국 온라인게임의 성장은 분명 주목할 만
하다. PC방의 시장 점유율이 점차 하락하고 있다는 것도 의미심장하다. 이
는 온라인게임을 쾌적하게 즐길 수 있는 가정용 초고속 인터넷 보급률이
세계 최고 수준인 것과 무관하지 않으며 온라인게임이 특정 환경에서만 즐
길 수 있는 제한적 놀이가 아니라 가정에서도 쉽게 즐길 수 있는 대중적인
놀이 문화로 자리 잡아 가고 있음을 보여주는 것이다. 국내 게임 연구가 온
라인게임에 집중되고 있는 것은 이 같은 상황과 무관하지 않다.[16]

　현재까지 진행된 컴퓨터 게임 연구는 외면적으로 온라인게임에 집중되
어 있는 장르 편향의 문제뿐만 아니라 내부적으로는 학문의 방향성에 대한
심각한 딜레마에 빠져 있다.

　온라인게임 연구의 딜레마는 온라인게임을 일련의 서사체 발전 과정에
한 지점으로 보느냐, 그렇지 않으면 기왕의 발전 과정을 무시한 전혀 다른
새로운 서사체로 보느냐의 선택에서 연구자들이 느끼는 갈등이다. 환언하
면 온라인게임을 소설, 영화 등 기존 서사물의 연장선상에서 이해하려는
서사학(narratology)과 이전하는 존재하지 않았던 새로운 디지털 시대의 산
물로 이해하려는 게임학(ludology)의 충돌이다.[17] 전자의 시각을 선택할 경
우 온라인게임은 문학 연구의 한 영역이 될 수 있다. 서사학이 여전히 유효
한 이론적 근거가 될 것이기 때문이다. 반면 후자의 경우에는 기존의 서사
학은 용도 폐기되고 전혀 새로운 서사학 이론이 등장해야 한다. 문학 연구
의 범주를 넘어서는 것이다. 그러나 아직 디지털서사학(digital narratology)
이라 명명할만한 학문적 이론이 정립되지 않은 상태에서 후자를 선택하는

---

16 온라인게임 서사 연구자들은 온라인게임의 유저이기도 하다. 이는 문학 연구가 연구자들을 먼저 독자로 만
　드는 것과 동일한 맥락이다.
17 두 학문 영역 간의 충돌에 대한 외국 학계의 논의는 한혜원의 『디지털 게임 스토리텔링』(살림, 2005)의 제1
　장 '게임과 서사의 충돌과 화합'을 참조하기 바람.

것은 무모하다. 새로운 서사학 이론을 만든다 하더라도 전거(典據)가 되는 것은 기왕의 서사학 이론일 수밖에 없기 때문이다. 바로 여기서 온라인게임 연구의 딜레마가 발생하는 것이다.

국내 온라인게임 연구 역시 컴퓨터게임을 소설, 영화 등 기존 서사물의 연장선상에서 이해하려는 서사학의 입장과 새로운 디지털 시대의 산물로 이해하려는 게임학의 입장이 혼융(混融)되어 나타나고 있다. 온라인게임에 관한 선행 연구 중에서 대표적인 몇 가지를 살펴보면 다음과 같다.

이정엽은 이야기 예술의 시점이라는 측면에서 서사학적 입장을 지지한다.

> 서사문학이 시작된 이래로 대부분의 이야기 예술은 1인칭과 3인칭이라는 틀을 넘지 못했다. 소설이나 영화를 통하여 반복되는 진술은 언제나 '나(I)' 같은 1인칭의 시점이나 '그(he)' 혹은 '그녀(her)'와 같은 3인칭의 시점에서만 이루어졌다. (…중략…) 그러나 이야기 예술의 장르가 근대에 들어오면서 다양한 형태로 확장되면서, 문자로만 이루어진 서술(description)의 진술 형태에서 이미지, 영상, 상호작용성 등의 여러 장치를 통해 재현(representation)의 형태로 바뀌게 되었다. 서술의 형태에서는 시각적으로 충분히 재현되지 않던 꿈이나 환상의 이미지들이 직접적인 형태로 구현되면서 새로운 시점 조작의 가능성을 서사물에 부여할 수 있게 된 것이다. 그리고 그러한 조작의 가능성은 영화에서 컴퓨터 게임을 거쳐 확장되고 있다.[18]

그는 아직 게임을 학문으로 정립할 만한 결정적인 게임 이론이 정립되지 못한 실정이므로 게임과 여타 장르와의 차이점을 구별해 내는 차원에서 그 도입적인 분석이 필요하다고 보았고, 서사론을 바탕으로 게임의 시점을 여타의 이야기 예술 장르와 비교 분석하고자 하였다.

---

18 이정엽, 『디지털게임, 상상력의 새로운 영토』, 살림, 2005, 8~9면.

　전경란은 온라인게임의 특징을 혼종성, 공간성, 구조적 개방성, 현실의 모사, 사이버정체성의 구현으로 정리하고 온라인게임의 서사 양식이 기존의 서사 양식과는 다르다는 게임학의 입장을 취한다.

　　소설이나 영화와 같은 전통적인 이야기물에서 구체적인 이야기를 이루는 문장, 쇼트, 장면들은 실질적인 존재이지만, 창작자의 상상세계나 특별한 문학적 영화적 스타일을 형성하는 다른 요소들 – 계열체들 – 은 가상적으로만 존재한다. 전통적인 이야기물에서 통합체는 실재이고 계열체는 상상의 것이다. 따라서 이야기가 구성되는 계열체 선택들의 집합은 함축적인 반면, 실제 이야기는 창작자에 의해 구현됨으로써 명시적인 것이 된다.
　　그러나 MMORPG는 이 관계를 역전시킨다. MMORPG에서 실제 게이머들이 체험하는 이야기, 즉 통합체는 제각기 다른 것이며 이야기에 대한 체험의 방식도 객관적인 것이 아니라 주관적인 형태의 것이다. 이러한 특징으로 인해 MMORPG에서는 전통적인 이야기와는 다른 배경 이야기, 공간, 아이템 등의 이야기 요소가 게임 내에서 비교적 큰 비중을 차지한다. (…중략…) MMORPG에서 이야기 요소들은 게이머의 조합을 기다리는 상태로 제시됨으로써 이야기를 구성하는 일련의 가능성만으로 존재한다. 게이머는 배경 이야기, 인물 및 아이템 같은 이야기 요소들을 조합하여 이야기를 생산해낼 수 있으며, 이야기는 게이머가 다른 게이머와 어떤 사회적 관계를 맺느냐에 따라 달라지기도 한다.[19]

　전경란은 '상호작용성'을 온라인게임의 주요한 작동 원리로 보았다. 영화나 소설과 같은 이야기물들이 선형적인(linear) 사유 체계 속에서 연속성(sequential)의 원리로 이루어진 반면, 컴퓨터 게임과 같은 상호작용 미디어는 대체로 비선형적인(non-linear) 사유 과정을 거쳐, 자료들이 자유로운 연

19　전경란, 『디지털게임의 미학』, 살림, 2005, 38〜39면.

상(free association)의 원리에 의해 구축되는 비연속적인(non-sequential) 성격을 갖는다. 게이머 간 상호작용이 이루어지는 MMORPG에서의 강점은 게이머에게 하나의 완성된 사건구조를 강제하기보다는 게이머 자신의 의지에 따라 사건을 유발하고 그 진행을 자유롭게 경험하는 데 있다. 따라서 MMORPG의 이야기는 끊임없이 변형되며, 도달해야 할 최종적인 상태가 없는 형식(endless rhizome)의 이야기물이며,[20] 이는 기존의 서사물과 분명히 다른 온라인게임만의 서사성이라는 것이다.

이인화는 온라인게임의 이야기는 소설이나 영화와 본질적으로 동일하지만, 그것이 구현되는 방식은 온라인게임의 제작 과정이 갖는 디지털적 미디어의 속성 때문에 소설이나 영화와 변별된다는 중도적인 입장에서 한국형 스토리텔링의 가능성에 대해 역설한다.

소설이나 영화와 같은 전통적인 스토리텔링에서는 시간이 공간에 선행한다. 이에 비해 〈리니지2〉와 같은 온라인게임 스토리텔링은 공간이 시간에 선행한다. 스토리의 구성 요소를 크게 사건과 존재물(캐릭터, 아이템, 장소)로 나눌 때 전통적인 스토리텔링은 시간적 연쇄를 갖는 사건의 구성을, 디지털 스토리텔링은 허구적 공간을 구성할 수 있는 존재물의 구성을 우선시한다고 말할 수 있다.

전통적인 스토리텔링이 이야기 요소들을 종(縱)적으로 결합시켜 시간을 축으로 이어놓는 것이라면 디지털 스토리텔링은 선택 가능한 이야기 요소들을 횡(橫)으로 병렬시켜 공간의 축으로 이어놓는 것이다. 소설이나 영화에서는 시간의 축이 실재하며 공간의 축은 작가의 상상세계에는 있지만 사용자 앞에 구현된 텍스트에서는 가상적으로 존재한다. 반대로 〈리니지2〉와 같은 디지털 스토리텔링에서는 선택 가능한 존재물들이 만드는 공간의 축이 실재하며 시간의 축은 사용자에 따라 제각기 달라질 가능성을 안고 가상적으로 존재하는 것이다.[21]

---

20 전경란, 앞의 책, 69~77면 부분 요약.

그러나 허구적 공간을 구축한 모든 디지털 스토리텔링이 사용자들의 흥미를 끌고 사용자의 관심과 내비게이션을 이끌어내기 위해서는 그 허구적 공간이 스토리가 자라날 수밖에 없는 서사 잠재력(the potential power of narrative development)을 가지고 있어야 하며, 학자이기 이전에 소설가이기도 한 이인화에게는 바로 이 서사 잠재력이 온라인게임이 소설이나 영화와 같이 본질적으로 이야기 예술이라는 근거가 된다.

이인화가 한국 온라인게임 스토리의 구현 원리로 정리한 자발적 갈등 형성의 원리, 친교 모형 확장의 원리, 공간적 역동성의 원리, 윤리적 가치 창조의 원리는 모두 온라인게임의 서사 잠재력의 표상이며, 소설이나 영화의 스토리 구성 원리와 변별되는 디지털서사의 새로운 지점이다.

마지막으로 살펴볼 한혜원은 서사학과 게임학 양자를 모두 비판한다. 그는 먼저 서사학적 입장에서 지지되고 있는 '서사 진화론'의 오류를 다음과 같이 지적한다.[22]

첫째, 전통서사학자들의 이론은 하이퍼픽션(hyper fiction)이나 넷필름(Net Film) 등이 고전(苦戰)을 면치 못하는 이유를 설명하지 못한다. 다시 말해, 서사학자들의 공식에 따르자면 기존 서사물의 법칙을 그대로 답습하는 가운데 상호작용성이 덧붙여지면서 나타난 이러한 장르들은 기존의 소설이나 영화보다 성행해야 옳은데 현실은 그렇지 못하다는 것이다.

둘째, 전통서사학자들은 소설이나 영화를 통해서 이미 그 스토리를 검증받은 작품들이 게임화되거나 혹은 그 반대의 경우에 성공하지 못하는 예들을 설명하지 못한다.

이처럼 게임의 서사를 기존 서사물인 소설이나 영화의 연장선상에서 정

---

21 이인화, 『한국형 디지털 스토리텔링』, 살림, 2005, 37~38면.
22 한혜원, 『디지털 게임 스토리텔링』, 살림, 2005, 11~24면 부분 정리.

의하고 평가할 경우, 게임은 게임대로 영화는 영화대로 각각 다른 길로 나아가는 오류를 범하게 된다.

서사학 중심의 게임 분석에 반기를 들고 "게임은 게임이다."라는 모토 아래 게임을 독자적인 학문의 대상으로 취급하고 있는 게임학에서는 기존의 서사학의 잣대로 게임을 분석할 경우 재현(representation)에 초점을 맞추기 때문에 정작 게임에서 중요한 시뮬레이션(simulation)의 성격을 간과하게 된다고 주장한다. 게임학의 측면에서 정리한 게임의 특성에 따르면 게임은 서사이기보다는 시뮬레이션에 가깝다. 시뮬레이션에서 가장 중요한 것은 아리스토텔레스적인 플롯(plot)이 아니라 놀이의 규칙(rule)이며, 인물(character)을 재현하는 것(representing)이 아니라 규칙에 따른 행동의 법칙을 통합하여 모델화하는 것(modeling)이라는 것이 게임학자들의 설명이다. 서사가 재현 양식이기 때문에 독자나 관객으로부터 감정의 자극을 유발한다면, 게임은 시뮬레이션이기 때문에 플레이어로부터 행동을 유발한다. 소설이나 영화가 사건들의 시퀀스로 이어진다면, 게임은 행동의 법칙들로 엮어진다. 때문에 게임학자들은 '서사물의 작가(narrauthor)'와 '시뮬레이션의 작가(simauthor)'를 구분해야 한다고 주장한다.

그러나 게임에서 서사를 아예 배제해 버리거나 중요하지 않다고 치부하는 게임학의 논리에도 허점이 있다고 한혜원은 보았다. 초창기 컴퓨터게임에서는 서사가 그다지 중요한 구성 요소가 아니었지만 기술적인 한계가 극복되고 게임이 발전해감에 따라 서사의 중요성이 강조되기 때문이다. 초기 게임에서는 두드러지지 않았던 스토리가 RPG는 물론 스토리가 중시되지 않는 액션 게임에서까지 점점 강화되는 추세를 게임학이 설명하지 못하는 한계를 안고 있다는 것이다.

서사학과 게임학 양측 모두 분명 무게중심은 다르지만, 게임을 새로운 서사양식으로 받아들이고 새로운 분석의 틀로 분석되어야 한다고 본다는 점에서는 이견이 없다. 그럼에도 불구하고 꼬리에 꼬리를 무는 논쟁만 이어지고 있을 뿐, 정작 유의미한 새로운 분석의 틀을 제시하지 못하는 점이 현 단계의 한계로 지적된다.[23]

이 한계를 극복하기 위해서 한혜원은 서사학과 게임학 모두를 포함하는 중도적 입장을 취한다. "게임은 구텐베르크의 은하계를 파괴하려는 것이 아니다. 다만 서사라는 끝없는 우주에서 새롭게 발견된 은하다."라는 그의 진술이 이를 뒷받침한다.

서사학과 게임학의 충돌을 피하고 온라인게임 연구에서 방향성의 딜레마를 해결하기 위해서는 서사학과 게임학 모두를 포용하는 중도적 입장이 가장 유용하다. 그러나 이 입장은 자칫 서사학과 게임학으로 분리되었을 때 이룰 수 있는 학문적 성취를 삭감시키는 결과를 가져올 수도 있다. 두 영역이 서로 경쟁하며 논의를 진행시켜 나가는 과정에서 자연스럽게 변증법적인 통합이 이루어져야지 인위적으로 봉합하는 것은 위험하다. 특히 아직 컴퓨터 게임에 대한 이론적 토대가 제대로 마련되지 못한 현 상황에서는 오히려 서사학과 게임학의 충돌이 학문의 발전을 위해 바람직한 일일 수도 있다.

필자는 서사학의 입장에서 온라인게임의 서사 이론을 제시해보고자 한다. 서사학과 게임학이 정반합(正反合)의 과정을 통해 변증법적 통일을 이루게 됐을 때 비로소 디지털서사학은 완성될 것이다.

---

23 한혜원, 앞의 책, 23면.

4. 온라인게임의 서사성

논의를 시작하기에 앞서 문학 연구 대상으로서의 서사물에 대한 개념 정의부터 살펴보자. 세상에는 무수한 형식의 서사물이 있다. 서사물의 매체들 가운데는 발언된 언어(문자언어 및 음성언어), 그림(靜畵 또는 動畵), 제스처, 일정한 순서로 이러한 매체를 혼합한 것 등이 있다. 무수히 많은 형식들을 통해서 서사물은 시대와 장소와 사회를 초월하여 존재한다. 서사물은 대체로 그 문학성 여부와는 무관하다. 그것은 인생 자체와 마찬가지로 초국가적·초역사적·초문화적으로 존재하는 것이다. 이와 같이 범인류적이고 무한한 다양성을 가진 서사물은 현실 또는 허구의 사건과 상황을 하나의 시간 연속을 통해 표현한 것이라고 정의할 수 있다.[24]

롤랑 바르뜨의 견해에 제럴드 프랭스가 주석을 붙인 고전적인 정의를 먼저 언급한 것은 온라인게임[25] 서사가 서사물에 대한 이 같은 전통적인 판단을 배반하고 있기 때문이다. 물론 이것은 디지털 내러티브라 명명할 수 있는 컴퓨터와 인터넷이 만들어낸 새로운 형식의 서사체에 공히 해당한다. 필자는 이미 '디지털서사체의 미학적 구조'라는 주제 하에 웹아트와 인터넷소설을 분석한 바 있다.[26] 웹아트 분석에서는 문자 중심 서사가 음영 중심 서사로 변화해 가는 과정에서 발생하는 서사 양식에 대해 논의하였고, 인터넷소설 분석에서는 전통적인 서사물에서의 작가-독자 관계가 게시판이

---

24 제럴드 프랭스 저, 최상규 역, 『서사학』, 문학과지성사, 1988, 11~12면 재인용.

25 온라인게임은 컴퓨터 게임의 한 장르로 네트워크 게임이라고도 한다. 인터넷상에 게임 서버가 존재하고 유저들이 게임 전용 클라이언트를 설치하여 서버에 직접 접속, 다른 유저들과 함께 즐기는 멀티 플레이형 게임이다.

26 「디지털 서사체의 미학적 구조 연구 (1)—웹아트의 디지털 내러티브를 중심으로」, 『한국문학이론과비평』 17집, 한국문학이론과비평학회, 2002; 「디지털 서사체의 미학적 구조 연구 (2)—전자종이로서의 인터넷 게시판의 문학적 가능성」, 『어문연구』 43집, 어문연구학회, 2003.

라는 전자 종이 위에서 붕괴되는 과정의 시학적 의미를 밝혀보았다. 그러나 웹아트나 인터넷소설 모두 '현실 또는 허구의 사건과 상황을 하나의 시간 연속을 통해 표현한 것'이라고 규정을 위반하지는 않았다. 두 서사 형식 모두 선형적으로 존재한다는 일정한 규칙의 시간의 결합축 위에서 진행되었다는 점에서는 전통적 의미의 서사물과 교집합을 갖는다.

이에 비해 온라인게임은 주관화된 시간축 위에서 객관화된 공간축을 배경으로 스토리와 플롯의 멀티플(multiful)한 결합이 비선형적으로 이루어지는 다중 화자와 유동적인 시점의 서사 양식이다. 시간과 공간, 스토리와 플롯, 화자와 시점은 이미 익숙한 전통적 서사 양식의 요소이지만, 온라인게임은 그 요소들을 이어 쓰면서 동시에 새롭게 고쳐 쓴다. 이어쓰기에 주목한 것이 서사학이라면, 고쳐 쓰기에 무게중심을 두는 것은 게임학이다. 그러나 이어 쓰든 고쳐 쓰든 온라인게임이 시간과 공간, 스토리와 플롯, 화자와 시점이라는 구성 요소들을 '쓰고' 있기 때문에, 온라인게임은 서사다.[27]

이 세 가지 구성 요소들이 문학과 영화, 온라인게임에서 각각 어떤 방식으로 구조화되고 있는지를 살펴보면, 각 서사체 간의 동종성(同種性)과 이질성(異質性)이 파악될 것이다.

1) 시간과 공간

인간의 행동과 그 행동이 야기하는 사건은 시간의 흐름에 따라 순차적으로 일어난다. 행동과 사건들은 시간의 축 위에 그 좌표를 마련하여 분포되는 것이다. 행동과 시간은 물리적인 시간의 단위들에 의해 계측되고 순서

---

27 여기서 '쓰다'는 'writing'과 'use'의 의미 둘 다를 포함한다.

가 매겨지는 것이 자연의 원칙이다. 그러나 소설에서는 그러한 자연의 원칙을 배반하는 사건 배열을 빈번히 만날 수 있다.

먼저 일어난 사건이 나중에 서술되는가 하면 나중에 일어난 사건이 먼저 서술되기도 하여 물리적인 시간에 따른 사건의 발생 순서를 어기는 것이다. 게다가 긴 세월이 한 문장이나 한 문단으로 처리되는가 하면 그보다 훨씬 짧은 순간이 수 페이지에 걸쳐 다뤄지는 경우도 매우 흔하다. 시간은 소설의 본문 속에서 고무줄처럼 늘기도 줄기도 하는 것이다. 소설 독자에게 물리적인 시간의 연쇄와 본문의 사건 배열 사이에 벌어지는 불일치는 특별히 예외적인 경우가 아니라면 전혀 불합리하게 여겨지지 않는다. 오히려 독자는 본문의 사건들을 시간의 자연스런 순서로 환원시키는 수고를 감수한다. 본문 속에서 여러 해가 순식간에 흐르거나 반대로 한순간에 서술이 집중되어 시간이 정지하거나 지연되는 현상이 벌어져도 독자는 전혀 이상하게 여기지 않는다. 시간의 가속과 감속, 생략과 정지는 독자로 하여금 본문의 사건들에 대한 관심의 정도를 조절할 수 있도록 하는 순기능을 가질 뿐이다.[28]

본문의 사건들을 시간 순으로 재배열하거나 가변적인 본문의 시간 흐름에 따라 관심의 정도를 조절하여 서사를 구성하는 독자의 독서 행위는 소설 창작을 성립시키는 조건의 하나이다. 이미 다양한 방식의 문화적 학습을 통해 그러한 조건을 정신에 내장한 독자는 소설의 서사가 선조적 시간 개념으로부터 이탈하는 것을 차라리 당연하게 여긴다. 독서 행위는 소설의 서사가 시간의 흐름이 아닌 모종의 관습에 따라 구현된다는 것을 무의식중에 전제하여 수행되기 때문이다. 담론은 독서 행위가 전제하는 관습을 일

---

28 이재현, 「사랑 혹은 시간의 담론」, 2002년 동아일보 신춘문예 문학평론 부분 당선작.

컫는 술어이다. 담론은 화자와 청자를 두 축으로 삼는 대화 형식으로 이루어진다. 대화는 양방향의 속성을 지닌다. 화자의 발화는 청자에게 일방적으로 전달되는 데 그치는 것이 아니라 청자가 화자의 발화를 구성하기도 한다. 화자는 청자를 고려하여 말을 고르고 표현 방식을 짜기 때문에 화자의 발화는 청자에 따라 얼마든지 달라질 수 있는 것이다. 한편 발화에 내포된 화자의 의도가 고스란히 청자에게 이해된다는 보장은 없다. 청자의 이해가 화자에게 오해로 판명될 수 있다. 오해는 대화를 지탱하는 구실을 한다. 화자는 청자의 오해를 줄이기 위해 갖가지 발화 전략을 구사하며 그 전략에 청자가 반응함에 따라 대화가 지속되는 것이다. 그처럼 대화에서 벌어지는 화자와 청자의 상호작용이 담론의 개념으로 포괄된다. 담론은 화자의 발화만을 가리키지 않는다. 화자의 의도가 발화로 구현하는 데 개입하는 작용과 청자가 그 발화를 이해하는 데 개입하는 작용까지 기술하는 개념이 담론이다. 소설 본문은 창작과 수용의 상호작용으로 구조화되고 의미화된다는 점에서 대화적 속성을 지닌 담론으로 이해된다.

따라서 소설 본문의 사건 배열을 좌우하는 조건은 물리적인 시간의 흐름이라기보다 담론이라는 이름의 관습이다 소설 창작 그 관습에 따라 독자의 기대를 충족시키기도 하고 배반하기도 한다. 작가는 독자의 기대를 자극하여 독서 행위가 지속될 수 있도록 교묘하게 사건들을 배열하며 독자는 스스로의 기대와 예측을 계속 수정·보완하면서 본문이 감춘 사건의 전모를 풀어내려 한다. '시간 모순'으로 불리기도 하는, 시간의 순서와 본문의 사건 배열의 불일치 창작과 수용 사이에 수수께끼 놀이와 같은 현상이 벌어지도록 함으로써 독서 행위가 계속 진전되도록 하는 것이다.[29]

---

29 강헌국, 「서사물의 구현 양상」, 『내러티브』 창간호, 한국서사연구회, 2000, 213~214면.

모든 서술에는 두 가지 시간성이 있다. 하나는 서술된 사건의 시간성이고, 또 하나는 서술하는 행위 자체에 관계하는 시간성이다. 허구에 의해 구축된 세계인 디에제즈(이야기가 전개되는 서사 공간)에서, 하나의 사건은 스토리에서 추정되는 연대순에서 차지하는 위치에 의해, 사건의 지속 기간에 의해, 그리고 사건에 가입되는 빈도에 의해 정의될 수 있다. 그렇다고 해서 서술자가 사건을 우리에게 알려주기 위해 이러한 디에제즈의 시간성을 지켜야 할 의무는 없다. 서술자는 이 사실이 아니라 저 사실로부터 이야기를 시작하거나, 그것을 길게 혹은 반대로 아주 짧게 이야기하는 것, 또 그것을 한 번이나 여러 번 언급하는 것을 선택할 수 있다. 따라서 그의 서술에는 스토리의 시간성과 구별되는 특수한 시간성이 있다.

서술의 시간성과 스토리의 시간성이라는 두 축이 겹쳐지기 힘들다면, 우리는 이 두 축을 위에서 언급한 세 차원과 연결할 수 있다. 제라르 주네트는 이 세 차원을 순서와 지속, 빈도의 개념으로 구분하여 문학적으로 체계화시켜 놓았다. 소설은 동질적이고 (단 하나의 표현 재료만을 사용한다는 의미에서) 단성적인 매체, 즉 글로 쓰인 텍스트다. 영화는 말이든 글이든 (자막과 보이스 인이나 오프로 전달된다) 여러 가지 서술을 포함하기 때문에, 유사한 방식으로 시간성을 움직일 수 있다. 하지만 물론 이 시간성은 훨씬 더 분명한 다른 시간성, 영상 필름의 시간성 속에 삽입되기 마련이다.[30]

시각 예술이 그 본질상 재현된 세계를 전달함에 있어서 어떤 공간적 구체성을 상정하면서 한편으로 시간적인 무한함을 허용한다면, 문학(본질적으로 공간이 아니라 시간과 연관되어 있는)은 대체로 몇몇 시간적 구체성을 주장하며, 공간적 재현을 전적으로 규정하지 않은 채 남겨둔다. 사실상, 시간적

---

30 앙드레 고드로・프랑수아 조스트 공저, 송지연 역, 『영화서술학』, 동문선, 1994, 162~163면.

규정에 대한 의존은 문학을 이루는 재료인 자연언어에 본래적인 것이다. 그 이유는 하나의 체계로서의 언어와 다른 기호론적 체계들 사이에 차이점이 존재하기 때문이다. 언어적 표현은 일반적으로 말해서 공간을 시간으로 번역한다. 미셸 푸코가 지적한 것처럼, 어떤 공간적 관계(또는 어떤 현실)에 대한 언어적 묘사는 필수적으로 시간적 연쇄로 번역되는 것이다.

이러한 차이점은 문학과 시각 예술들의 특별한 지각 조건에서 비롯된다. 시각 예술에서는 기본적으로 공간에서 지각이 일어난다. 시간 속에서 일어날 필요는 없다. 그러나 문학에서 지각은 무엇보다도 시간적인 연쇄 속에서 일어난다. 문학 작품의 지각은 기억의 과정과 밀접하게 연관되어 있다. 반면에 시각 예술 작품에 대한 지각은 반드시 기억의 과정에 의해 제한되지 않는다.

영화의 공간은 스크린의 네 변과 표면만으로 한정되어 있다. 그러나 영화는 경계 돌파의 가능성이 언제이고 있을 수 있다는 가정 속에서 스크린 내의 표면을 채운다. 클로즈업은 네 변을 위협하는 기본적인 수단이다. 떨어져 나온 디테일은 전체를 대신하는 환유가 된다. 그것은 세계의 동형체이다. 그렇지만 우리는 그것이 어떤 실제 사물의 디테일임을 잊을 수 없으며, 따라서 스크린 위에 존재하지 않는 이 사물의 전모는 스크린의 경계와 충돌하게 되는 것이다. 현대 영화에서 가장 중요한 점은 이른바 쇼트의 심도 구축이다. 화면의 전경에 클로즈업을 배치하고 그 후경에 롱 쇼트를 결합시키면, 이들은 스크린의 본래적인 평면성을 깨고 훨씬 더 엄밀한 동형성의 세계를 구축하면서 영화 세계를 만들어낸다. 3차원이며 경계가 없는 다층적 현실 세계가 평면적이며 제한된 스크린의 세계와 동형으로 되는 것이다. 하지만 그것은 여전히 번역─매개자의 역할을 수행할 뿐이다.

영화의 공간은 다른 예술과 마찬가지로 특정한 액자 안으로 제한되어 있으면서도 동시에 세계의 무한한 공간과 동형성을 갖는다. 모든 예술에 공통되며, 특히 조형 예술에서 확연하게 드러나는 이러한 모순에다 영화는 자기 특유의 모순을 보탠다. 요컨대 그 어떤 조형 예술에서도, 예술적 공간의 내부 경계를 채우면서 동시에 영화처럼 적극적으로 그 경계를 파괴하고 한계 밖으로 나오려고 애쓰는 경우는 없는 것이다. 이러한 끊임없는 갈등은 영화 공간의 현실성이라는 환상을 구성하는 기본 요소 가운데 하나이다.[31]

소설에서 공간은 순전히 단어들에 의해 표현되므로 추상적이다. 그러나 이야기의 연속성과 독서의 지속성 때문에 시간은 강렬하게 느껴진다. 이와는 달리 영화에서 공간은 직접적인 제시를 통해 지각되므로 훨씬 구체적이다. 그리고 또한 영화에서 공간은 시간보다 먼저 나타난다. 편집에 앞서는 것이 쇼트이고 쇼트에 앞서는 것이 정사진의 한 프레임인 것이다. 그런데 이러한 공간의 선행성은 시간을 비활성화시켜 버린다. 문학에서는 시간의 흐름을 문자를 통해 자연스럽게 표현할 수 있지만 영화에서는 그것을 영상을 통해 표현해야 한다. 그러므로 공간을 통해 시간을 표시하기 위해 하나의 공간을 다른 공간과 교환함으로써(한 장면에서 다른 장면으로 넘어가는) 공간의 흐름이 시간의 흐름으로 바뀌게 되는 것이다. 그런 까닭에, 처음부터 시간을 가지고 있었던 소설은 공간을 확보하려고 애쓰지만 영화는 애초에 공간을 가지고 시간과 싸운다. 소설은 자신을 세계로 조직하려는 이야기이고 영화는 자신을 이야기로 조직하려는 세계인 것이다.

온라인게임의 시간과 공간은 문학과 영화와 달리 훨씬 더 복잡하고 다층적이다. 온라인게임의 외면은 시각적인 영상을 통해 서사가 진행된다는 점

---

31 유리 로트먼 저, 박현섭 역, 『영화 기호학』, 민음사, 1995, 149~153면 부분요약.

에서 영화와 닮아 있다. 그러나 장면과 장면의 전환이 강제적으로 이루어지는 영화와 달리 온라인게임은 게이머의 선택(마우스를 움직이는)에 의해 결정된다. 또한 영화가 장면 전환을 통해 비활성화되어 있던 시간을 무의식적으로 활성화시키는데 비해 온라인게임에서의 장면 전환은 여전히 시간을 비활성시킨다. 게이머가 시간의 흐름을 느끼는 것은 게임 내부 공간이 아니라 게임 외부 공간에서이다. 이것은 게임 내부 공간에서의 서사 체험이 강한 몰입과 동일화를 유발시킴으로써 시간의 흐름보다는 공간의 이동에 게이머의 관심을 집중시키기 때문이다.[32] 게이머들이 몇 시간씩 컴퓨터 앞에 앉아 온라인게임에 열중할 수 있는 것은 온라인게임이 자신의 이야기로 세상을 조직하려는 강렬한 욕망을 축발시킴으로써 게이머로 하여금 시간의 흐름에서 빗겨나도록 부추기기 때문이다.

문학의 시간이 스토리 시간(story time)과 텍스트 시간(text time)이라는 두 가지 층위가 있다면 영화의 시간에는 세 가지 층위가 있다. 프레임의 차원, 쇼트의 차원, 그리고 편집의 차원이 그것이다. 문학이나 영화 모두 층위가 개별적으로 존재하는 것이 아니라 복잡하게 얽혀 있고, 그 얽힘을 통해 서사 시간을 생성해 나간다.

온라인게임 역시 시간의 층위가 나뉘어져 있다. 게임 외부 시간과 게임 내부 시간이 그것인데, 게임 외부 시간에는 행위시간(play time)과 실제시간(real time)이, 게임 내부 시간에는 행동시간(action time)과 가상시간(virtual time)이 있다.

실제시간이 게이머 자신이 경험하는 현실의 시간이라면, 가상시간은 게이머가 게임 내에서 조정하는 캐릭터가 경험하는 시간이다. 행위시간은 게

---

32 이때의 동일화는 게이머가 게임 속에서 자신의 아바타인 캐릭터와 실제 자신을 혼동하는 것을 의미한다.

임을 하는 행위 동안 흘러간 물리적 시간이라면 행동시간은 캐릭터가 게이머의 조정을 받아 행동을 하면서 흘러간 시간이다. 월드오브워크래프트(WOW)라는 온라인게임 유저에게 실제시간은 지금 현재이지만 가상시간은 신과 인간이 공존하고 선과 악이 대립하는 신화의 시간이다. WOW를 PC방에서 두 시간했다면 행위시간은 두 시간이지만 그 두 시간에 캐릭터가 플레이하면서 겪은 행동시간은 1년일 수도 2년일 수 있다.

행위와 행동을 분리한 것은 온라인게임 서사가 이중의 체험을 가져다주기 때문이다.[33] 문학이나 영화는 독서 행위이고 관람 행위이다. 실제 텍스트 안에서 독자나 관객은 어떠한 행동도 할 수 없다. 읽거나 볼 수만 있을 뿐이다. 그러나 온라인게임은 게이머가 마우스를 조작하는 행위(play)를 통해 몹을 사냥하거나 다른 유저들과 대화를 나누는 등의 행동(auction)을 직접 할 수 있다.

문학 작품을 읽을 때의 독서시간이나 영화를 볼 때의 관람시간은 일종의 행위시간이지만 그 시간 동안 주체는 텍스트와 타자적 거리를 유지할 수 있을 뿐 텍스트 안에 직접 뛰어들지는 못한다. 그러나 온라인게임의 행위시간은 텍스트 안에 주체를 직접 위치시켜줌으로써(또는 객체와 동일시시켜줌으로써) 행동시간이라는 독특한 시간을 경험하게 해 준다. 행동시간을 통해 온라인게임은 그 이전의 어떠한 서사물도 제공해 주지 못했던 강력한 가상 체험을 만들어 낸다.

또한 문학이나 영화에서는 실제시간과 행위시간의 시간 길이가 동일한 반면, 온라인게임에서는 행위시간과 행동시간의 길이는 항상 다르다. 영화를 두 시간 관람하였다면 실제시간도 두 시간이 흘러갔지만, 온라인게임에

---

33 사전적 정의로 행위는 '사람이 위지를 가지고 하는 짓'이며, 행동은 '몸을 움직여 동작을 하거나 어떤 일을 함'으로 구분된다.

서 행위시간이 두 시간이었다면 행동시간은 1년일 수도 그 이상일 수도 있
다. 이 같은 시간 길이의 차이 역시 주체가 텍스트 바깥에 위치하느냐 텍스
트 안으로 뛰어드느냐의 차이에서 기인한다.

　온라인게임의 시간이 행동시간이라는 능동적 시간관을 갖게 됨으로써
서사 공간은 읽거나 보는 곳이 아니라 체험하는 공간으로 확대된다. 문학
의 공간이 단순한 문장의 표시에 머물고 영화의 공간이 시각적으로 인지하
는 화면에 불과한데 비해 온라인게임의 공간은 직접 들어가 볼 수 있도록
게이머에게 열려 있다.

〈리니지2〉의 스크린 샷

　위 그림이 영화의 한 장면이었다면 관객은 뒤에 배경으로 서 있는 멋진
건물을 주인공이 들어가 보지 않는 한 결코 볼 수 없다. 그러나 〈리니지2〉
의 게이머는 자신이 원하면 언제든지 건물 안으로 들어가고 나올 수 있다.
직접 체험할 수 있게 됨으로써 온라인게임 서사에서 공간은 버추얼 리얼리
티를 제공해 준다.

김훈의 『칼의 노래』는 임진왜란을 모티브로 하여 16세기 조선을 시공간적 배경으로 삼고 있다. 독자는 『칼의 노래』를 읽으면서 그 시대를 간접 체험할 수는 있지만 선조가 살고 있는 대궐 안을 거닐거나 거북선에 승선해 그 내부를 볼 수는 없다. 시간과 공간이 텍스트에 붙박여버려 임의로 독자가 주관화(主觀化)하지 못한다. 독자가 책을 읽으면서 리얼리티를 느낀다면 그것은 임진왜란이라는 역사적 사실과 이순신이라는 실존 인물에 대해 이미 습득하고 있는 사전 지식과 텍스트에 구현된 허구적 세계가 일치한다고 느끼기 때문이다. 그러나 임진왜란을 배경으로 한 〈조선협객전〉이라는 온라인게임에서 역사적 사전 지식은 게임에 몰입하는 데 오히려 방해가 된다. 16세기 조선이라는 시공간은 게임 텍스트 안으로 삽입되면서 변형된다. 직접 주인공이 되어 타인과 경쟁하고 적을 물리치는 게임의 세계에서 리얼리티는 역사적 사실이 아니라 게이머가 느끼는 몰입과 동일시의 강도에 따라 그 진폭이 결정된다. 시간과 공간이 행위를 통해 실제 화면상에 구현되고 체험됨으로써 시공간은 텍스트에 붙박여 있는 것이 아니라 게이머의 의지에 따라 텍스트를 떠다닌다.

〈조선협객전〉의 스크린 샷

온라인게임의 시간과 공간은 분명 문학이나 영화에서의 시공간과 다르다. 읽고 보고 느끼는 것이 아니라 직접 참여하고 행동하고 체험함으로써 시간과 공간은 텍스트를 뛰쳐나와 게이머의 의식 세계 안으로 주관화되어 들어간다. 완결된 시간(문학과 영화)과 끝없이 미래를 향해 열려 있는 시간(온라인게임),

읽거나 볼 수밖에 없기에 닫혀 있는 공간(문학과 영화)과 직접 들어가 볼 수 있는 열려 있는 공간(온라인게임)이라는 차이는 행위에서 그치느냐 행동으로 이어지느냐의 차이이다. 행동은 행위에서 진화된 것이다. 문학과 영화의 2차원적인 시공간이 행동을 통해 3차원인 시공간으로 발전되었지만 온라인게임의 '행(行)'은 여전히 문학과 영화로부터 빚을 지고 있다.

2) 스토리와 플롯

스토리는 텍스트에서 생겨나는 행동과 속성으로 이루어진 명제들이 시간순으로 연속된 것이다. 스토리는 작가에 의해 조작되어 플롯이 되는 원료, 즉 연대기적으로 진행되는 일련의 사건에 해당한다. 스토리는 텍스트 너머의 시공간적 차원에 존재하므로, 작가의 서술에 선행하는 실제 시간에 일어난 특수한 일련의 사건이라고 보아도 된다. 플롯의 기초로서의 스토리는 플롯과 서사적 의미를 수용하기 위해서 완전히 재편성되어 조직될 수도 있다. 스토리와 플롯의 구별은 러시아 형식주의와 구조주의에 특별히 중요했다.

플롯은 산문극이나 운문극과 이야기에 나오는 사건(event)들의 순서에 따른 제시 혹은 사건들의 패턴을 가리킨다. 이것은 거의 보편적으로 들어맞는 정의이기는 하지만 여기에 함축적 의미를 보태서 플롯이란 말을 특정하게 쓰는 경우도 자주 있다. 플롯의 정확한 의미를 둘러싼 많은 혼란은 플롯, 스토리, 사건(incident)의 구별이 극히 중요한데도 자주 무시된다는 데에서 비롯된다. 때로는 호환적으로 사용되기도 하는 플롯, 스토리, 사건은 서로 관련되어 있으면서도 구별되는 용어이다. 이 용어들의 차이는 이야기와 극을 한 줄로 엮은 구슬에 견주어서 설명할 수 있다. 이야기와 극의 요소가 되는 사건은 각각의 구슬이고, 스토리는 그 한 줄이고, 플롯은 구슬을 엮은 순서와 방법이다. 같은 사건들을 두 가지 다른 순서나 방식으로 배열하여 같은 스토리를 말하고 있는 사례는 역사와 문학 도처에 퍼져 있다. 가장 널리 이용된 예의 하나는 예수의 탄생과 삶의 스토리이다. 유대인, 기독교인, 무신론자 작가들은 같은 예수의 스토리를 말하지만 강조하는 대목이 다르고 따라서 의미도 다르다.[34]

기원전 4세기 그리스 비극의 시대 이래 아리스토텔레스의 『시학』은 비평적으로든 일반적으로든 플롯에 관해 생각하는 데에 주요 전거 역할을 해왔다. 플롯은 통례적으로 미토스(mythos)라는 아리스토텔레스의 용어와 동일한 것으로 이해되어 왔다. 아리스토텔레스의 정의에 명시되어 있는 것은 행동의 미메시스로서의 플롯이라는 개념이다. 그 행동은 첫째로는 전체를 이루며, 둘째로는 인과율의 패턴으로 통일되어 있다. 모든 플롯은 저마다 적합한 모양 혹은 형식을 가지고 있다. 즉 그 전체성은 처음, 중간, 끝으로 이루어져 있으며, 그 통일성은 끝을 중간에, 중간을 처음에 연결해주는 원인들의 계시로 이루어져 있다.

근래의 비평 저작에서 플롯이라는 용어의 의미는 보다 안정되었다. 러시아 형식주의와 프랑스 구조주의의 전통 속에서 작업하고 있는 츠베탕 토도로프와 제라르 주네트 같은 비평가들은 스토리(이야기나 극에서 일어나는 일)와 플롯(사건의 제시)을 아주 일관성 있게 구별한다.

러시아 형식주의 서사이론은 스토리(파뷸라)와 플롯(슈제트), 스토리와 스토리가 말해지는 방식을 구별한다. 파뷸라는 실제 시간에서 일어났을지 모

---

34 로버트 리처드슨 저, 이형식 역, 『영화와 문학』, 동문선, 2000, 56~57면.

르는 순서 그대로의 스토리를 가리키며, 저자의 형식적 조작을 기다리는 아직 가공되지 않은 이야기 재료에 해당한다. 슈제트는 스토리에 가해진 저자에 의한 변형을 지칭한다.

서사이론은 구조주의와 러시아 형식주의라는 두 개의 주요한 기호학적 이론으로부터 기본적인 개념을 추출하였다. 다른 모든 기호학의 연구와 마찬가지로 서사 분석은 기의와 스토리 전체 사이에서 겉으로 '동기화된' 그리고 '가공되지 않은' 관계를 벗겨내는 것을 추구한다. 그것은 서사 형식을 통하여 표현된 문화적 조합과 관계의 보다 깊은 체계를 드러내기 위한 것이다. 서사 분석의 주제는 서사 구조와 (관객이) 서사를 이해하는 과정에 대한 연구라고 할 수 있다. 이를 보다 상세히 열거하자면 다음과 같다. ① 스토리 개요와 플롯 구조 같은 요소들과는 구분되는, 서사 작품의 수많은 층위에서 이루어지는 상호작용, ② 다른 인물에 의해 요구되는 행동의 측면, ③ 서사 정보가 시점에 의해 전달되고 조절되는 방식, ④ 스토리 전체와 등장인물들에 대한 화자의 관계 등이 서사 분석의 대상이 되는 것이다. 물론 츠베탕 토도로프에 의해 명명된 '서사학(Narratology)'은 일부 학자들에게는 서사에 대한 엄밀한 구조주의적 연구 또는 시제, 법(mood) 그리고 음성 연구의 하위 범주와 관계된, 보다 각별한 맥락에서 쓰이고 있긴 하지만 최근 들어 이 용어는 서사 분석의 공식적 이름이 되었다.[35]

러시아 형식주의적인 방법으로 영화를 서사 예술로 접근할 때 가장 쟁점이 되는 것은 파블라와 수제의 개념이다. 파블라는 스토리로, 수제는 플롯으로 이해하면 되는 이 개념들은, 그야말로 영화가 '담고 있는' 스토리가 실제 영화에서는 어떤 형식으로 '드러나는가'에 대한 연구의 출발점이 된다.

---

35 시모아 채트먼 저, 한용환 역, 『이야기의 담론』, 고려원, 1991, 109면 참조.

하지만 같은 형식주의자들 사이에서도 플롯과 스토리의 관계를 바라보는 방식이 같지는 않다. 플롯을 스토리 행위의 차원에서 스토리와 불가분의 관계에 있다고 보는 입장이 있는가 하면 플롯을 매체에 독특한 전형적인 형태, 즉 스타일에 의해 조절되고 또 스타일과 크게 연관되어 있다고 보는 입장이 있다. 결국 스타일과 플롯의 관계는 서사학의 핵을 이루는 문제이면서도 영화 산업이 조장한 장르영화의 관습이라든가 영화의 대중화 추세와 맞물리면서 자연스럽게 습득된 서사 양식에 의해 가변성을 가질 수밖에 없는 것이다.

영화에서 중요한 것은 현실과 똑같은 공간의 재현이 아니라 조작된 이미지의 문제이다. 걷고 있는 사람을 묘사 할 때 영화는 발 같은 일부분의 모습을 보여줌으로써 여러 의미를 담을 수 있다(즉 여기서의 발은 운동감의 표현이나 사회적으로 하부 구조의 모습을 암시하는 다중적 의미를 표현하는 것이다). 이는 보이는 그대로의 현실이 아니라 창조된 상황과 새로운 사물 곧 예술적 층위에서 변형된 사람과 사물을 묘사함을 말한다(카메라 쪽에서 보면 스크린 면적의 고립이나 관객이 보는 시선의 제한 같은 방법으로 말이다).[36]

영화의 구성 단위는 쇼트이며 쇼트들은 잇따르는 형태로 펼쳐지지 않고 단계적으로 배열된다. 쇼트와 쇼트 사이의 간격은 마디로서 관객이 참여하는 상상적 공간을 허락한다. 여기서 몽타주 이론이 나온다. 몽타주는 화면 접착의 수단이자 스토리 상황의 설명 수단이며 지각되지 않고 감추어진 것이자, 기본적으로 관객에게 상상의 공간을 주는 리듬으로 작용한다.

영화는 스토리와 플롯의 문제를 해결할 때 고유의 재료와 양식에 반드시 주목해야 함을 필요로 한다. 영화가 아무리 진실하더라도 심지어 다큐멘터

---

36 유리 로트먼 저, 박현섭 역, 『영화 기호학』, 민음사, 1995, 129면.

리에서마저 현실적 신빙성은 파괴된다. 이는 예술 형식으로서의 장르의 문제가 특별한 소재선택의 문제, 그리고 표현 내용의 문제와 얼마나 긴밀하게 연결되어 있는가를 가리킨다. 예를 들어 코미디 영화에서의 플롯 전개는 스토리 밖에 존재한다(이야기 바깥에서 영화로서 표현할 수 있는 장르를 동원하여 코미디 영화는 웃기고 있는 것이다).[37]

영화는 연극에서와는 달리 디테일(표정, 대상) 등을 볼 수 있고, 상상되듯이 장소를 수월히 이동할 수 있고 다양한 거리에서 다양한 얼굴로 다양한 조명을 통해 인물과 사물을 볼 수 있다. 스크린은 상상의 공간이고 그곳에서 고정된 부동성이란 없다.

영화도 시간의 흐름으로 지각되는 예술이라 할 때 시간이 지각되는 형식으로서의 일종의 마디를 가져야 하고 그 마디는 정도의 차이는 있지만 영화의 언어가 된다. 즉 쇼트와 쇼트 사이의 간격이 관객에게 말하는 상상적 공간으로서 언어가 된다. 마디는 자체의 특성을 구성하는 가장 작은 성분에서부터 시작하여 실제 지각할 수 있는 구조적 부분에 이른다. 영화는 자연을 재료로 그것을 변형시켜 생긴 자기 고유의 인위적으로 구축된 조건적인 것이며 어떤 점에서는 이러한 이차적인 특성을 기반으로 존재하는 것이다.

영화 언어는 다른 장르의 언어 이상으로 현실과 긴밀히 연결된 조건적인 특성을 가진다. 영화의 기반은 일상의 사용을 통해 익숙해져 스크린에서도 곧바로 이해 가능한 표정과 제스처로 되어 있다. 문제는 너무 빈약하고 다의적이란 사실이다. 게다가 일상에서 사용되지 않는 의미 시스템들을 만들어 내는 대중매체로서의 경향도 지닌다.

---

37 로버트 리처드슨, 앞의 책, 145면.

영화의 연속성은 몽타쥬가 완벽한 연결이 아닌 단속적인 연결들을 야기하기 때문에 독특한 특성을 지닌다. 여기서 '심리 기호학'의 문제와 만난다. 영화 구조에 나타난 모든 요소들을 자세히 읽는 방법을 통해 영화와 관객의 정체성에 대한 관계를 분석하는 것이다. 기표로서는 스토리, 배우, 무대 공간, 조명, 배우들의 동작 등이 될 수 있겠고, 기의로서는 관객의 집단의식에 의하여 이러한 기표로부터 나오는 의미나 메시지 등이 될 것이다. 영화 속에서 기호의 의미를 통제하는 일련의 가치, 신념, 보는 방식 등을 연구하여 기호에 담기는 이데올로기의 흔적에 초점을 주는 노력이 필요해진다.[38]

러시아 형식주의나 구조주의가 문학 텍스트의 스토리와 플롯을 구분하고 그 역할과 기능을 탐색하고자 하였다면, 심리기호학은 영화 텍스트를 해석하려는 학문적 모색이다. 문학이론이나 영화이론은 모두 텍스트를 해석해 내고자 하는 시도에 다름 아니다. 이것은 스토리와 플롯이 텍스트에 고정되어 있기 때문에 가능한 일이다. 그러나 시간과 공간이 텍스트를 뛰쳐나와 게이머의 의식 세계 안으로 주관화되어 들어가는 온라인게임에서 스토리와 플롯은 자의적이고 임의적인 느슨한 연결에 불과해진다. 게임 분석이 문학이나 영화처럼 텍스트 분석이 아니라 리뷰에 그치는 것은 스토리와 플롯의 전개가 캐릭터의 선택과 행동에 따라 수없이 다양한 경우의 수를 가지기 때문이다. 따라서 게임 분석은 스토리와 플롯이 결합된 시나리오를 제외한 텍스트 요소들, 예를 들어 그래픽이나 음악, 인터페이스, 시스템 등에 대한 플레이 소감에 불과하다. 온라인게임에 대한 분석 글 하나를 예로 보자.

---

38 유리 로트먼 앞의 책, 58면.

〈영웅 온라인〉은 정통 무협을 지향하는 무협 온라인게임이다. 그간 국내에서 된서리를 맞았던 무늬만 무협이었던 선배 무협 게임들의 전철을 밟지 않기 위해 국내 유명 무협 작가 4인을 게임 제작에 참가시켜 무협 게임으로서의 완성도를 높이려 했다.

게이머는 4인의 영웅 중 한 명을 선택해 게임을 시작할 수 있으며 자유 스테이터스 부여 방식을 채택하고 있기 때문에 자신만의 개성 넘치는 캐릭터를 키울 수 있다. 주로 창과 도의 경우 힘 위주의 스테이터스를, 봉과 검을 선택한 게이머는 민첩성에 포인트를 투자하는 경우를 많이 볼 수 있다.

〈영웅 온라인〉은 무협 장르라면 빼놓을 수 없는 다양한 무공과 영물, 그리고 문파 시스템을 지원한다. 게임 내에서 보고들을 수 있는(이 게임은 음성이 지원되는 게임이다) 어투와 행동거지 등 사소한 것 하나조차 무협 장르에 충실하기 때문에 게이머는 자신이 흡사 무협 세계에 와 있는 것 같은 느낌을 들게 한다.

일정 레벨을 쌓은 게이머는 〈영웅 온라인〉의 메인 스토리인 십이천마 퀘스트를 즐길 수 있다. 십이천마 퀘스트는 한편의 무협 소설이라 할 수 있으며 퀘스트를 따라 게임을 즐기다 보면 자연스레 게임의 메인 스토리를 감상할 수 있다.

〈영웅 온라인〉은 공격 시스템이 상당히 독특한데 그 이유는 바로 상중하 타격이 존재하기 때문이다. 게이머의 공격은 랜덤 방식으로 상중하 중 두 곳을 공격하며 크리티컬이 나갈 경우 한 곳만 공격하게 된다.

만약 몬스터가 게이머의 일격을 막았더라도 이격이 들어갔을 경우 이격의 타격치를 얻게 되는 방식으로 데미지를 줄 수 있다. 물론 공격을 모두 방어하는 경우도 있으며 반대로 모든 공격에 무방비로 맞는 경우도 있다.

게임의 그래픽 및 사운드는 평이한 수준이다. 〈영웅 온라인〉의 그래픽과 사운드는 화려하진 않지만 그렇다고 해서 수수하지도 않은 적당한 수준을 보여주고 있는데 다만 다소 부실한 타격음이 약간 아쉬운 부분이라 할 수 있다.

단축키를 이용한 간편한 전투시스템은 게이머의 피로감을 상당부분 덜어준다. V 버튼을 눌러 적을 타겟팅한 후 A 버튼을 눌러 적을 공격한다. 그리고 몬스터가 드롭한 아이템은 S 버튼을 눌러 습득할 수 있다. 마우스 사용 없이 손가락 몇 개만으로 사냥을 할 수 있다는 편의성은 게이머의 좋은 평가를 받을 수 있는 부분이다.

〈영웅 온라인〉은 수차례 패치 및 업데이트를 통해 안정적인 게임 내용을 보이고 있다. 그렇기 때문에 게임 자체로서는 괜찮은 평가를 내리고 싶다. 그리고 영물 시스템 및 경공과 무공 시스템 등 무협의 분위기를 살리기 위한 조명 장치 또한 충분히 갖춘 게임이다.

하지만 조명은 어디까지나 주인공을 위해 분위기를 살려주는 존재일 뿐이다.

〈영웅 온라인〉은 무대의 주인공이라 할 수 있는 메인 시나리오가 게임 내에 잘 녹아들지 않았다는 점이 아쉬움으로 남는다.

　　〈영웅 온라인〉의 메인 시나리오는 십이천마의 부활과 그에 맞서 분연히 일어난 게이머의 승부를 다루고 있다. 십이천마 시나리오 중 현재 공개된 '귀령천마의 장'을 플레이해본 결과 게임만으로는 귀령천마의 장 내용을 잘 파악할 수 없다.

　　NPC들은 퀘스트를 해결하는 조건 외에는 단편적인 내용만을 게이머에게 알려줄 뿐이며 퀘스트 내용 자체도 어느 게임에서든 볼 수 있는 단편적인 임무밖에 주지 않는다. 퀘스트를 진행하면서 무협의 짜릿함과 감동을 전혀 느낄 수 없었으며 퀘스트 자체도 어느 지점을 통과하면 갑자기 난이도가 대폭 상승해버리기 때문에 진행 자체도 상당히 어렵다.

　　아직까지 십이천마 중 한 명의 시나리오만 밝혀진 상황에서 속단하기는 이르지만 현재 〈영웅 온라인〉의 상황은 향기는 좋지만 정작 꿀이 없는 목련이라 비유할 수 있겠다. 앞으로 계속 공개될 메인 시나리오는 부디 좋은 스토리를 잘 살려줬으면 하는 바람이다.

—〈영웅 온라인〉 리뷰 전문[39]

　　위 글에서 게임 분석자는 〈영웅 온라인〉의 시나리오에 대해 "플레이해본 결과 게임만으로는 귀령천마의 장 내용을 잘 파악할 수 없다."고 짤막하게 언급해 놓았다. 그러나 〈영웅 온라인〉 홈페이지에 가보면 귀령천마 시나리오가 소개되어 있다. 시나리오가 분명히 존재함에도 불구하고 파악할 수 없다는 것은 온라인게임 시나리오가 주어진 메인 시나리오에서 게이머의 선택에 따라 서브 이야기가 갈라지는 분기형(分岐形) 스토리이기 때문이다. 이것은 인터넷의 하이퍼텍스트 구조와 유사한 방식으로 온라인게임의 시나리오가 구조화되어 있음을 보여준다.

　　〈영웅 온라인〉 홈페이지에 소개된 귀령천마 시나리오의 전문은 다음과 같다.

1. 겁난(劫亂)의 서막(序幕)

천년 강호의 역사는 전쟁의 역사였다. 강호가 생긴 이래 정(正)과 사(邪)는 마치 동전의 양면처럼 언제나 공존하며 대립했고 그에 순백의 폭력을 지향하는 마교가 등장하면서 강호는 자연히 크게 세 개의 세력으로 나누어졌다. 정(正), 사(邪), 마(魔). 마치 강호라는 어미의 서로 다른 성격의 세 아들처럼 그들은 서로 닮아 있었다. 협과 의를 앞세우는 정파는 때론 가증과 위선의 가면으로 스스로의 정체성을 위협하기도 했고, 사파의 거친 야수성은 이내 탐욕으로 바뀌기도 했으며, 푸른 불꽃의 정수 속에 깃든 진정한 마성이 강호일통이란 헛된 야욕으로 변질되기도 하였다. 그렇게 그들은 하나의 솥을 받든 세 개의 다리처럼 서로를 견제하며 강호의 균형을 유지해 왔다. 그리고… 16년 전, 결코 화합할 수 없어 보였던 그들이 서로의 손을 맞잡은 사건이 발생한다.

___12천마(十二天魔)의 난

중원 각지에서 동시에 탄생한 열두 명의 마인. 낭인, 파문제자, 사생아, 살수, 기녀, 점소이, 무림공적… 그들은 세상 사람들의 멸시와 천대를 받던 출신으로 이루어져 있었다. 마치 불의한 편견에 대한 하늘의 응징처럼 그들은 그렇게 세상에 모습을 드러내었다. 그들을 조소하며 선제공격에 나선 남궁세가가 단 일인의 천마에 의해 멸문을 당하자 그제야 강호인들은 무림맹을 중심으로 뭉치기 시작했다. 그들의 무공은 강맹했고 동시에 기이했다. 지금까지 한 번도 본 적 없는 괴이한 초식과 독창적인 내공. 소림의 장경각(藏經閣)이 불타오르고 무당의 조사전(祖師殿)이 무너져 내렸다. 구파일방은 연이어 패퇴했으며 최후의 보루였던 강호사대세가(江湖四大世家)마저 무너졌다. 12천마의 힘은 시간이 흐를수록 더욱 강대해졌다. 그때까지 구파일방에 눌려 소외받던 수많은 떠돌이 무인들이 12천마의 휘하로 모여들기 시작한 것이다. 그들은 목표는 정파인만이 아니었다. 정파무림이 무너지자 그때까지 강 건너 불구경 하듯 사태를 주시하던 사파무림과 마교에 불똥이 튀기 시작했다. 무자비한 그들의 손에 의해 사파의 중심이었던 장강수로채(長江水路寨)와 녹림칠십이채(綠林七十二寨)가 연이어 몰락했다. 결코 무너지지 않을 것 같았던 마교마저 그들에게 패배하자 모든 강호인들이 떠올린 생각은 하나였다. 파멸!

…그렇게 강호는 서서히 죽어가고 있었다.

__12천마가 출현한 지 3년 후

강호에 한 명의 초신성이 등장한다. 약골문사로만 보였던 그가 바로 오늘날의 천룡대협이었다. 그는 12천마를 십만대산(十萬大山)에 미리 마련한 함정으로 유인하는 데 성공한다. 그의 완벽한 준비에 결국 12천마는 그곳에서 모두 죽음을 맞이한다. 불사의 신체도, 그 무서운 무공도 오로지 그들을 제거하기 위해 마련된 천룡대협의 안배 앞에서는 소용이 없었던 것이다. 12천마가 죽자 그들을 따르던 추종자들은 정사마 연합군 앞에 오합지졸에 불과했다. 대부분 죽음을 당했고 살아남은 이들은 뿔뿔이 흩어졌다. 그러나 12천마는 모두 죽었지만 그들이 어디서 왜 세상에 나타났는지는 끝내 밝혀지지 않았다. 또한 어떻게 그들을 십만대산으로 유인할 수 있었는가에 대해서 천룡대협은 굳게 입을 닫았다. 모든 의문이 그대로 남은 채… 그렇게 강호는 평화를 되찾았다.

__그로부터 13년 후

강호는 평화로웠다. 천하는 의와 협의 수호자인 천룡맹(天龍盟)이 강력한 힘을 바탕으로 무림의 중심으로 우뚝 서 있어 사파와 마교로 대변되는 사마의 무리들은 숨을 죽이고 있을 수밖에 없었다. 야수성과 마성은 기를 펼 수 없을 것만 같았다. 영원히…… 그 평화가 깨져 버린 것은 유난히 무덥던 어느 여름날 밤이었다.

__천룡대협의 죽음

모든 강호인들에게 충격과 경악을 함께 안겨준 일대 사건! 과거 12천마의 난을 해결하면서 강호의 초신성으로 등장한 천룡대협. 그가 무림의 수호맹인 천룡맹, 자신의 연공실에서 암살을 당한 것이다. 더욱 놀라운 것은 그 사건의 범인이 바로 천룡대협의 아내이자 정파무림의 어머니로까지 칭송되던 모란대부인이라는 소문 때문이었다. 모든 무림인들의 시선이 천룡맹에 집중되었다. 천룡맹에서는 구파일방 등 강호의 명숙(名宿)을 천룡맹으로 소집했고 사건의 진상을 밝히기 위해 움직이기 시작했다. 그러나 사건의 범인이라는 모란

대부인은 사건 직후, 정신을 잃고 쓰러져 다시는 깨어나지 않았다. 정상적인 의사소통이 불가능했고 사건은 점차 미궁으로 빠져들었다. 도대체 왜 모란부인이 남편인 천룡대협을 살해했단 말인가?

2. 영웅소집

천룡대협과 모란부인의 외동딸인 영영은 자신의 호위무사를 통해 이번 사건을 해결해줄 영웅을 찾기 시작했다. 영영은 자신의 어머니가 아버지를 해칠 어떤 이유도 없다는 것을 잘 알고 있었다. 어머니는 아버지를 진심으로 사랑했고 존경했었다. 그 어떤 협박이 있었다 하더라도 어머니는 아버지를 해치지 않을 것이다. 설령 그녀 자신의 목숨을 잃게 된다 하더라도. 분명 이번 사건에는 알지 못할 음모가 도사리고 있었다. 그러나 증거가 너무 명백하여 혐의를 벗을 방도가 없었다. 이대로라면 어머니는 영원히 아버지를 해친 악녀라는 누명을 쓴 채로 죽게 될 것이었다. 자신의 어머니가 무고하다는 것을 밝혀내줄 영웅(英雄)! 아버지의 의문스런 죽음에 대한 진실을 밝혀줄 영웅. 강호에 불어닥칠 피바람을 막아줄 영웅……. 그녀는 간절히 그러한 영웅을 찾고 또 찾았다.

3. 생사신의(生死神醫)와 마의(魔醫)

어린 영영의 애절한 바람을 이뤄주기 위해 한 영웅이 찾아왔다. 그는 자신의 이름도 밝히지 않은 채, 묵묵히 이 거대한 사건 속으로 뛰어들었다. 그가 가장 먼저 찾은 사람은 천룡대협의 부검을 담당한 생사신의였다. 생사신의를 통해 그는 한 가지 중대한 사실을 알게 된다. 모란대부인이 혼미상태에 빠진 것이 사건의 충격 때문이 아니라 이혼대법(離魂大法)이라는 무서운 마공에 의한 것임을. 이혼대법을 풀 수 있는 사람은 강호에 오직 한 사람. 정파인은 결코 치료를 해주지 않는다고 알려진 묘강땅의 마의였다. 마의는 본디 성격이 괴팍하고 다른 이의 이목을 두려워하지 않는 강호의 기인이었다. 그에게는 한 가지 철칙이 있었는데 그것은 바로 정파 무림인에게는 결코 도움을 주지 않는다는 것이었다. 그것은 마의의 젊은 시절, 비극적인 과거사에 기인했다. 과거 젊은 시절의 마의에게 한 정파 무림인이 한 여인과 함께 찾아 왔다. 무인은 사랑하는 정인(情人)의 불치병을 고치기 위해 찾아온 것이다. 마의는 성심성의껏 그녀를 치료해 주었지만 그 정성에도 불구하고 결국 그녀는 죽고 말았다. 크게 상심한 무인은 그 모든 책임을 마의에게 돌렸고 앙심을 품은 채 돌아갔다. 얼마 후, 마의의 젊은 아내가 살수의 손에 죽음을 당하게 된다. 살수를 사주한 이는 물론 정인을 잃은 그 무인이었다. 마의 역시도 사랑하는 이를 잃어보라는 그야말로 뒤틀린 애정의 비극적인 결말이었다. 그 후 마의는 결코 정파인을 치료하지 않게 된 것이다.

영웅은 상처입은 마의의 마음을 돌리기 위해 그가 요구하는 갖은 요구를 목숨을 걸고 수행해야만 했다. 모든 비밀의 열쇠는 모란부인이 쥐고 있었기에… 사실 영웅이 목숨을 건 것은 그 목적 때문만은 아니었다. 그는 마의의 상처 입은 영혼을 이해했고, 마의가 과거를 잊기를 진심으로 바랐다. 영웅의 그러한 마음에 감동한 마의는 결국 이혼대법을 풀어줄 수 있는 해약 귀령단을 내어준다.

4. 밝혀지는 비밀

마침내 모란부인의 이혼대법을 풀어낸 영웅. 그는 그녀로부터 충격적인 이야기를 듣게 된다. 이번 사건은 바로 과거 12천마의 난과 관련이 있었던 것이다. 20년 전 강호를 피로 물들였던 끔찍한 사건. 이제 기억의 저 먼 뒤안길로 사라져버린 오래된 사건. 모든 강호인이 잊고자 노력했던 그 공포가 다시 살아난 것이다. 이혼대법은 바로 그 12천마 중 귀령천마의 독문무공. 누군가 그의 무공을 사용하며 그를 되살리려 하고 있는 것이다. 그리고 영웅은 마침내 이번 사건의 배후에 홍몽교가 존재한다는 것을 알아내었다.

5. 홍루신군과의 일전

홍몽교(紅蒙教). 혹세무민으로 강호인들을 이교의 어둠 속으로 빠뜨리고 있는 강호의 신교. 교리를 위해서라면 목숨도 아까워하지 않는 공포의 이교집단. 그 홍몽교의 교주 홍루신군은 자신의 세 아들인 홍몽삼살을 앞세워 귀령신마를 부활시키려 하고 있었다. 영웅은 홍루신군을 끌어내기 위해 홍몽삼살과의 일전을 불사한다. 종교의 힘으로 무장한 그들과의 목숨을 건 혈전. 마침내 등장한 홍루신군. 과연 영웅은 귀령신마의 부활을 막아낼 수 있을까?

6. 영웅의 길

이제 시작일 뿐이다. 귀령천마의 부활은 또 다른 의미를 내포하고 있다. 12천마의 부활. 귀령천마의 부활이 시작된 이상, 다른 천마들도 차례대로 부활하게 될 것이다. 공포스러운 겁난의 서막. 20년 전 저주의 망령(亡靈)들을 부활시키려는 자는 누구인가? 누가, 무슨 목적으로 그들을 다시금 이 땅에 불러내려고 하는 것일까? 지금 알려진 진실은 유일하다.

강호를 악몽에서 깨울 사람은… 오로지 그대 영웅(英雄)뿐이란 것![40]

귀령천마 시나리오를 파악할 수 없다고 한 것은 위에 소개한 스토리가 게임 서사 외부에 위치하고 있기 때문이다.[41] 온라인게임의 스토리는 세 겹으로 이루어져 있다. 게임 외부에 이미 주어진 스토리, 게이머가 이미 주어진 스토리를 플레이하면서 선택적으로 만들어가는 스토리, 마지막은 게이머가 게임 시나리오와 무관하게 스스로 만들어가는 스토리이다. 이것은 완성형 스토리, 선택형 스토리, 자율형 스토리로 구분된다.[42]

완성형 스토리는 게임 시나리오 작가가 게임 전체의 시니라오를 미리 만들어 놓은 것이다. 완성형 스토리는 작가가 분명하게 존재하며 한 번 만들어지면 수정하기 어렵다는 점에서 소설의 스토리와 유사하다. 〈리니지〉는

---

40 http://hero.mgame.com

41 게임 서사 외부에 위치하고 있기 때문에 게임 서사 내부에서 플레이하고 있는 게이머에게는 기억의 조건일 뿐 실제 행동에 간섭하기가 어렵다.

42 온라인게임에서 완성, 선택, 자율은 스토리에만 적용되는 접두사가 아니다. 아이템이나 시공간, 시스템 장치 등 게임시나리오 외부적인 요소에도 동일하게 적용된다. 예를 들어 베틀넷 게임인 〈디아블로2〉에서 이미 주어진 레어나 유니크 아이템은 완성형 아이템으로, 게이머가 룬을 조합해 만드는 룬워드 아이템은 선택형 아이템으로 큐브를 돌려 직접 만드는 크래프트 아이템은 자율형 아이템으로 각각 구분할 수 있다.

신일숙의 동명 만화를 기반으로 한 MMORPG이지만 만화『리니지』와 게임
〈리니지〉의 시나리오는 사뭇 다르다. 〈리니지〉의 시나리오 작가가 새로운
이야기를 창조해 냈기 때문이다. 완성형 스토리가 소설과 다른 점은 게이
머로 하여금 게임 세계 속으로 뛰어들어 자신만의 이야기를 만들어낼 수
있도록 유도하고자 하는 목적을 갖고 있다는 것이다. 귀령천마 시나리오의
맨 마지막 문장을 떠올려 보자.

"강호를 악몽에서 깨울 사람은… 오로지 그대 영웅(英雄)뿐이란 것!"

강호를 악몽에서 깨우기 위해 용감히 〈영웅 온라인〉의 세계로 뛰어들 것
을 종용(慫慂)하고 있다. 따라서 〈영웅 온라인〉을 처음 시작하는 유저는 홍
몽교의 교주 홍루신군이 자신의 세 아들인 홍몽삼살을 앞세워 귀령신마를
부활시키려 하고 있는 바로 그 시점에 서 있게 된다. 영웅으로서의 지위를
획득하기 위해서는 부활한 귀령신마와 맞서 싸워 승리하여야 한다. 완성형
이야기는 그 완결의 책임을 게이머에게로 전가시키며, 그 책임을 완수하겠
다고 게이머가 행동을 시작하면서 선택형 스토리가 시작된다.

선택형 스토리는 게임 시나리오 작가가 만들어 놓은 느슨하지만 거대한
이야기 구조 안에서 게이머가 본인의 의지로 선
택하여 만들어가는 이야기이다. 주로 보상을 전
제로 게이머에게 주어지는 퀘스트들이 선택형
스토리이다. 완성형 스토리는 강제적으로 주어
진 것이지만 선택형 스토리는 던져진 것이다. 이
야기를 전개해 나갈 것인가 말 것인가 전적으로
게이머에게 달려 있다.

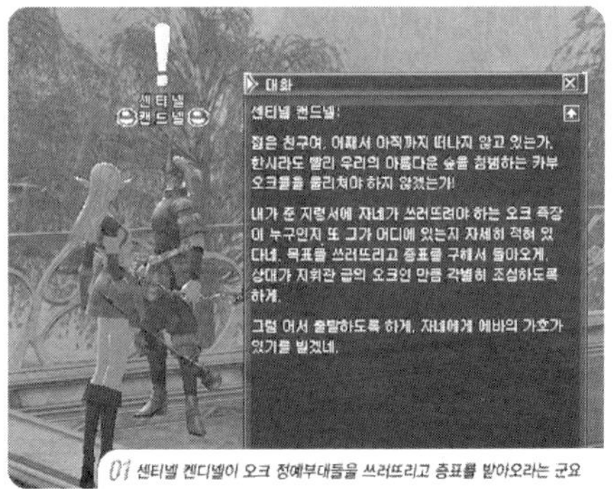

01 센티넬 켄디넬이 오크 정예부대들을 쓰러뜨리고 증표를 받아오라는 군요

앞의 화면은 〈리니지2〉에서 레벨 6의 초보자가 수행할 수 있는 선택형 스토리 중 하나이다. 오크 정예부대를 쓰러뜨리러 출발할 것인지 말 것인지 그 행동을 결정할 수 있는 것은 오직 게이머뿐이다. 선택형 스토리이기 때문에 동일한 퀘스트를 수행하는 과정에서도 게이머들은 전혀 다른 스토리를 만들어 내기도 한다.

> 영웅 온라인을 하고 있습니다… 그런데… 별리행은 다 통과했고, 이제 십이천마 퀘스트를 깨던 도중에… 그녀와의 면담이라는 퀘스트를 받았고, 귀령신단을 얻었습니다.
> —청성고검으로부터 송문고검을 얻어서 모란대부인을 만나라는 것…
> 그런데, 청성고검은 악양에 있다면서 어떻게 찾죠?? 또한… 사망령이란 것 어쩌구 지식인 답변에 있던데, 저는 그런 것을 모으는 퀘스트는 받지도 않았어요… 이미 지난 건데 오류가 나서 뛰어 넘은 것인지, 아니면 제가 수행하고 있는 퀘스트와 상관 없는 것인지… [저의 직업은 자객 이구요, 1갑자 5성입니다.] 자세한 답변 부탁합니다…
> ― 〈영웅 온라인〉에서 십이천마[그녀와의 면담]깨는 방법, 네이버 지식iN

네이버 지식인에 질문을 올린 이 게이머는 '사망령을 모으는 퀘스트'를 건너뛰었다. 알고 지나쳤건 모르고 지나쳤건 '십이천마 퀘스트'라는 선택형 스토리에서 자신만의 서사 동선을 만들어 온 것이다. 임의로 선택을 하다 보니 완성형 스토리가 갖고 있는 스토리의 탄탄함은 삭감될 수밖에 없다. 완성형 스토리는 게이머를 게임 서사 안으로 얼마나 설득력 있게 이끌고 들어가느냐가 잘 만든 스토리, 잘 만들지 못한 스토리의 판단 기준이다. 선택형 스토리는 선택의 자유도를 높이면서 게이머가 만족할만한 보상을 줄 수 있느냐 없느냐가 완성도의 판단 기준이다.[43]

---

43 여기서 '높은 자유도'란 게이머가 실제로는 게임 시나리오 작가가 만든 이야기 구조 안에서 선택하는 것에 불과하지만, 그래서 기실 선택의 폭이 좁은 것이지만, 그렇게 느끼지 않고 자신이 스스로 선택하여 이야기를 만들어 나가고 있다는 확신을 강하게 주는 것을 의미한다.

자율형 스토리는 주어진 게임 시나리오와는 별개로 게이머가 다른 유저들과 친교를 맺거나 갈등을 일으키거나 독자적으로 행동하면서 만들어나가는 스토리이다. 게임 서사 내부에서 만들어지는 이야기이지만 선택형 스토리와는 달리 완벽하게 독자적인 이야기를 만들어 나갈 수 있다는 점에서 다르다. 자율형 스토리는 미리 짜인 각본이 없기 때문에 완성형 스토리나 선택형 스토리보다 훨씬 더 높은 수준의 재미와 감동을 줄 수 있다.

자율형 스토리의 대표적인 이야기로 〈리니지2〉 바츠서버에서 2003년 7월부터 2005년 4월까지 수많은 유저들이 함께 만들어간 바츠해방전쟁이 있다.

2003. 7. 9.	〈리니지2〉 오픈베타 시작
7. 26.	DK혈맹(당시군주-광검). 전서버 최초로 혈맹레벨3에 도달
8. 3.	후일 DK혈맹의군주가 되는 아키러스. 전 서버 최고레벨 (당시 51레벨) 등장
8. 14.	DK혈맹 최초로 보스몬스터 코어 정복
9. 14.	DK혈맹, 제네시스, 신의 기사단과 3혈맹 연합을 결성. D.S혈맹을 주축으로 반란진압
10. 9.	DK, 제네시스, 신의 기사단 기란성에서 정식 동맹식 체결… 3혈독재시대 시작
11. 2.	DK혈맹 최초로 피의 군주 누르카 정복. 최초로 혈맹 아지트 획득
2004. 3. 19.	아키러스 전 서버 최초로 75레벨에 도달
3. 23.	거대 3혈동맹 단결식
5. 9.	붉은혁명 기란성점령. 바츠해방과 모든 세금폐지(세율 0%) 선포
5. 23.	거대 3혈동맹, 붉은혁명 혈맹으로부터 기란성 탈환
2004. 6. 10.	바츠해방전쟁 참전을 호소하는 문건 출현

6. 14.	안타라스의 동굴(일명 용던)입구에 최초의 내복단(K-내복단) 2개 파티 출현
6. 14.~19.	내복단의 절정기. 바츠동맹군(혁명군) 곳곳에서 승리
6. 19.	내복단의 타락현상 나타남. 바츠혁명군이 내복단을 공격하는 사태가 보도됨.
6. 28.	제네시스 혈맹 3혈동맹 탈퇴. 바츠혁명군에 투항. DK, 신의 기사단, 정혈, 위너스 4혈동맹결성
7. 17.	혁명군, 아덴성 공성에 성공. "세금 0% 바츠 해방의 날" 선포
7. 18.	아덴성의 소유권(제네시스혈맹이 각인)을 둘러싼 혁명군의 상호 비방 시작됨.
7~11월	혁명군 오랜, 아덴, 기란, 글루디오 4개 성 점령. DK혈맹 오만의탑 은신
8. 28.	신의 기사단을 선봉으로 한 4혈동맹, 오랜성 탈환시도. 바츠 혁명군에 패퇴함.
11. 18.	붉은혁명과 리벤지혈맹전 선포. 바츠혁명군 분열
12. 17.	제네시스, 리벤지, 붉은혁명, 용던에서 오토행위로 도덕성이 비판됨.
12. 19.	정혈, 혁명군의 오랜성 공격을 단독으로 방어함. DK, 신의 기사단, 위너스, 글루디오성을 탈환함.
2005. 1. 27.	DK혈맹, 무제한 척살령 다시 발동함.
4. 20.	신의 기사단, 제네시스혈맹을 섬멸하고 혈맹을 해체시킴.[44]

바츠해방전쟁은 〈리니지2〉 '바츠 서버'에서 탐욕스럽고 횡폭한 거대 혈맹에 대항하여 저렙의 유저들이 일치단결하여 일으켰던 전쟁이다.[45] 이 해방전쟁이 자율형 이야기인 것은 누가 시킨 것도 부탁한 것도 아닌데 유저들이 희생을 감수하면서 자발적으로 혁명에 참가했기 때문이다. 바츠해방

---

44 노리누리 사이트(http://lineage2.norinuri.co.kr/)에 '날아치기소녀' 님이 정리하여 올린 바츠해방전쟁 연표.
45 바츠해방전쟁에 대한 자세한 논의는 이인화, 『한국형 디지털 스토리텔링』, 살림, 2005를 참고하기 바람.

전쟁을 한국형 디지털 스토리텔링의 전형으로 보는 이인화는 거대 혈맹이 차지하던 성을 혁명군이 점령한 날의 감동을 이렇게 적고 있다.

> 이날 PC방에서는 눈물을 흘리며 흐느끼는 사용자들이 목격되었고 게임 안에서는 메인 홀에서 내복을 입은 평민들이 춤을 추었다. 이날은 '바츠 해방의 날'로 선언되었다. 이날의 감격에 대해서는 엄정한 비판적 거리가 필요하다. 이날 사용자들의 열정이 빚어낸 도덕성은 너무나 숭고했고 그들은 집합 지능은 강력했다. 바츠동맹군은 매우 위험한 기만 전술을 공유하면서도 단 한 명도 배반을 하지 않았다. 압도적인 적에 밀려 흩어졌을 때는 귓속말과 귓속말로 서로의 위치를 확인하여 아군의 대열로 달려갔다. 무수한 레벨 다운으로 더 이상 무기를 들 수 없게 된 캐릭터들까지 맨주먹으로 전투에 뛰어들었다.[46]

공격을 당하고 바닥에 쓰러진 내복단

내복단이 게임머니인 아데나를 바닥에 일렬로 깔아놓고서 바리케이트를 형성하고 있다.

바츠해방전쟁은 〈리니지2〉의 시나리오 작가들이 전혀 예상치 못했던 장렬한 투쟁과 숭고한 희생과 벅찬 감동의 대서사시이다.[47] 무모한 전투에 뛰어든 일명 내복단들은 비록 더 이상 게임을 진행할 수 없을 만큼 상처받고 고통을 당했지만 아무런 보상 없이 묵묵히 최전선에서 강력한 적들의 방패막이가 되었다.

바닥에 아데나를 깔고 바리케이크를 치는 일이나 뼈단검을 들고 승산 없는 전투에 뛰어들어 장렬하게 전사하는 것은 어떠한 보상도 바라지 않은

---

46 이인화, 앞의 책, 107~109면.
47 비록 혁명은 실패로 끝이 났고 처음의 순수와 열정은 시간이 갈수록 퇴색됐지만 바츠해방전쟁 기간 동안 게이머들이 만들어낸 자율형 스토리는 문학 이상의 감동을 그들에게 다시 돌려주었다.

순수한 정의감과 열정이었다. 자율형 스토리는 선택형 스토리처럼 느슨한 강제조차 없는, 아예 처음부터 시나리오 기획자나 작가의 밑그림에 포함되지 않았던, 전적으로 무에서 유를 만들어내는 서사 행위이다. 그러하기에 그들이 혁명의 승리를 통해 얻은 희열과 감동은 소설이나 영화가 결코 줄 수 없는 강렬하고 위대한 것이었다. 그들 자신이 바로 이야기의 주인공이었기 때문이다. 자율형 스토리의 예술적 가치가 여기에 있다.

거대혈맹의 진입을 막기 위해 협곡 앞에 인간 바리케이트를 치고 있는 무수한 내복단들은 모두들 각자의 자율형 스토리를 진행시키기 위해 모였다. 비록 바츠해방전쟁은 막이 내렸지만 바츠 서버의 유저들은 지금 이 순간에도 리니지 월드 안에서 자신만의 새로운 이야기를 만들어 나가고 있

다. 자율형 스토리로 인해 온라인게임은 서사의 범위를 확장시킨다. 시간의 한계를 뛰어넘어, 끝없는 미래를 향해 열려 있는, 결코 완결되지 않는 진행형의 이야기인 자율형 스토리는 디지털서사의 전형을 보여준다.

저녁만 되면 어김없이 뜨는 메시지…
"타렌밀농장이 공격받고 있습니다."
"타렌밀농장이 공격받고 있습니다."
혹시나 쟁인가 싶어서 / 누구 힐스 … 20~30대분들만 계신다…
그중 한 분에게 귓말을 해본다.
얼라들이 마을 쑥대밭 만들고 있단다…
저랩이고 머고 다 죽이고 다닌단다…
가기 싫다… 가면 또 5~6시간 매달려야 한다…
수적으로 분명 밀리는 것도 알고 싸우다 / 누구 오그리마 해서 일일이
귓말로 지원요청하는 것도 더이상 미안해서 못하겠다…
게다가 오늘은 화산공대에도 참여해야 한다…
습관인가보다… 난 어느새 힐스로 가는 박쥐 위에서 장비세팅중이다…
도착하자마자 공대를 구성하지만 오늘도 똑같이 1파티로 시작한다.
혹시나 하고 제너럴 창에 광고한다. 힐스쟁 하실분~
2파 구성완료. 옆에 담배가 있는지 확인하고 생수 한 통을 준비.
어디서 소식을 들었는지 호드분들 속속 도착한다.
어떤분은 전쟁을 하고 싶을 땐 / '누구 아킬리스'로 지역을 확인하고 오신단다.
내가 전쟁에 미쳐 전쟁만 하는 사람으로 소문난 모양이다.
오늘도 전쟁은 같은 상황이다. 수적으로 우세한 얼라는 힐스농장을 노리고 있고 우리는 묘지에 모여서 얼라들 농장진입시 대처요령을 거듭 확인한다.
믿을 건 경비들의 폭젠뿐…
어쩌다 화산2공대가 쉬는 날이면 신나게라도 싸워보지만 일주일 중 한두 번 빼고는 얼라와의 정면대결은 없다…
힘들게 모인 공대 정비하는 동안 매일 겪는 똑같은 고민에 빠진다.
전멸당하거나 지겨운 힐스사쇼와의 왕복달리기만을 하면 그나마 모인 공대원중 반수는 2시간을 못버티고 빠져나간다…
난 우리의 승리와 전쟁에서의 재미까지 느끼게 해줘야만 한다…

하기싫은 공대장… 너무 힘들지만… 호드들은 날 믿는거 같다…
도적들의 정찰보고가 속속 들어온다. 사쇼 글폰 옆에 1공대이상, 탑옆에 1공대 정비 중…
어떻하지… 어떻게 할까… 생각하다 결국 마을을 버리기로한다.
마을을 적에게 내어주는건 치욕이라 생각하지만 어쩔수없다…
공대를 계속 유지하고 끌고나가기 위해선 어쩔수 없다…
……

……

오늘도 힐스에서 6시간을 싸우고 돌아왔다…
항상 그렇지만 일부러 얼라들이 보는 앞에서 포탈을 열고 빠진다…
그들에게 더이상 힐스에서의 전쟁은 없다는것을 보여줘야만 저랩들이 퀘를 할수있기 때문이다.
제너럴창에선 다들 수고했다는 격려의 말들이 오가고 혹시나 모를 언더시티공습에 대비한다.
……

……

오그리마에 오면 항상 우체통을 확인한다.
오랫동안 와우를 하면서 이젠 즐거움이나 뿌듯함을 느낄일은 한가지 만을 제외하곤 찾을 수 없다.
오늘도 몇몇분이 옷감을 보내주셨고 또 몇몇분이 가방신청을 하셨다.
서둘러 가방제작자를 찾고 가방을 만든후 배송… 오늘도 남은 가방을 가지고 크로스로드로 향한다.
가방 필요하신분은 여관앞으로 오세요~
그 넓은 크로스로드 곳곳에서 가방하나만을 바라고 여관까지 뛰어온 이들에게서 정말 감사하다는 말을 듣는것 …
내 유일한 와우에서의 즐거움이다…
난 그들에게 가식적은 웃음을 지으며 한마디 한다.
"아무리 힘들어도 꼭 만랩 이루세요. ^^"
그 힘듬이 힘듬을 넘어서는 일이라는걸 이미 알고있기에 마음이 무겁다…[48]

---

48 http://www.jjang0u.com/의 〈WOW〉 게시판에 실린 유저의 글

위 인용문은 WOW 커뮤니티 게시판에 올려 있는 한 유저의 글이다. WOW를 경험해보지 못한 사람들이라면 무슨 말인지 도통 이해할 수 없는 글이지만 그 세계를 조금이라도 아는 사람에게는 그 어떤 문학 작품보다도 잔잔한 감동을 줄 수 있다. 공대[49] 리더로서의 책임감과 냉엄한 현실 사이에서 겪는 인간적인 갈등을 담담하게 풀어나간 이 글은 음영(音映) 서사인 온라인게임이 문자(文字) 서사인 문학의 형식으로 치환(置換)된 것으로, 온라인게임과 문학의 교집합이 무엇인가를 보여준다. 자율형 스토리가 게시판에 문자 형태로 올려짐으로써 문학과 온라인게임 사이에 서사의 길트기가 이루어진 것이다.

온라인게임은 문학은 아니지만 문학적 요소를 갖고 있다. 자율형 스토리를 만들어 나가는 과정은 책을 읽는 과정과 상관이 없어 보이지만 실제로는 이야기를 통해 세상을 이해하고 해석하고 통합한다는 점에서 동일하다. 감명 깊게 읽은 소설이나 영화는 오랫동안 기억에 남지만 온라인게임은 아무리 몰입하여 플레이한다 하더라도 그 스토리를 기억하기가 쉽지 않다. 게이머가 기억하는 것은 자신의 렙과 아이템, 스킬 등 게임 활동에 필요한 정보들뿐이다. 완성형 스토리는 게임 서사 외부에 있기 때문에 굳이 기억할 필요가 없고, 선택형 스토리는 선택에 따라 다양한 경우의 수가 발생하는데다 중요한 것은 과정이 아니라 퀘스트 완성 후에 주어지는 보상이기 때문에 과정을 기억하는 수고가 불필요하다. 그러나 자율형 스토리는 다르다. 자신만의 이야기이며 자신이 만들어나가는 이야기이기에 어떤 스토리보다도 매혹적이다. 게임을 그만둔 다음 시간이 지난 후에라도 다시 그 게

---

49 온라인게임은 일반적으로 몹이 유저보다 강하기 때문에 개인사냥보다는 집단사냥을 선호한다. 가장 효율적으로 몹을 사냥하기 위해 클래스(직업)에 따라 역할을 나누어 팀을 짜는데 온라인게임에 따라 파티, 길드, 혈맹, 공대 등으로 불린다.

임을 기억 속에 떠올리게 된다면 그것은 분명 자율형 스토리에 대한 기억일 것이다.[50]

자신의 이야기로 세상을 조직하려는 강렬한 욕망이 자율형 스토리의 필요조건이라면, 온라인게임 서사가 갖고 있는 스토리의 강한 몰입과 동일시는 자율형 스토리의 충분조건이다. 나와 또 다른 나, 나와 타자, 나와 세계 사이에서 선택적이며 자율적으로 이루어지는 자율형 스토리의 상호작용성 이야말로 문학과 영화에서 진일보한 디지털 스토리텔링만의 고유한 미적 아우라이다.[51]

3) 화자와 시점

최초의 음성 매체에서 최근의 디지털 매체에 이르기까지 인류가 경험해 왔거나 경험하고 있는 다양한 매체들은 그 형식에 있어서는 차이가 있을지 모르나 단 하나의 목적을 맥락화하고 있다. 누군가가 누군가에게 이야기를 들려주는 것이다. 따라서 매체를 통해 이루어지는 발화 상황에는 '화자'와 '청자'가 있고 말하는 자의 관점인 시점(視點, point of view)과 듣는 자의 관점인 시선(視線, angle of vision)이 중첩되거나 엇갈리며 서사장을 형성한다. 영상매체에서는 '화자'와 '청자'가 '보여주는 자'와 '보는 자'로 치환된다.

소설과 영화는 다 같이 서사장르에 속한다. 서사장르는 극장르와는 달리

---

50 필자는 1996년 겨울, 386 컴퓨터 모니터 앞에 앉아 렉 때문에 한꺼번에 10줄, 20줄씩 올라가던 화면을 뚫어지게 쳐다보면서 밤새도록 열중했던 텍스트모드게임 〈디아블로〉의 기억을 여전히 갖고 있다. 고렙들과 파티를 맺고 사냥하다 혹시 죽으면 어떡하나 맘 졸이던 그 시간이 내가 경험한 최초의 자율적 스토리의 세계였다. 비록 그래픽 머드에 밀려 텍스트 머드게임은 추억 속으로 사라졌지만 그 시절에 내가 만들어갔던 판타지한 세계는 영원히 내 기억 속에서 사라지지 않을 것이다.

51 따라서 MMPROG의 예술적 가치는 자율형 스토리의 자유도와 완성도가 얼마나 높은가에 달려 있다.

감상자에게 중개적으로 제시된다는 특성을 갖고 있다. 화자는 소설의 서술 주체로 모든 서사문학은 이야기를 들려주는 이야기꾼을 반드시 갖고 있다. 일반적으로 극장르인 연극은 관객에게 직접적으로 보여지기 때문에 화자가 없지만 서사장르인 소설과 영화는 이야기의 장면을 직접 관객 앞에서 공연하는 것이 아니라 카메라 촬영이나 서술을 통해 편집해서 관객에게 내보내는 중개적 양식이므로 반드시 화자, 즉 이야기꾼이 존재한다. 영화는 소설과 달리 감각적 영상으로 드러나기 때문에 직접적 제시라고 생각할 수도 있지만 영화는 연극과 같은 직접 전달의 매체가 아니다. 그러므로 소설과 영화는 똑같이 시점과 화자를 갖는다. 그러나 문자언어를 재료로 사용하는 소설은 시점의 형식화가 매우 분명하고 서술기법이 다양하며 화자와 내포작가의 뚜렷한 분리가 가능하다. 반면 영화의 경우에는 일관된 시점을 사용하는 것이 불가능하고 서술은 부분적으로만 가능하며 극화된 화자를 내세울 수 없다는 차이점이 있다.

시점은 사건에 대한 화자의 '보는 위치' 또는 '관찰되어지는 지점'이라는 뜻이다. 시점은 소설 구성에 있어서 절대적인 영향을 미치는데 어떤 위치에서 작품을 서술하느냐에 따라 독자에게 주는 일련의 감동과 정서의 효과는 달라질 수밖에 없다. 시점의 사용이 필요하다는 것은 이야기가 직접 제시되는 것이 아니라 '누군가에 의해 보여진 것'이 제시됨을 뜻한다. 여기서 '누군가'라는 것은 가상적인 시점 제공자이거나 등장인물 자신이라고 할 수 있다. 영화나 만화, 소설 등의 서사 장르는 그 중개적 특성으로 인해 다양한 시점을 사용하게 되는데 이 '시점'에 포착된 장면이 영화의 경우 다양한 영상기법으로, 만화는 그림으로, 소설에서는 언어로 서술된다는 점에서 차이가 있다. 이 시점과 서술의 결합의 의해 다양한 담론이 가능해지는데 ① 일인칭 주인공 시점 ② 일인칭 관찰자 시점 ③ 전지적 작가 시점 ④ 작가 관찰자 시점 등으로 매우 단순화되고 도식화된 형태를 보여준다. 일인칭 주인공 시점은 소설 속의 주인공이 자기 자신의 이야기를 하는 것으로서 인물과 서술의 초점이 일치한다. 일인칭 관찰자 시점은 소설 속에 등장하는 부수적인 인물이 주인공의 이야기를 하는 경우의 시점이다. 이런 경우에는 서술자는 주인공의 외면 세계만 묘사할 수 있다. 작가 관찰자 시점은 작가가 자기 주관을 배제한다. 등장인물 속의 마음속을 들여다봄이 없이 외부적으로 관찰된 동작, 표현, 대화만을 서술하는 것으로 삼인칭 관찰자 시점이라는 말로도 표현된다. 전지적 작가시점은 화자가 작중 인물의 마음속에 마음대로 들어간다. 작가가 모든 것을 알고 쓰는 시점으로서 모든 작중 인물들의 심리 상태, 감정, 행동 등을 서술할 수 있는 시점이다.

분류	예시
일인칭 주인공시점	그날 밤 나는 한 모형비행기 수집가와 함께 택시를 타고 강 위쪽 도로를 달려갔으나, 늘 그렇듯이 강물이 검은 기름의 눈동자를 번득이는 것은 철제 난간과 흉한 화단에 가려 보이지 않았다
일인칭 관찰자시점	어머니는 몇 년째 치매에 걸려 나날이 기억을 잃어가고 있다. 최근에는 내가 당신의 아들이라는 사실마저도 인지하지 못하게 되었다
전지적 작가시점	수경은 불행한 일이 생길 때마다, 그 모든 것을 언니들의 낡은 팬티 탓으로 돌렸다.
작가 관찰자시점	전날 함께 야근했던 박의 말에 따르면 공장장은 술을 한잔 하자는 요청을 박이 거절하자 요즘 젊은 것들은 제멋대로라는 비난을 퍼붓고는 사택 쪽으로 걸어갔다.

영화는 소설이 일인칭, 삼인칭, 전지적 작가시점으로 나뉘는 것과 달리 일인칭에 해당하는 주관적 시점과 전지적 작가 시점인 객관적 시점 둘로 나뉜다. 그러나 영화적 관점에서 유일한 시점은 굳이 소설과 비교하자면 전지적 작가 시점 하나일 뿐이며 그것이 주관적 혹은 객관적으로 해석되어 나가는 것이다. 일인칭 시점으로 영화 전편을 끌고 나가는 경우는 거의 없

다. 일인칭 시점이란 곧 주관적 카메라 앵글, 즉 '시점 쇼트'를 말한다. 시점 쇼트를 부분적으로 차용할 수는 있지만 영화 전편을 시점 쇼트로만 구성할 수는 없다. 영화의 대상은 시공간으로 무한하므로 관객의 특정한 시점을 가정한다는 것은 사실상 불가능하다. 물론 한 장면을 찍을 때 카메라를 고정시키는 기법이 사용될 수 있지만 그것은 시점의 한 방법에 불과할 뿐 시종 그런 고정된 시점을 사용하는 경우는 없다. 다양한 시점을 이용하면서 시점의 조합을 통해 영상의 이야기를 효과적으로 전달하는 것이 영화적 담론의 목적이기 때문이다.

영화 〈마더〉에서 감옥에 갇힌 아들을 면회하러 간 어머니의 절박한 모습이 장면을 구성하고 있는 위 화면은 때 화면에는 보이지 않지만 아들 도준의 시선으로 바라본 엄마의 얼굴이다. 아들의 시선에 포착된 엄마의 얼굴이라는 주관적 상황을 카메라가 시점 쇼트로 보여주고 있다.

영화의 기법 중에는 주관적 내레이션이 있는데 이것을 일인칭 시점으로 혼동해서는 안 된다. 표면적으로는 일인칭 시점인 것처럼 보이나 영상적으로는 삼인칭의 객관적 시점을 취하고 있다고 보아야 한다. 그러므로 한 영화 속에서는 주관적 시점의 쇼트와 객관적 시점의 쇼트가 혼합되어 나타나는 것이 통례이다. 영화적 시점을 어떻게 구사하느냐의 문제는 영화 전체를 어떻게 해석해나가느냐의 문제, 즉 주제의식을 일관성 있게 몰고 가려는 연출의 관점을 말한다고 보아야 한다.

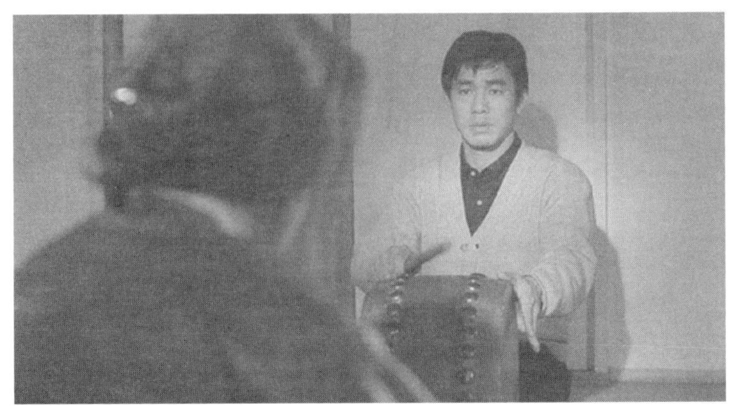

　임권택 감독의 〈서편제〉는 동호(김규철 분)가 내레이터로 등장한다. 동호
는 자신과 누나의 한 많은 인생 곡절을 일인칭 화자의 위치에서 관객들에
게 들려주지만 화면 안에 그 자신이 스스로 위치해 있음으로써 모순된 서
술 상황을 발생시킨다. 이 모순은 삼인칭 객관적 매개체인 카메라로 서사
를 구성해야하는 영화가 소설의 기법을 빌려 주관적 시점을 표현하고자 할
때 당연히 발생할 수밖에 없다.

　영화 기호학에서 시점이란 "한 시퀀스에 지배적인 시선을 가진 인물의
광학적 관점 또는 넓은 의미로는 허구적인 사건들과 인물들에 대한 내레이
터의 총체적인 관점"을 말한다. 여기에는 내레이터는, 때론 인물이 제한된
의미에서 내레이터의 역할을 하긴 하지만, 실제 작가와 허구 세계에 들어
있는 인물과는 구별되어야 한다. 하지만 영화 기호학에서 다루는 시점 논
의는 결국 영화 속 인물의 시점 또는 카메라로 표출된 시점으로만 해석하
는 한계가 있다. 영화 기호학적 시점 논의는 영화를 설명하는 주요한 틀이
기는 하지만 그것은 부분적인 해석으로서, '영화에는 일관된 시점이 없다'
라는 전제 위에서만 이루어진 것이다.

그럼에도 불구하고 영화의 시점을 구분한다면 다음 두 가지로 구획된다.

⑴ 관찰 시점(보는 주체를 염두에 둔 시점) : 객관적 시점, 주관적 시점, 전
   지적 시점 등을 꼽을 수 있다. 이는 어떤 쇼트가 어떠한 동기(이것을
   바라보는 인물 또는 전후 맥락)에서 촬영되었는가를 기준으로 하여
   정리한 것이다.
⑵ 화자 시점 : 화자 시점은 차라리 관점이라고 부르는 것이 정확하겠지
   만, 여하튼 누가 말하는가를 기준으로 나눈 것이다. 이것은 감독의
   시점, 인물들의 시점 등으로 나눌 수 있다. 따라서 어떤 이야기가 누
   구의 관점에서 묘사되고 있는가를 기준으로 삼는다.

이 구분은 영화의 시점이란 두 가지 각도에서 이해되어야 한다는 것을
말해준다. 하나는 내러티브적인 관점 문제이며 다른 하나는 카메라가 누구
의 눈으로 찍었는가라는 관찰에 관한 문제이다. 시점 문제는 영화의 내러
티브를 해석하는 준거 틀이 되며, 내러티브와 스타일을 각자 또는 결부시
켜 해석하는 가장 유용한 틀이다. 그런 의미에서 시점은 영화적 논의의 가
장 기본적인 개념이라고 할 수 있다. 또 시점 문제는 한편의 영화가 갖고
있는 이데올로기, 완성도, 내러티브와 스타일 상의 특징 등을 총체적으로
평가하는 틀이라는 점에서 가장 최고 수준에 있는 개념이라고도 할 수 있
다. 시점을 영화의 전체를 해석하는 기본적이며 최고 수준의 개념이라는
명제에 동의한다면, 시점이란 여러 플롯이 각자 가지고 있는 이데올로기적
관점이라고 보아야 할 것이다.

소설로 대표되는 문자매체와 영화로 대표되는 영상매체의 시점 이론은
그 풍부함과 정교한 체계에도 불구하고 독자(관객)와 텍스트의 상호작용이
생래적으로 불가능하다는 아날로그 서사의 한계를 고스란히 노출하고 있
다. 디지털매체가 등장하면서 사용자가 능동적인 선택과 참여로 텍스트의

내러티브를 자의적으로 수정하거나 아예 새로운 이야기를 만드는 것이 가능해짐으로써 새로운 시점 이론의 필요성이 대두되게 되었다. 아직 논의의 시작 단계이기는 하나 대표적인 디지털매체인 온라인게임에서 기왕의 시점 이론과는 전혀 다른 방식의 접근법이 시도되고 있다.

온라인게임의 시점 이론에서 중요한 것은 이 디지털 서사체가 과연 화자(話者)를 갖고 있느냐 하는 것이다. 화자가 없다면 시점도 없기 때문이다. 온라인게임에서 화자의 위치를 파악하기란 쉬운 일이 아니다. 소설처럼 작가의 의도를 대신 이야기해 주는 객관적 목소리(등장인물)가 있는 것도 아니고, 영화처럼 장면을 조망하고 연결해 주는 객관적 시선(카메라)이 존재하지도 않는다. 온라인게임에서 객관적 목소리는 게임 서사 외부에 위치한 완성형 스토리에서나 전경화 될 수 있을 뿐 게임 서사 내부의 선택형 스토리에서는 후경화되고 자율형 스토리에서는 아예 사라져버린다. 결국 남는 것은 주관화되거나 주관적인 목소리일 뿐이다. 따라서 온라인게임에 화자가 존재한다면 그것은 일인칭 화자이다. 온라인게임 서사의 중요한 축인 자율형 스토리가 ‘나’가 만들어나가는 나만의 이야기임을 상기해 본다면 온라인게임은 일인칭 예술임이 분명해진다.

그런데 온라인게임의 일인칭은 우리가 관습적으로 이해해왔던 서사 예술에서의 일인칭과 많은 부분 다르다. 소설에서의 일인칭 화자는 비록 ‘나’로 텍스트에 표시되지만 독자와는 심리적인 거리를 갖고 있는 독립된 존재이다. 설령 일인칭 주인공 시점이라 하더라도 독자가 작중 인물 ‘나’와 완벽한 동일시를 경험하기란 쉽지 않다. 텍스트와 독자 사이에 ‘현실’과 ‘허구’라는 틈이 존재하기 때문이다. 독자가 소설 속의 세계를 허구의 세계로 인식하는 이상 일인칭 주인공과 독자 사이에는 메워질 수 없는 간극(間隙)이 발생한다. 반면에 온라인게임에서의 일인칭(一人稱)은 행위자(게이머)와 행동자(캐릭터)

가 완벽하게 일치한다. 유저는 게임의 세계를 현실과 혼동하며 게임 속 세계가 허구의 세계임에도 불구하고 그에게는 현실보다 더 현실 같은 시뮬라크르(simulacre)로 인식된다. 따라서 '틈'과 '간극'이 메워지게 되고 일인칭 행위자는 일인칭 행동자가 되어 서사 공간을 여행한다. 완벽한 몰입과 동일시로 인해 행위자는 행동자의 일상을 추체험(追體驗)하게 되고 그 경험은 어떠한 일인칭 서사예술도 가져다주지 못하는 미적 경험을 선사한다.

온라인게임에서는 누구나 다 자율형 스토리의 주인공이기 때문에 일인칭 관찰자 시점이 불가능하다. '나'가 마을 공터에 서서 아무런 행동도 안하고 다른 캐릭터를 쳐다보고 있다 하더라도 여전히 스토리는 나를 중심으로 진행된다. 주인공은 항상 자기 자신이기 때문이다.

위의 화면은 WOW에서 한 유저가 다른 유저와의 PK(player kill)에서 승리한 후 말을 건네는 장면이다. 이 장면만 놓고 보면 승리한 유저가 주인공

이고 화면 중앙에 시체로 누워있는 유저는 적대자(패배자)이다. 그러나 패배자의 자율형 스토리에서는 자신이 주인공이고 승리자는 적대자가 된다. 동일한 화면에 두 개의 일인칭 주인공 시점이 공존하고 있는 것이다. 현재 화면은 삼인칭시점처럼 보이지만 다음 화면에서 승리자는 계속 필드를 돌아다닐 것이고 패배자는 부활하기 위해 마을로 귀환하게 될 것이다. 영화가 런닝타임 내내 동일한 장면의 연결을 관객에게 제공해주는 반면 온라인게임은 자율형 스토리에 따라 동일한 시간대에 접속한 수많은 게이머들에게 각기 다른 화면을 제공해 줌으로써 일인칭 시점을 완성시킨다.

온라인게임에서 게이머는 채팅이나 사냥, 상거래, 친목 도모 같은 게임 활동을 일인칭 시점에서 선택적으로 진행한다. 따라서 기존의 화자(話者)라는 개념만으로는 이 모든 행동들을 포함할 수 없다. 기존의 화자라는 용어는 온라인게임에서는 작화자(作話者)라는 용어로 대체되어야 한다. '화자'는 작가로부터 일방적으로 이야기를 듣는 소설에서는 유효할 수 있으나 이야기를 만들어나가는 온라인게임 서사까지 아우르기에는 한계가 있다.

온라인게임의 시점(視點)은 그래픽 기술의 발전과 연관돼 있다. 영화의 시점은 '카메라의 눈'을 통해 구현되기 때문에 관객이 임의로 시점을 조작할 수 없다. 시점의 선택은 감독의 권한이며 카메라는 관객이 보고 싶은 것이 아니라 감독이 보여주고 싶은 것을 찍는다. 그러나 온라인게임의 시점은 게이머가 보고 싶은 것을 보여주는 것이다. 화면은 게이머의 시선 안에 포착되는 것으로 채워져 있다. 동시에 그 화면을 임의로 조작할 수 있음으로 해서 선택이 가능하다.

다음 화면은 일인칭 FPS 게임인 〈스페셜포스〉의 한 장면이다. 게임 안에 마련된 다양한 배경 공간 중 하나인 베네치아 거리를 유저가 임무를 수행하기 위해 탐색하고 있다. 화면 하단에 단검을 들고 있는 양 손만 보이고

있는데 이것은 화면이 유저의 시선과 완벽하게 일치하는 일인칭 시점임을
알 수 있게 해 준다.

　시점을 유저가 자유롭게 선택할 수 있도록 기술적으로 구현해 놓은 게임
도 있다. ACTOZ SOFT에서 서비스하고 있는 〈A3〉는 아예 메뉴창에 시점
을 선택할 수 있는 아이콘을 마련해 놓았다.

　〈A3〉는 화면이 상하뿐만 아니라 좌우 회전을 할 수 있어 원하는 각도로
조정해 게임이 가능하다. 화면의 한 지점을 마우스 왼쪽 버튼을 누른 상태
에서 상하좌우로 움직이면 화면이 캐릭터를 중심으로 해 그 방향 데로 시
점이 전환된다. 키보드에 있는 방향키로도 시점 전환이 가능한데 바뀐 시
점을 원래 세팅되어 있는 기본 시점으로 맞추고 싶다면 메뉴 아이콘 바에
서 기본시점 버튼(카메라 그림)이나 'space bar'를 누르면 된다.

다음 화면은 〈A3〉 유저가 아이템을 착용한 자신의 모습을 스크린 샷으로 찍은 것이다. 자신이 자신의 모습을 객관적으로 바라볼 수 있는 이 같은 이인칭시점은 온라인 그래픽 기술의 발전 때문에 가능해졌다. 이 상태에서 360도 회전이 가능하여 자신의 뒷모습까지 볼 수 있다.

위 화면은 몹을 사냥하고 있는 〈A3〉 유저들을 찍은 스크린 샷이다. 자세히 보면 시선의 위치가 유저들보다 훨씬 높은 곳에 있음을 알 수 있다. 영화에서의 '하이 포지션 샷(high position shot)'을 연상시킨다. '하이 포지션 샷(high position shot)'은 크레인이나 인토레로 높은 곳에서 촬영하는 샷을 일컫는 영화 용어이다.

좁은 공간에 많은 유저들이 한꺼번에 몰려있음으로 전체를 다 조망하기
위해서는 시점을 조정하여 화면을 위에서 아래로 내려다보도록 하는 것이
유리하다. 반대로 몇몇 사람이 마을 한적한 곳에 모여 이야기를 나눌 경우
에는 위에서 내려다보는 것보다, 다음 화면에서처럼 행위자가 다른 유저의
캐릭터 얼굴을 보면서 대화할 수 있도록 시점을 조정하는 것이 대화의 사
실성을 강조할 수 있다.

온라인 게임의 시점은 영화로부터 많은 빚을 지고 출발했다. 두 서사물
모두 시각적인 이미지를 전달하는 영상 서사이기 때문이다. 눈에 보이는
곳만 비출 수 있다는 점에서 온라인게임의 시점은 영화의 시점과 더 닮아
있다. 온라인게임은 삼인칭 관찰자 시점은 가능하지만 문학에서처럼 삼인

칭 전지적 시점을 구현하는 것은 불가능하다. 영화가 등장인물의 내면 심리를 전지적으로 묘사해내지는 못하는 것과 마찬가지로 온라인게임도 눈에 보이는 것만 화면에 담을 수 있다. 외부 묘사만 가능하고 내면의 심리 묘사가 불가능한 대신 온라인게임의 시점은 카메라가 열려져 있는 대상에 따라 '공간시점'과 '상태시점'으로 나눌 수 있다. '공간시점'은 게임 속에 구현된 공간을 향해 열려 있다면 '상태시점'은 게임을 진행하기 위해 확인해야할 게이머의 정보를 보여주는 것이다.

다음의 왼쪽 화면은 마을 앞 상점 앞에 서 있는 캐릭터의 모습이다. 상인들과 나무, 그 뒤로 희미하게 보이는 저택까지 화면에 배치됨으로써 영화의

한 장면을 연상시킨다. 오른쪽은 캐릭터가 상인에게 거래를 신청했을 때의
화면이다. 자신이 갖고 있는 아이템과 상인이 팔고 있는 아이템이 한 눈에
파악될 수 있도록 공간시점에서 상태시점으로 시점 이동이 진행되었다.

〈공간시점〉

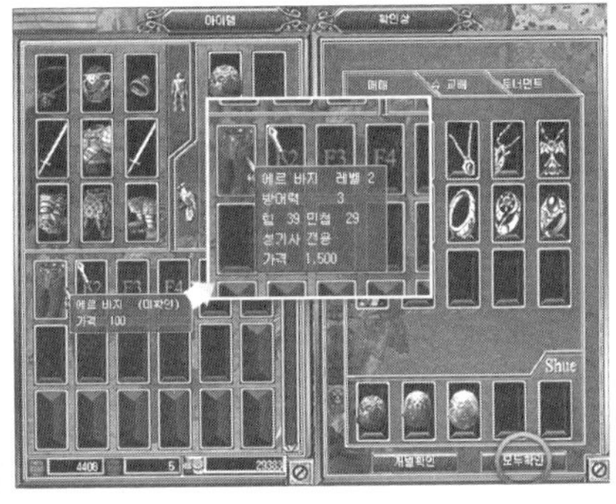

〈상태시점〉

공간시점과 상태시점이 한 화면에서 동시에 구현되기도 한다.

〈A3〉의 유저가 다른 캐릭터와 아이템 거래를 하고 있는 화면이다. 상대
방 유저의 모습과 아이템 거래창이 동시에 화면에 보여지고 있다. 일반적
으로 온라인게임에서 시점은 공간시점과 상태시점이 혼합된 형태로 나타나
는데 동일한 화면에 동시에 두개의 시점이 가능한 것은 화면 구성이 창
(windows)으로 분할되어 있기 때문이다. 위 화면에서도 공간시점의 큰 창
안에 상태창과 메뉴창, 거래창 등이 자리잡고 있다. 화면의 분할은 영화에
서도 종종 찾아볼 수 있다. 다만 영화가 화면 분할을 일종의 기교(技巧)로
국한해 사용하는데 비해 온라인게임은 그것을 화면 구성의 주요한 원리로
이용하고 있다는 점에서 차이가 있다.

　　온라인게임은 시점을 서사 상황과 게이머의 의지에 따라 수시로 이동할 수 있어 한번 시점이 결정되면 쉽게 수정하거나 이동할 수 없는 문학과 영화에 비해 시점 선택의 자유도를 높였다. 선택할 수 있게 됨으로써 시점은 윈도우즈(Windows)의 창(窓)처럼 다중화 되어 활성화와 비활성화를 수시로 이동할 수 있게 되었다. 온라인게임을 서사적으로 개념화하는데 있어 일인칭 작화자 선택형 다중시점 서사물이라는 정의할 수 있는데, 특히 '선택형 다중시점'이라는 부분은 기왕의 아날로그 시점이론에서 찾아볼 수 없는 디지털 매체만의 고유한 특징이다.

Chapter ❸ 아날로그 놀이, 디지털 놀이

컴퓨터게임과 관련한 가장 첨예한 논쟁은 컴퓨터게임을 '놀이'로 볼 것인가, '서사'로 볼 것인가 하는 것이다. 이카오 고우이치는 게임을 '놀이를 위한 프로그램'이라고 정의하고 있는 반면, 박동숙과 전경란은 '플레이어의 적극적인 참여와 조작에 기반한 상호작용 텍스트이자 동시에 특정한 이야기를 담고 있는 이야기물'이라고 정의 내리면서 게임의 서사적 측면을 강조하였다.[1] 이 논쟁이 첨예한 것은 놀이와 서사가 서로 대립되는 길항관계(拮抗關係)를 갖고 있다고 보기 때문이다.

놀이와 서사의 길항성을 주장하는 이정엽은 컴퓨터게임의 완성형 서사나 오프닝 동영상에서 보여주고 있는 내러티브를 스토리의 전사(前史, prehistory)에 해당한다고 보았다. 그는 대부분의 사용자들이 전사의 내용을 모르더라도 게임을 즐기는 데 전혀 불편함이 없도록 디자인되었고, 사용자는 게임을 통해 서사적 욕구를 만족시키려는 것이 아니라 놀이의 욕구를 충족하는 데 열중한다고 말한다. 따라서 게임은 놀이의 구조를 기본 원리

---

1 이인화 외 공저, 『디지털 스토리텔링』, 황금가지, 2003, 96면.

로 삼아 진행되며, 스토리는 이에 길항관계로 작용한다는 것이다.[2] 이정엽의 주장은 PC게임이나 패키지게임만을 분석 대상으로 설정해 놓고 본다면 타당성이 있으나 온라인게임으로 확대해 보면 설득력이 떨어진다.

『2005년도 게임백서』를 보면 유저들이 게임 선택의 결정 요소로 가장 중요하게 생각하는 것은 게임의 장르이며, 게임 이용 시 가장 관심 있게 보는 부분은 스토리인 것으로 설문 조사 결과가 나와 있다.[3] 장르와 스토리가 중요하다는 것은 컴퓨터게임이 기본적으로 지니는 서사 구조에 유저들이 관심이 있기 때문이다.

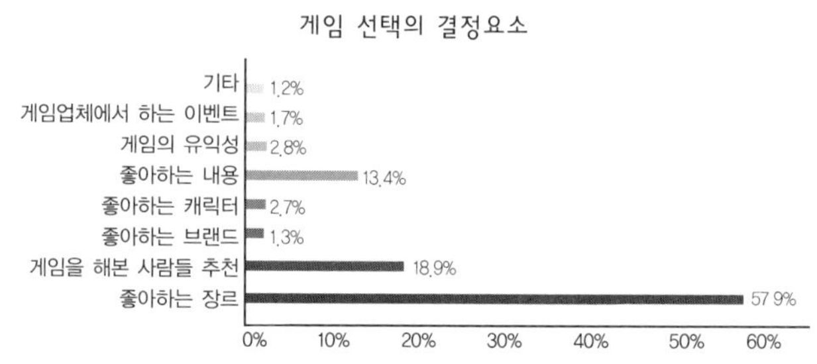

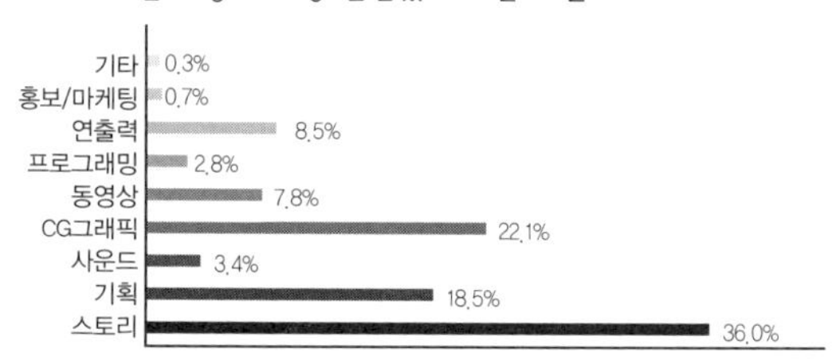

---

2 앞의 책, 84면.
3 지티스-게임산업종합정보시스템(http://www.gitiss.org/index.jsp)

온라인게임의 유저들은 전사에 많은 관심을 갖고 있다. 온라인게임의 장르는 판타지, 무협, 역사물, 격투, 스포츠 등 다양한데 유저들은 주로 한 가지 장르의 게임에 열중한다. 판타지를 좋아하는 유저들은 〈리니지〉나 〈뮤〉, 〈WOW〉에 몰려 있고, 무협에 관심 있는 유저들은 〈영웅 온라인〉이나 〈열혈강호〉, 〈디오〉 같은 게임을 주로 한다. 온라인게임을 선택하는 데 있어 자신이 관심 있어 하는 이야기를 세계관으로 삼고 있는가 없는가는 중요한 판단 기준이 된다. 평소에 판타지소설이나 애니메이션을 즐겼던 유저가 무림 고수가 되어 강호를 활보하려고 하지는 않을 것이다. 전사의 디테일한 부분까지는 모르더라도 최소한 게임의 세계관이 무엇인가는 유저들에게 중요하다. 자율형 서사를 만들어나가기 위해서는 그 출발점을 완성형 서사로부터 시작하여야 한다.

무협 온라인게임인 〈열혈강호〉의 유저들은 이 게임이 무림 고수가 되어 강호를 평정하는 것을 기본 서사로 삼고 있음을 알고 있다. 언뜻 보기에는 놀이를 즐기는 것처럼 보이지만 실제로 그들은 무협 온라인게임의 서사에 충실한 플레이를 하고 있는 것이다.

따라서 놀이와 서사는 길항관계가 아니라 상호 보완적인 관계로 보아야 한다. 놀이는 서사를 재미있게 풀어나가는 방식이며, 서사는 놀이의 완성도를 높이고 몰입도를 강화시켜주는 역할을 한다.[4] 온라인게임이 놀이에 서사를 접목한 것인

〈열혈강호〉의 전투 장면

---

4 특히 놀이가 근본적으로 시간과 공간의 한정을 받고 어떤 형태로든 결말을 가져야 한다는 한계를, 서사를 접목시킴으로써 뛰어넘을 수 있다.

지 서사에 놀이를 접목한 것인지는 별로 중요하지 않다. 원시종합예술이 카니발(축제)에서부터 시작된 것처럼, 문학이 노래에 그 기원을 두고 있는 것처럼, 예전부터 놀이와 예술은 밀접한 관련을 맺어 왔음을 염두에 둔다면 온라인게임이라는 새로운 놀이문화가 새로운 형태의 서사예술을 만들어 내고 있는 것은 분명하다.

1. 놀이의 사회학

'서사를 기반으로 한 디지털 놀이'라는 컴퓨터 게임의 정체성을 규명하기 위해서는 먼저 놀이가 무엇이고, 디지털 환경이 놀이를 어떻게 변형시켰는가부터 살펴보아야 한다.

정보화사회에서 디지털은 모든 것을 바꾸고 놓고 있다. 불과 10년 만에 일어난 이 엄청난 디지털 혁명은 세계 최고 수준의 초고속 인터넷 보급률과 인터넷 이용자의 급속한 증가와 맞물려 별다른 충격 없이 우리의 일상을 급속히 변화시키고 있다. 우리나라의 초고속 인터넷 보급률은 2007년 기준으로 30.6%로 세계 6위이며, 국내 인터넷 이용자 수는 이미 3000만 명을 넘어섰다. 2008년 기준으로 현재 조사대상 인구 중 77.1%에 해당하는 3536만 명(월 1회 이상 인터넷 사용기준)이 인터넷을 이용하고 있는 것으로 조사되었다.[5]

네 가구당 한 집씩 초고속 인터넷이 깔려 있고, 국민 10명 중 7명이 인터넷을 이용하고 있다는 것은 인터넷이 단순한 매체 그 이상의 영향력을 갖

---

5 인터넷통계정보검색시스템(http://isis.nida.or.kr).

고 있음을 말해준다.[6]

인터넷은 그 자체로 엄청난 문화 충격을 우리에게 주었다. 실시간과 쌍방향이라는 소통 방식은 인류가 발명해낸 그 어떤 커뮤니케이션 도구보다도 선진적이며, 익명성의 보장을 통해 성별, 연령, 직업 등에 구애 없이 누구에게나 자유로운 담론 생산의 기회가 제공되었다. 그러나 무엇보다도 인터넷이 우리에게 가져다 준 충격은 문화 생산의 현장에 직접 뛰어들어 관여하고 참여함으로써 수동적 문화소비자가 아니라 능동적 문화생산자로 대중을 재구조화하였다는 것이다. 이렇게 재구조화된 대중(大衆)을 우리는 다중(多衆)이라 명명할 수 있다.[7]

네티즌은 디지털 문화가 창조해낸 새로운 시민계급이며 다중이다. 따라서 이들이 창조해내고 있는 디지털 문화 역시 대중적인 시각이 아니라 다중적인 시각에서 해석하고 이해해야 한다. 다중으로서의 네티즌이 새롭게 창조해내고 있는 디지털 문화의 키워드는 놀이이다.

놀이에 대해 인문학적으로 접근한 대표적인 학자로 호이징가가 있다. 호이징가(Johan Huizinga, 1872~1945)에게 문화는 곧 놀이일 뿐만 아니라, 놀이는 문화를 창조한다. 인간의 문화는 놀이로부터 나왔으며, 또한 '놀아지는' 것이다. 그러나 그의 견해에 따르면 19세기 산업혁명을 겪으면서 '놀이로서의 문화'라는 양상은 급격히 달라지기 시작한다. 노동과 생산에 과도한 가치를 부여하게 됨에 따라 문화와 놀이가 분리되기 시작한 것이다. 이제 사람들은 성과물을 가져다주지 않는 놀이를 무가치한 것으로 여기기 시작했다. 더 나아가 단순히 놀기 위한 놀이는 퇴폐적인 것으로 죄악시되기 시

---

6 물론 TV가 인터넷보다 더 많이 보급되었고 더 대중적이지만 문화의 생산과 소비가 시간의 거리를 두고 일방향으로 이루어진다는 점에서 실시간, 쌍방향의 소통 매체인 인터넷에 비해 매체로서의 파괴력이 약할 수밖에 없다.

7 새로운 시민 계급으로서의 '다중'에 대한 자세한 논의는 4장에서 이루어질 것이다.

작한다. 호이징가는 이후 현대에 있어서도 문명은 놀이적 요소를 점점 상실해 가고 있다고 말한다.[8]

호이징가가 『호모루덴스』를 저술했을 당시와 지금은 상황이 많이 달라졌지만 현대 아날로그 문명이 놀이를 화석화시켰음은 분명하다. 아날로그 문명의 총화인 TV는 놀이를 함께 참여하여 즐기는 것이 아니라 보고 듣고 대리만족하는 수준으로 격하시켰다. 아날로그식 놀이 문화는 보는 즐거움만을 제공함으로써 대중에게서 문화의 창조라는 역할을 제거해버렸다. 대중은 수동적, 정서적, 비합리적 존재로 전락했고 놀이문화를 지배하고 있는 TV에 의해 쉽게 조작되는 무기력한 이성으로 집단화되었다.

그러나 정보화 혁명을 통해 새롭게 등장한 디지털은 우리에게 놀이의 주체로서의 권리를 다시 되돌려 주었다. 인터넷은 거대한 놀이판이다. 남녀노소 누구나 참여할 수 있고, 시간과 공간의 구애를 받지 않으며, 일상의 억압으로부터 해방된 진정한 놀이터이다. 인터넷에서 우리가 뛰어놀기 시작한 지 10년이 지났고, 전 국민의 70% 이상이 그 공간에서 놀고 있다. 10년이라는 시간은 새로운 문화가 창조되기에 충분한 시간이다. 네티즌들은 놀이를 통해 그들만의 독자적인 문화를 창조하고 있으며, 디지털문화라 일컬을 수 있는 이 새로운 문화는 아날로그식 문화와는 다른 독특한 문법을 가지고 있다.

1) 디지털 시대의 신인류 : 디지털 유목민

최근에 방송통신위원회와 한국인터넷진흥원이 발표한 2008년 인터넷이

---

8 J. 호이징가 지음, 김윤수 옮김, 『호모루덴스』, 까치, 1989.

용실태조사 결과에 따르면 만 6세 이상 국민 가운데 77.1%가 인터넷을 이용하고 있는 것으로 나타났다. 또한 연령별 인터넷 이용률을 살펴보면 30대의 98.6%, 50대의 48.9%가 인터넷을 이용하고 있다. 이는 2007년에 비해 각각 2.1%, 2.4%가 증가한 것으로 우리 국민의 인터넷 이용률이 지속적으로 성장하고 있음을 보여준다. 더욱 놀라운 사실은 우리나라 만 3~5세 유아 58.7%, 초등학생의 99.8%가 인터넷을 이용하고 있다는 점이다.[9] 이 조사에서 특히 주목해야 하는 것은 컴퓨터와 인터넷이 친숙한 20~30대와는 달리 세대적인 거리를 느낄 수밖에 없는 50대의 인터넷 이용률이 30대의 이용 증가율보다 더 높다는 것과 초등학생 거의 전부가 인터넷을 이용하고 있다는 것이다. 이 통계만 보더라도 이제 인터넷이 남녀노소 누구나 즐길 수 있는 또 다른 일상공간으로 확실히 자리매김하고 있음을 알 수 있다.

인터넷이 놀이의 공간으로서의 일상성을 획득함으로써 생성된 디지털 문화의 문법을 이해하기 위해서는 먼저 시티즌과 구분하여 인터넷의 새로운 시민계급을 지칭하는 네티즌의 의식 성향을 파악하여야 한다. 디지털 시대의 신인류라 할 수 있는 네티즌의 행동 패턴은 아이러니하게도 인류 역사상 가장 오래된 행동양식인 유목문화와 맞닿아 있다. 네티즌을 '디지털 유목민'이라 칭하는 것도 이 때문이다.[10]

끊임없는 이동과 강한 결속력, 완강한 배타성, 생산자 마인드로 목록화할 수 있는 디지털 유목민의 의식 성향은 그들이 생산해 내는 문화를 해석하는 데 유효한 키워드로 작용한다.

---

9 인터넷통계정보검색시스템(http://isis.nida.or.kr).
10 디지털 유목민에 대한 자세한 논의는 4장에서 이루어질 것이다.

2) 디지털 문화의 새로운 문법

디지털 문화가 유목문화와 겹쳐지고, 네티즌들이 디지털 유목민이라는 사실은 그들의 놀이문화가 약탈과 정복의 메커니즘을 갖고 있음을 말해주는 것이다. 가장 대표적인 인터넷 문화인 펌은 약탈의 속성을 세련된 방식으로 내면화하고 있다. '펌(퍼나르기)'은 다른 장소에 있던 정보를 자신이 원하는 장소로 옮겨가는 것을 일컫는 인터넷 용어이다. 해당 정보가 충분히 옮길만한 가치가 있다고 판단되었을 때 퍼나르기가 행해지는데 이때 그 정보의 저작권은 전혀 보호받지 못한다. 이는 네티즌들의 저작권에 대한 이해가 부족하기 때문이기도 하지만 근본적으로 그들이 약탈을 놀이로 생각하는 유목민이기 때문이다. 또 다른 인터넷문화인 드라마 폐인은 정복의 속성을 강하게 갖고 있다. 한 드라마가 인기를 얻게 되면 방송국 홈페이지에 개설된 해당 게시판은 삽시간에 폐인들에 의해 정복된다. 그들은 그 드라마가 끝날 때까지 그 게시판에 상주하며 마치 그 드라마의 주인인양 행세한다. 배우의 연기에 대해 품평하고 간섭하며, 작가에게 드라마의 내용을 바꾸라고 요구하기도 한다. 그리고 그것이 관철되지 않을 때는 동료 폐인들과의 강한 연대감을 바탕으로 집단행동도 불사한다. 동일한 시간대에 방영되는 다른 드라마에 대해서는 지극히 배타적인 태도를 취하며 드라마 종영이 가까워 올수록 광기에 가까운 아낌없는 애정을 그들이 정복한 게시판에 쏟아 붓는다. 그러나 드라마가 종영되면 그것으로 끝이다. 정복의 대상이 사라졌기에 그들은 다시 새로운 정복지를 찾아 나설 것이다.

약탈과 정복이 디지털 문화의 놀이 메커니즘이라면, 이것을 기반으로 한 인터넷 문화의 문법은 놀이의 양상에 따라 다음과 같이 범주화된다.

(1) 커뮤니티 : 놀이로서의 일상, 일상으로서의 놀이

커뮤니티는 인터넷 문화의 핵심이다. 매체가 사람과 사람을 소통시켜주는 역할을 해왔다는 것을 상기해보면 커뮤니티 기능을 빼놓고 인터넷을 이해할 수는 없다. 인터넷 커뮤니티의 유형은 크게 세 가지로 나눌 수 있다. 먼저 다음 카페와 같은 집단형 커뮤니티이다. 여기서 카페란 동호회와 같은 개념으로, 같은 취미나 관심사를 가진 사람들이 인터넷에서 만나 정보를 공유하고 친목을 도모하는 곳이다. 다음 카페는 인터넷 전체 이용자의 75%가 이용하는 한메일 서비스를 기반으로 급속하게 발전하여 2008년 10월 기준으로 약 625만 개의 카페가 개설되어 있다. 두 번째는 싸이월드로 대표되는 개인형 커뮤니티이다. 표준화, 공개화, 범주화되어 있는 다음 카페와는 달리 싸이월드는 미니홈피라는 독특한 인터페이스를 제공하여 개성화, 인맥화, 일상화를 커뮤니티에 접목하는 데 성공함으로써 자신만의 공간을 갖고 싶어하는 젊은 세대들의 열광적인 지지를 얻고 있다. 마지막으로 네이버 블로그 같은 혼합형 커뮤니티이다. 혼합형 커뮤니티는 집단형과 개인형의 장점을 수용한 것으로 친목보다는 정보 교환이 중심이 된다는 점에서는 집단형 커뮤니티와 유사하지만, 정보 수집의 책임과 공개의 권한이 개인에게 주어진다는 점에서는 개인형 커뮤니티의 특징을 보여주고 있다.

인터넷 커뮤니티는 자발적, 임의적, 비면대면 커뮤니티라는 점에서 현실 공간의 커뮤니티와 다르다. 바로 여기에 인터넷 커뮤니티가 놀이로서 갖는 문화적 의미가 있다. 인터넷 커뮤니티는 그것이 집단형이든 개인형이든 간에 그 중심에 개별적 주체인 '나'가 위치해 있다. 호이징가는 놀이는 엄격한 규칙성을 가져야 한다고 이야기했지만 그것은 집단의 차원에서 이루어지는 놀이에 해당한다. 집단에 들어가기 위해서는 그 집단이 이미 만들어놓은 규칙을 존중할 의무가 있지만 '나'를 중심으로 진행되는 커뮤니티는 개인적인 선택과 판단이 중요할 뿐 이미 만들어진 규칙은 별로 중요하지 않다.[11] 디지털 문화는 생래적으로 규칙을 거부하고 자유의지를 우선시한다. 현실 공간의 커뮤니티가 전경화하고 있는 사회성이 감소하는 대신 인간의 이기적 본성에 기초한 개인주의가 확장됨으로써 인터넷 커뮤니티가 보여주는 상호작용은 집단의 놀이가 아니라 개인의 놀이로 전도된다.

사람과 사람이 만나는 것은 일상이지만 그것이 어떠한 책임과 의무도 동반하지 않는다면 아주 순수한 의미에서 놀이가 된다. 남을 즐겁게 하는 것이 아니라 내가 즐거워야 하는 것이 놀이의 제 1 원칙이라면, 다른 사람이 아닌 오직 나만의 즐거움을 위해 존재하는 인터넷 커뮤니티는 그 자체로 이미 놀이이다. 즐겁기 위해 가입하고 재미없으면 언제든 탈퇴할 수 있는 인터넷 커뮤니티는 놀이를 일상화시키면서 동시에 일상마저도 놀이화하고 있는 디지털 유목민들의 즐거운 놀이터인 것이다.

(2) 온라인게임 : 체험과 몰입의 서사

인터넷 커뮤니티가 친목 도모와 정보 교환의 수단이라면, 온라인게임은 커뮤니티에서 공익성을 제거한 오직 즐거움만을 위한 가상 공동체이다. 우리나라 온라인게임의 수준과 열기는 상상을 초월한다. 온라인게임은 이제 단순한 놀이를 넘어 대학생의 문화로서 그 가치를 인정받고 있으며, 더 나아가 어린 청소년층과 중장년층에게도 새로운 여가문화로서 서서히 그 영역을 넓혀나가고 있다. 사이버 올림픽을 지향하는 E-Sports 세계대회

---

11 다음에 개설되어 있는 카페의 경우 규모가 큰 곳은 회원수가 2, 30만이 넘기도 한다. 그러나 그중 실제 게시판을 통해 커뮤니티 활동에 참여하는 회원은 1%도 되지 않는다. 나머지 99%는 가입만 했을 뿐 전혀 활동하지 않는 유령회원이다. 이것이 가능한 이유는 인터넷 커뮤니티가 가입의 조건이 까다롭지 않을 뿐 아니라 회원으로서의 의무를 강제하는 규칙이 회원들에게 무시되거나 아예 없기 때문이다.

WCG(World Cyber Games)는 이미 세계 70여 개국에서 2천만 명 이상이 예선에 참가할 정도로 그 위상이 높아졌으며, 국내에서는 연간 140여 개의 게이머대회가 개최되고 그 상금규모만도 40억 원에 이르고 있다. 프로게임단과 프로게임리그가 생겨났으며, 억대 연봉을 받으며 수십 만에 이르는 팬클럽을 보유한 프로게이머도 탄생했다.[12]

디지털 문화가 창조해낸 새로운 서사 양식이라는 점에서 온라인게임은 단순한 게임 그 이상의 의미를 가진다. 온라인게임 서사의 서사 경험은 '하기(doing)'를 중심으로 진행된다. '하기'는 체험의 선행 조건이다. 체험을 통해 이루어지기에 온라인게임 서사가 만들어내는 세계는 문학이 재현하고 있는 세계와는 분명하게 다른 양상을 보인다. 허구의 세계이지만 실재 세계처럼 인식되며, 실재 '나'와 게임 캐릭터 '나' 사이에 의식적 거리가 존재하지 않으며, 게임 플레이어 '나'는 스스로 서사를 만들어 나가면서 실시간으로 그것을 따라가야 하는 작가이며 동시에 독자이다.

잘 꾸며낸 이야기는 우리에게 우리 바깥의 어떤 것을 제공해 주고(왜냐하면 이것은 우리 아닌 어떤 다른 사람이 만든 것이기 때문에), 우리는 그것에 우리의 감정을 투사한다. 이러한 강력한 몰입의 경지를 지속적으로 유지하기 위하여, 우리는 내적으로 하나의 역설적인 일을 행하지 않으면 안 된다. 즉 가상 세계라는 것은 '거기에 존재하지 않기' 때문에 '실재한다'고 우리는 생각해야 하는 것이다. 우리는 가상 세계를 현실과 가상 어느 한쪽으로 붕괴되지 않게 하면서, 동시에 몰입의 경계선에서 균형을 잡을 수 있도록 유지해야 할 것이다. 몰입의 경계란 본질적으로 너무도 쉽게 허물어질 수 있기 때문에, 모든 서사 예술 형식은 끊임없이 그것을 지속시키기 위한 방법을 발

---

12 http://blog.naver.com/speedtax

달시켜 왔다. 그러한 방법들 가운데 가장 중요한 것은 참여를 금지시키는 일이다.[13]

전통적인 서사에서는 몰입은 허용하지만 독자가 텍스트의 흐름에 참여하는 것을 금지시켰기에 '스토리―시간'과 '텍스트―시간'이 구분될 수 있었다. 그러나 게임 서사는 행동을 통한 직접적인 참여를 통해 몰입을 극대화시키는 방식을 채택함으로써 '스토리―시간'과 '행위―시간'의 구분을 모호하게 만들었고, 이 같은 중첩은 결과적으로 현실과 가상의 경계선조차 모호하게 만들었다. 게임 서사에서 우리가 몰입의 경계선에서 균형을 잡지 못하고 현실과 가상, 실재와 허구를 혼동하는 것도 이 때문이다.

온라인게임의 서사 문법은 체험과 몰입을 통해 완성된다. 체험과 몰입이 놀이를 완성하는 필요충분조건이라면 디지털 문화는 우리에게 인류 역사상 가장 매력적인 놀이문화를 제공해 주고 있는 것이다.

(3) 글쓰기 : 노출과 관음의 시학

인터넷 공간은 그 자체로 글을 쓰고 읽는 거대한 게시판이다. 당연히 글을 쓰는 작가와 글을 읽는 독자가 존재한다. 그러나 그 존재방식이 디지털 문화와 연결된다면 엄숙함과 진지함은 사라지고 재미난 놀이로 변주된다. 작가와 독자, 쓰는 것과 읽는 행위의 근본적 차이에 대해 프랑스 철학자 미셸 드 세르토는 다음과 같이 지적하였다. "작가는 자신의 공간을 만드는 창설자이며, 언어의 땅을 경작하는 옛 농부의 상속인이며, 우물을 파는 사람이며, 집 짓는 목수다… 독자는 여행객이다. 남의 땅을 이곳저곳 돌아다니고 자기가 쓰지 않은 들판을 가로질러 다니며 밀렵하고, 이집트의 재산을

---

13 자넷 머레이 저, 한용환 외 공역, 『인터랙티브 스토리텔링』, 안그라픽스, 2001, 114~115면.

약탈하여 향유하는 유목민이다."[14] 정착민과 유목민으로 작가와 독자를 명쾌하게 구분한 미셀 드 세르토의 지적은 그러나 모든 시민계급이 유목민인 인터넷 공간에서는 지시력이 모호해진다.

누구나 약탈자인 공간에서는 생산자 역시 약탈자 중에서 탄생한다. 약탈을 통해 창조적 영감을 얻고 그것을 글쓰기로 연결하는 일련의 과정에서 작가와 독자의 정체성은 훼손되거나 모호해질 수밖에 없다. 엄숙함과 진지함 대신에 오히려 글쓰기와 글읽기 과정에 관여하는 것은 노출과 관음의 심리학이다.

자신을 드러내고 싶은 노출의 욕망은 인터넷의 익명성과 비대면성에 힘입어 폭발적으로 활성화된다. 특히 인터넷 글쓰기에서 창작의 가장 큰 동인은 다른 사람들에게 자기 자신을 읽히고 싶어 하는 욕망이다. "임금님 귀는 당나귀 귀"라 소리치고 싶어 안달했던 대중들은 그러나 현실공간에서는 뒷동산 대나무 숲을 소유하고 있지 못하였다. 인터넷은 바로 그 뒷동산 대나무 숲처럼 모든 이야기를 들어주고 또 바람처럼 들려준다.

관음은 약탈의 메커니즘과 연관된다. 자신이 갖고 있지 못한 무언가를 갖고 사람들에게 네티즌들은 경이와 질시의 이중적 감정에 휩싸인다. 이중적 감정의 혼란에서 벗어날 수 있는 방법은 그것을 약탈해 자기 것으로 만드는 것이다. '펌'을 통해 네티즌들은 독자에서 순식간에 작가가 될 수 있다.

인터넷 글쓰기와 글읽기가 비록 부정적인 면을 보여주고 있기는 하나 '글(文)'에 대한 우리의 기대지평에서 진지함과 엄숙함을 삭감시키고 그 자리를 재미있는 놀이로 대체할 수 있다면 그 순간 인터넷 글쓰기는 아주 유쾌한 재미를 제공해 줄 수 있다. 우리가 언제 이토록 신나고 역동적인 글쓰

---

14 한국일보 문화면, 2006년 4월 7일자 기사 부분 인용.

기와 글읽기를 경험했던 적이 있었던가를 생각해본다면 글이 놀이의 자리로 옮겨간다 해서 그리 우려할만한 일은 아닐 것이다.

디지털 문화는 단언컨대 놀이의 문화이다. 유목민들에 의해 신나게 놀고 즐기면서 만들어지고 있는 인터넷 문화는 그래서 기왕의 시선으로 보면 불편하고 낯설 수도 있다. 그러나 산업혁명 이후 우리가 점차 잊고 있었던 진정한 놀이의 즐거움을 디지털로 복원하고 있다고 생각해보자. 사람과 사람을 연결해주는 타율적, 지배적, 면대면 커뮤니티의 엄격함과 의무적으로 부여되는 책임감에서 잠시 벗어나 일탈의 즐거움을 제공해주는 인터넷 커뮤니티의 느슨함, 그 어떤 놀이문화도 제공해 주지 못했던 완벽한 몰입과 체험의 서사인 온라인게임의 오락성, 엄숙주의와 진지함에서 벗어나 욕망에 충실한 인터넷 글쓰기의 가벼움은 디지털 유목민들이 누릴 수 있는 문화적 특권이 아닌가.

지금 우리는 인터넷에서 놀이의 즐거움을 재발견하고 있는 것이다.

2. 온라인게임의 디지털 놀이로서의 특징

인터넷에는 다양한 놀이문화가 존재한다. 온라인게임도 그중에 하나이다. 그러나 게시판을 통한 소통형 놀이, 댓글을 통한 참여형 놀이, 채팅을 통한 대화형 놀이 등과는 달리 온라인게임은, 전통적 혹은 관습적 의미의 놀이로부터 많은 부분 벗어나 있다. 소통과 참여와 대화가 동시에 이루어지는 통합형 놀이이며, 놀이로서의 즐거움이 이야기로부터 출발하는 서사형 놀이이며, 그 끝을 가늠할 수 없는 진행형 놀이이다.

온라인게임의 디지털 놀이로서의 특징을 살펴보려면 먼저 아날로그 놀이에 대한 이론부터 살펴보아야 한다. 놀이에 대해 논의한 대표적인 학자로 호이징가(Johan Huizinga)와 카이와(Roger Caillois)가 있다.

먼저 호이징가가 내린 놀이의 고전적인 정의부터 살펴보자.

> 놀이라는 형식의 특징을 간략하게 종합해보면 그것은 어떤 자유로운 행위라고 말할 수 있는데, 이 행위는 진심에서 그렇게 하는 것은 아니지만 어쨌든 일상생활 밖에서 행해지고 있으며 그럼에도 놀이하는 사람을 강렬하게 그리고 완전히 사로잡을 수 있다. 이 자유로운 행위는 어떤 물질적인 이해관계도 없고, 어떠한 이익도 얻을 수 없으며, 또한 그 행위는 질서 정연한 어떤 고유한 법칙에 따라 고유의 고정된 시간과 공간 속에서 이루어진다.[15]

이 정의에서 호이징가가 강조하고 있는 것은 놀이가 고정된 시공간 안에서 이루어지는 자유로운 행위라는 점이다. 언뜻 보면 디지털 놀이인 온라인게임에도 적용되는 것처럼 보이지만, 인터넷이 질서정연한 고유한 법칙을 갖고 있지 않다는 것을 상기해보면, 온라인게임이 확정되고 강제적인 룰에 의해 진행된다고 볼 수 없다.[16] 물론 게임 프로그래밍은 확정되고 강제되어 있지만 그 안에서 유저들이 만들어내는 자율형 서사들은 분명 비선형적이며 불확정적 영역이다. 놀이가 고정된 시공간 안에서 이루어진다는 것도 온라인게임에는 적용되지 못한다. 온라인게임은 현실(행위자의 시공간)과 가상(행동자의 시공간)을 넘나들며, 가상과 가상을 넘나든다. 〈리니지2〉의 바츠해방전쟁 당시 타 서버의 유저들이 혁명군을 돕기 위해 대거 바츠 서버로 이동한 것은 온라인게임의 놀이 시공간이 고정되어 있지 않음을 보여준다.[17] 넓게 보면 34개의 서버 모두 〈리니지2〉의 게임 공간이지만, 그것

15 J. 호이징가 지음, 김윤수 옮김, 『호모루덴스』, 까치, 1989, 27면.
16 놀이터 자체가 이미 질서와 규칙을 생래적으로 거부하는 있는 것이다.

이 개별적인 34개의 시공간을 갖고 있다는 것은 온라인게임의 시공간이 갖는 디지털놀이로서의 특징이다.

바츠해방전쟁 당시 DK 혈맹과의 일전을 준비하고 있는 혁명군들

카이와의 연구는 호이징가의 저작 『호모 루덴스』에 대한 비판적 검토에서 출발한다. 카이와는 호이징가가 운에 맡기는 우연 놀이와 탐닉을 즐기는 현기증 놀이를 배제했기 때문에 놀이에 대한 분석을 완결 지을 수 없었다고 주장한다. 그는 저서 『놀이와 인간』에서 놀이에 대한 사회학적인 분석과 동시에 놀이의 형태 변화를 소재로 해서 현대 사회의 변화 과정을 추적하였다. 이것은 놀이가 문화의 소산이기도 하지만 문화를 창조하기도 한다는 카이와의 발견에 의해서 가능하게 되었다.

카이와는 『놀이와 인간』에서 놀이를 문화현상으로 인식했으며, 모든 형태의 문화는 그 기원에서 놀이 요소가 발견되며, 인간의 공동생활 자체가

17 〈리니즈2〉에는 테스트서버까지 포함하여 모두 34개의 서버가 있고 바츠서버는 그중 하나이다.

놀이의 형식을 가지고 있다고 설명하고 있다. 그는 인간의 놀이를 네 가지의 범주로 분류하였다.

첫 번째는 아곤(경쟁)이다. 규칙도 있고 의지를 반영하는 것이다. 아곤은 규칙에 입각한 경쟁의 놀이이기 때문에 운동경기에서 볼 수 있듯이 상대적 경쟁을 통해 자신의 우수성을 인정받고 싶어하는 인간의 욕망이 표현하는 놀이이다. 순위(Ranking)와 명성(Reputation)이 중요하며 체스나 바둑, 스포츠 등이 해당한다.

두 번째는 미미크리(모의)이다. 규칙은 없으나 의지를 반영하는 놀이이다. 흉내내거나 가장하여 노는 데 규칙이 있을 수 없지만 어떤 것을 따라하고 싶은 의지가 반영되는 놀이의 개념이다. 놀이하는 자가 가면을 쓰거나 가장하고 있다는 사실 자체와 그로 인해 일어나는 결과가 즐거움을 일으킨다는 것이 미미크리의 재미의 원리이며 정체성(Identity)과 외적인격(Persona)의 표현이 중요하다. 가면무도회, 연극, 소꿉장난, 시뮬레이션 게임 등이 여기에 해당된다.

세 번째는 알레아(운)이다. 규칙은 있으나 의지가 반영되지 않는 것이다. 아곤과는 정반대로 놀이하는 자에게 달려 있지 않은 결정, 그가 전혀 영향력을 행사할 수 없는 결정에 기초하는 모든 우연 놀이이다. 아곤(경쟁)의 경우는 경쟁자들 간의 기회를 평등하게 하는 데 모든 주의를 기울인다면, 여기서는 위험과 이익의 균형을 빈틈없이 유지하는 데 모든 주의를 기울인다. '운수대통이다'거나 '또 해야지'로 이어지는 기대심리는 또 다른 운을 기대하면서 놀이에 끊임없이 몰입하게 하도록 막연한 쾌감을 느끼게 한다. 따라서 우연놀이는 요행을 바라는 기대심리를 가질 때 가장 강한 중독성을 갖는다. 복권, 룰렛, 주사위 등이 대표적인 알레아 놀이이다.

마지막으로 일링크스(현기증)이다. 규칙도 없고 의지도 반영되지 않는 것이다. 일시적으로 지각의 안정을 파괴하고 맑은 의식에 일종의 기분 좋은 패닉 상태를 일으키려는 시도로 이루어져 있다. 일상에서 구조화된 안정적인 사고의 패턴에서 일시적으로 벗어날 때, 순간적으로 느끼는 아찔함과 같은 것으로 이른바 '끝내준다!'라고 외칠 수 있게 지각의 혼란을 야기하는 즐거움을 주므로 이런 놀이들은 현기증을 유발한다. 운의 정도가 클 때도 일링크스의 현상이 발생하기도 하는데 롤로코스트, 번지점프를 예로 들 수 있다.[18]

카이와의 주장 중에서 흥미로운 점은 '경쟁 놀이'와 '우연 놀이'의 결합과 '흉내내기 놀이'와 '현기증 놀이'의 결합으로 놀이를 크게 양분한 다음 그들의 교체 출현으로서 역사 시대를 구분한 것이다. 경쟁 놀이와 우연 놀이가 결합한다는 것은 한편에서 모순적으로 보이기도 하지만, 경쟁의 결과에 승복한다는 것은 운에 승복한다는 것을 포함하는 것이기 때문에 양자는 무리 없이 결합할 수 있다.

〈리니지2〉 유저가 북구 신화 속 엘프를 흉내내고 있다.

그에 따르면 원시 시대에는 흉내내기 놀이와 현기증 놀이의 결합이 지배적이었다. 아직까지 인간들은 경쟁을 통해서 자신의 지위를 변동시킨다는 것을 생각할 수 없었다. 근대사회에 들어와서 인간들은 경쟁 놀이를 시작했다. 그와 아울러 우연 놀이도 체계적으로 자리잡게 되었다. 카이와에

---

18 로제 카이와 저, 이상률 역, 『놀이와인간』, 문예출판사, 2001 부분 요약.

따르면 현대 사회에서 흉내내기 놀이와 현기증 놀이의 결합이 다시 성행하고 있다. 그리고 이것을 근대적 사회의 해체의 출발로 보았다.[19]

그렇다면 온라인게임은 카이와의 놀이 분류 중 어디에 해당하는 것일까? 온라인게임은 카이와가 분류한 네 가지 놀이 속성 모두를 가지고 있다. 캐릭터를 만들어 현실의 나와 전혀 다른 분신(아바타)을 통해 새로운 일상을 경험한다는 온라인게임의 기본 속성은 미미크리(흉내내기)이다.

레벨업을 하고 유니크 아이템을 모으고 능력을 향상시켜 타자와의 경쟁에서 이기고자 하는 온라인게임의 욕망은 아곤(경쟁)이다.

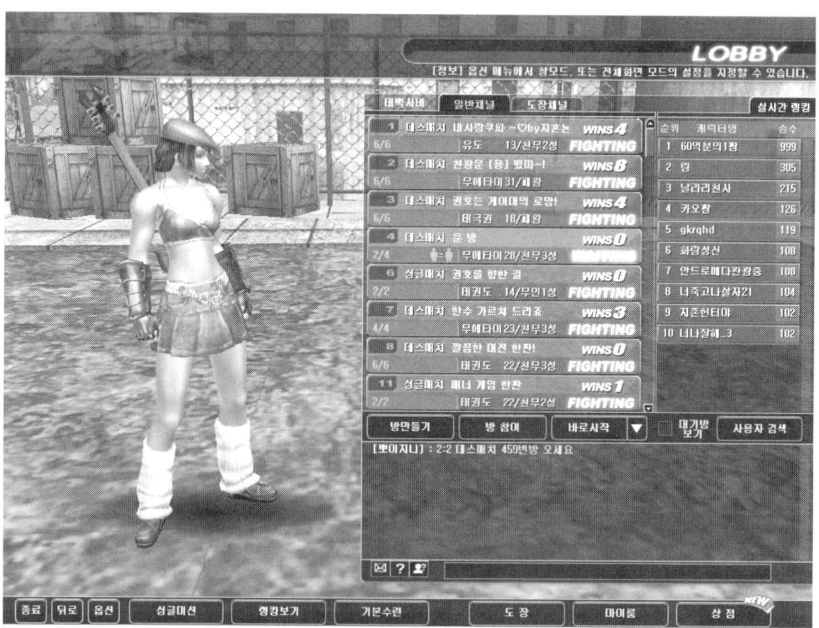

격투 온라인게임인 〈권호〉에서 유저가 실시간으로 자신의 랭킹을 확인하는 모습

19 http://blog.naver.com/hopy4u

아이템과 룬을 조합하여 더 좋은 룬워드 아이템을 만들려고 시도하거나
(《디아블로2》) 아이템에 젤을 발라 능력을 업그레이드 시키고자 노력하는
(《리니지1》) 것은 번번이 실패하고 좌절하기 때문에 위험과 이익의 균형 사
이에서 흔들리는 알레아(운)이다.

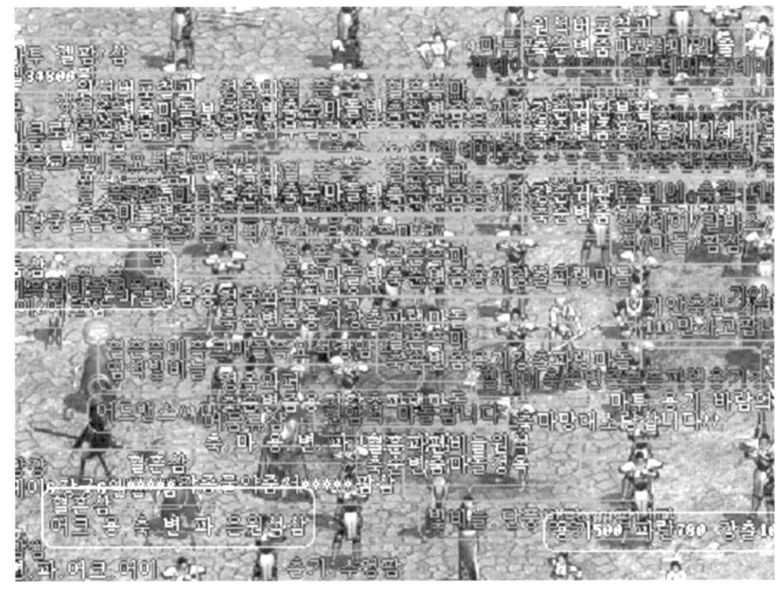

〈리니지1〉에서 아이템에 젤을 발랐다가 실패한 모습

게임 속 가상공간에서 현실공간으로 일시적으로 빠져나왔을 때, 또는 그
반대의 경우에 유저가 느끼는 정체성의 혼란은 일링크스(현기증)다. 자신이
정말로 갖고 싶었던 아이템을 몹이 드롭(drop)하거나 무수한 실패 끝에 아
이템 조합에 성공하거나 실패했을 때에도 일링크스 현상은 발생한다.

〈디아블로2〉에서 유저가 사냥 중에 원하던 아이템을 구하는 모습

현대에 와서 흉내내기 놀이와 현기증 놀이가 주류 놀이문화로 자리 잡으면서 경쟁놀이와 우연놀이의 시대였던 근대를 해체시켰다는 카이와의 주장을 확장해보면 흉내와 경쟁, 우연과 현기증 모두를 다 놀이의 속성으로 갖고 있는 디지털 놀이의 등장은 현대를 해체시키고 정보화사회로 이행되어가고 있음을 보여주는 것이다.

정보화 혁명을 통해 새롭게 등장한 인터넷은 우리에게 놀이의 주체로서의 권리를 다시 되돌려 주었다. 온라인게임은 지금까지 우리가 경험해 보지 못했던 새로운 놀이 문화이다. 남녀노소 누구나 참여할 수 있고(관습적인 놀이에서 나이와 성별은 놀이의 장르를 구분 짓는 중요한 표지이다), 시간과 공간의 구애를 받지 않으며(현실공간 안에 놀이 공간이 구획되어 있기 때문에 관습적인 놀이는 시간과 공간의 한계를 현실과 동일하게 경험한다), 일상의 억압으로부터 해방된(휘발되는 서사이기 때문에 관습적인 놀이는 항상 억압된 일상으로 복귀하여야 한다. 관습적인 놀이는 놀이와 일상 사이에 틈이 있지만 온라인게임은 놀이가 곧 일상이다. 물리적인 공간으로부터 완벽하게 독립된 의식 공간 위에서 놀이가 이루어지기 때문에 놀이는 누적되며 그래서 일상이 된다) 진정한 놀이이다. 동시에 이 혁명적인 놀이는 단순한 놀이에서 머무는 것이 아니라 새로운 서사 양식이기도 하다.

온라인게임은 작가와 독자가 있고(비록 게임 공간 내에서는 그 구분이 무의미하기는 하지만) 풍부한 이야기를 바탕으로 새로운 이야기를 창조하고 있으며, 시간성과 공간성을 갖고 의식의 흐름을 보여주고 있다. 온라인게임이 문학은 아니지만 문학과 유사한 서사 양식으로서의 특징을 보여주고 있으며 이 미학적 근거를 기반으로 하여 우리는 디지털서사라는 새로운 영역을 구조화할 수 있게 되었다.

Chapter ❹ 게이머 : 유목민과 다중의 아이덴티티

미래의 삶은 정주민 체제에서 점점 유목민 체제로 회귀하게 될 것이다
사람들은 지구촌 곳곳에서 통신기기로 무장한 채 돌아다니게 될 것이다
1만 년 전에 정착된 문명은 머지않아 유목을 중심으로 재건될 것이다
불안정하므로 모든 것을 휴대화하려 할 것이다
이들은 창조하고, 즐기고, 움직이는 것을 좋아한다
그래서 항상 네트워크에 접속 상태로 있다
— 21세기 사전(Dictionary of the 21st Century) 중에서
자크 아탈리(Jacques Attali) 著

세상에는 수없이 많은 인종과 민족과 종족이 존재한다. 그들은 각기 다른 언어와 문화를 향유하며 각기 다른 일상을 영위한다. 지구라는 텍스트는 매우 복잡하게 분할되어 있는데 위도와 경도가 있고 국경선이 그어져 있으며 시차가 있다. 현실 세계를 하나의 공동체로 통합하는 것은 불가능하며 인류 역사상 단 한 번도 그것이 완성된 적은 없었다.[1]

---

[1] 로마제국이나 몽고제국은 세계의 일부분만을 지배했을 뿐이며, 히틀러의 야심도 전 세계를 대상으로 하지는 않았다.

산업혁명은 현실 세계의 분할을 더욱 촉진하여 인종과 민족, 종족간의 갈등을 표면화시켰다. 제국주의 국가들의 식민지 지배는 아이러니하게도 제국주의의 몰락 후 세계를 더욱 복잡하게 재편시켰다. 그러나 정보화혁명은 현실 세계가 이룩하지 못했던 전지구적인 공동체를 가상 세계에 구축하는 데 성공하였다. 인터넷은 인종, 민족, 종족 등을 초월하여 현실 세계의 경계를 허물고 새로운 가상 공동체를 만들어낸 것이다.

인터넷 안에는 단 하나의 계급만이 존재한다. 네티즌이라 통칭되는 이 새로운 계급은 그 자체에 아무런 이데올로기도 내포하고 있지 않다. 현실 공간의 계급 구성은 이데올로기와 맞물려 복잡하고 다양하다. 프로레타리아(무산계급, Proletariat)와 부르주아(자본가계급, Capitalist class)는 생산 수단의 소유 유무를 기준으로 구획된 것으로, 쁘띠부르주아(소시민, Petit-bourgeoi)나 룸펜프로레타리아(극빈층, Lumpen Proletariat), 룸펜인텔리겐차(지식층에 속해 있는 실직자, Lumpen intelligentsia)로 분화되었다. 생활 방식에 따라 딩크족(Dink)[2]이나 여피족(yuppie),[3] 듀크족(Dewks),[4] 보보스족(Bourgeois Bohemian),[5] 웰빙족(Wellbeings),[6] 키덜트족(Kidult)[7] 등으로 나뉘기도 한다. 그러나 현실공간의 계급이 무엇이든 간에 가상공간 안에 들어오면 그들은 모두 네티즌이다. 정치, 경제, 사회, 문화, 성별의 어떠한 이데올로기도 배제된 채 오로지 가상공간의 문법에 충실한 네티즌을 종족이라고 한다면 種

---

2 'Double Income, No Kids' 약자로 정상적인 부부생활을 영위하면서 의도적으로 자녀를 두지 않는 맞벌이 부부를 일컫는 용어이다.

3 여피란 젊은(young), 도시화(urban), 전문직(professional)의 세 머리글자를 딴 'YUP'에서 나온 말이다. 신세대 가운데 고등교육을 받고, 도시 근교에 살며, 전문직에 종사하여 고소득을 올리는 일군(一群)의 젊은이들을 일컫는다.

4 아이가 있는 맞벌이 부부(Dual Employed With Kids)의 머리글자를 딴 'DEWK'에서 나온 말이다.

5 성취지향적인 부르주아(Bourgeois)와 방랑과 창조성을 중시하는 보헤미안(Bourgeois)의 합성어이다.

6 2000년 이후 새롭게 등장한 인간형으로, 육체적 정신적 건강의 유기적인 결합을 통해 풍요로우면서도 행복한 삶을 추구하는 사람들을 일컫는다.

7 Kid + Adult의 약자로, 어른이지만, 아이의 감성을 추구하는 사람을 말한다.

族이 아니라 宗族이다.

게이머(Gamer)는 네티즌 중 게임을 좋아하는 일군의 무리를 일컫는다. 네티즌을 부분 집단화하는 펌족, 리플족, 폐인 등의 분류도 그 기준을 보면 무엇에 열중하는가이다. 펌족은 다른 사람이 쓴 글을 부지런히 퍼 나르는 사람을, 리플족은 게시판에 댓글쓰기를 좋아하는 사람, 폐인은 어떤 한 대상에 과도한 집착을 하는 사람들이다. 네티즌은 인터넷이라는 거대한 커뮤니티 안에서 무엇을 좋아하고 무엇을 즐기느냐에 따라 군락화될 수 있을 뿐이다.[8] 네티즌에 대한 또 다른 분류 체계는 인터넷과 컴퓨터 대한 친숙도와 숙련도를 기준으로 삼고 있다.[9] 이 역시 계급 이데올로기와는 하등의 관련이 없는 구분이다.

네티즌 유형

네티즌 유형	내 용
@novice	인터넷에 대한 수용도는 높지만 인터넷 이용이 아직은 익숙하지 않은 초보자
@utillian	인터넷에서 정보 추구적인 서핑을 많이 하는 활용자
@mania	인터넷 이용이 익숙하고 인터넷을 이용할 때 전적으로 집중하는 마니아
@meister	인터넷에 대한 수용도가 높고 인터넷 이용이 익숙한 베테랑

앞서의 분류 체계를 이용하여 게이머를 정의하면 게이머는 네티즌 중 게임을 즐겨하는 인터넷 이용 수준이 마니아 이상인 사람이다. 즐기는 것과 숙련도에서 정체성을 규명해낼 수는 없다. 계급성을 추출해내기가 어렵기 때문이다. 따라서 컴퓨터게임의 행위자인 게이머의 아이덴티티를 규명하기

---

8 물론 이 군락화는 임의적이며 임시적다. 한 네티즌은 게이머이며 동시에 리플족일 수 있다. 게임을 그만두고 '펌'에 열중한다면 펌족과 리플족으로 다시 바뀐다. 어느 하나에 얽매이지 않는 것도 네티즌의 특징이다.

9 http://blog.naver.com/kmh8400

위해서는 가상공간의 유일한 계급 단위인 네티즌의 아이덴티티를 탐색해야
한다.

이 장에서는 네티즌의 아이덴티티를 '노마드(유목민)'와 '다중'으로 규정하
고 그 계급성을 살펴보도록 하겠다.

1. 서사행위자로서의 디지털 노마드

인터넷 안에도 경계는 있다. 수십 억 개의 홈페이지는 다른 홈페이지와
구분을 위해 각기 고유한 도메인을 갖고 있다. 도메인은 홈페이지의 성격
을 나타내는 주요한 표식인 동시에 경계선이다. 그러나 현실 세계의 간섭
(검열)이 없는 한 우리는 언제나 자유롭게 그 경계와 경계를 넘나들 수 있
다. 경계는 구분에 불과할 뿐 이동에 대한 어떠한 구속력도 갖지 못한다.

이동이 자유롭다는 것은 한 곳에 오래 머물 필요가 없다는 말이다. 현실
공간이 농경문화에 뿌리를 둔 정주민(定住民)의 세계라면, 가상공간은 유목
문화에 기반한 유목민(遊牧民)의 세계이다.

프랑스 철학자 질 들뢰즈와 펠릭스 가타리는 "유목민으로 시작해 농경
시대, 산업혁명을 거치며 정착생활을 해온 인류가 첨단 정보통신기기와
인터넷을 이용해 다시 유목민적인 삶을 살게 될 것"이라며 "사이버 공간
에 펼쳐지는 새 일거리를 찾아 끊임없이 흘러 다니는 정보 유목민(Nomad)
의 시대가 도래할 것"이라고 예측한 바 있다. 그리고 지금 그들의 예견은
적중하였다.

인터넷 공간의 시민인 디지털 노마드는 현실공간의 시민인 대중과는 구
분되는 의식 성향과 정체성을 갖고 있다. 일반적으로 대중은 지위, 계급,

직업, 학력, 재산 등의 사회적 속성을 초월한 불특정 다수의 사람들로 이루어진 집합체를 일컫는다. 대중의 탄생은 동일한 정보를 동일한 시간에 불특정 다수인에게 동시에 전송시키는 단방향 대중 매체의 등장과 밀접한 관련을 맺고 있다. 현대사회에서 대중은 대중매체의 심벌 조작에 비합리적으로 순응하며 대중의 일원이라는 동질감에 안도하는 대중문화의 소비자이다. 이에 비해 디지털 노마드는 지위, 계급, 직업, 학력, 재산 등 사회적 속성과 일정부분 연관이 있는 개인적 관심과 취향을 공유하는 사람들로 이루어진 커뮤니티의 구성원이다.[10]

다양한 정보를 다양한 시간에 능동적으로 요구하는 특정인에게 전송시키는 쌍방향 대중 매체인 인터넷의 등장으로 탄생한 디지털 노마드는 대중과는 달리 적극적이며 자기중심적이다. 대중은 문화를 선택할 권리가 없으므로 자본에 의해 조작된 권위에 의지하지만, 디지털 노마드는 클릭의 권리를 최대한 활용하여 문화 아이콘을 선택하는데, 이때 선택의 기준은 기존의 권위보다는 자기 판단을 우선한다. 구성원을 조직하는 무형의 수준에 있어 집단은 전체집합이지만 커뮤니티는 부분집합이다. 따라서 디지털 노마드의 소속감은 그가 자의로 자신이 속한 커뮤니티를 떠나지 않는 한, 집단 속의 익명의 존재인 대중과는 비교할 수 없을 정도로 강하다. 디지털 노마드가 커뮤니티에 속해 있을 때 그는 그곳에서만 유효한 아이디를 갖게 되는데, 대중이 집단 안에서 스스로의 이름을 지우는 반면에 디지털 노마드는 커뮤니티 안에서 자신의 이름을 부각시키기 위해 스스로를 문화생산자의 지위에 위치시킨다. 이처럼 대중과 디지털 노마드는 탄생의 배경은

---

10 예를 들어 '아햏햏'이란 신조어와 인터넷 엽기문화의 진원지인 〈디씨인사이드〉는 디지털카메라를 통한 친목 커뮤니티이다. 이곳의 회원들은 나이, 성별, 학력, 직업 등은 각양각색이지만 '엽기문화에 대한 지지'라는 성향을 공유하면서 문화의 생산자와 소비자로서의 역할을 동시에 수행한다.

물론 사회 구성원으로서의 성향에서도 뚜렷한 차이를 보여준다.

이제 디지털 노마드의 특성을 좀 더 구체적으로 살펴보면서 서사 행위자로서의 디지털 노마드는 어떤 정체성을 획득하게 되었는지를 논의해 보자.

먼저 디지털 노마드의 특성은 끊임없이 이동한다는 것이다. 이때 이동은 공간에서 공간으로의 웹서핑만을 의미하는 것이 아니라 관심의 이동까지도 포함한다. 먼 옛날 유목민은 살아 본 적 없는 땅을 헤집고 들어가 자리를 잡았다. 폐허의 장소에서도 가능할 수 있는 삶의 형태를 찾은 것이다. 유목민은 성을 쌓기보다 길을 닦아야 한다는 의식을 갖고 있었다. 그것은 그들의 생존 방식이었다.[11] 디지털 노마드 역시 어느 한 곳에 정착하지 않는다. 그들은 어느 순간 자신이 속한 커뮤니티와 관심사에 놀라울 정도로 집중하지만 그것에 흥미를 잃으면 미련 없이 다른 곳으로 관심을 옮긴다. 몇 년 전 문화 현상으로까지 분석되었던 '폐인 신드롬'은 디지털 노마드들의 결속력과 순간 집중력을 극명하게 보여주는 사례이다. 드라마 〈다모〉가 끝나자 다모 폐인들은 뿔뿔이 흩어졌고, 그들 중 대다수는 또 다른 드라마의 폐인이 되었다. 정착이나 안주보다 방랑을 선택하는 디지털 노마드의 이동 성향은 인터넷 문화의 유행 주기가 현실공간의 그것에 비해 상대적으로 짧다는 것으로 확인된다. 정착민들과 달리 유목민들에게 속도는 효율이자 생명이었다. 생존하기 위해서는 끊임없이 전쟁과 싸움을 벌여야 했던 이들에게 속도는 가장 큰 경쟁력이었다. 하루에도 수없이 많은 정보들이 생산되고 또 소멸되는 인터넷에서 정보 검색의 유용성은 속도에 의해 판가름 난다. 디지털 노마드의 수시 이동 성향은 그 무의식적 기저에 속도에 대한 강박관념이 깔려 있다. 끊임없이 새로운 것에 관심을 기울이는 디지털 노마드

11 김종래, 『유목민 이야기』, 지우출판, 2002 부분 인용.

의 행동 패턴은 컴퓨터게임에도 고스란히 적용된다. 〈리니지2〉가 정식 서비스되자 〈리니지1〉의 유저들이 대거 〈리니지2〉로 이동한 것이나, 새로운 게임이 베타 서비스를 시작하면 초기에 집중적으로 유저들이 몰리는 것이 그 예이다.

디지털 노마드의 두 번째 특징은 강한 내부결속력과 배타성이다. 인터넷은 그 자체로 거대한 커뮤니티 공간이며, 동시에 무수히 많은 커뮤니티의 집합체이다. 커뮤니티는 구성원들이 약속으로 정한 동일한 무언가(그것은 취향이나 성향이 될 수도 있고, 경험이나 기억이 될 수도 있다)를 공유하는 공동체이다. 국가나 가족, 학교 같은 현실공간의 공동체가 본인의 의사와 무관하게 타자에 의해 가입했거나, 가입해야 하는데 비해 인터넷 커뮤니티는 철저하게 본인의 의사를 존중한다. 따라서 어떤 커뮤니티에 가입했다는 것은, 그것이 비록 일시적일지는 모르지만, 자의적인 판단의 결과이며 커뮤니티의 규약을 따르기로 스스로 약속한 것이다. 디지털 노마드는 자신과 무언가를 공유하는 사람들과는 끈끈한 유대감을 느끼지만 동일한 차원에서 다른 것을 공유하는 사람들에게는 심한 적대감을 드러낸다.[12] 일개 변방의 유목민족에 불과했던 몽고인들이 전 유럽을 공포로 몰아넣을 수 있었던 것도, 훈족이 그들보다 월등한 문명을 자랑했던 로마 제국을 위협할 수 있었던 것도 모두 유목민족 특유의 강한 결속력 덕분이었다. 그러나 이런 내부결속력은 반대로 커뮤니티 바깥에 있는 사람들에게는 배타적으로 보일 수 있다.

---

12 MBC 드라마 〈다모〉 팬들이 이정진이 〈다모〉를 포기하고 출연한 SBS 드라마 〈백수탈출〉 게시판에 가서 이정진에 대한 반감을 노골적으로 드러냈던 것은 커뮤니티의 내부결속력과 배타성을 보여주는 흥미로운 사례이다.

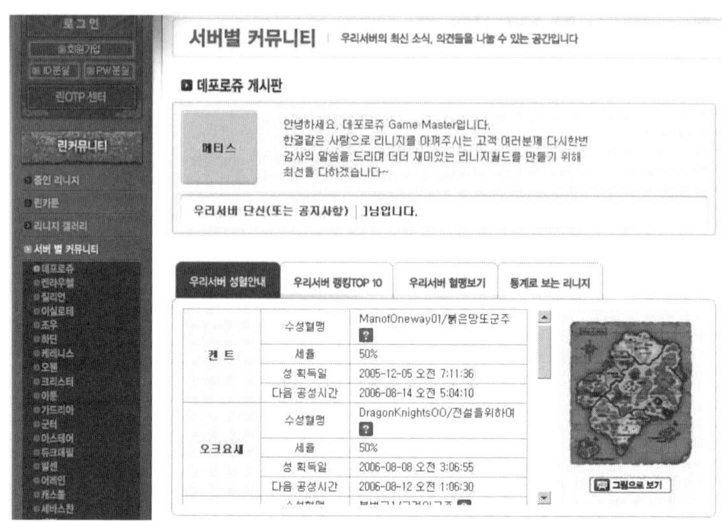

〈리니지2〉의 커뮤니티 메뉴 화면

〈리니지2〉의 홈페이지에 가보면 서브 메뉴로 '서버별 게시판'이 있다. 〈리니지2〉에 존재하는 34개의 서버별로 커뮤니티 공간을 만들어 놓은 것이다. 이 게시판에서는 해당 서버의 유저들만이 글을 쓸 수 있도록 제한을 두지 않았음에도 불구하고 다른 서버의 유저들 글을 찾아보기란 쉽지 않다. 타 서버 유저가 들어와 자신의 서버 홍보를 한다거나 참견을 했다가는 강력한 저항과 공격에 맞부딪히게 된다.

〈디아블로〉라는 RPG 게임은 모두 일곱 개의 캐릭터가 있는데 캐릭터별 커뮤니티에서 자신이 키우는 캐릭터가 가장 강하고 재미있다는 글을 쉽게 찾아볼 수 있다. 물론 다른 캐릭터를 키우는 유저들과의 충돌 역시 피할 수 없다. 온라인게임 홈페이지에 마련되어 있는 각각의 커뮤니티들은 강한 결속력과 배타성을 기반으로 하고 있는 디지털 노마드들의 아지트이며 담론 생산의 장이다.

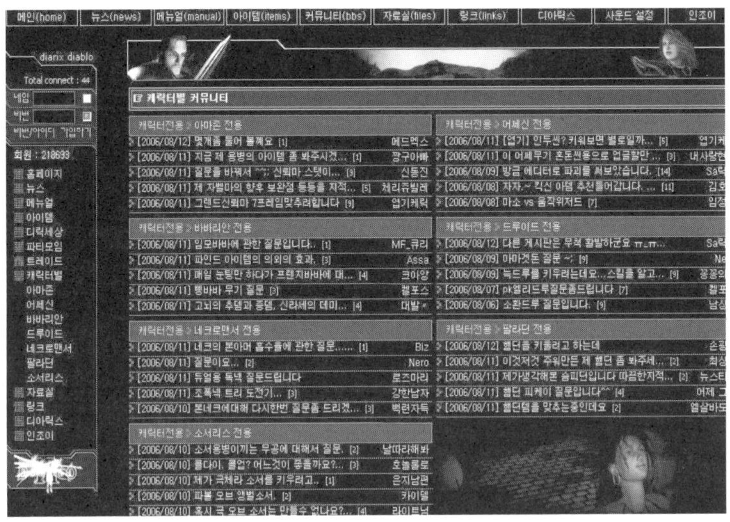

〈디아블로2〉의 캐릭터 커뮤니티 메뉴 화면

마지막으로 디지털 노마드는 소비자보다는 생산자라는 마인드가 강하다. 대중이란 용어 안에는 개별성이나 타자성이 전혀 개입해 들어가지 못하며, 불특정 다수를 지칭하는 복수형이다. 대중은 사회 구성원 전체이며 문화의 수동적인 소비자이다. 그러나 디지털 노마드란 용어는 그 자체가 개별자이다. 유목민은 집단을 지시하는 용어임에도 불구하고 단수형으로 읽힌다. 농경정착사회의 시민들은 분업을 통해 자연스럽게 역할 분담을 터득했다. 농사꾼은 농사를 지었고 상인은 물건을 팔았다. 미장이는 집을 지었고 이발사는 머리를 깎았다. 그들은 각자 자신이 맡은 영역 안에서 생산자였지만 사회라는 거대한 집단 안에서 자연스럽게 융화되기 위해서는 여타 영역의 소비를 일상화하여야만 했다. 그러나 정착 생활을 할 수 없었던 유목민들은 분업보다는 협업 체제를 선택하였다. 그들은 집단이 요구하는 모든 수준의 노동을 함께 하였고 부여된 노동의 생산자로 스스로를 인식했다. 인터넷 역시 분업보다는 협업의 공간이다. 개인의 정보들이 모여 거대한 정보의 바다를 형성하였고, 그 안에서 디지털 노마드들은 웹서핑과 검색을 통해 자신만의 정보를 재창조해 낸다. 정보를 검색하는 데 있어 네티즌들은 결코 자신이 기존의 정보를 소비하고 있다고 인식하지 않는다. 정보를 찾아내고 그것을 배열하고 자신이 원하는 형태로 가공하는 역할을 새로운 정보의 생산이라고 믿는다.

소비자가 아니라 생산자라는 마인드에 지배당하고 있는 디지털 노마드의 속성은 게이머들로 하여금 스스로 자신만의 게임을 디자인하도록 부추긴다. 게임 커뮤니티 게시판에서 심심치 않게 볼 수 있는 캐릭터 육성에 대한 자신만의 노하우를 공개하여 강한 자부심과 함께 다른 사람들에게 인정받으려는 욕망은 생산자 의식의 소산이다.

다음은 〈디아블로〉 커뮤니티 사이트인 '두루네'의 캐릭터 육성 게시판에 한 유저가 올린 글 전문이다.

안녕하세요 ^^ 저는 두루네 회원 박수진입니다^^
제가 가르쳐 드릴 육성법은 조독넥입니다 ^^
자 그럼 시작하겠습니다 ○○
역시 최대의 포인트는 많은 소환수들이 몸빵을 해준다는 것입니다 ^^
스샷에서도 보셨듯이 저많은 소환수들이 몸빵을 해준다고 생각해 보십시오 ^^
저는 피하나 않까지고 사냥 가능합니다 ^6
그럼 지금부터 자세하게 육성을 써보겠습니다

제 1장 [아이템]
일단 아이템은 정석입니다. 저는 소환위주로 키우지 않고 독으로 키웠습니다
머리 = 샤코 (포다이주얼작)
갑옷 = 수수
무기 = 데쓰웹 (포다이주얼작)스왑 =콜투
방패 = 스피릿모넉 스왑 = 스왑스피릿

신발 = 배추
장갑 = 트랑장
링 = 레이븐(결빙되지않음이용)&발카링
목걸이 = 마라
벨트 = 스웹
참 = 포이즌&본스펠 4장, 20피참 8장, 매참 2장, 독참 1장, 횃불 이렇게 셋팅했습니다
그랬더니 독뎀지가 7806~8036 정도 나오더군요 ㅎㅎㅎ
이렇게 키우면 독내성있는 몬스터 빼고는 다잡습니다 ㅜㅜ!!!!

제 2장 [스탯분배편]
힘 = 힘제가 제일높은 모너크에 맞추었습니다^^
민첩 = 민첩은 피가 2천이 넘으면 그때부터 찍으세요 ^^
바이탈 = 피가 참을 다도배하고 2천정도만 나오게 하심시오^^
에너지 = 노터치(터치하면 망케 ^^)

제 3 장 [스킬분배편]
포이즌&본스펠
일단 포이즌노바 시너지 올라가는거 다올리고 나머지는 한개씩 찍었습니다

※주의할쩜 본스펠길은 찍지 마세요.
단 본아머,본월,본프리즌 제외 ^^
소환스킬
여기는 중요하지는 않지만 스킬을 포함해서 20까지만 찍으세요 ㅇㅇ
저주
로우어레지스트 길목까지 찍으세요 ㅇㅇㅇ
자 그러면 스킬은 다 끝났습니다 ^^

제 4장 [용병셋팅]
제가 키우는데서 제일 돈이 많이 들어갔던 곳이 용병입니다 ㅜㅜ
머리 = 퍼자수정작 안다머리
무기 = 하이드라보우작 신뢰
갑옷 = 크라컨쉘작 검은딸기
이렇게 맞추었더니 소환수들한테는 아주 좋더군요 ^^
파나티시즘에 쏜즈오라까지 ^^
골렘은 아골보다는 클레이 골렘이 더 좋습니다 ^^

★ 문제점 ★
돈문제가 아주 심합니다 ^^
묻지마로 최대한 다맞춰도 25독이상 듭니다 ^^
그리고 소환수들이 안다리엘한테 2대 맞으니 1마리씩 천천히 죽더군요 빠른 소환수
만들기를 적극 추천 합니다
(하지만 골렘이 안다리엘에게 대항하면 잘 않죽습니다)

[추가]독내지 몬스터는 어떻게 사냥하냐에 대해서 의견이 나와서 얘기 해드립니다 f1
버튼에 로우어레지스트, f2버튼에 포이즌노바를 두고 컨트롤 하면서 사냥하면 손에
땀나고 더욱 재미있습니다 …
이상입니다 ^^^
☆ end end end end end end end end end end end end end end end end end
end end end end end end end★
ㅎㅎ 이상 박수진입니다!!!![13]

〈디아블로〉 일곱 개 캐릭터 중 하나인 네크로맨서로 플레이하면서 '조독
넥'이라는 독특한 육성법을 만들어 낸 것은 유저 본인이다. 〈디이블로〉의
게임 디자이너가 준비해 놓은 일반적인 육성법을 그대로 답습하는 것이 아
니라 자신만의 노하우를 갖고 캐릭터를 육성하고 거기에서 기쁨을 느끼는
것은 게이머의 생산자 마인드를 여실히 보여준다.

네티즌은 21세기 신인류(新人類)이다. 유목(遊牧)은 그들이 선택한 생활양식
이다. 편안하고 안전한 마을에 머물지 않고 거칠고 위험한 필드(사냥터)에 나
가 강력하고 사나운 적들과 맞서 싸운다는 컴퓨터 게임의 기본 서사 공식은
끊임없이 떠돌아다니는 유목민의 삶과 닮아 있다. 게이머들은 디지털 노마드
이며, 그래서 그들의 삶은 항상 불안하고 정처 없이 떠돌아다니는 것이다.

---

13 디아블로 커뮤니티 사이트인 두루네(http://www.durune.com) 정보강좌 게시판 참조.

2. 다중의 계급성

'다중'은 한자어이며 두 가지 의미를 갖고 있다. 많은 사람, 여러 사람을 의미하는 多衆과 여러 겹, 겹겹을 지시하는 多重이다. 각각의 의미를 서사와 연관 지어 살펴보면 다음과 같다.

1) 多衆으로서의 다중

네티즌은 대중이 아니다. 현실 세계에서는 대중일지 모르지만 인터넷에 접속하는 순간 그들은 무거운 대중의 굴레에서 벗어나 가볍고 날렵한 다중의 가면을 쓴다. 多衆은 大衆과는 분명 다른 구성단위이다. 대중이 산업혁명과 자본주의의 발달이 가져다준 개념이었다면 다중은 컴퓨터혁명과 정보화사회가 대중을 고쳐 쓰고 있는 새로운 방식이다. 사회구성체의 변화와 연결 지어 사회의 구성 단위를 연대기적으로 살펴보면 민중→대중→다중의 순서로 이해할 수 있다.

민중은 봉건적 계급 구조 하에서 피지배계급을 지시한다. 민중이라는 의미소 안에는 지배계급과 피지배계급의 수직적 권력 관계가 내포되어 있다. 대중은 산업 혁명 이후 선천적, 수직적 지배 구조가 무너지고 후천적 수평적인 근대시민사회가 형성되면서 민중을 대체하는 용어가 되었다. 대중은 봉건적 권력에 거부감을 갖는 대신 대중매체에 의한 집단적 동질감을 통해 형성된다. 사회학상, 사회집단론의 범주에서 보면 대중은 군중·공중 등과 더불어 무조직집단(無組織集團 : 비조직집단)의 하나이다. 현대사회에서 사람들은 갖가지 사회집단에 분속(分屬)되어 있는 동시에, 무조직집단인 '대중'의 일원이기도 하다. 특히 오늘날처럼 대중이 거대한 '매스(mass)'로서 사회의 모든 면에 나타나고, 사회에서 대중의 역할과 힘이 재인식됨에 따라, 대중화된 인간의 능력과 이성의 쇠퇴 등이 문제화되기에 이르렀다. 매스 미디어의 발달로 불특정 다수의 사람들은 조직적인 결합 없이 공중의 한 사람이 된다.

그러나 20세기에 와서는 독점자본주의 단계에서의 산업기술과 통신·교통기관의 급속한 발달, 모든 사회조직의 거대화와 관료제화 등으로 이른바 '대중사회상황'이 출현하였다. K.만하임에 의하면, 산업적 대중사회에서의 기능적 합리화의 진전으로 사람들은 기계의 톱니바퀴 같은 존재로 바뀌어 가고, 한때 자주적·이성적 심벌로 여겼던 공중은 수동적·정서적·비합리적 대중으로 변질해 간다. 이상과 같은 견해가 대중사회론의 전형인데, 여기서 파악한 대중은 동질화(同質化)·평준화된 반면에 정서화(情緒化)·비합리화된 것으로, 지배자의 '심벌 조작'에 의해 쉽게 움직이는 존재로 볼 수 있다.[14]

이에 반해 다중은 "특정한 지배 장치에 의해 구조화되기보다는 자신들의 개별 고유성을 소통하면서 공통성을 키워나가는 주체적인 사람들을 말한다. 자본주의 사회에서 획일화되고 매체에 의해 주조되며 수동적인 대중(mass)과는 달리 다중(multitude) 자신들의 주체적인 욕망과 주장들을 결집해 나가는 무리들을 일컫는 말이다."[15] 여기에 더해 안토니오 네그리의 '다중' 개념에 조정환은 다음과 같이 주석을 달아 놓았다.

> 싸이버네틱 경제의 사회적 공장 속에서 서로 연결되어 생산하고 재생산하는 다양하고 이질적이며 혼종적인 사람들의 집합체를 가리키는 말. 원래는 초기 근대의 반(反)홉스주의 철학자인 스피노자의 핵심 용

---

14 네이버 백과사전 '대중' 항목(http://100.naver.com) 참조.
15 안토니오 네그리, 네그리 하트 공저, 윤종수 역, 『제국』, 이학사, 2001 재인용.

어이다. 다중은 민중 및 대중과의 비교를 통해 좀 더 쉽게 이해할 수 있다. 다중은 통합되고 단일하며 대의된 주권적 주체성인 민중 개념과는 달리 반대의적이며 반주권적인 주체성이다. 다중은 비합리적이고 수동적인 주체성인 대중 혹은 군중과는 달리 능동적이며 행동적이고 자기조직화하는 다양성이다. 다중은 민중과는 대조적으로 사회적 힘들의 다양성이며 군중과는 대조적으로 공통의 행동 속에서 결합된다. 요컨대 다중은 특이성들의 공통성이며 공통적 특이성이다.[16]

그동안 우리는 디지털 시대의 서사에 대한 논의에서 서사의 행위자인 정보화사회 새로운 대중에 대한 관심에 소극적이었다. 공간 결정론적인 이해의 수준과 기술 결정론적인 시각의 범주 안에서 '선긋기'의 도그마에 빠져 있었기 때문이다. 多衆은 디지털 시대 문화 현상과 그 결과물들을 경계의 구분 없이 포용하기 위해 새로운 문화의 주도 세력인 네티즌의 탈근대적 주체성에 착안한 용어이다.

네그리는 주체성이 언제나 이종 교배, 경계교차의 과정에서 생산되어 왔음에 주목하면서 탈근대적 주체성인 다중 역시 기계와 인간 사이의 접속면에서 탄생한다고 생각한다. 다중은 실질적 포섭을 주체의 소멸과 연결짓는 포스트모더니즘적 주술을, 극복할 수 없는 한계가 아니라 자신의 존재론적 힘의 재활성화를 위한 필연적 통과점들로 인식한다. 다중은 낡은 주체성의 소멸을 더 완전한 역사적 주체성의 탄생을 위한 더 없는 조건이자 기회로 이용한다. 다중은 자동화, 정보화, 지구화 등 탈근대에 자본이 생존을 위해 채택한 모든 수단들로 자신을 충전시키면서 현대적 지평 위에서 생산되었고 또 생산되고 있는 주체적 형상들로 떠오른다. 사이보그적 다중들은 자신 속에 고도의 선진적 과학능력들을 결합시키면서도 자신을 자연

---

16 조장환, 『아우또노미아』, 갈무리, 2005, 475~476면.

과 인간, 그리고 기계와 협력하는 협동적이고 정서적인 주체로 발전시킨다. 다중 속에서는 새로운 합리성이 아니라 상이한 합리성이 구축된다. 그것은 패권적 질서를 거부하고 대안적인 구성적 여정을 만들어가면서 사회적 가치화의 네트워크들의 변형과 정교화를 제안한다.[17]

'디지털 노마드'와 네그리와 조정환이 주장하는 '多衆'은 탈근대적인 주체성을 갖고 있으며 욕망과 주장을 능동적으로 결집하고 자기조직화하는 다양성의 측면에서 공통 분모를 갖는다.

컴퓨터게임의 유저들은 대중이라기보다는 다중에 가깝다. 그들은 몰려다니지만 개별자이고 보편보다는 특수를 지향한다. 대중은 시스템에 순응하지만 다중은 시스템에 저항한다. 오히려 시스템의 버그를 찾아내어 공격하고 비판하고 이슈화시킨다.

미국 블리자드사(bilzzard사)가 만든 MMOROG 게임인 '월드어브워크래프트(WOW)'가 베타서비스가 끝난 후 상용서비스 이용요금을 이만 오천원으로 책정하자 와우 유저들 사이에서 불매 운동이 일어났다. 동일한 게임이 미국이나 대만에서는 만 오천 원 수준인데 유독 한국에서만 이용료가 턱없이 비싸다는 이유에서이다.

〈WOW〉 게시판에 올린 한 유저의 불매운동에 관한 글이다.

정말 졸리지만 게시판 글이랑 커뮤니티 사이트 글 보다보니 시간이……
이제 자려고 합니다……(2시간도 못자겠네요—;)
와우불매운동이 꼭 성공해야 하는 이유는 와우불매운동이 블리자드 코리아 혹은 비벤디유니버셜이란 회사만을 타겟으로 진행되고 있는 운동이 아니라는 것입니다……
와우에 저희 한국 게이머가 그토록 열광했던 이유가 무엇입니까?
리니지, 라그나로크, 뮤 등등……

---

17 조정환, 같은 책, 280~281면.

성공했다싶은 온라인게임들…… 청년폐인양성에 아이템 현금거래 문제등……
수많은 문제점을 낳았습니다…… 그렇다고 게임성이 좋았습니까?
대부분 게임에 투자하는 시간을 늘리려는 노가다가 게임의 전부라고 해도 과언이 아
니였지요…
또한 국내에서는 리니지1,2의 29700원이라는 말도 안되는 가격부터 라그나로크
22000원 등등——;
국내 유저에게만 유독 폭리를 취해왔습니다… 해외에서는 엄청 싼 요금을 부과하면서요…
하지만 와우는 다르다고 생각했습니다……
지겨운 노가다도 없고 현금거래할 유인도 크지않았으며 무엇보다도 가장 중요한
게임성을 지니고 있는 온라인게임이라고 보았습니다…
그래서 많은 유저들이 잘못된 방식으로 만들어진 한국식 노가다 온라인게임에서 와우
로 넘어온 것이구요…
이렇게 됨으로써 국내 게임회사들도 정신을 차리고 좋은 게임성에 합리적인 가격정책
을 제시할 유인이 생기게 되었구나 하는 마음에 기대도 많이 하게 되었습니다…
하지만 작금의 사태는 이 모든 기대를 한번에 무너뜨리네요……
그래서 더욱 와우불매운동이 성공해야된다고 저는 생각합니다……
그래야 한국의 온라인게임 유저들이 올바른 권리를 주장할 수 있고 같은 나라 사람들
에게 봉으로 취급되다 못해 외국 사람들에게까지 봉으로 취급되는 일이 사라질 것이
라고 생각합니다…
또한 기형적인 한국의 온라인게임 문화 개선에도 어느 정도 기여할 것이라고 생각합
니다…
더이상 침묵하고 악덕 온라인게임 업체들의 봉이 되어줄 수는 없다고 생각합니다……
그리고 이 기회에 편승해서 쓰레기 노가다 온라인 겜 팔아먹고 주가좀 올려보려고 하
는 한국의 온라인게임 회사들(대표적으로 nc소프트)은 위기의식을 느끼고 각성하기를
바랍니다……
두서없이 너무 긴 글이 되었네요…
아무튼 꼭 이번 와우 불매운동과 한국 온라인게임 문화의 개선이 성공하길 바라며!!!
모두 힘내시길^^*[18]

비록 불매운동은 실패로 끝났지만[19] 컴퓨터게임 유저들이 적극적으로 의

---

18 http://blog.naver.com/b1963o2635c
19 〈WOW〉와 경쟁 관계인 〈리니지2〉의 과금 수준과 맞추었다는 논리에 설득당하고 말았다.

사를 표시하고 그것을 조직화했다는 점은 다중의 속성을 고스란히 보여준다.

다중의 탈근대적 주체성은 복수주체(複數主體)라 명명할 수 있다. 정보화 사회는 개인의 주체성을 심각하게 위협받고 있다. 현실공간과 동일하게 가상공간의 역할과 영향력이 점차 확대되어 갈수록 주체는 분열되고 타자화된다.

〈WOW〉의 캐릭터들

와우의 유저가 처음 게임을 시작하면 가장 먼저 캐릭터를 선택하여야 한다. 이것은 매우 중요한 작업인데 어떤 캐릭터를 선택하느냐에 따라 게이머가 만들어나가는 자율형 서사가 바뀔 수 있기 때문이다.

캐릭터 선택 창에서 유저는 종족과 직업과 성별을 자유롭게 결정한다. 남성이 여성 캐릭터인 얼라이언스 종족의 나이트엘프가 될 수도 있고, 여성이 호드 종족의 타우렌을 선택할 수도 있다. 현실 세계의 확정된 성(SEX)은 캐릭터를 설정하는 데 아무런 영향도 주지 못한다. 복수주체는 캐릭터를 설정한 이후 게이머가 겪는 심리적 분열이다. 여성형 캐릭터를 선택한 유저는 비록 남성일지라도 게임 안에서 여성의 젠더(Gender)를 갖는다. 그는 여성처럼 말하고 행동하고 의식하고자 노력하지는 않지만 다른 유저들의 시선 안에서는 항상 여성형으로 포착된다. 두 개의 계정을 만들어 각각 얼라이언스 종족과 호드 종족의 캐릭터를 육성할 수도 있다. 이때 유저가 어떤 종족으로 접속하느냐에 따라 자율형 서사가 달라진다. 얼라이언스 종족으로 접속했을 때는 모든 호드 종족이 적이며 악이다. 필드에서 호드 종족을 만나기만 하면 전투를 벌이고 죽이려고 한다. 반대로 호드 종족으로 접속했을 때는 정반대의 상황이 연출된다. 행위자는 하나이지만 행동자가 둘 이상이 될 수 있어 서사 상황에 따라 각각 별개의 정체성을 획득하는 것이다.

게이머의 '복수 주체'는 현재의 욕망에 충실하고자 하는 심리적 반응이다. 상황에 따라 두 개 이상의 정체성이 활성화와 비활성화, 전경화와 후경화를 반복하면서도 전혀 혼란을 느끼지 않는 것은 그것의 의식의 흐름 내에서만 가능하기에 육체와의 충돌을 가져오지 않기 때문이다. 썼다 지웠다를 반복할 수 있는 디지털의 특징이 다중의 정체성 조직화에도 영향을 주고 있는 것이다.

2) 多重으로서의 다중[20]

다중이 갖는 또 하나의 의미는 多重이다. '여러 겹' 혹은 '겹겹'으로 해석되는 多重은 문화의 주체 단위를 의미하는 多衆과는 달리 디지털 시대의 서사가 보여주고 있는 형식적 비형식적 구조를 의미화한다.

多重을 이해하기 위해서는 먼저 들뢰즈와 가타리가 『천의고원』에서 규정한 '리좀'의 개념을 먼저 짚고 넘어갈 필요가 있다. 디지털 시대의 주요한 서사 양식으로 떠오르고 있는 하이퍼텍스트를 미학적으로 설명하는 데 리좀이 단서를 제공해 주고 있기 때문이다.

들뢰즈와 가타리에 따르면 우리는 세 가지 관점에서 책을 바라볼 수 있다.

첫째는 '뿌리-책(root-book)'이다. 여기서의 뿌리는 중간의 굵은 몸통을 중심으로 사방으로 곁가지가 그리고 곁가지로부터 잔가지가 뻗어나가는 형태이다. 그러므로 하나가 둘이 되고 둘이 넷이 된다. 여기서는 모든 것이

20 '多重으로서의 다중'은 게이머의 정체성보다는 컴퓨터게임 서사의 형식과 관련되지만, 다중 개념을 설명하는 장이기에 언급하기로 한다.

하나를 중심으로 체계적으로 퍼져나가기 때문에 전체가 일목요연하다. 고전적인 책이 바로 이런 뿌리의 이미지를 갖고 있다.

두 번째는 '곁뿌리 체계(radicle-system)'로서의 책이다. 여기서는 아예 처음부터 중심뿌리가 싹둑 잘려져 있거나 그 끄트머리가 망가져 있다. 그리고 그 망가진 자리에는 곁뿌리들만이 무수히 달라붙어 수북이 번성하고 있다. 전집이나 작품집 같은 것이 이와 비슷한 형태이다. 그렇지만 이것 역시 하나를 버리지 못하고 있다. 다시 말해 1차원인 선의 차원에서 보면 여럿으로 된 것 같지만 2차원적인 면의 차원에서는 더 확고한 하나로의 통일이 주장되고 있다. 세계는 카오스가 되었지만 책은 여전히 세계의 이미지로 남아 있다.[21]

세 번째 유형의 책이 바로 '리좀(rhizome)'이다. 리좀은 위계적인 방식으로 소통하고 미리 연결되어 있으며 중앙 집중화되어 있는 체계(설사 여러 중심을 갖고 있다고 해도)와는 달리, 중앙 집중화되어 있지 않고, 위계도 없으며, 기표작용을 하지도 않고, 조직화하는 기억이나 중앙 자동장치도 없으며, 오로지 상태들이 순환하고 있을 뿐인 하나의 체계이다. 탈중심성을 바탕으로 한 인터넷 네트워크는 월드 와이드 웹과 함께 하이퍼텍스트의 등장으로 수없이 나누어지고 다시 재결합하는 결절점을 소유하게 된다. 그야말로 어떤 지점에서든지 간에 다른 지점과 연결되는 리좀적인 구조를 가지게 된 것이다.[22]

배식한과 유현주는 단지 하이퍼텍스트를 해석하는 단서로서 '리좀'을 이용하고 있지만 들뢰즈와 가타리의 '리좀'을 좀 더 들여다 보면 더 많은 유효한 진술들을 확보할 수 있다.

---

21 배식한, 『인터넷, 하이퍼텍스트 그리고 책의 종말』, 책세상, 2000, 108~109면 부분 인용.
22 유현주, 『하이퍼텍스트, 디지털미학의 키워드』, 연세대학교출판부, 2003, 76면.

실재의 영역인 세계, 재현의 영역인 책, 그리고 주체성의 영역인 저자라는 삼분법은 더 이상 존재하지 않는다. 차라리 하나의 배치물을 이 각각의 질서 층위에서 특정한 다양체들을 통하여 서로 연결 접속 시킨다. 그래서 어떤 책의 속편은 다음 책이 아니고, 어떤 책의 대상은 세계 속에 있지 않으며, 어떤 책의 주체는 한 명 또는 여러 명의 저자가 아니다. 요컨대 우리가 보기에 바깥의 이름으로 글이 써진 일은 결코 없다. 바깥은 이미지도 기표작용도 주체성도 갖고 있지 않다.[23]

들뢰즈와 가타리에 의하면 리좀은 안과 바깥이 아니라 여럿이 겹겹으로 서로 연결되어 있는 횡적인 구조이며, 상부구조에서 하부구조에 이르는 위계적인 질서가 존재하지 않는다. 바깥을 가진 배치물로서의 책(전통적인 책), 세계의 이미지로서의 책과 대립되는 책(전집이나 백과사전)이 아니라 더 이상 주축뿌리 형태나 수염뿌리 형태의 이분법이 아닌 하나의 리좀 책, 바로 多重이다.

多重의 의미인 여러 겹 혹은 겹겹은 안과 바깥을 구분하는 것이 아니라 한 쪽 방향에서만 바라보는 것이다. 만약 반대 방향에서 바라본다면 그 역시 동일하게 여러 겹 혹은 겹겹으로 이해된다. 어떤 방향에서 보든 多重은 바깥이 존재하지 않는 끊임없는 겹들의 연결이다. 그리고 이 연결은 동질적인 것들 간의 연결이 아니라 이질적인 것들 간의 연결이다. 동질적인 것들의 연결이라면 필연적으로 위계 구조를 형성해야 하기 때문이다. 리좀이 기호의 사슬, 권력 조직과 예술, 과학, 사회적 투쟁과 관련된 상황들 사이를 끊임없이 연결시켜 주는 것과 떠올려보면 多重의 '겹겹'이 갖는 의미가 분명해진다.

따라서 다중서사(多重敍事)는 어떤 단일하고 통일된 일련의 운동 에너지가

---

23 질 들뢰즈·펠릭스 가타리 공저, 김재인 역, 『천개의 고원』, 새물결, 2003, 46면.

지배하는 서사가 아니라 다양하고 이질적인 에너지들이 서로 겹겹이 연결되어 하나의 리좀을 형성하고 있는 무규칙의 서사이다.

> 리좀은 시작하지도 않고 끝나지도 않는다. 리좀은 언제나 중간에 있으며 사물들 사이에 있고 사이-존재이고 간주곡이다. 나무는 혈통 관계이지만 리좀은 결연 관계이며 오직 결연 관계일 뿐이다. 나무는 "~이다"라는 동사를 부과하지만, 리좀은 "그리고 --- 그리고 --- 그리고 ---"라는 접속사를 조직으로 갖는다. 이 접속사 안에는 '이다'라는 동사를 뒤흔들고 뿌리뽑기에 충분한 힘이 있다. 어디로 가는가? 어디에서 출발하는가? 어디로 향해 가는가? 이런 질문은 정말 쓸데없는 질문이다.[24]

다중서사는 겹과 겹 사이의 이질적 에너지에 집중한다. 겹과 겹 사이의 동질성을 파악하려는 노력은 시작과 끝을 해석해 내겠다는 근대적인 욕망에 다름 아니다.

다중은 흔히 디지털서사라 명명되는 하이퍼텍스트나 컴퓨터게임 서사를 해석하는 데도 마찬가지로 적용될 수 있다. 이질적인 정보들을 겹겹이 연결하는 탈중심적이고 무위계적인 리좀 구조를 갖고 있는 디지털서사의 영역과 특징을—多重의 여러 겹 혹은 겹겹의 구조를—리좀과 연결시켜 이론화하면 현실공간과 가상공간 모두에서 상상력을 해석하고 작가와 독자의 관계를 해석하고 내러티브의 방식을 해석하는 데 새로운 방법론을 제시해 줄 수 있다. 디지털 시대 서사의 원형질이 층층이 아니라 겹겹으로 이루어졌다는 리좀적 시각은 그동안 우리가 익숙하게 보아왔던 서사적 전통과 관습을 뿌리 채 흔들어 놓을는지도 모른다.[25]

---

24 질 들뢰즈·페릭스 가타리, 같은 책, 54~55면.
25 이 부분에 대한 자세한 논의는 다음 장에서 재론토록 하겠다.

Chapter ❺ 온라인게임 서사와 환상성

온라인게임은 문학이나 영화와는 달리 재미를 우선순위로 놓는 서사예술이다. 물론 문학과 영화도 재미를 추구하기는 하지만 온라인게임처럼 노골적으로 전경화 시키지는 않는다. 감동 없는 온라인게임은 있을 수 있지만 재미없는 온라인게임이란 존재할 수 없다. 그만큼 온라인게임에서 재미는 아주 중요한 미적 영역이다. 그렇다면 온라인게임의 어느 부분이 행위자로 하여금 재미를 느끼게 해 주는 것일까? 소설이 문자를 통해 허구 세계를 그려낸다면 영화는 그것을 직접 영상으로 보여준다. 문자이든 영상이든 그것이 만들어낸 텍스트는 현실로부터 심리적 거리를 갖는다. 반면에 온라인게임은 허구세계를 만들어놓고 게이머로 하여금 직접 뛰어들어 새로운 세계를 만들어나갈 수 있도록 해 준다. 세계를 창조하고 있다고 느끼는 순간 현실과의 거리감은 무력해진다. 온라인게임의 재미는 바로 실재하지 않는 세계를 실재하는 것처럼 인식하고 더 나아가 그 세계를 자신이 창조해낼 수 있다고 느끼게 만드는 바로 그 지점에서 발생한다. 창조성의 체험이 온라인게임을 재미있게 만드는 중요한 요소인 것이다.

물론 이것은 일종의 환상(幻像)이다. 온라인게임이 만들어낸 세계도 환상이고, 그것을 실재로 인식하는 것도 환상이고, 게이머가 새로운 세계를 만들어낸다고 느끼는 것도 환상이다. 지금까지 온라인게임의 환상성을 논의하면서 우리는 환상(幻像)과 환상(幻想)을 구분하여야 함을 간과해 왔다.[1] 서사진화론의 입장에서 문학과 영화와 온라인게임의 환상성을 한 계열축으로 놓고 자연스레 온라인게임의 환상성을 환상(幻想)으로 개념화한 것이다. 물론 온라인게임의 환상성에 환상(幻想)의 요소가 있음은 분명하다. 그러나 그것만으로 설명하기에 온라인게임의 환상성은 다층적이며 복잡하게 얽혀 있다.

온라인게임 서사는 환상(幻想)일까? 환상(幻像)일까? 문학이 보여주는 환상(幻想)과는 어떻게 다른가? 라는 질문에 대답할 수 있다면 우리는 온라인게임 서사의 중요한 미적 범주를 하나 세울 수 있게 될 것이다.

1. 문학의 미적 범주로서의 환상

문학 장르와 연계된 환상(幻想)이라는 용어는 피상적으로 매우 포괄적인 뉘앙스를 함축하고 있다. 사실의 반의어로서 이 어휘에 대한 통속적인 이해의 방식에서 비롯되는 혼란은 결과적으로 환상문학이라는 장르의 범주 설정을 어렵게 만들었다. 환상이라는 용어의 다성적 의미망에 의해, 환상문학은 자주 고대 그리스, 로마신화, 중세의 건국신화, 우화, SF 등과 같은 초현실적인 이야기를 작품의 주 내용으로 하는 일련의 장르들을 총칭하는

---

[1] 환상(幻想)은 현실적인 기초나 가능성이 없는 헛된 생각이나 공상으로, 환상(幻像)은 사상(寫像)이나 감각의 착오로 사실이 아닌 것이 사실로 보이는 환각 현상으로 정의된다.

것으로서 쓰이기도 한다. 또한 환상이라는 용어가 가지는 심리학적 함의 때문에 환상소설을 가시적 현실이 아닌 꿈이나 무의식의 세계를 다루고 있는 심리소설의 한 범주로 생각하는 경우도 있다. 특히, 20세기 후반에 환상적 리얼리즘, 마술적 리얼리즘, 그로테스크 리얼리즘 같은 경향들의 등장은 포스트모더니즘과 관련하여 환상의 개념과 섞여 장르의 경계선을 더욱더 모호하게 만든 것도 사실이다.

그럼에도 불구하고 문학에서의 환상(幻想)은 환상문학 혹은 판타지문학이라는 장르가 엄존하는 것처럼 아주 오래된 미적 범주이기도 하다. 먼저 환상의 사전적 정의부터 살펴보자.

메츨러사전에서 "환상 Phantasie(그리스어로 phantasia)은 원래 그리스어에서 유래된 말로 현실에는 존재하지 않는 대상을 마음속에서 감각적으로 만들어 내는 것을 의미했다. 예술이나 문학에서 이전에 감각적으로 지각했던 것들, 다시 말해서 내적 체험과 이미지들을 새롭고 현실과는 전혀 다른 관계로 형상화할 수 있는 능력으로서의 상상력이다. 이렇게 새롭게 형상화된 세계는 매우 구체적이어서 추상적인 사변과는 구분된다. 이 환상의 상상력은 어린아이들의 모방력이나 신화에 나오는 자연종족들의 수동적인 상상력과 작가나 예술가들의 창조적인 상상력과는 구분된다."라고 기술되어 있다.[2] 환상이 현실에는 존재하지 않는 대상을 감각적으로 만들어내는 의식적 활동이라는 것이다.

사전적 의미가 포괄적인데 비해 문학이론에서의 환상에 대한 논의는 구체적이며 다양하게 이루어져 왔다.[3]

---

2 이유선, 『판타지문학의 이해』, 역락, 2005, 26면.
3 환상에 대한 서구 학자들의 논의는 캐스린 흄의 『환상과 미메시스』, 푸른나무, 2000에서 정리한 내용을 요약하였다. 해당 각주는 『환상과 미메시스』의 저자 원주이다.

먼저 환상문학을 이론화하는 데 커다란 기여를 한 토로로프는 환상의 조건으로 세 가지를 제시하였다.

> 환상은 세 가지 조건의 충족을 필요로 한다. 첫째로 독자가 인물들의 세계를 일반적인 사람들의 세계로 생각하고, 자연적인 설명과 초자연적인 설명으로 서술된 사건들 사이에서 머뭇거리도록 만들어야 한다. 둘째로 이러한 망설임은 인물들 역시 경험할 수 있어야 한다. (…중략…) 동시에 그 망설임이 표현되어 있어야 하며, 작품의 주제 가운데 하나가 될 수 있어야 한다. (…중략…) 셋째로 독자는 텍스트에 대한 분명한 태도를 선택해야만 한다. 즉 '시적' 해석은 물론 우의적인 해석을 거부해야 한다. (…중략…) 첫 번째와 세 번째가 실제로 장르를 구성하는 조건이다. 두 번째는 반드시 충족될 필요는 없다.[4]

독자가 허구적 사건들을 의심하고, 그 사건을 우의적으로 해석하는 것을 거부한다. 이것이 요점이다. 작가의 만족이나 목적은 무의미하며 사건을 향한 인물들의 태도조차 부차적일 수밖에 없다. 환상은 독자와 작품의 관계에 의해 규정된다. 토로도프는 "환상문학은 근본적으로 독자가 사건의 성격을 규정함에 있어 머뭇거리고 주저하게 한다는 사실 위에 기초한다."고 주장한다.[5] 환상문학은 플롯상의 사건이 자연에서 유래한다는 해석과 초자연에서 유래한다는 해석 사이에 독자를 잡아두는 유형의 이야기라는 것이다.

『반지의 제왕』을 쓴, 판타지소설가이기도 한 톨킨은 환상을 자연스러운 인간 행위로 규정하면서 그것은 "과학적 사실에 대한 흥미를 둔화시키지도

---

4 Tzvetan Todorov, *The Fantastic : A Structural Approach to Literary Genre*, orig. French, 1970 ; trans. Richard Howard(Cleveland ; Press of Case Western Reserve University, 1973), p.33. Christine Brooke-Rose , *A Rhetoric of the Unreal : Studies in Narrative and Structure, especially of the Fantastic*, (Cambridge : Cambridge University Press, 1981)을 참조.

5 츠베탕 토도로프, 「문학과 환상」, 『세계의 문학』, 1997년 여름호, 161면.

않으며, 과학적 사실에 대한 인식을 모호하게 만들지도 않는다."고 지적한다. "창조적인 환상은 사물이 보이는 대로 명백히 그렇게 세계에 존재한다는 확고한 인식에 바탕을 두고 있기 때문이다. 즉 환상은 사실에 종속된 것이 아니라 사실에 대한 인식 위에 자리잡고 있다. 만일 사람들이 개구리와 인간을 구별하지 못한다면 개구리 왕에 대한 동화는 생겨날 수 없었을 것이다."[6]

환상은 자연스런 인간 행위로서, 작가와 독자 모두에게 관계가 있다. 작가의 경우에 그 매력은 이차적인 세계를 창조하는 행위에 있다. 작가는 리얼리티를 알아야만 하며 독자가 갈망하는 것이 무엇인지도 알아야 한다. 그리고 이 두 가지에 관한 지식을 가지고 작품을 창조해야 한다. 독자의 경우에, 동화의 보상은 환상 그 자체이다. 그리고 이야기가 제공하는 즐거움에 덧붙여 회복·도피·위안을 경험하게 된다. 톨킨이 말하는 회복이란 '낯설게 하기'가 주는 환기 효과이며, 친숙한 것을 지키고자 하는 의식으로부터 벗어난 뒤에야 얻을 수 있는 새로움을 가리킨다.

W. R 어윈은 환상을 두 가지 단계로 설명하는데 첫 번째 단계는 텍스트 지향적이다.

> 제재가 기발하든 평범해 보이는 것이든, 불가능한 것을 설득력 있게 구상하고 발전시키고 있다면, 즉 정신의 임의적인 구성이 논리와 수사의 조정을 받고 있다면, 그 이야기는 환상이다. 이것은 필수적인 주요 형식이다. 그것이 없다면 가장 기발한 제재조차 환상과는 다른 것을 만들 수밖에 없을 것이다.

두 번째 단계는 작가와 독자가 포함된다.

6 J. R. R. Tolkien, *On Fairy-Stories, The Tolkien Reader*, New York : Ballantine, 1996, pp.54~55.

> 이야기가 궤변을 반복하고, ······ 비사실적인 것을 사실로 보이게 만드는 것은 환상의 기본이다. 이러한 노력을 통해서 작가와 독자는 지적인 전복을 공모(共謀)하게끔, 하나의 게임에 의도적으로 가담하게 된다. 더욱이 작가와 독자의 참여를 선동함에 따라 진행되는 이 게임은 연속적이고 상호 밀착된 것이어야만 한다.[7]

이처럼 어윈은 환상을 작가와 독자가 함께 만들어가는 게임이라고 보았다. 로즈미리 잭슨은 환상을 마르크스주의적이면서 프로이트적으로 접근한다.

> ······ 욕망의 문학, 그것은 부재와 상실로서 경험되는 것이 무엇인지 탐구한다. 환상은(표현(express)의 두 가지 의미에 따라) 욕망을 두 가지 방식으로 표현한다. 환상은 욕망을 드러내거나 보여줌으로써 욕망에 대하여 이야기한다(묘사, 재현, 드러냄, 언어적 명시, 언급, 상술이라는 의미에서의 표현). 또한 욕망이 문화적 질서와 지속성을 교란시킬 때, 환상은 그러한 욕망을 배출한다(표출, 쥐어짬, 폭발, 제거라는 의미에서의 표현). 많은 경우에 환상 문학은 두 기능을 동시에 수행한다. 욕망은 '이야기됨'으로써 '배출'되고, 따라서 작가와 독자가 그 욕망을 대리적으로 경험할 수 있기 때문이다. 이런 방식으로 환상은 문화적 질서의 근본 토대를 지적하거나 제안한다. 환상 문학은 잠시 동안이나마 무질서와 무법을 향해, 법과 지배적 가치 체계의 바깥에 놓여 있는 것들을 향해 열려 있기 때문이다. 환상은 언급되지도 않던 문화, 보이지도 않던 문화를 추적한다. 즉 침묵하고 있던 문화, 보이지 않게 만든 문화, 가려졌던 문화, '부재'하게 만든 문화를 추적한다.[8]

환상을 통해서 토도로프는 망설임을, 톨킨은 즐거움을, 그리고 어윈은

---

7 W. R. Irwin, *The Game of the Impossible : A Rhetoric of Fantasy*, Urbana : University of Illinois Press, 1976, p.9.

8 Rosemary Jackson, *Fantasy : The literature of Subversion*, London : Methuen, 1981, pp.3~4.

게임을 강조한다. 반면에 잭슨은 환상을 전복으로서, 그리고 억압되어 왔으며 그 때문에 표현되지 못했던 것들을 다루는 수단으로서 중시한다.

캐서린 흄은 환상을 "등치(consensus)적 리얼리티로부터의 일탈"로 규정 짓는다. 일반적으로 인정하고 있는 합의된 리얼리티로부터 벗어나고자 하는 충동이라는 것이다. 소설은 과거나 현재를 시간 배경으로 허구적 인물들이 실제 혹은 가상의 상황 속에서 개연성 있는 행동을 하기에 등치적 리얼리티에서 벗어나지 않는다. 벗어나기는커녕 이를 재현하려고 시도한다. 기왕의 환상문학은 리얼리티로부터의 환상적인 일탈을 텍스트 속에 형상화하는 것으로 정의되었다. 독자는 문학적 환상을 받아들이고 가상 기억 또는 개인적인 환상으로 변형시키기도 한다. 우리는 텍스트를 통해서만 환상을 받아들일 수 있다. 그러나 텍스트의 수요와 공급을 좌우하는 인간의 욕망을 고려하지 않는다면 단지 텍스트를 읽을 수 있을 뿐 환상은 이해할 수는 없을 것이라고 흄은 말한다. 우리는 볼 수 있는 것이기에 텍스트로서 명시된 것을 다룰 수 있다. 하지만 환상과 환상이 빚어내는 행위는 텍스트를 넘어서는 것이다. 흄은 그것을 환상 충동이라고 보고 모방충동에 비해 그 중요성이나 영역, 또는 의의 면에서 결코 열등하지 않다고 주장한다. 환상은 재현(미메시스)과 함께 문학을 구성하는 또 한 축이라는 것이다.[9] 토도로프가 사실주의 문학 전통 하에서 가치절하되었던 환상을 미적 범주로 독립시키는 데 공헌했다면 캐스린 흄은 환상을 미메시스와 동등한 수준까지 끌어올리려는 학문적 노력을 하였다.

이제 국내 학자들의 논의를 살펴보자. 국내의 환상 논의를 이야기하려면 먼저 토로로프의 '환상문학론'을 이해해야 한다. 환상성 연구에 가장 탁월

---

9 캐스린 흄 저, 한창엽 역, 『환상과 미메시스』, 푸른나무, 2000, 57~61면.

한 업적을 남긴 토로로프에게 있어 환상문학이란, 앞에서도 언급했듯이 화자가 작품 안에 등장하는 어떤 불가시적 현상에 대해 사실적이든, 또는 초현실적이든 어떠한 설명도 유보시킨 채 독자에게 그것의 결정을 맡겨 놓고 있는 작품 양식을 가리킨다. 즉, 초현실적인 현상을 사실적인 것으로 그냥 진술하므로 독자에게 어떤 식의 망설임을 불러일으키고 그러한 망설임을 현실적인 측면에서 굳이 해명하려 하지 않고 독자로 하여금 자의적인 해석을 하도록 방치한다는 점을 환상 문학의 주요한 특징으로 들고 있다. 그리고 국내의 환상문학 논의는 모두 토도로프의 견해에 동의하면서 출발한다.

국내에서는 환상문학이라는 용어 대신에 판타지 문학이라는 용어를 주로 사용한다. 판타지문학에 대한 국내의 논의는 크게 세 가지로 나눈다. 외국의 본격 판타지문학론에 기대어 국내 판타지소설의 저급함과 통속성을 공박하는 학계와 평단 주류의 논의가 있는가 하면, 한국 대중문화의 새로운 지평으로서 판타지소설의 가능성에 주목하는 세대론적 옹호론도 있다. 판타지의 대두를 후기자본주의 단계의 새로운 이윤추구 전략과 연관지어 분석하는 정치경제학적 논의도 한 축을 지탱한다.[10] 그러나 각 논의들이 사용하는 판타지의 내용종목이 서로 상이하다는 것이 국내 판타지문학론의 치명적인 한계이다. 학계와 평단 주류가 사용하고 있는 판타지라는 용어는 토도로프의 환상문학론에 기대고 있어 세대론적 옹호론자들이나 정치경제학적 논의의 판타지와 구분된다. 전자는 환상소설의 한 형태로 판타지문학을 다루고 있는 반면, 후자는 판타지문학을 개별적인 문학 장르로 상정하고 있다. 필자 역시 판타지소설이 환상소설과는 별도의 층위에서 다루어져 한다고 판단한다.[11] 판타지문학의 학계 시각을 대표하는 황병화는 토도로프

---

10 이세영, 「세기말의 판타지 현상을 어떻게 볼 것인가」, 『교수신문』 제169호, 1999. 11. 29 부분 인용.
11 간략하게 그 차이를 규명해보면 다음과 같다. 먼저 소설의 배경에 있어, 환상문학은 현실적인 시공간을 배

와 톨킨, 랩킨의 논의를 종합하여 "판타지문학이란 합의된 리얼리티로부터 벗어난 2차 세계를 가져야 하며, 주어진 초자연적·초현실적 이야기를 초자연적으로 받아들일 것인지 아닌지에 대해 화자-작중인물-독자의 망설임이 존재해야 성립한다."고 정의하였다. 이 정의는 환상소설을 지시하는 데에 온당하지만 판타지소설을 아우르기에는 미흡하다. 환상문학과 판타지문학은 전자가 창작방법론으로서의 판타지를 사용하고 있는데 비해 후자는 작품이 독자와 상호반응하는 데 있어 판타지적 요소가 발견된다는 점에서 이항적 대립관계에 놓인다.

환상문학은 문예창작으로서의 글쓰기 개념 아래에 있으며, 판타지문학은 모방으로서의 글쓰기 개념 아래 있는 것이다. 이렇듯 문학원론적인 개념문제를 떠나서라도 환상문학은 실재하는 현실 세계를 가상의 상상력을 통해 단지 변형시키는 정도가 아니라 새롭게 재구성해 내는 데 그 내재적 지향성이 담지되며, 판타지문학은 실재하는 현실 세계를 단지 독자에게 낯설게 보여주는데 그 내재적 지향성이 담지된다는 서로 다른 지향점을 갖고 있는 것이다. 무엇보다 판타지소설의 독자들은 작가가 텍스트에 구현해 놓은 상상력의 세계를 받아들이는 데 있어 망설이지 않는다. 그들에게 판타지는 아주 익숙한 기시감의 세계이며, 무의식의 영역에 이미지로 각인되어 있는 시뮬라크르한 세계이다.

문학 텍스트와 실재(또는 현실)의 관계는 문학 연구에 있어서 중요한 문제

경으로 일어날 수 없는 상황을 통해 이야기가 전개된다면, 판타지소설은 비현실적인 시공간을 배경으로 일어날 수 있는 상황을 보여준다. 따라서 환상소설의 리얼리티는 텍스트의 배경에서 기인한다면, 판타지소설의 리얼리티는 상황에서 발생한다. 갈등 구조에 있어서도 환상소설이 자아의 내면 갈등에 초점을 맞춘다면, 판타지소설은 개인과 집단이라는 외면 갈등을 통해 선과 악이라는 이분법적 대립구조를 보여준다. 상상력에 있어서도 환상소설의 상상력이 물질적인 세계를 그 태생으로 삼아 독자적인 세계를 구축한다면 한국 판타지소설의 경우 컴퓨터게임과 판타지 애니메이션을 자궁으로 하여 인터텍스트화 된 상상력이 전경화되어 있다.

다. 실재는 물질적 대상으로 구성되어 있는 구체적 세계만이 아니라 문학과 독립적으로 존재하는 철학, 심리학, 사회적 실재까지 포함된다. 문학이론은 텍스트와 이 실재 사이의 관계를 어떻게 공식화하느냐에 따라 그 유파가 달라진다. 그리고 실재의 어떤 국면이 구체적 문학 텍스트에서 우리에게 환기되는가 하는 문제도 중요한 점이다. 환상소설이라는 구체적 텍스트는 텍스트 내에서는 구체적이지만 실제로는 비현실적 실재를 인간의 상상력과 관련을 지어 나간다. 어떤 면에서 문학은 이 실재의 영역을 꾸준히 확장시켜 왔고 환상소설도 이와 같은 실재의 영역을 확장시켜 왔고 확장시켜 나갈 것이라는 노선에서 이해되어야 한다. 문학은 실세계만을 반영하는 것이 아니라 가능한 세계, 나아가 비실제적인 허구적 세계를 포함한다.[12]

복거일은 환상소설에 대해 짤막하게 언급하고 있다. 그는 환상소설을 비현실적 이야기를, 즉 우리가 아는 실재 속에서는 도저히 있을 수 없는 일들에 관한 이야기를 들려주는 것이라 정의하였다. 어떤 소설이 있을 수 있는 이야기만 들려주면 아무리 분위기가 환상적이라도 그것은 환상소설이 아니다. 자연히 비현실적인 이야기를 들려주는 소설은—바로 그 사실 때문에—환상 소설로 분류되어야 한다. 환상소설이 들려주는 비현실적 이야기들은 크게 두 가지로 구분된다. 첫째, 작품의 무대가 현실이지만 현실에서는 있을 수 없는 이야기이다. 작품의 무대가 이 세상이면 환상소설은 있을 수 없는 이야기를 들려준다. 둘째 작품의 무대 자체가 비현실적인 이야기이다. 만일 환상소설 작품의 무대가 다른 세상이면, 우리가 아는 한 그 다른 세상은 존재할 수 없다. 그래서 그 세상을 무대로 삼은 이야기는 비록 그 세상의 조건들에 따라 가능하고 논리적이라 하더라도 비현실적인 이야기로

---

12 김병욱, 「한국 현대 환상소설의 위상과 기능」, 한국현대소설학회 제14회 연구발표대회(1999. 11. 27) 발표요지 재인용.

남는다.[13] 범박(汎博)하게 이야기하면 전자는 환상 소설을 후자는 판타지소설을 지시한다고 볼 수 있다.

결론적으로 논의를 종합해 보면 환상성이 특수한 문학적 속성이고, 이러한 속성이 어떤 작품의 중심적 구도에 있다면 그런 작품을 환상문학이라고 할 수 있다. 환상이란 일반적으로 합의되고 인정된 현실적 원리를 벗어나는 것으로 초현실적이고 초자연적인 수준으로의 전도가 이루어져야 한다. 환상문학은 현실과 다른 경험세계의 구현이다. 이렇게 해서 생성된 허구적 세계는 그 안에서의 내적 현실성을 가져야 한다.

환상문학 속에서의 기이한 체험 역시 나름대로 객관적이어야 하며 상호 주관성에 기반을 두어야 한다. 친숙한 것에서부터 출발하여 다음 단계에서 낯설게 되어야 한다는 것이다. 환상성은 처음부터 주어지는 것이 아니라 사실적으로 기술된 세계가 갑자기 사라지면서 생성된다. 여기서의 현실은 역사적, 문화적으로 합의된 현실이다. 작품 속에서의 돌발은 외부적 기준이 아니라 작품 안에서의 허구적 논리에서 출발하여야 한다. 환상적 세계를 가진 작품이라도 경이, 환상, 미스터리는 구분되어야 한다. 경이는 화자－작중인물－독자가 주어진 초자연적, 비현실적 이야기를 단순히 초현실적으로 받아들이는 것이다. 환상이란 그것을 초자연적으로 받아들일 것인지를 화자－작중인물－독자가 망설임을 표명하는 것이다. 미스터리는 경험적 현실에서 가능하다.

토로로프가 진술한대로 환상은 소설에서만 있는 것이 아니라 시나 희곡도 존재한다. 알레고리 역시 환상성을 만들 수 있다. 초자연, 비현실, 비정상적인 것에 대한 진술이 설명적, 해석적이 아닌 묘사적 직접적일 때 더욱

---

13 복거일, 『세계환상소설사전』, 김영사, 2002, 12~15면.

생생하게 발생한다. 환상은 기존의 인식 지평을 일탈하기에 일상적인 고정 관념을 깨뜨리는 반동적인 힘을 가지며 실제로 사회적 변화를 야기할 수도 있다.[14]

환상에 대한 논의를 국내외 학자들의 견해를 종합해보면 문학에서의 환상은 '幻想'임을 알 수 있다. 온라인게임 역시 환상을 중요한 미적 범주로 채택하고 있으면서도 문학과 구별되는 것은 바로 이 환상에 대한 시각 차이이다.

2. 온라인게임 서사의 창조성과 환상성

온라인게임의 서사는 문학과 달리 이미 만들어진 세계를 여행하는 것이 아니라 게임 시나리오 작가에 의해 구조된 느슨한 세계를 자신만의 방식으로 촘촘하게 재구조화하는 것이다. 바로 이 '서사의 창조'라는 점에서 온라인게임은 환상성을 획득한다. 서사를 경험하면서 획득되는 환상(幻想)이 아니라 서사를 만들어 나가면서 자신이 실제로 새로운 세계를 만들어 나가고 있다는 착각으로서의 환상(幻像)이다. 생각(想)에 머무는 것이 아니라 형상(像)을 구체화하는 것에까지 나아가면서 온라인게임의 환상성은 문학과는 다른 방식으로 고쳐 써져야 한다.

온라인게임의 환상은 幻覺(사상이나 감각의 착오로 사실이 아닌 것이 사실로 보이는 현상)이나 假像(주관적으로는 실제 있는 것처럼 보이나 객관적으로는 존재하지 않는 거짓 현상)이다. 현실에는 존재하지 않는 대상을 감각적으로 만들어내

---

14 이유선, 앞의 책, 35~36면.

는 의식적 활동과는 분명 다른 것이다.

그럼에도 불구하고 국내에서는 온라인게임의 환상성을 환상(幻想)으로 이해하려는 경향이 있다. 1990년대 중반부터 불기 시작한 판타지소설 열풍이 컴퓨터게임의 영향하에서 비롯됐다고 보는 견해가 그것이다. 하응백은 "서양 판타지소설의 격세 유전된 사생아이면서 컴퓨터게임의 직접적인 자식"이라고 보았고,[15] 장경렬은 "사이버 공간 안에서의 게임이 일반화됨에 따라 불길같이 번지기 시작한 판타지소설에 대한 관심"을 이야기하면서 판타지소설과 컴퓨터게임을 등가로 놓았다.[16] 류현주는 "청소년의 문학적 상상력에 판타지소설의 환상적 세계가 미치는 영향은 매우 크다. 청소년들은 컴퓨터게임을 즐기는 세대이고 게임 이야기의 주요 출처도 판타지 장르임을 고려할 때 앞으로 이들의 글쓰기 방향은 분명 달라질 것이다."라고 예견하며 "디지털 시대의 내러티브는 컴퓨터 게임과 판타지, 문학이 겹치는 양상을 보이며, 이러한 장르 간 겹침과 나뉨은 인터넷 예술의 한 특징"이라고 하였다.[17]

이들의 주장은 컴퓨터게임과 판타지소설 양자 모두를 제대로 이해하는 데 실패하였다. 먼저 온라인게임에서 판타지를 속성으로 갖고 있는 장르는 흔히 '역할분담게임'이라 번역되는 롤플레잉 게임(RPG)이 대표적이다. 슈팅게임이나 전략시뮬레이션 게임, 어드벤처 게임, 액션 게임 등에서는 판타지적 속성이 그리 큰 위치를 차지하고 있지 않다. 전략시뮬레이션의 대표적인 게임인 〈스타크래프트〉는 SF에 가깝고 어드벤처 게임인 〈인디아나 존스〉나 〈원숭이섬의 비밀〉 등은 모험담이다. 보드게임이나 스포츠게임에

15 하응백, 「판타지소설의 허와 실」, 『문예중앙』 1999년 2월호, 146면.
16 장경렬, 「현실의 환상성과 환상문학」, 『문학수첩』 2003년 봄호, 72면.
17 류현주, 『컴퓨터게임과 내러티브』, 현암사, 2003, 216~222면.

서는 아예 판타지적 요소를 찾아볼 수 없다. 따라서 온라인게임을 판타지라 단정짓는 것은 무모한 일반화의 오류를 보여준다. 둘째 예술의 탄생 면에서 보면 판타지소설이 먼저이고 후에 컴퓨터게임이 나왔다. 그런데 어떻게 뒤에 나온 컴퓨터게임이 먼저 나온 판타지소설에 영향을 줄 수 있다는 것인지에 대한 설명이 불충분하다. 오히려 90년대 중반부터 불기 시작한 판타지소설 열풍으로 인해 판타지에 대한 대중적 공감대가 마련되었고 이는 90년대 후반 한국 온라인게임이 대거 판타지의 상상력을 차용하는 데 영향을 주었다. 흥미로운 사실은 초창기 온라인게임들의 기본 시나리오가 판타지소설이 아니라 판타지만화에 영향을 받았다는 점이다. 우리나라 최초의 온라인게임인 〈바람의 나라〉는 김진의 동명 만화 『바람의 나라』를 원작으로 삼았고, 온라인게임 열풍을 가져온 〈리니지1〉는 신일숙의 판타지만화인 『리니지』에서 모티브를 빌려 왔다. 판타지소설은 컴퓨터게임의 자식이 아니라 형제라고 보아야 마땅하다.[18]

온라인게임과 판타지소설을 동일한 계열축 위에 놓고 이해하려는 것은 판타지소설의 환상성으로 온라인게임을 해석해 내고자 하는 심정적인 접근에 다름 아니었다. 지엽적인 현상만으로 컴퓨터게임 전체를 판타지라 단정지었을 만큼 우리의 컴퓨터게임 서사 연구는 학문적 깊이를 갖지 못하였다. 비록 판타지소설에 미친 컴퓨터게임의 영향 관계를 무시할 수는 없지만 문자 서사와 영상 서사, '낯선 세계를 익숙한 방식으로 독서하는 행위'와 '익숙한 세계를 낯선 방식으로 창조하는 행위' 사이의 뚜렷한 미학적 차이

---

18 90년대 중반 대중문학에 거세게 불어 닥친 판타지 열풍은 그 원인이 컴퓨터게임이 아니라 90년대 초반 국내 애니메이션 시장을 장악했던 일본 판타지 애니메이션에서 찾아야 한다. 〈마법소녀 리나〉, 〈빨강망토 차차〉, 〈포켓몬스터〉, 〈강철의 연금술사〉 등이 국내에 소개되면서 판타지에 대한 청소년들의 인식이 높아지게 되었고, 이들이 90년대 중반 대중문화의 강력한 소비 세력으로 등장하면서 자연스럽게 판타지가 대중문화 아이콘으로 부상하게 된 것이다.

를 환상(幻想)이라는 동일한 맥락으로 이해하려는 것은 분명 오독(誤讀)이다. 온라인게임의 환상을 판타지문학의 환상과 동일하게 다루고자 했던 시도는 컴퓨터게임에 대한 몰이해의 결과인 것이다.

온라인게임의 환상성은 게임 텍스트 밖에서 만들어지는 것이 아니라 게임 텍스트 내부에서 만들어진다. 게임 텍스트 내부는 거대한 가상공간인데 문학 텍스트가 창조해낸 허구적 공간과 달리 행위자와 텍스트 사이에 심리적 거리가 존재하지 않는 실재 세계의 완벽한 모사물이다.

게임 시나리오 기획자를 작가로 놓고 게임 행위자를 독자로 설정한 후 텍스트의 창작과 독서 과정을 가상공간의 축으로 살펴보면 온라인게임의 환상성이 어떤 방식으로 발현(發顯)되는지를 맥락화할 수 있다.

현실공간과 상반되는 개념인 가상공간은 비물질성을 지닌 비트(bits)의 조합으로 이루어져 있으며, 실재하지 않지만 실재하는 것처럼 인지되는 시뮬라크르한 구조물이다. 가상공간의 시뮬라크르한 맥락은 독자들의 문학적 기호를 기시감이라는 의식의 자장권 내에서 자유롭지 못하게 구속한다. 기시감은 일차적으로 독서 행위 과정 중에 나타난다. 가상공간 안에서 독자들은 언젠가, 어디선가 이미 읽어본 듯한 무수한 텍스트들을 만나게 된다. 이것은 가상공간이 기표와 기의의 결합으로 구조된 현실공간과는 달리 이미지의 세계이며, 독자들은 자신들이 이미지로 기억하고 있던 독서 경험을 또 다른 이미지와 겹쳐 읽기 때문이다. 작가들 역시 자신들의 상상력을 독창성보다는 상호텍스트성에 의존하고 있다. 가상공간의 작가들에게 중요한 것은, 자신이 획득한 정보를 새로운 방식으로 배열하는 것이다. 이때의 새로운 배열이란 따로 떨어져 있는 일련의 자료를 자신의 의도대로 결합·접합하는 능력을 말하며, 텍스트에 대한 독자들의 기시감은 결합과 접합에 대한 기억의 이미지이다. 가상공간이라는 새로운 자연을 재현하고자 하는 작가들의 상상력은 창조적인 능력보다는 패러디와 패스티쉬를 동원한 상호 텍스트성에 의존할 수밖에 없다. 가상공간 자체가 현실공간과 끊임없이 상호텍스트되기 때문이다. 따라서 가상공간 내에서 독자들의 끊임없는 기시감은 현실공간에서의 독서 경험과 겹쳐짐에서 기인하며, 작가들이 텍스트 안에 의도적으로 펼쳐놓고 있는 형식적인 틀 역시 이미 현실공간에서 익숙하게 보아왔던 것이라 생각할 수 있다. 이것은 온라인게임의 환상성을 해석하는 데 중요한 단서를 제공한다.

온라인게임의 환상성(幻像性)은 네 가지 측면에서 형성된다. 먼저 게이머들은 자신이 처음 접하는 온라인게임의 가상공간을 전혀 낯설게 느끼지 않는다. '기시감의 법칙'이다.

〈아크로드〉의 시작 화면

MMORPG 게임인 〈아크로드〉에 처음 접속한 게이머는 드넓은 칸트라 대륙의 한 지점에 던져진다. 그러나 그는 당황하지 않고 초보인 자신이 해야 할 일을 익숙하게 처리한다. 마을 상점에 들려 초보용 아이템을 사고, 퀘스트를 부여받고, 마을 밖으로 나가 사냥을 한다. 물론 온라인게임이 처음인 유저라면 무엇부터 해야 할지 어리둥절할 수도 있다. 그러나 다른 게이머의 조언이나 홈페이지에 마련된 초보용 길잡이 등을 통해 그는 금방 낯선 세계에 적응한다. 이 같은 일련의 행위들은 '내가 낯선 세계에 홀로 던져졌다면 어떻게 해야 할까?'라는 상황 판단의 자동 반응이다. 게이머는 가상공간에 처음 발을 내딛었음에도 불구하고 이미 언젠가 한번 경험해 봄직한 기시감에 사로잡히게 되는데 이는 온라인게임이 구현해 놓은 세계가 가

174

짜이거나 허구가 아니라 실제로 존재하는 세계로 인식하기 때문에 가능해진다.

두 번째는 가상 세계에서의 일상이 현실의 일상과 별반 다르지 않다는 '일상의 법칙'이다. 판타지소설이 리얼리티를 갖는다면 그것은 시공간의 배경이나 스토리 전개에서가 아니라 텍스트 안에 인물들이 현실공간의 우리들처럼 사랑하고 분노하고 질투하고 슬퍼하는 일상적 감정을 고스란히 보여주고 있기 때문이다. 온라인게임도 마찬가지이다. 비록 게임의 공간은 신과 인간이 공존하는 신화적 공간이거나 인간의 한계를 뛰어넘는 초절정 고수들이 활동하는 무림의 세계일 수도 있지만 그 안에서 게이머는 여전히 인간의 위치를 고수한다. 인간의 위치를 고수하기에 '엘프'이면서도 인간처럼 행동하고 '드워프'이지만 인간처럼 생각한다. 다른 게이머와 파티플레이를 하고 필드에 나가 사냥하고 레벨을 올리는 게임 속 일상은 대인관계를 맺고 직업을 구하고 돈을 버는 현실의 일상과 중첩된다. 어쩌면 이 중첩(重疊)이라는 심리적 효과 때문에 게임이 심한 중독성을 갖게 됐는지도 모른다.[19]

〈리니지〉에서는 게이머들 간에 결혼식이

〈리니지1〉의 결혼식 장면

[19] 현실과 가상을 구분하지 못하게 만드는 온라인게임의 환상성은 어처구니없는 사건을 불러일으키기도 한다. "지난 8일 오전 7시쯤 온라인게임 리니지에서 자신의 캐릭터를 죽인 상대에게 복수하겠다며 PC방을 찾아갔다가 엉뚱한 사람을 흉기로 찔러 중상을 입힌 30대가 경찰에 잡혔다. 보도에 따르면 그는 경찰 조사에서 '(게임 캐릭터는) 또 다른 나다'며 '캐릭터를 죽이니까 내가 죽은 것 같이 느꼈기 때문에 흥분하고 화가 났다'고 밝혔다."(마이데일리 인터넷판(2005. 6. 9)에 실린 기사 중 일부)

종종 있다. 플레이하면서 서로가 맘이 통해 그것이 사랑의 감정으로 확대되는 경우이다. 〈리니지〉에서의 결혼식은 현실의 결혼식과 하등 다를 바가 없다. 결혼식장이 마련되어 있고, 주례 선생님도 있으며, 축하해 주기 위해 하객들도 참석한다. 물론 결혼식을 올리는 신랑, 신부가 현실에서는 둘 다 남자일 수도 있고, 기혼자일 수도 있고, 나이차가 너무 나 도저히 결혼할 수 없을 수도 있다. 그러나 온라인게임의 환상성은 현실의 그런 조건들을 모두 지우고 그 위에 일상성을 재위치 시킨다.

세 번째로 온라인게임의 환상성은 '욕망의 법칙'을 보여준다. 현대이론과 비평에서 판타지라는 말의 통상적인 용법에는 두 가지가 있다. 첫째 용법은 작중의 사건이 터무니없는 가공의 세계에서 일어나거나 초자연적인 성질을 띠거나 아니면 일어날 수 없는 일에 대한 예상을 대개 무시하는 문학작품을 일반적으로 일컫는다. 둘째 좀 더 전문적인 용법은 정신분석에서 나온다. 정신분석에서 판타지는 대체로 백일몽과 동의어로, 검열기제가 허락하는 범위 안에서 의식이 상상과 욕망을 자유로이 활동하게 놓아두는 명상의 상태를 말한다. 정신분석에서 판타지는 백일몽과 같은 의식적 판타지와 정신분석이 드러내고자 하는 억압된 욕망의 표현인 무의식적 판타지 모두를 가리키는 데 쓰인다.[20] 온라인게임의 '욕망의 법칙'은 현실에서 억압된 욕망의 가상적 해소이다. 현실에서 억압된 욕망이 강하면 강할수록 게이머가 온라인게임의 환상성을 탐닉할 여지는 높아진다. 남보다 강해지고 싶고, 더 좋은 아이템을 획득하고 싶고, 자신에게 해를 입힌 타자에게 복수하고 싶은 욕망은 기실 현실의 욕망과 일란성 쌍둥이이다. 게이머들이 온라인게임의 환상에 몰입하는 이유는 일상의 욕망과 환상의 욕망이 겹쳐지면

---

20 조셉 칠더즈·게리 헨치 엮음, 황종연 역, 『현대 문학·문화비평 용어사전』, 문학동네, 1999, 182면.

서 게임의 일상을 현실의 일상으로 치환시키는 '욕망의 법칙'이 작동하기 때문이다. '일상의 법칙'이 표면화된 세계를 보여준다면 '욕망의 법칙'은 그런 일상을 조직화해 내는 무의식적인 효과이다.

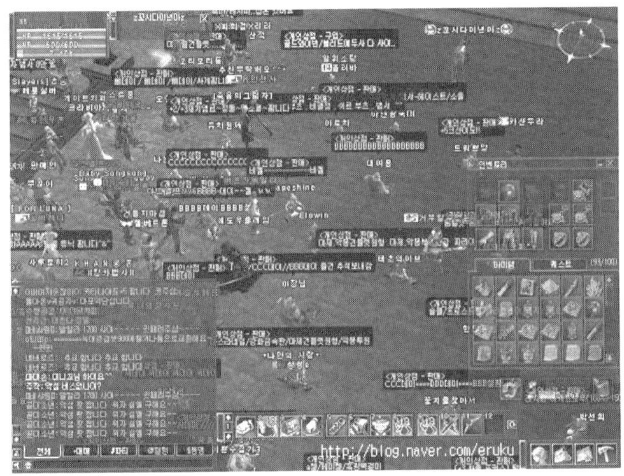

〈리니지1〉의 시장

　〈리니지1〉에는 유저와 유저 사이에 아이템을 사고파는 시장이 마을을 중심으로 형성되어 있다. 파는 사람은 좀 더 높은 가격에 팔고 싶어 하고, 사는 사람은 좀 더 낮은 가격에 사고 싶어 한다. 당연히 싸게 사서 비싸게 파는 전문 상인들도 등장하였다(여기까지는 '일상의 법칙'이다). 이들 상인들 중 일부는 아덴(리니지의 화폐 단위)을 벌기 위해 비정상적인 상행위를 일삼기도 하는데 매매 사기가 대표적이다. 시세보다 낮은 가격에 산다거나 산다고 한 가격보다 적은 아덴을 지불하는 경우이다. 자본주의의 세속적인 욕망이 아이러니하게도 선과 악의 대립을 구현하는 로망스(romance)의 공간인 가상세계에 고스란히 투사된 것이다.

기란성 마을은 (무역도시…… 와는 전혀 상관이 없이;;)

많은 유저들의 시장 중심의 거점이 되는 장소이다.

팔고 사는 거래가 왕성한 만큼, 시세 격차가 심한… 매매 사기가 극성을 부리는 장소이기도 하다.

루나서버의 기란성 마을은 매매의 몇몇 구역이 암묵적으로 나뉘어져 있는데,

1. 정탄 골목 (주로 기란성 마을을 빠져나가는 북문 쪽 길목에 자리잡고 있다.)
2. 타우린 창고 주변~정탄골목 : 개인 구입상점 / 기초재료 공방상들
3. 기란성 마을 광장 기둥 쪽으로 : A급 이하의 공방상인들
4. 크라비아 텔녀 주변으로 : 데이, 젤 개인상점
5. 기란신전 입구 앞과 주변에 : 법서 개인상점
6. 그 외 넓게 분포한 모든 구역의 판매, 구입 개인 상점 등으로 나뉘고 있다.

특히 사기 행각이 주로 이루어 지는 곳은,

1. 정탄골목 (예 : B정탄을 세 자리수로 팔고 있다…;;)
2. 타우린 창고 주변~정탄골목 : 개인 구입상점 (상점 구입가보다 싸게 사고 있다. 뭐냐…;;)
3. 데이, 젤 개인 판매 상점 (예 : B데이 : 2천만, C데이 D데이도 몇백만 아덴 씩;;;;)

정도로,

많은 장사진들 속에 섞여 격차가 심한 물건을 팔고 있다는 것. ——;

일부 유저들이 아덴으로 1원씩 표시를 해놔도,

그것을 주어먹는 캐릭이 있기 때문에 (거의 대부분 사기 행각을 하기 위해 의도적으로 주어먹는) 사실상 사고 팔 때 유저가 주의를 해야 하는 것이 지금의 실태.[21]

---

21 〈리니지2〉 이야기–기란성 마을 사기행각. http://blog.naver.com/eruku/80017584951

사기야말로 일상의 욕망이 게임의 욕망을 뒤덮은 사례이다. 뒤덮었기 때문에 두 욕망은 구분되지 않고 섞여버리게 되고, 이것이 온라인게임의 환상성을 만들어내는 것이다.[22] 두 공간이 모두 동일한 욕망에 충실하기 때문에 현실공간과 가상공간은 구분되지 않는다.

마지막으로 온라인게임의 환상성은 '창조의 법칙'을 갖는다. 만들어진 것이 아니라 만들어가는 세계에서 게이머는 주인공이다. 문학에서 독자는 결코 주인공이 될 수 없다. 주인공 뒤를 쫓아가는 관찰자일 뿐이다. 서사를 새롭게 창조해나가면서 그 세계를 견고하게 유지하기 위해서는 자신이 만들어 나가고 있는 세계가 현실이라는 강한 확신을 갖고 있어야 한다. 만약 그런 확신을 갖지 못한다면 서사는 실재 현실로부터 위협을 받게 되고 결국은 허구로 전락해 버리고 만다. 온라인게임의 유저들은 모두 자신만의 세계를 갖고 있다. 그리고 그 세계가 실재와 다르지 않다고 확신한다.

〈아크로드〉의 스크린 샷

22 실제로 게임상에서 사기를 당한 피해자가 현실공간에서 가해자를 찾아내 폭력을 행사하거나, 검찰에 고발하는 일이 심심치 않게 벌어지고 있다.

앞의 화면은 〈아크로드〉 '베스트 추천 유저 스크린샷' 게시판에 올려 있는 그림이다. 그림 밑에 다음과 같은 사연이 올려져 있다.

제목 : 집 나간 색시를 공개 수배 합니다.

얼굴 잘 보시고 혹 보시면 제보 부탁드립니다.
1년 전에 찍었던 신혼여행사진입니다.
마지막으로 색시가 이사진을 볼 수 있다는 믿음
의심치 않으며……
"색시야 은날개 바꿔줄게, 어여 내 곁으로 돌아와라…"
"그땐 돈 없어서 못사줬지만 이젠 너가 그렇게 좋아했던
 은날개 샀어 어여 내 곁으로 돌아와ㅠㅠ"
사랑하는 남편이 목이 빠지도록 기다리고 있어요.

글을 올린 아이디 xx5289는 같이 플레이 하다가 어느 날 갑자기 연락이 끊긴 다른 유저를 찾으면서 집을 나간 것으로 임의로 판단하였다. 상대방이 사정이 생겨 게임을 더 이상 할 수 없게 됐을 수도 있고, 워낙 넓은 가상공간이라 미처 못 만났을 수도 있건만 xx5289는 자신을 중심으로 서사를 만들어 나가고 있다. "은날개를 사 주지 못해 아내가 집을 나갔고 이제는 그것을 사줄 수 있는 여력이 생겼으니 그만 돌아오라"는 신파조의 이 글은 서사의 창조가 어떻게 환상성과 밀착되는가를 잘 보여준다.

현실 세계에서 자기 자신이 세상의 중심이며 주인공이라고 생각하는 사람은 드물다. 자신의 의지대로 세상을 살아가기가 어렵기 때문이다. 어렸을 때는 부모님의 뜻에 따르는 것이 중요하고 결혼해서는 가족들을 먼저 생각해야 한다. 자신의 삶을 자신이 주도할 수 없다는 패배의식은 온라인게임을 통해 보상받는다. 그래서 유저들은 그 세계에서 벗어나고 싶지 않

은 것이다. 자신이 주인공인 유일한 세계에서, 그는 현실 세계에서 받은 상처를 달래고 자신과 같은 사람들을 만나 위안을 얻고 스스로 이야기를 만들어가면서 삶의 희열을 느낀다. 새로운 세계를 창조하면서 그것을 현실이라고 믿고 싶은 게이머의 욕망이 온라인게임의 환상성을 만들어 내는 것이다.

온라인게임의 환상성은 문학의 환상성과 다르다. 환상(幻想)과 환상(幻像)의 차이는 아날로그 서사와 디지털서사의 거리이다. 온라인게임이 보여주고 있는 환상(幻像)적인 세계와 그것을 통해 구현되는 미적 체험을 '가상성(假像性)'과 '버추얼 리얼리티'라 명명할 수 있다. 온라인게임의 환상성을 통해 디지털서사의 미적 범주와 가치체계는 한층 더 확장되게 될 것이다.

Chapter ❻ 온라인게임 서사의 기본 구조

이 장에서는 온라인게임을 단순히 유희적 의미의 놀이가 아니라 스토리텔링(이야기하기)이 중심이 되는 디지털 텍스트로 상정한 후, 게임의 서사 구조가 지니고 있는 미학적 구조와 특징이 무엇인가를, 온라인게임 이전의 다양한 서사체와의 비교·분석을 통하여 양식화해보고 온라인게임 서사의 기본 구조를 분석해 볼 것이다. 여기서 다양한 서사체란 신화, 전설, 민담 같은 설화와 고소설, 현대소설까지를 포함하는 것으로, 각기 다른 시공간의 서사체들과 온라인게임을 하나의 계열축으로 묶을 수 있는 것은 이들 모두가 방식의 차이만 있을 뿐 근본적으로 이야기하기로 구조화되어 있기 때문이다.

온라인게임의 이야기하기 방식은 문자 중심이 아니라 영상 중심이라는 점에서 기왕의 서사체와 차이점을 갖고 있지만, 그 이야기의 기본 틀은 문자 중심 서사체에서 출발했거나 직간접적인 영향을 받았다. 우리나라 온라인게임의 상당수는 소설이나 만화를 게임 시나리오의 원작으로 삼고 있으며, 톨킨의 판타지소설 『반지전쟁』은 유력한 게임 장르인 RPG의 세계관에

지대한 영향을 미쳤다.[1]

온라인게임이 인문학적 상상력에 그 시나리오를 의지하고 있음에도 불구하고 지금까지의 온라인게임에 관한 연구는 주로 이공계 전공자나 게임 제작자들의 주도하에 그래픽, 디자인, 인터페이스, 게임 엔진 등 기술공학적인 측면에서 이루어졌다.[2] 이는 온라인게임에 대한 우리의 인식 수준이 유희의 수단이나 도구에 머물고 있었기 때문이다. 그러나 온라인게임은 21세기 정보화 사회가 탄생시킨 새로운 서사예술 장르이다. 그 탄생은 비록 기술의 발전과 진보에 힘입었지만, 20세기 초에 등장한 영화가 그러하였듯이, 예술성의 획득을 통해 기술과 예술의 경계에 서서 새로운 인문학 영역으로 확장될 수 있다. 그러기 위해서 온라인게임에 대한 인문학적 접근과 분석과 논의는 절실히 필요하다.

온라인게임 서사의 독창성은 컴퓨터 기술의 발전이 서사 형식에 미친 영향 관계로부터 그 논의가 출발할 수 있을 것이다. 온라인게임은 기술 의존적 장르이기 때문이다. 그러나 기존의 서사체들은 기술의 발전이 서사 형식에 미친 영향이 극히 미미하였다. 구전의 시대에서 필사의 시대, 다시 인쇄의 시대로 기록의 저장 매체와 저장 방식은 달라졌지만 문자중심의 서사체들은 그 상상력을 기술이 아니라 현실 세계와 그것을 둘러싸고 있는 시대정신에서 찾았다. 따라서 온라인게임과 기존 서사체 사이의 공통분모는 형식이 아니라 내용, 이야기하기의 방식이 아니라 이야기 그 자체에서 찾아내야 한다. 이 같은 인식하에 필자는 온라인게임에 대한 인문학적 접근

---

1 국내 온라인게임의 선두주자격인 〈리니지〉는 신일숙의 동명 만화가, 〈바람의 나라〉는 김진의 만화, 〈열혈강호〉는 양재현의 만화, 〈드래곤 라자〉는 이영도의 판타지소설, 〈묵향〉은 전동조의 무협소설이 각각 원작이다.

2 인문학자들에 의해 출간된 게임 연구서는 국문학자인 최유찬의 『컴퓨터 게임의 이해』, 문화과학사, 2002와 영문학자인 류현주의 『컴퓨터 게임과 내러티브』, 현암사, 2003이 있으나, 두 권 모두 전문서라기보다는 개론서의 성격을 띠고 있다.

의 시도에 있어 한 가지 방법론을 제안하고자 한다. 온라인게임 서사의 독창성을 논의하기 전에 먼저 기존의 서사체와의 공통분모를 끄집어 낸 후 그 공통 자질들이 어떤 방식으로 온라인게임 서사 안으로 수용되었는지를 이어쓰기와 고쳐 쓰기라는 관점에서 살펴보는 것이다.[3] 이어쓰기에 대한 합의는 온라인게임이 기술의존적인 디지털 놀이라는 시각에서 벗어나 왜 서사예술로 명명되어야 하는지에 대한 명확한 근거가 될 것이며, 고쳐 쓰기에 대한 입장은 컴퓨터라는 물적 도구가 우리가 만들어낸 서사체의 구조에 어떤 영향을 미쳤는가를 시학적으로 지지해줄 것이다.

새로운 텍스트는 자신의 고유한 특징을 활용하는 독특한 표현 양식을 창출해냄과 동시에 기존의 표현 방식과 문화적 양식에 의존한다. 즉 어떤 유형이든 새로운 텍스트의 표현 양식은 일종의 혼성태로, 기존의 관습과 새로운 양식의 조합이다.[4] 온라인게임 역시 컴퓨터라는 도구의 발명이 가능케 해준 새로운 텍스트이지만, 그 안에는 우리에게 익숙한 소설의 서사 문법이 변형된 형태로 자리 잡고 있다. 소설의 문법에서 중요한 것은 자아와 세계 사이의 갈등인데, 온라인게임의 시나리오 역시 갈등에 의존하고 있다. 그러나 갈등 구조라는 총론은 변하지 않았지만 그 전개 과정이나 해결 방식에 있어서 소설과 게임은 분명 다른 길을 가고 있다. 한 예로 게임에서 갈등 구조는 두 가지 차원에서 이루어지는데 나와 세계 사이의 갈등이 하나라면, 다른 하나는 나와 그 또는 그들 사이의 갈등이다. 이때 그(들)는 동일한 게임 공간에서 활동하는 다른 유저를 말한다. 전자의 갈등은 나의 일방적인 승리로 해결되어야 하는 단순한 서사인 반면, 후자의 갈등은 결

---

3 이때 공통 자질은 '화소(話素)'라는 용어로 치환될 수 있을 것이다. 기존 서사체와 컴퓨터 게임 사이에 반복적으로 등장하는 이야기의 핵 단위가 바로 화소이다.
4 이인화 외 공저, 『디지털 스토리텔링』, 황금가지, 2003, 59면 재인용.

코 해소될 수 없는 끝없이 그 결말이 연기되는 복잡한 서사 양상을 띤다. 소설 텍스트가 나와 세계 사이의 외면적 갈등이나 나와 나 사이의 내면적 갈등을 재현한다면, 게임 텍스트에는 나와 그(들) 사이의 갈등이 새롭게 등장한다. 이 갈등 구조를 타자적 갈등이라 명명할 수 있을 텐데, 외면적 갈등이나 내면적 갈등으로 설명할 수 없는 게임 서사만의 독특한 갈등 구조이다.[5] 갈등 구조가 기존의 관습이라면, 그 전개 과정이나 해결 방식의 차이, 낯선 갈등 구조의 등장은 새로운 양식이다.

온라인게임 서사의 기본 구조는 소설보다는 오히려 그 전대의 문학 양식인 신화(myth)와 로망스(romance)를 닮아 있다. 디지털 기술의 발전으로 인해 탄생한 첨단의 서사 양식이 인류가 만들어낸 가장 오래된 서사양식인 신화나 자본주의가 시작되면서 소멸되어 버린 중세 로망스와 구조적 유사성을 갖고 있다는 것은 의미심장하다. 온라인게임의 공간적 모태인 가상공간이 자본주의의 냉엄한 질서가 지배하는 현실공간과 달리 일종의 원시공동체 형태를 띠고 있음을 상기해 보면 공간의 변화가 서사 구조의 변화를 가져 왔다고 추론해 볼 수 있다.[6]

서사 양식의 발전 단계는 사회구조의 변화와 연관 지어 설명될 수 있다. 신화시대의 플롯의 단순성은 신화 질서 속에서 사회가 통제되었고 그 구조

---

5 온라인게임 스토리텔링의 구조를 양식화하는 데 있어 타자적 갈등은 중요한 시학적 단서가 될 것이다.
6 가상공간의 원시공동체적 속성을 정리해보면, 먼저 익명성의 부활을 들 수 있다. 현실공간에서 익명성을 유지하기란 쉬운 일이 아니다. 이름은 현대를 살아가는 제의 기호이다. 낯선 사람을 만날 때 이름부터 물어보는 것은 일상의 자연스러운 본능이다. 반면 가상공간에서는 아무도 이름을 물어보지도 않고 굳이 이름을 드러내려고도 하지 않는다. 이름이 필요 없었던 태초의 공동체와 유사하다. 둘째, 걸러지지 않는 욕망의 발산이다. 현실공간에서 욕망은 드러내는 것이 아니라 숨기는 것이다. 자신의 욕망을 타인에게 들켰을 때 현대인들은 수치심을 느낀다. 그러나 가상공간에서 욕망은 그 자체로 떠다닌다. 자신의 욕망에 솔직할 수 있다는 것은 검열기제로부터 자유롭다는 의미이며, 이는 법과 질서 이전의 원시공동체와 맥을 같이한다. 마지막으로 커뮤니티의 유목 성향이다. 현실공간의 커뮤니티는 이미 주어진 것(가족, 학교, 국가 등)이며 고정된 정주 문화이지만, 가상공간의 커뮤니티는 스스로 참여하는 것이다. 언제든 가입과 탈퇴가 가능하며 네티즌들은 새로운 관심사를 찾아 이것 저곳을 배회한다. 유목의 문화 역시 원시공동체의 특성이다.

도 단순하였음을 의미한다. 그 후부터 인간 생활이 차츰 다양해지고 복잡해지면서 하나의 이데올로기로 사회 통제가 불가능해지자, 플롯도 법칙성에서 벗어나 다양해질 수밖에 없었다. 특히 산업사회의 장르인 소설에 와서 더욱 복잡해진 것은 그것을 향유하는 독자계층의 욕구가 다양했고 산업의 분업화에 따른 다층성이 크게 작용했기 때문이다. 전통적인 플롯에서 가장 중시하는 것은 소위 인과관계라는 질서의 개념이다. 모든 우주와 인간은 이 질서를 통하여 아름다워질 수 있다고 보았고, 질서를 인간과 자연의 본질적 정신으로 인식하게 되었다.[7]

온라인게임 서사의 기본 축은 질서의 회복이다. 악한 무리들의 창궐과 난립으로 인해 무질서해진 세계를 구하고자 하는 숭고한 임무가 유저에게 주어진 사명이다. 영웅서사의 전형적인 이야기 전개 방식과 동일하다. 〈아크로드〉의 게임외부 서사를 살펴보면 온라인게임 서사가 전통적인 플롯을 기반으로 하고 있음을 확인할 수 있다.

툴란력 524년 전쟁 이후

전쟁 이후 서든랜드 전역은 혼란해졌습니다. 전염병이 돌고, 메뚜기 떼가 극성을 부려 모든 이들이 살기 어려웠습니다. 지안은 종족의 구분 없이 대륙 전체가 겪고 있는 어려움을 위하여 헌신하였습니다. 그래서 그가 전염병으로 쓰러졌을 때, 오크를 비롯한 다른 종족들의 일부도 그의 죽음을 아쉬워했습니다.

브룸하르트와 가이아혼과 마법의 아콘은 전쟁 직후 라데우스 3세에게 맡겨져 있었습니다. 왕은 지안의 죽음을 기려 브룸하르트를 함께 묻어 주려 하였으나, 세 대의 아콘이 모두 사라졌음을 알았습니다.

사람들은 몰랐지만, 아콘을 비밀스러운 곳에 숨겨 놓은 것은 그라시아였습니다. 지안이 죽게 되면 더 이상 툴란에서 아콘을 지킬만한 인물이 없다고 판

---

7 현길언, 『한국소설의 분석적 이해』, 문학과비평, 1990, 134~135면 요약.

단한 그녀가 내린 결정이었던 것입니다. 그리고 그런 결정을 내리게 된 이유가 한 가지 더 있었습니다. 노든랜드와 접한 분노의 호수 쪽에서부터 이상한 소문이 퍼지기 시작했습니다. 어느 안개가 짙게 낀 밤에, 검은 그림자 무리가 호수를 건너왔다는 것입니다. 그들을 보는 것만으로도 두려움에 몸을 떨게 만들 만큼 두려운 존재들이었습니다.

그 중심에 디카인이 있었습니다. 노든랜드에서 막강한 힘을 얻고 마성에 사로잡힌 그는, 혼돈에 빠진 서든랜드를 장악하러 나타났던 것입니다. 그로 인해 혼란이 가중되는 서든랜드…

역사는 새로운 영웅을 불러내려 하고 있습니다.

〈아크로드〉에 최초로 접속한 유저는 툴란력 524년 기나긴 전쟁이 끝난 후의 칸트라 대륙 한 마을에 연약한 1레벨의 초보 전사로 태어난다. 이제부터 그는 자신에게 주어진 임무를 완수하기 위하여 강력한 적과 목숨을 건 사투를 벌이며 능력을 향상시켜 영웅의 지위를 획득할 수 있을 만큼 강해져야 한다. 지금부터 온라인게임 〈아크로드〉를 중심으로 온라인게임 서사가 신화(神話)와 로망스의 서사 구조를 어떻게 이어 쓰고 고쳐 쓰고 있는지 알아보자.

1. 여로형 플롯과 임무수행 모티브[8]

캠벨은 세계의 신화, 전설, 동화를 면밀히 검토한 끝에 주인물의 신화적 모험의 과정은 ① 떠남(격리, departure), ② 통과(입사, initiation), ③ 회귀(귀

---

8 플롯이란 행동의 구조로써, 텍스트를 통해 인물의 행동들은 어떤 특수한 정서적 예술적인 효과를 달성하기 위해서 배열되고 제시되는 것이다(M H 아브람스 저, 최상규 역, 『문학용어사전』, 대방출판사, 1985, 178면) 여로형 플롯은 주인물이 여행을 통해 예술적인 효과를 거두는 서사 장치이며, 대부분의 신화가 이것을 채택하고 있다.

환, return)의 형태로 나타나고 있음을 밝히고 있다.[9] 영웅서사의 고전적 원형은 돌아옴을 전제로 길을 떠나는 것이다. 길을 떠나는 주인물의 행동이 서사 진행에 중요한 역할을 수행할 때 이것을 여로형 플롯이라고 한다.[10]

여로형 플롯은 먼저 인물 기능 유형으로 분류될 수 있는데, 여행의 목적에 따라 임무수행, 낙원탐색, 자아탐색 등 세 가지로 구분된다.[11] 임무수행에서 주인물은 주어진 임무를 완수하고 다시 출발지로 귀환할 수도 있고 아니면 그곳에 정착할 수도 있다.[12] 낙원탐색은 떠난 곳으로 돌아오기보다는 새로운 낙원을 찾아 끝없이 여행하기도 한다. 자아탐색에서는 이야기의 진행에 돌아옴 자체가 빠지거나 생략되기도 하는데, 이는 자아탐색에서 여행의 과정과 그에 따른 주인물의 내면적인 변화가, 돌아옴보다 우선하기 때문이다.

신화에서 보이는 여행은 주로 임무수행형이다. 신화의 여로형 플롯을 연대기적으로 목록화해보면 다음과 같다.

① 주인물에게 자의든 타의든 어떤 임무가 주어진다.
② 그는 그 임무를 완수하기 위하여 길을 떠난다.
③ 험난한 여행을 통해 그는 점점 더 강해진다
④ 결국 주어진 임무를 완수하고 돌아온다.
⑤ 돌아온 그에게 영웅의 지위가 부여되고 그에 합당한 보상을 얻는다.

---

9 조셉 캠벨 저, 이윤기 역, 『세계의 영웅 신화』, 대원사, 1989, 34면.

10 그러나 여행이 출발했던 곳으로 다시 돌아오는 귀환을 필연적으로 강요하지는 않는다. 여행의 목적에 따라 다양한 변주가 발생한다.

11 인물 기능 유형은 이 장의 2절인 '신화의 서사구조 (2) : 영웅서사'에서 자세하게 논의하도록 하겠다.

12 고대의 건국신화에서 주인물은 일상적인 세계에서 분리되어, 자신과 적대적인 세계를 제압하고 그곳에 새로운 일상적인 세계를 만든다. 주인물의 임무는 귀환을 전제로 하지 않으며, 그가 세운 나라는 새로운 출발지가 된다. 임무수행 후 정착은 우리 고대 신화 중 고구려와 백제의 건국신화에서 발견되는 유형이다.

온라인게임 서사의 여행 구조도 이와 유사하다. 임무가 주어지고 그것을 해결하기 위해 길을 떠나고, 돌아왔을 때 보상이 주어지는 것까지도 신화의 구조와 동일하다. 〈아크로드〉의 퀘스트 수행 과정을 단계별로 살펴보자.

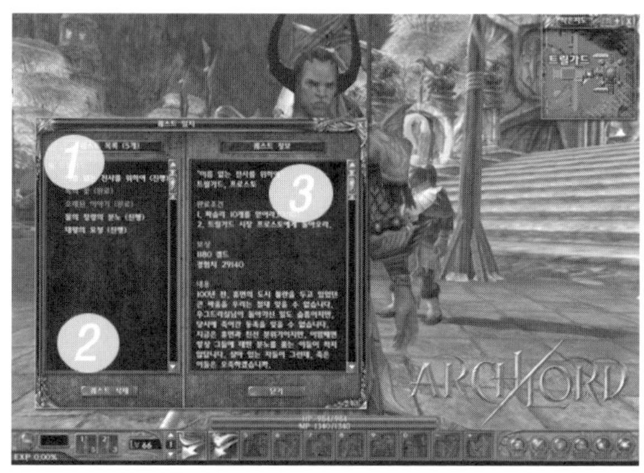

임무를 수행하기 위해서는 먼저 임무 부여자를 찾아가야 한다. 〈아크로드〉에서 임무 부여자(NPC)는 머리에 느낌표 아이콘이 표시되어 있다.

　임무 부여자에게 말을 걸면 자세한 퀘스트의 내용과 완수 후에 주어지는 보상에 대해 들을 수 있다. 이제 안전한 마을에서 벗어나 낯설고 위험한 외부 세계로 길을 떠난다.

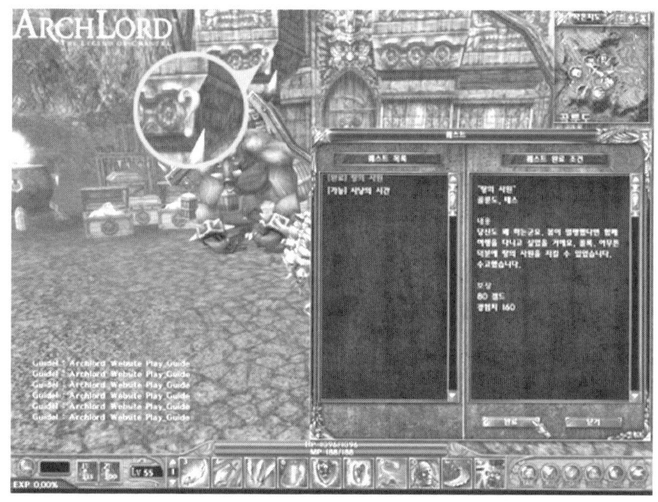

　주어진 임무를 완수하였다. 이제 마을로 돌아가 보상을 받는다. 이제 임무 부여자는 그에게 합당한 보상을 할 것이다.

　온라인게임에서 퀘스트는 강제형과 조건형, 선택형으로 분류할 수 있다. 강제형이 게임을 진행하는 과정에서 의무적으로 수행해야 하는 임무라면, 조건형은 일정 수준의 자격 조건이 마련된 다음에야 비로소 플레이할 수 있는 퀘스트이다. 예를 들어 클래스(직업)별로 퀘스트가 나눠지거나 임무수행에 레벨 제한을 두는 경우이다. 선택형은 임무를 받아들이거나 거부하거나 건너뛰거나를 유저가 자유롭게 선택할 수 있는 퀘스트이다. 아래 화면은 〈WOW〉의 조건형 퀘스트 목록이다.

〈WOW〉의 조건형 퀘스트 선택 화면

그렇다면 온라인게임 서사는 신화의 여로형 플롯을 고스란히 이어 쓰고 있는 것일까? 총론으로 보면 유사해보이지만 각론으로 들어가 보면 신화와 온라인게임의 여행 사이에는 많은 차이가 있음을 발견하게 된다.

먼저 신화에서는 여행이 전체 서사 진행에 아주 중요한 모티베이션(motivation)이지만 온라인게임에서의 여행은 그저 반복되는 행위의 과정에 불과하다.[13] 이것은 뒤에 다시 이야기하겠지만 임무 부여가 단 한 번에 그치는 것이 아니라 연속적이며 상승적인(뒤로 갈수록 점점 더 어려운 임무가 부여된다) 방식으로 계속 부여되기 때문이다. 또 임무수행이라는 공공의 목적을

13 모티베이션이란, 토마체프스키가 그의 저서 『주제학』(1925)에서 맨 처음 사용한 용어로, 주제의 최소 단위인 모티브들이 전체주제로 통합되는 과정에서 왜 그 모티브가 있어야 되는가 하는 이유이다.

달성하기 위해 여행을 떠나는 신화와 달리 온라인게임에서는 레벨 업을 하기 위해서나 아이템을 구하려는 개인적인 목적으로도 여행을 떠난다. 여행은 온라인게임에서는 아주 일상적인 행위인 것이다. 따라서 신화의 여로형 플롯은 온라인게임에 오면 단순하고 보편적인 여행 구조로 변질된다.

둘째, 신화 속의 주인물은 임무를 완수하기 위한 여행길에서 언제나 조력자의 도움을 받는다. 조력자(Helper)는 인간의 모습을 하고 나타나거나 초자연적인 형상으로 현현(顯現)하기도 한다.[14] 그러나 온라인게임 서사에서 주인물이 임무를 수행하는 도중에 만나는 것은 대부분 적대자(敵對者)들뿐이다. 임무수행을 방해하는 강력한 몬스터들, 아이템을 노리는 사냥꾼들, 가끔은 자신의 힘을 과시하기 위해 PK를 걸어오는 난폭자들의 위협 속에서 그가 임무를 수행하기 위해 믿을 것이라고는 오로지 자기 자신 밖에 없다.[15] 물론 신화에서도 적대자나 방해꾼은 있다. 그러나 그들이 항상 주인물에게 패배함으로써 오히려 주인물의 영웅성을 부각시키는 보조적인 역할에 머무는 반면에 온라인게임에서는 그들이 승리하기도 한다.

조력자의 도움을 전혀 받지 못하는 대신에[16] 온라인게임의 주인물은 언제든지 여행을 처음부터 다시 시작할 수 있다. 신화에서는, 결코 그런 일이 벌

---

14 소명을 거부하지 않은 모험 당사자는 영웅적인 편력 도중 첫 번째 보호자를 만난다. 노파나 노인의 모습으로 자주 등장하는 이 보호자는 모험 당사자가 곧 만나게 되는 용과 맞설 호부(護符)를 준다. 영웅을 도와주는 노파나 요정 노파는 유럽의 민담에 자주 등장한다. 기독교의 성인전에서는 성모 마리아가 이 역할을 맡는다. 드물지 않게 초자연적인 조력자는 형태상 남성으로 나타난다. 동화에서 영웅에게 나타나 영웅에게 필요한 호부를 주거나 충고를 해 주는 것은 숲속의 난장이, 마법사, 은자, 목동 혹은 대장장이인 것이 보통이다. 고급 신화에서는 이 역할을 맡는 조력자는 스승, 나룻배의 사공, 영혼을 내세로 안내하는 안내자로 발전한다. 그리스 로마의 신화에서 이러한 안내자는 헤르메스 머큐리이고, 이집트에서는 토트(Thoth, 따오기 비슷한 신)이며, 기독교 문화권에선 성령(the Holy Ghost)이다. 조셉 캠벨 저, 이윤기 역, 『세계의 영웅신화』, 대원사, 1991, 70~73면 부분 인용.

15 PK는 'Player Kill'의 약자로 온라인게임상에서 다른 캐릭터에게 싸움을 걸어 생사의 승부를 내는 행위를 일컫는다.

16 조력자는 없지만 온라인게임은 대신 도움말 기능을 제공한다. 도움말 기능은 여행에 필요한 여러 가지 정보들을 힌트의 형태로 제공해 준다.

어지지 않는데, 임무를 실패하면 그것으로 여행은 끝이 나기 때문이다. 여행의 목적을 달성하는데 실패하였기에 서사가 진행될 이유가 사라진 것이다. 그러나 온라인게임에서는 적대자들에 의해 죽거나 현실적인 이유로 게임을 그만두고 나갈 수밖에 없는 상황이 되면 유저는 처음부터 다시 시작하거나 지체 없이 여행을 중지한다. 여행이 특별하고 신성하며 영웅적인 길 떠남이 아니라 온라인게임의 일상을 대변하는 평범한 행위이기 때문이다.

여로형 플롯의 두 번째 분류법인 여행 구조 유형은, 여행지에서의 돌아옴 여부에 따라 정착과 귀환, 미로의 세 가지 층위를 갖는다. 이것은 다시 출발과 돌아옴의 의지 주체에 따라 자의와 타의로 세분된다. 인물 기능 유형이, 주인물이 수행하는 여행의 목적과 기능에 따라 분류되었다면, 여행 구조 유형은 출발과 돌아옴의 의지 주체가 자의냐 타의냐 여행지에서 귀환하느냐, 정착하느냐 아니면 다시 새로운 곳으로 여행을 떠나느냐에 따라 분류된다.

정착 구조는 먼저 전제되어야 할 것이 있다. 즉, 주인물이 머무르고 있던 곳이 그에게 적대적이거나, 그의 이상(理想)을 펼치기에 부적합하다는 것이다. 공간과 자아의 대립이 결국 주인물에게 출발의 의지를 마련해주며, 그의 여로는 이미 정착을 상정하고 있다. 정착은 출발 의지에 따라, 자의 출발 정착과 타의 출발 정착으로 세분된다. 자의 출발 정착은 고대 영웅 신화, 특히 건국신화에서 대표적으로 보이는 유형이다. 영웅은 자신에게 적대적인 세계에서 벗어나 더 넓은 세계로 나간다. 그의 여행은 일견 도피나, 저항을 포기한 안이한 대응으로 보일 수도 있으나, 기실 그에게 주어진 시련은 더 넓은 세상에 대한 도전을 가능케 해 주는 입사제의의 변형된 모습이다. 자신에게 적대적이며 한편으론 안이한 세계에서 벗어난 영웅은 여행지에서 또 다른 시련에 봉착한다. 그러나 출발지에서의 시련이 영웅의 필요조건이었다면, 도착지에서의 시련은 영웅의 충분조건이다. 영웅은 두 번째 시련에 맞서 싸워 이김으로써 명실상부한 영웅의 지위를 획득하며, 적대적인 세계를 자신의 세계로 만들어 버린다. 정착은 자신의 세계를 획득한 영웅의 뿌리내리기이며, 그의 험난한 여로의 대단원이다. 고구려 건국신화의 주몽이나, 백제 건국신화의 비류와 온조, 고구려의 유리왕 등이 자의 출발 정착의 전형적인 영웅들이다. 자의 출발 정착의 현대적인 형태는 1930년대 계몽주의 소설들인 이광수의『흙』, 심훈의『상록수』등에서 발견된다. 여기에서 주인물들은 건국신화의 영웅들과는 달리, 자신의 이상을 펼치기 위해 여행을 떠나며, 정착은 이상을 구현하기 위한 의지의 발현이다.

자의 출발 정착의 여로가 도전과 모험의 성격을 갖는다면, 타의 출발 정착은 패배적이고 무기력한 도피의 성격이 짙다. 이것은 출발의 계기나 의지 주체의 차이에서 기인하며, 뛰어들음과 내쫓김의 차이이다. 타의 출발 정착은 자의 출발 정착과는 달리, 여행의 목적이나 정착지 그리고 여행의 임무 등이 뚜렷하지 않다. 타의 출발 정착은 자아와 적대적인 세계와의 대립에서 패배하고 새로운 곳으로 이주하는 것이기에 출발부터 이미 비극성이 내포되어 있다. 이 비극성은 한편 출발지에 대한 회귀의 염원을 담고 있는데, 타의 출발 정착에서 출발지는 고향 또는 영원한 행복의 공간으로서 낙원과 동일시된다. 잃어버린 낙원에 대한 끊임없는 향수와 회귀 본능은 타의 출발 정착의 비극성을 가중시킨다.

귀환 구조는 떠날 때 이미 돌아옴을 전제로 하며, 떠남과 돌아옴의 공간이 일치하는 구조이다. 귀환 구조에서 여로의 시작과 끝의 갖는 공간의 동일성은 떠남이 돌아옴을 필연적으로 전제하고 있음을 의미한다. 귀환 구조는 여행의 목적이 뚜렷하며 여행의 목적지는 확실히 정해져 있다. 여행 도중 만나는 매개자(체)의 역할이 텍스트의 해석에 중요한 작용을 하나, 그것이 항상 주인물의 내면적인 변화를 요구하지는 않는다. 오히려 매개자(체)는 임무의 성취를 도와주기 위한 조력물의 성격을 갖는다. 귀환 구조는 떠남보다는 돌아옴을 더 중시하며, 떠남의 공간과 여행지의 공간 사이의 내적인 거리가 돌아옴의 해석에 큰 영향을 미친다. 귀환 구조도 의지 주체에 따라 자의 출발 귀환과 타의 출발 귀환으로 나누어진다. 자의 출발 귀환은 자의 출발 정착과 같이 그 연원을 신화나 전설 등에서 찾을 수 있다. 특히 임무수행 기능을 갖고 있는 대부분의 영웅서사는 귀환 구조를 갖는다.

임무수행에는 임무를 부여하는 부여자와 임무를 수행하는 수행자가 존재한다. 부여자는 수행자에게 임무를 부여하며, 그에 합당한 보상을 제시한다. 수행자는 자의로 여행을 떠나며, 그의 귀환은 임무를 완수한 후에 이루어진다. 캠벨이 세계의 신화, 전설, 동화를 면밀히 검토한 끝에 주인공의 신화적 모험의 과정을 떠남-통과-회귀의 형태로 나타난 것이나, 방 쥬네가 격리-입사-귀환으로 영웅 신화를 나눈 것[17] 모두 영웅서사 중 임무수행 기능과 자의 출발 귀환을 근거로 이루어진 작업들이다.

자의 출발 귀환의 설화적 형태가 임무수행 기능과 연관되어 있다면, 그것의 현대적 양상은 자아탐색과 연결된다. 신화의 세계에서 적대적인 세계에 대한 탐색이 외부로 향해 있다면, 현대에 탐색은 오히려 내면 세계를 지향한다. 신화세계에서 적대자는 용(龍), 괴물, 마귀 같이 뚜렷한 형상으로 분명히 존재하고 있는 반면, 현대 산업사회에서의 적대자는 그 모습이 뚜렷하지 않거나, 아니면 견고한 세계와의 대립에서 패배한 불안한 자아 곧 자기 자신이 적대자일 수 있다. 적대자가 외부에서 내부로 전이한 것은, 이

---

17 반 진넵 저, 전경수 역, 『통과의례』, 을유문화사, 1989, 40면.

제 인간이 제압할 수 있는 세계는 존재하지 않는다는 반성적인 현실 인식
이 근거가 된다.

미로 구조는 귀환이나 정착과는 달리 새로운 세계로 여행을 떠나는 유형
이다. 새로운 세계로의 여행은, 주인물의 여로가 뚜렷한 목적지는 갖고 있
지 않으나 뚜렷한 목적은 갖고 있다는 전제하에서 이루어진다. 목적지를
찾기 위한 주인물의 끝없는 여로는 이미 비극성을 내포하고 있는데, 귀환
이나 정착과는 달리 공간적인 지향점이 없다는 것이 그것이다.

이상 논의한 여행 구조를 온라인게임 서사에 대입해 보면 몇 가지 유형
(type)을 추출해낼 수 있다. 자의 출발 귀환형과 타의 출발 귀환형, 자의 출
발 미로형이다.

먼저 자의 출발 귀환형은 온라인게임의 대부분의 여행 구조이다. 온라인
게임의 유저들은 항상 길을 떠나는 여행자들이다. 그들에게 여행은 일상이
며 서사의 목적(강해지기 위한)을 달성하기 위한 과정이다. 그러나 임무를 완
수해야만 귀환할 수 있는 신화 속 주인공들과 달리 온라인게임 유저들은
원하면 언제나 안전한 마을로 귀환할 수 있다. 주로 체력이 약해졌거나 물
약이 다 떨어져 더 이상 사냥이 불가능한 경우 귀환하는 데 필요한 만큼의
휴식과 보충이 이루어지면 다시 여행을 떠난다. 여행의 목적이 공공의 이
익보다는 개인의 욕망에 충실하다는 것과 목적지가 정해지지 않은 채 그때
그때의 상황에 따라 출발한다는 점 역시 신화의 여행 구조와 다른 점이다.

타의 출발 귀환형은 퀘스트 수행시 나타난다. 유저는 임무 부여자에 의
해 길을 떠날 것을 강요받는다. 자의 출발 귀환형과 달리 여행의 목적과 목
적지가 분명하게 드러나며 귀환하면 임무수행에 따른 합당한 보상을 받는
다. 신화의 여행 구조와 유사하나 계속 반복될 수 있다는 차이가 있다. 임
무 부여자에 의해 주어지는 여행의 목적은 사람들을 괴롭히는 몹(몬스터,

monster)을 퇴치하거나, 공공의 이익을 위해 필요한 아이템을 구해오거나, 직업을 구하고 필요한 기술을 습득하기 위한 전(前)단계로서 능력을 인정받기 위한 시험의 성격을 갖는다.

자의 출발 미로형은 일상적인 여행이었으나 귀환하지 못하고 필드를 헤매는 유형이다. 온라인게임 〈세피로스〉[18]는 게임 공간이 광활하다. 유저가 여행을 떠났다가 다시 마을로 귀환하고 싶어도 워낙 공간이 넓어 길을 잃는 경우가 있다. 더구나 〈세피로스〉는 '위치 이동 스크롤'을 상점에서 구입한 후 아이템을 사용해야만 마을로 돌아올 수 있는 유료형 귀환 시스템을 채택하고 있어 아이템이 아예 없거나, 다 써서 스크롤이 떨어진 경우 마을로 돌아오려면 왔던 길을 되짚어 걸어서 귀환하여야 한다.

여행을 떠났다 길을 잃는 경우가 온라인게임에서는 종종 발생하는데 이럴 경우 유저들은 미로 속을 헤매고 있다는 착각을 하게 된다. 신화의 주인물들은 여행에서 길을 잃지 않는다. 설령 길을 잃었다 하더라도 조력자나 초자연적인 도움으로 반드시 길을 찾는다. 신화의 주인물은 영웅으로 태어났거나 영웅의 면모를 지닌 신성한 존재이지만 온라인게임의 유저들은 영웅이 아니라 영웅이 되기 위해 노력하는 인간들이다. 인간이기에 길을 잃을 수도 있고 길을 헤맬 수도 있다. 온라인게임에서 여행이 갖는 일상성이 여기에서도 발견된다.

온라인게임의 여행 구조는 정착형이 가능하지 않다. 정착은 안주이며 안정된 삶의 시

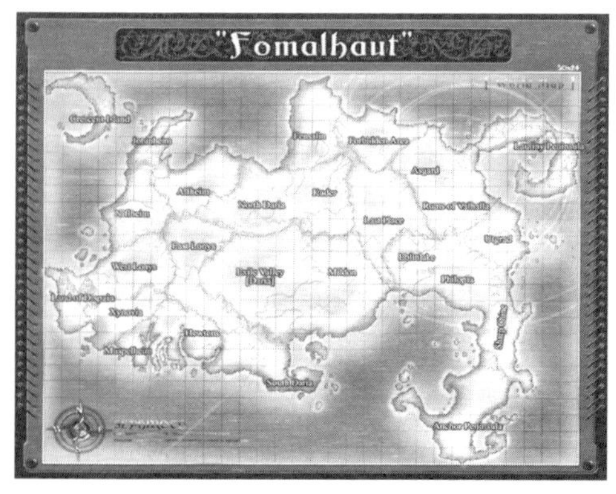

〈세피로스〉의 월드 맵

18 https : // www.sephiroth.co.kr

작이다. 그러나 온라인게임은 결코 도달할 수 없을 것 같은 목적을 향해 끊임없이 길을 떠나는 여행의 서사이다. 결코 도달할 수 없음은 비극이 아니라 오히려 온라인게임의 존재이유이다.[19] 욕망은 해결되지 못한 채 차연(差延)된다. 욕망이 완성이 미루어지고 유저들은 끊임없이 가상세계를 방황하는 것처럼 온라인게임의 서사도 텍스트에 정착하지 못하고 광활한 공간을 떠돌아다니게 되는 것이다.

2. 영웅서사

영웅서사는 인류가 창조해낸 이야기 구조 중 가장 오래됐으며, 영향력이 있는 화소이다. 세계 곳곳에 흩어져 있는 신화, 전설, 민담 등 설화문학에서 보편적이며 광범위하게 발견되는 영웅서사는 문학뿐만 아니라 영화, 연극, 드라마 등 시대를 초월해 모든 서사 예술이 채택하고 있는 유력한 이야기 관습이다. 컴퓨터 게임 역시 예외는 아니다. 오락실 아케이드 게임 시절부터 PC게임, 최근의 인터넷 온라인게임에 이르기까지 영웅서사는 너무도 익숙하게 게임 서사의 중심축을 이루고 있다. 90년대 초 아케이드 게임 시장을 풍미했던 〈철권 시리즈〉의 영웅 캐릭터들, 〈원숭이섬의 비밀〉이나 〈인디아나 존스〉 시리즈 등 PC 어드벤처 게임의 주인공들, RPG 게임의 새 장을 연 〈디아블로Ⅰ·Ⅱ〉의 전형적인 영웅서사, 한국 온라인게임을 선도하고 있는 〈리니지〉나 〈뮤〉의 시나리오가 의지하고 있는 중세 판타지 영웅담 등은 컴퓨터 게임 서사와 영웅서사가 얼마나 밀접한 관련을 맺어 왔는

---

19 온라인게임이 유저들을 지속적으로 붙잡아두기 위해서는 그들의 욕망을 끊임없이 확장시켜 주어야 한다. 욕망이 달성됐다고 느끼는 순간 더 이상 게임에 매력을 느끼지 못할 것이기 때문이다.

지를 보여주는 사례이다. 온라인게임의 '1인칭 의사 체험 몰입 놀이'라는 구조적 특성은 유저로 하여금 현실에서 벗어나 지극히 비일상적인 세계와 만나, 그 세계 안에서 현실과 전혀 다른 나로 재탄생하게 되길 바라는 무의식적 욕망을 구체화시켜주고 그것을 활성화시킨다. 현실과 비현실, '나'와 전혀 다른 '나'라는 모순적 거리를 익숙한 관습으로 메워주기 위해 온라인게임 서사는 인류의 가장 오래된 이야기 구조인 영웅서사를 차용하고 있는 것이다.

물론 기존의 관습은 온라인게임이라는 멀티미디어 텍스트 안에서 새로운 양식으로 변용된다. 영웅서사는 아날로그적 전통이지만 온라인게임은 디지털 놀이이다. 따라서 아날로그적 전통은 어떤 형태로든 변용 과정을 거쳐야 디지털 놀이의 화소가 될 수 있다. 디지털적 변용이라고 지칭할 수 있는 이 가공 과정은 디지털서사예술로서 온라인게임이 갖는 미학적 특징을 양식화할 수 있는 중요한 단서가 될 수 있다. 이제부터 기존의 영웅서사가 디지털적 변용 과정을 거쳐 어떻게 이어 쓰이고, 고쳐 쓰였는지를 살펴보도록 하자.

1) 영웅서사의 구조적 특징

영웅서사를 논의하기 위해서는 영웅서사의 개념이 확립되어야 한다. 영웅서사는 영웅을 주인공으로 하여 영웅적 활동을 통해 영웅성을 부각시킨 이야기라고 정의할 수 있다. 그런데 여기서 영웅은 어떤 존재이며 영웅적 활약은 어떤 활약이고, 영웅성은 무엇인지 다시 따져볼 필요가 있다. 영웅은 보통 인간을 넘어서는 초인적 능력을 지닌 존재를 말한다. 그러나 능력이 뛰어나다고 해서 모두 영웅이라고 할 수 없다. 그 능력을 어디에 발휘하느냐가 문제이다. 영웅은 뛰어난 능력을 개인적 권익보다는 집단적 공익을 위해 발휘하고 성공해 집단으로부터 추앙을 받은 존재라고 정의할 수 있다. 개인의 행복추구나 자신의 안전을 도모하기 위해 발휘한 능력은 그것이 아무리 대단하다 하더라도 다른 사람의 추앙을 얻기는 어렵다.

따라서 영웅서사란 뛰어난 능력을 가진 인물이 집단의 공익을 위해 그 능력을 발휘해 집단에게 이익을 주고 집단으로부터 추앙받는 존재인 신으로 정립되는 이야기를 지시한다고 정의할 수 있다.[20] 익숙한 관습으로서의 영웅서사의 구조적 특징은 인물 기능에 따라 다음과 같이 유형화될 수 있다.

(1) 인물 기능 유형

형식주의자나 구조주의자들에게 있어 인물들의 양상은 오직 기능적일 수 있을 뿐이다. 이들은 어떤 외부적인 심리적 견지나 도덕적 견지에서 인물들이 무엇인가를 분석하고자 하지 않고, 오직 하나의 이야기 속에서 주 인물들이 행하는 행위를 분석하고자 한다.[21] 더 나아가 이들은, 한 인물이 이동하는 행위의 영역은 비교적 수가 적으며, 전형적이고 분류될 수 있다고 주장한다. 예를 들어, 블라디미르 프로프에게 있어서 인물들은 단순히 러시아 민담이 그들로 하여금 하도록 요청하는 기능의 산물이다. 만약 외모, 나이, 성별, 생활상의 관심사, 지위 등등에 차이가 있다면 그것은 단순한 차이일 뿐 기능의 유사성만이 유일하게 중요하다는 것이다.

영웅서사에서 주인공인 영웅이 텍스트 내에서 수행하는 행위를 범주화

---

20 서대석, 「동아시아 영웅신화의 비교 연구」(http://www.koralit.net/jaryo/11/gb04.hwp) 부분 인용.
21 시모아 채트먼 저, 김경수 역, 『영화와 소설의 서사구조』, 민음사, 1992. 133면.

전형화하면 임무수행, 낙원탐색, 탐색모티브의 세 가지 기능으로 목록화된다. 먼저 임무수행은 영웅서사의 가장 오래된 형태이다. 전 세계에 분포되어 있는 신화와 민담의 영웅담은 대부분 임무수행 기능을 지닌다. 영웅이 치르는 신화적 모험의 표준 괘도는 통과 제의에 나타난 양식, 곧 분리-입문-회귀의 확대판이며 이 양식은 단일 신화의 핵단위라고 명명할 수 있다. 영웅은 일상적인 삶의 세계에서 초자연적인 경이의 세계로 떠난다. 여기에서 그는 엄청난 세력과 만나고 결국은 결정적인 승리를 거둔다. 영웅은 이 신비스러운 모험에서 동료들에게 이익을 줄 수 있는 힘을 얻어 현실 세계로 돌아온다.[22] 주인물이 신이나 왕 또는 다른 인물에 의해 임무를 부여받고 그것을 완수하기 위해 길을 떠나는 임무수행은 임무의 성격에 따라 합당한 보상이 주어지는 외면적 변화가 수반된다. 여행의 동기와 목적이 중요시되며, 여행지의 선택은 임의적이다. 출발했던 곳으로 되돌아오는 순환적 구조를 지니나, 임무가 타자에 의해 주어진 것이 아닌 자의에 의한 경우, 주인물은 돌아옴의 귀로를 택하는 대신 정착 또는 새로운 모험에로의 여로에 나선다.

아담과 이브가 에덴동산에서 추방된 후 인간의 무의식 속에는 잃어버린 낙원에 대한 향수가 흔적처럼 남아 있게 된다. 인간은 누구나 낙원을 꿈꾸며 살아가며, 개인은 물론 구조적인 모순과 관련된 집단적 차원의 좌절을 극복할 수 없을 때에 보상심리로써 그 같은 모든 문제가 제거된 낙원을 꿈꾸는 이야기의 출현은 당연한 것이다.[23] 영웅서사의 두 번째 인물기능인 낙원탐색은 인간의 힘으로 다시 회귀할 수 없는 낙원에의 열망을 초월적인 영웅의 힘을 빌려 이루어보고자 하는 무의식적 욕망의 소산이다. 성경 속

---

22 조셉 캠벨 저, 이윤기 역, 『세계의 영웅 신화』, 1989, 34면.
23 강진옥, 「한국설화에 나타난 낙원과 낙원상실」, 『문학과비평』, 1991년 봄호, 184면.

에 등장하는 모세 이야기가 전형적인 낙원탐색형 영웅서사이다.

탐색모티브는 임무수행과 마찬가지로 전 세계 신화와 민담에서 광범위하게 보이고 있는 형태이다. 서사문학에서의 탐색이란, 탐색 주체가 결여된 사물을 찾기 위해 장애요인을 제거해 가면서 여행해 가는 과정이라 할 수 있다. 그러나 이야기 속에서의 탐색이란, 잃어버린 옷깃의 단추를 찾는 것이 아니라 인간이 지금껏 경험하지 못한 그 어떤 것을 찾음을 의미하며, 전형적인 탐색담은 탐색목적물, 영웅, 여행, 시련, 장애자, 원조자의 여섯 가지의 필수적인 요소를 가진다.[24] 타계여행모티브나 지하 대적 퇴치설화 등은 탐색모티브의 고전적 원형이며, 여행과 영웅과 탐색은 분리시킬 수 없다. 곧 여행은 새로운 세계에 대한 주인물(영웅)의 고독한 탐색인 것이다.

고대의 탐색모티브는, 주인물(영웅)이 주어진 임무를 수행하거나 자신의 적대자로서의 악을 퇴치하기 위한 길 떠남에 있어, 자아와 세계간의 불화를 해소하기 위한 외면적인 탐색이다. 여기에서 주인물은 신성(神性)을 지닌 완벽한 전인격체로 자아의 내부에는 아무런 불화도 갖고 있지 않다. 다만 자신을 적대시하는 세계와의 불화만이 있을 뿐이고, 이 불화는 용(龍), 뱀, 마귀할멈 등 외면적인 형태로 드러난다. 그러나 현대소설에 오면 탐색모티브의 성격은 바뀐다. 주인물과 세계와의 불화는 여전히 존재하나 그 표현방식은 다르다. 신화시대의 적대자는 분명히 모습을 드러내나, 산업사회의 적대자는 분명치 않다. 오히려 불화는 주인물의 내부에서 일어난다. 이제 인간은 더 이상 완전한 존재가 아니며, 세계와의 불화에 끊임없이 갈등하는 나약한 존재이다. 세계는 너무도 견고하며 반대로 자아는 왜소하다. 결국 현대소설에서 탐색모티브는 세계를 제압하기 위한 외면적인 탐색에서,

---

24 W.H. 오든 저, 김병욱 외 역, 『문학과 신화』, 대방출판사, 1983, 182면.

세계와 타협하기 위한 인간의 자의식을 좇는 내면적인 탐색으로 변화하게 된다. 자아탐색이라 명명될 수 있는데 이것은 임무수행과 같이 일종의 통과의례적 성격을 갖는다. 신화시대의 통과의례가 적대적인 세계를 제압하는 외면적인 힘을 통해 이루어졌다면, 현대 산업사회의 통과의례는 세계와의 불화를 해소하기 위한 자아 성찰적 성격이 강하다.

자아탐색은 여행의 동기나 목적보다는 떠남에 의의를 두며, 여행지에서 만나는 새로운 사건과 매개자(체)의 역할이 중요시된다. 매개자(체)는 자아탐색모티브를 해석하는 중요한 단서가 되며, 자아탐색에서 매개자는 신화나 민담에 등장하는 조력자(helper)와는 성격을 달리한다. 임무수행에서는 조력자가 주인물에게 적대적인 세계와의 싸움에서 이기기 위한 외면적인 힘을 부여하거나 방법을 제시해 주는데 비해, 자아탐색의 매개자는 주인물의 자아 성찰에 영향을 끼치는 내적 역할을 수행한다. 돌아옴의 귀로에서 주인물은 임무수행 모티브와는 달리 내면적인 변화를 수반하는 역동성을 갖는다.

지금까지 논의한 영웅서사의 하위 개념을 여로형 플롯과 연관 지어 서사구조와 이야기층위로 나누어 텍스트 자질들을 (+), (−) 표지로 도표화하면 다음과 같다(도표에서 (+) 표지는 뚜렷하게 나타남을, (−) 표지는 뚜렷하게 나타나지 않음을, (±) 표지는 뚜렷하게 나타날 수도, 불분명하게 나타날 수도 있음을 의미한다).

서사 구조

	임무수행	낙원탐색	탐색모티브
귀환 구조	±	−	±
정착 구조	±	±	−
미로 구조	−	+	±

이야기 층위

	임무수행	낙원탐색	탐색모티브
여행의 동기	+	+	±
매개자의 등장	+	±	+
여행지의 선택	+	±	−
주인물의 변화	+	±	±

(2) 영웅서사 텍스트 분석
: 신화『바리데기』와 고소설『홍길동』, 그리고 온라인 머드게임 〈천상비〉

영웅서사는 문학적 상상력의 원형이라 할 수 있는 신화에서부터 전설, 민담과 같은 설화문학, 중세봉건질서를 재구조화했던 고소설과 근대시민사회의 발전으로 형성된 현대소설에 이르기까지 시공을 초월해 문학의 주요한 모티브로 기능해 왔다. 그러나 장르적 성격에 따라 텍스트에 형상화된 영웅서사는 나름의 변별점을 갖는다. 이 절에서는 신화와 고소설, 그리고 온라인게임이라는 각각의 서사장르가 영웅서사를 어떤 방식으로 수용하고 구조화했는지를 스토리 분석을 통해 논의해보도록 하겠다.

『바리공주』는 우리나라의 전통적인 무속 신화이다.[25] 서사단락을 시간의 계기성에 따라 나누면 다음과 같다.

01. 삼나라를 다스리는 어비대왕이 길대부인을 왕비로 맞는다.
02. 복자의 말을 무시하고 혼례를 올려 딸만 여섯을 낳는다.
03. 일곱 번째도 딸을 낳자 바리공주라 이름을 지어주고는 강에 버린다.

25 바리공주란 무녀가 주관하는 사령제 행사에서 구송되어 오던 신화로서, 바리란 버리다에서 유래한 것이다. 지방에 따라서는 이 신화를 바리데기 또는 베리데기라고도 부르는데, 베리(바리)데기란 버려진 아기라는 뜻이 된다.

04. 석가세존이 아이를 발견하고는 비리공덕 할아비와 비리공덕 할미에게 주어 키우도록 한다.
05. 바리공주가 15세가 되던 해, 어비대왕이 중병을 얻고 누우니 바리공주를 만나고자 한다.
06. 아버지를 만난 바리공주가 아무도 안 가겠다는 약수를 찾아 길을 떠난다.
07. 무장승을 만나 아들 일곱을 낳아주고는 약수를 얻는다.
08. 무장승과 아들 일곱을 데리고 돌아오나 이미 어비대왕과 길대부인은 세상을 떠났다.
09. 가져온 약수로 부모를 다시 살려낸다.
10. 어비대왕은 바리공주에게 죽은 영혼을 저승에 인도해 주는 무당이 되도록 해 주었다.[26]

『바리공주』의 서사단락은 크게 둘로 나눈다. ①~⑤까지가 전반부이며, ⑥~⑩까지는 후반부이다. ①~⑤는 바리공주의 예사롭지 않은 탄생과 부모에 의해 버려짐, 그리고 다시 돌아오는 과정을 통해 그녀의 영웅적 품성을 들어내고 있다. 기아(棄兒)모티브는 영웅에게는 일종의 통과의례로 이 시련을 견디어냄으로써 운명을 거부하고 운명을 만들어내는 영웅으로서 인정을 받는다. 고주몽, 비류와 온조, 석탈해 등은 모두 기아모티브를 통해 영웅의 품성을 획득한 인물들이다.

강물에 던져진 바리공주는 금거북이의 등을 타고 떠내려가다 석가세존에 의해 발견된다. 석가세존은 바리공주의 신성(神性)을 부각시켜주는 인물이며, 그녀를 맡아 키운 비리공덕 할아비와 비리공덕 할미는 그녀가 영웅적 품성을 닦도록 도와주는 조력자이다.[27]

---

26 〈바리공주〉의 텍스트는 김태곤, 『한국의 무속신화』, 집문당, 1985에서 인용하였음.
27 버려진 영웅을 데려다 키우는 조력자의 흔적은 비리공덕 할아비와 비리공덕 할미 외에도 석탈해를 데려다 키운 아진의선 할머니나 오이디푸스를 맡아 키운 양치기 노부부 등 전 세계 신화에 광범위하게 나타나고 있다.

①~⑤가 바리공주의 영웅적 품성을 드러내기 위한 준비 단계였다면, ⑥~⑩에서 바리공주는 주어진 임무를 수행함으로써 영웅의 명예를 획득하게 된다. 아버지의 병을 고치기 위해서는 봉내방장 무장승의 양현수가 필요하지만 여섯 언니들은 그 험한 길을 아무도 안 가려 한다. 이에 바리공주가 홀로 길을 떠나게 되고 석가세존의 도움으로 무장승을 만난다. 그러나 무장승은 그녀에게 길 값, 삼(蔘) 값, 물 값으로 9년의 노동과, 자신과 결혼하여 아들 일곱을 낳아주기를 요구한다. 이 요구를 모두 들어준 바리공주는 드디어 양현수를 얻게 되고, 그것으로 죽은 부모를 다시 살려낸다. 이 영웅적인 행위의 보상으로 바리공주는 무당이 되며, 그녀의 일곱 아들은 저승의 십대왕이 된다.

이상 살펴본『바리공주』신화는 전반부와 후반부의 서사구조가 일치하는 형식상 특징이 발견된다. 편의상 ①~⑤의 서사단락을 ⓐ형으로, ⑥~⑩의 서사단락을 ⓑ형으로 나누어 서사구조를 도표화하면 다음과 같다.

〈ⓐ형〉　　여행　　　금거북이　　석가세존　　비리공덕 할아비·비리공덕 할미
　　　　　(버려짐)　(중개자)　　(안내자)　　　(조력자)

　　　　　천민의 딸에서 일국의 공주로 신분상승 (외면적변화)　　　　귀환
　　　　　　　　　　　　　　－15년－

〈ⓑ형〉　　여행　　　까막까치　　석가세존　　무대승
　　　　　(길떠남)　(안내자)　　(중개자)　　(조력자)

　　　　　공주에서 죽은 영혼을 인도해 주는 신으로 지위상승(외면적변화)　귀환
　　　　　　　　　　　　　　－15년－

이상 살펴본 바와 같이, 『바리공주』 신화는 두 개의 삽화로 이루어진, 주어진 운명을 거부하고 새로운 운명을 개척해 나가는 영웅담이다. 이같이 한 텍스트 안에서 동일한 서사구조의 반복은 다른 영웅담에서는 발견되지 않는 독특한 것이며, 임무수행의 목적이 아버지의 병을 고치기 위한 효심에서 비롯되었다는 것은, 서양의 영웅담과는 변별되는, 우리 선조들의 유교적 세계관을 엿볼 수 있게 해 준다.

바리공주의 임무는 정치적 지배나 역사적 이념과는 거리가 멀다. 바리공주가 추구한 것은 인간의 생명이다. 그러나 단지 육신의 생명만을 추구한 것은 아니다. 죽은 영혼들에 대한 왕생천도는 바리공주의 역할이 보다 근원적인 데 있음을 보여준다. 이러한 그녀의 역할은 그녀가 지상의 왕국에서 부모에게 버림받았다는 사실에 비추어 볼 때, 엄청난 상황의 역전을 보여준다. 지상적 존재에서 천상적 존재로, 버려지는 존재에서 구원하는 존재로의 전환은 이를 위한 중재적인 힘을 수반하지 않을 수 없다. 그것이 『바리공주』 신화에서는 윤리적인 효, 도덕적인 선의 관념으로 표출되었다.[28]

『바리공주』 신화는 부모의 병을 고칠 약수를 구하러 떠난다는 뚜렷한 여행 목적, 돌아오는 순환성, 그리고 보상으로 주어지는 외면적인 변화 등 전형적인 임무수행의 특성을 지니는 영웅담으로서 여성 영웅서사의 전통을 상징적으로 보여주는 텍스트이다.[29]

여기서 한 가지 간과해서는 안 될 것은, 임무수행을 수행하는 설화 중 건국신화는 여행지에 정착을 하며 주인물이 남성인 반면, 무속신화는 출발지로 귀환하며 주인물은 주로 여성이라는 점이다. 이 변별성은 중요한 문학

---

28 김열규, 「한국무속신앙과 민속」, 『한국무속의 종합적 고찰』, 고대 민족문화연구소 출판부, 1982, 87~89면 참조.
29 바리공주 신화와 유사한 플롯을 지닌, 임무수행이 보이는 여성 영웅 신화로는 석본풀이 신화와 당금애기 신화가 있다.

사회학적 의미를 지니는데, 즉 남성이 갖는 힘은 미지의 세계에 도전하여 역사를 창조하고 이끌어나가는 추진력으로 표현되는 반면, 여성은 여자만이 지닌 출산에 대한 신성한 인식을 바탕으로(바리공주나 당금애기 모두 사내아이를 출산한다) 가부장적 권위에 순응하거나 남성의 위대성을 부각시켜주는 보족적인 존재로 그려진다는 것이다. 이같이 설화에서부터 나타나기 시작한 가부장적인 남성우월의식은 서사양식의 변화에도 불구하고 조금씩 다른 형태로 지금까지 이어져오고 있다.

고소설인 『홍길동전』은 홍길동이라는 영웅을 중심으로 그의 일대기를 연대기순으로 서술한 영웅소설이다. 고대소설은 주인공의 출생에서부터 죽을 때까지의 생애가 순차적으로 서술되며 인과관계가 중시되는 전통적인 플롯을 취하고 있다. 여기에서 중요한 것은 서사적 자아와 세계의 갈등이라는 사건 자체가 아니라 영웅의 일생과 유교적 질서의 승리이다. 우선 『홍길동전』의 서사단락을 알아보자.

01. 홍길동이 용 꿈을 태몽으로 하여, 홍판서와 시비 춘섬 사이에서 태어나다.
02. 재주는 뛰어나나 서자라는 신분적 모순으로 갈등하며 무술을 연마하다.
03. 홍판서의 애첩 초란의 음해로 위기에 빠지나, 극복하고 집을 떠나다.
04. 도적의 무리에 뛰어들어 두령이 되고, 활빈당을 만들어 의적이 되다.
05. 자신으로 인해 아버지와 형이 곤경에 빠지자 스스로 잡히다.
06. 병조판서를 제수받자, 크게 감읍하고는 남해의 섬으로 떠나다.
07. 섬에 있던 괴물을 퇴치하고, 율도국이란 나라를 쳐서 스스로 왕이 되다.
08. 홍길동은 천수를 누리고, 그의 자손들은 대대손손 부귀영화를 누리다.

이상 정리한 서사단락을 통해 확인할 수 있는 바와 같이 『홍길동전』은 영웅의 일생을 그린 것이다. 그런데 이 작품은 영웅적인 주인공을 통하여 봉건적 질서를 확인하려는 윤리의식이 강하며 다분히 공식적인 구성을 하고 있다. 그러한 경향은 고대소설의 일반적인 경향이다. 플롯의 전개 역시 순차적 연대기적 전개과정을 보여준다. 이러한 공식적인 구성은 민담, 신화, 역사, 전설 등에서 흔히 볼 수 있다. 따라서 서사단락들 간에 인과관계가 설정되지 않았다면 플롯이라기보다 스토리를 정리한 것으로 볼 수도 있다.『홍길동전』에서 홍길동은 집을 떠나면서 자신의 능력을 억압하는 신분제도와 중세봉건적 질서라는, 명백히 그에게 적대적인 세계를 인식하였다. 그는 활빈당이라는 의적의 무리를 통해 중세봉건질서를 우롱했으며, 율도국을 통해 신분제도에 대한 통쾌한 복수를 하였다. 자의에 의한 임무수행이기에 율도국이란 새로운 땅에 정착하였고, 주어진 보상은 미천한 서자에서 일국의 왕이라는 신분의 상승이었다.

마지막으로 살펴볼 〈천상비〉(http://www.1003b.com)는 하이윈에서 제작한 MMORPG로 2001년 1월에 오픈 베타 서비스를 실시하였고, 2002년 5월에 정식 상용화 서비스를 개시한 국내 대표적인 무협 온라인게임이다. 〈천상비〉의 게임 외부 서사부터 살펴보면 다음과 같다.

가랑비 촉촉히 내리는 새벽 북망산 관도 생사를 건 탈출을 하는 이들이 있었다. 두 명의 사내와 갓 세 돌을 넘긴 아이….

하루아침에 정체 모를 복면인들에게 멸문지화를 당한 제일세가 그 마지막 남은 혈육을 지키기 위해 호법인 일주와 소룡은 어린 소가주를 품에 안고 피신 중이었다. 차가운 길 위에 붉은 선혈을 뿌리며 쓰러진 일주의 비명을 뒤로 한 채….

혈혈단신으로 남겨져 낙양성 왕대협의 손에 자라난 아이는 15년의 세월이 흘러 비로소 무림의 세계에 발을 들여놓게 된다. 그 기나긴 풍운의 소용돌이를 짐작조차 못한 채….

천(天)·상(上)·비(碑)

그 전설을 향한 웅보(雄步)를 떨치게 된다.

게임 외부 서사와 별도로 마련된 게임 내부 서사는 3막으로 이루어져 있는데 1막과 2막은 시나리오로 마련되어 있고, 3막은 추후 업데이트 예정이다. 1막은 다시 3장으로 나뉘어져 있는데 1장의 시나리오만 살펴보면 다음과 같다.

제1막 Prologue

차가운 빗줄기를 뚫고 생사의 탈출을 한 제일세가의 호법 일주와 소룡, 그리고 제일세가의 마지막 남은 혈육인 당신….

하루아침에 정체 모를 괴영들에게 멸문지화를 당하고 이제 갓 세 돌을 넘긴 소가주(少家主)의 목숨을 지키기 위해 차가운 길 위에 붉은 선혈을 뿌리며 쓰러져 간 일주를 뒤로 한 채 어린 소가주(少家主)를 품에 안고 어둠을 향해 내달리는 소룡의 가슴은 서러운 분노로 일렁인다.

제1장 무림출도(武林出道)

붉디 붉은 꽃잎처럼 낙양성 관도에 뿌려진 일주와 소룡의 피의 의미를, 아니 그 존재조차 모른 채 왕대협의 손에 키워진 당신의 과거는 오랜 세월이 흐르는 동안 어느덧 희미한 기억으로 스러져 간다.

왕대협은 어느덧 장성한 당신에게 무림에의 출도를 권하고, 혈기와 호기심에 가득 찬 철없는 당신은 낙양성 주변에서의 수련을 시작으로 무림인으로서 첫 발을 딛게 된다.

수련 중 우연한 기회에 들게 된 북망산의 요기를 쫓아간 당신, 그리고 북망 강시황과의 일전으로 알게 되는 무림에 드리운 어둠의 그림자.

당신은 천하무림을 위해 음모를 파헤쳐보지만 어떠한 것도 할 수 없는 자신의 초라한 모습을 발견하게 된다.

마음속 깊은 곳에서 솟아오르는 힘에 대한 강한 욕구가 당신을 무의 세계로 조금씩 더 깊게 빠져들게 한다.

숨겨진 왕릉 지하석실, 장군묘에서의 모험으로 내공이 깊어지게 되어 점점 더 스스로의 능력에 대한 자신감이 붙은 당신은 낙양 일대에서 악명 높은 산적두목 양철심까지 물리치게 된다.

양철심을 물리치고 얻게 된 무기에서 무공의 기본을 깨우치자, 이것을 계기로 천하에 떠도는 무수한 전설과 비사를 찾아 당신은 더 넓은 세상으로 나아가게 된다.

"세상을 움직이는 것 그것을 알고 싶다. 아무도 가르쳐 주지 않는 것…"

게임 외부 서사와 게임 내부 서사를 살펴보면 〈천상비〉의 서사는 일반적인 무협지의 서사와 별반 다르지 않다는 걸 알 수 있다. 무협지 줄거리를 요약해 놓은 정도의 빈약한 서사가 시나리오의 전부인 것이다. 앞에서 살펴본 『바리데기』나 『홍길동전』과 비교해 보면 서사의 짜임새나 구성 면에서 〈천상비〉는 서사체라 할 수 없을 정도로 허술하다. 그러나 실제 게임을 진행하다보면 게임 내부 서사의 빈약함이 사실은 유저로 하여금 다양한 선택과 판단, 결정을 할 수 있게끔 의도적으로 만들어진 것임을 알 수 있다. 게임 내부 서사는 주인공에게 주어진 임무를 간략하게 설명해 놓은 것에 불과하며 유저가 어떤 방식으로 플레이 하느냐에 따라 실제 게임 서사는 개개인마다 다르게 경험되며 다른 방식으로 완성된다. 영웅―주인공이 능동적인 행위자 나이므로, 주어진 임무도 임무수행에 따른 보상도 유저 스스로가 결정할 수 있다는 것은 결국 서사를 만들어 나가는 책임이 유저 자신에게 있다는 의미이며, 〈천상비〉의 주어진 서사가 빈약하고 허술하지만 오히려 텍스트에 대한 몰입의 강도가 전통적인 영웅서사에 비해 더 강한 것도 이 때문이다.

〈천상비〉는 남녀 캐릭터의 성별을 유저가 결정할 수 있다. 하지만 캐릭터의 그래픽이 달라질 뿐 성별에 따른 어떠한 차별도 없다. 또한 남녀 간에는 결혼을 할 수 있으며 결혼 후 기타 무공을 하나 더 배울 수 있다. 성별의 차이는 없는 대신 캐릭터의 성격과 배우는 무공에 따라 다양한 캐릭터로 육성할 수 있다. 〈천상비〉에는 정파와 사파라고 불리는 성격이 있는데, 성격은 게임의 단순한 진행을 조금이나마 차이를 두어서 흥미를 유도하고, 재미를 얻게 하고자 하는 것이므로 성장이나 능력치 차이는 없다. 정파, 사파는 서로 다른 무공을 배우게 되고 퀘스트가 다르게 진행되며 성격이 다른 방파에는 가입을 할 수 없다. 필드 상에서 정파 캐릭터는 파란색으로, 사파 캐릭터는 분홍색으로 구분된다. 또한 〈천상비〉는 검(劍)·도(刀)·창(槍)·조(爪)라는 직업의 종류가 있다. 처음 캐릭터를 만들 때 검, 도, 창, 조 중 한 가지를 선택하면 게임 시작 시에 그 종류의 기본 무기가 주어진다. 무기는 각 직업의 종류별로 50여 개가 넘게 존재하며 조 > 도 > 창 > 검 > 조의 상성관계가 있다. 이 상극 관계는 PK시에 적용이 된다. 그러나 상극관계가 전투에 절대적인 영향을 미치지 않으며 캐릭터의 특성치에 따라 약간씩 차이가 생긴다. 성격에 따라 사용하는 무기에 따라 시전하는 무공에 따라 유저는 각기 다른 서사 상황을 경험하거나 만들어 나간다. 주어진 임무가 있고 그 임무만 완수하면 서사가 완결되는 전통적인 영웅서사에서는 도저히 경험할 수 없는 독특한 서사 양식인 것이다.

지금까지 분석해 본 결과를 표로 나타내보면 다음과 같다.

	바리데기	홍길동	천상비
서술형식	연대기적 서술	연대기적 서술	연대기적 부분 서술
플롯 형태	단일 플롯	단일 플롯	복합 플롯
서사의 완결	완결됨	완결됨	완결되지 않음
시점	3인칭 관찰자	3인칭 관찰자	1인칭 행위자
여행을 떠남	자의	자의 반 타의 반	자의
적대세계 인식	인식 못함	인식함	인식함
임무의 목적	효(孝)	충(忠)	강해짐(强)
임무의 성격	가부장적 이데올로기에 순응	중세 봉건 질서에 대한 반발	타인과의 경쟁에서 승리
임무의 결과	지하세계의 여신이 됨	율도국이라는 이상국가를 건설	타인보다 강해짐

위 표를 통해 목록화할 수 있는 영웅서사의 장르적 수용 양상과 그 변별적 자질을 정리해 보면 다음과 같다.

먼저 영웅서사는 장르의 차이에도 불구하고 연대기적 방식을 서술 형식으로 채택하고 있다. 태어나서 죽을 때까지라는 연대기적 서술은 영웅이 인성(人性)보다는 신성(神性)을 획득한 전인격적인 존재임을 보여줄 수 있는 방식으로, 태어나기 전과 죽은 후에 대한 독자의 기대지평을 만족시켜 주기 위한 서사전략이기도 하다. 다만 온라인게임에서는 삶(탄생과 죽음까지를 포함하는) 전체에 대한 연대기적 서술이 아닌 특정한 한 지점에서 출발하는 연대기적 부분 서술 방식을 채택하고 있다. 이는 태어나기 전에 영웅의 자질을 부여받고 죽음을 통해 영웅성이 완성되는 다른 장르의 영웅-주인물들과는 달리 온라인게임이 그 특성상 캐릭터의 죽음이 서사의 종말을 의미하기 때문에 태어나기 전과 죽은 후가 아닌 지금, 현재, 여기를 서술의 대상으로 삼아야 하기 때문이다.

두 번째로 플롯의 형태는 신화나 고소설이 텍스트 내에서 고정적이고 유일한 영웅-주인물을 통해 진행되는 단일 플롯인데 반해, 온라인게임은 유동적이고 복수의 영웅-주인물에 의해 이야기가 진행되는 복합 플롯이다. 게이머가 조정할 수 있는 영웅-주인물 캐릭터는 신화나 고소설처럼 하나이지만 캐릭터의 선택은 전적으로 게이머의 자의적인 판단에 의해 무수히 많은 경우의 수를 가질 수 있다는 점에서도 신화나 고소설과는 다르다. 소설『삼국지』의 주인공은 유비 한 명이지만, 온라인 〈진삼국무쌍〉의 주인공은 장비나 관우, 또는 조조나 원소일 수도 있다. 누구를 영웅-주인물 캐릭터로 선택하느냐에 따라 서사는 매번 달라진다. 따라서 신화나 소설의 서사의 완결을 텍스트의 최종 목표로 삼는데 반해 온라인게임은 서사의 완결을 끊임없이 연기하면서 게이머가 항상 새로운 서사를 만들어갈 수 있도록 도와준다. 온라인게임에서의 텍스트의 완결은 캐릭터의 죽음처럼 서사의 종말을 의미한다.

세 번째, 신화와 고소설이 3인칭 관찰자 시점인데 반해, 온라인게임은 1인칭 주인공 시점을 채택하고 있다. 게이머가 게임을 할 때마다 항상 새로운 서사가 만들어질 수 있는 것도 1인칭 주인공으로 직접 서사에 참여하기 때문이다. 1인칭 주인공이므로 게이머는 게임상에서 전지전능한 권력을 행사할 수 있다. 독자가 신화나 고소설의 영웅-주인물에게 느끼는 동일시나 몰입의 강도에 비해 게이머들이 온라인게임의 영웅-주인물에게 느끼는 동일시와 허구적 세계에 몰입의 강도가 훨씬 높은 것도 이 때문이다.

네 번째, 임무의 목적과 성격, 결과에 있어 신화나 고소설의 영웅-주인물이 공공의 이익을 위해 또는 집단의 이데올로기를 재생산해내기 위해 여행을 떠나고 임무를 수행한다면, 온라인게임은 단지 타자들보다 강해지고

자 하는 개인적인 명예욕이 전경화될 뿐이다. 명분을 중시하는 전통적인 영웅-주인물과는 달리 온라인게임의 영웅-주인물은 실리를 추구한다. 신화나 고소설이 창조해낸 허구적 세계가 선과 악의 대립이 뚜렷한 권선징악의 질서가 유효한 이성적인 공간이라면, 온라인게임이 만들어낸 허구적 세계는 '나'와 '나'를 제외한 '너희들'만이 존재하는 경쟁과 대결의 치열한 투쟁 공간이다. 따라서 신화나 고소설의 영웅-주인물이 이미 만들어진 결과라면, 온라인게임의 영웅-주인물은 지금 만들어지고 있는 과정이다.

(3) 영웅서사의 디지털적 변용

기존 서사와의 비교 분석을 통해 영웅서사라는 기존 관습이 온라인게임 서사에서 어떤 방식으로 변용되고 있는지를 요약해보면 다음과 같다.

먼저 온라인게임의 영웅서사에서 영웅은 객체가 아니라 주체로 자리바꿈한다. 영웅-주인공은 그가 아니라 나가 되며, 유저는 독자로서가 아니라 행위자로서 서사 진행에 능동적으로 개입한다. 전통적인 영웅서사물에서 영웅-주인공은 혼자이지만 온라인게임 영웅서사물에서 영웅-주인공은 무수히 많은 불특정 다수이다. 온라인게임의 필드 안에서 만나는 수많은 유저들이 각각 영웅-주인공의 인물 기능을 수행하며, 그들은 동일한 임무수행이나 목표를 놓고 경쟁하거나 협력한다. 전통적인 영웅서사에서 임무 부여자나 조력자, 적대자의 역할은 온라인게임 영웅서사에 오면 NPC가 대신한다.[30] 전통적인 영웅서사에서 임무 부여자, 조력자, 적대자가 고정적이고 확정적인데 반해 온라인게임 영웅서사의 서사 상황에는 수많은 NPC들이 존재하는데 어떤 NPC를 만나느냐에 따라 서사는 자의적이고 임

---

30 NPC는 Non-Player Character의 약자로 몬스터나 상점주인, 마을사람들 등과 같이 유저가 조종할 수 없는 게임상의 캐릭터를 일컫는다.

의적으로 진행된다. 임무 부여자, 조력자, 적대자의 선택은 전적으로 유저의 권리이며, 그 선택에 따라 동일한 필드 안에서 영웅-주인공들은 각각 다른 서사 동선을 소유하고 경험할 수 있다. 서사 동선의 소유 역시 온라인게임 영웅서사만의 독특한 변용이다. 유저는 게임을 즐기다 아무 때고 현실공간으로 빠져나올 수 있는데, 이때 그동안 진행해 왔던 서사 동선은 자동적으로 온라인게임 서버에 저장된다. 다음에 다시 유저가 게임에 접속하였을 때 저장되었던 서사 동선이 불러오기를 통해 자동적으로 호출되고, 서사는 마지막 접속을 마쳤던 바로 그 지점에서 다시 시작된다. 전통적인 영웅서사에서 서사 동선은 독서 과정 중에 독자의 머릿속에 기억으로 저장되었다가 새로 독서를 시작하면 희미하게 복원된다. 그러나 온라인게임은 그 기억을 컴퓨터가 대신 해 줌으로써 완전한 형태의 서사 동선을 아무 때고 복원할 수 있게 되었다. 주체적 행위자로서 서사에 참여하지만, 그 기억을 컴퓨터에 의지함으로써 온라인게임의 서사는 전통적 서사의 아날로그적 기억을 디지털화한 DB로 재구성하는 것이다.

두 번째, 온라인게임 영웅서사의 인물 기능은 임무수행에 집중되어 있다. 낙원탐색은 임무수행과 겹쳐 나타나고, 자아탐색 같은 탐색모티브는 거의 찾아볼 수 없는데, 이는 전통적인 영웅서사를 온라인게임 영웅서사가 이어 쓰고 있는 부분이다. 그러나 그 배경은 사뭇 다르다. 전통적인 영웅서사에서 자아탐색을 찾아보기 힘든 것은 영웅이라는 설정 자체가 초월적이고 전인격적인 존재라는 신화적 믿음에서 비롯된 것이지만, 온라인게임 영웅서사에서는 기술적인 한계와 관련이 있다. 온라인게임의 소스는 패턴과 루프, 반복에 의해 프로그래밍된다. 무수히 많은 경우의 수가 존재하기는 하나 A라는 행동에는 B라는 반응이 이미 구조화되어 있다. 따라서 그 기계적 설정 사이에 갈등이나 불안이 개입해 들어갈 여지가 없으며 영웅-주인공은 A라는 행동을 할 것인가, B라는 행동을 할 것인가를 고민할 수는 있지만, 그 반응을 수정하거나 받아들이기를 거부할 수는 없다. 따라서 그는 자신의 행동에 언제나 확신과 믿음을 갖고 있어야 한다. 그래야만 게임 서사의 진행을 주도적으로 이끌고 나갈 수 있기 때문이다. 자신을 내면을 들어다 본다는 것은 회의와 불안의 소산이다. 전통적인 서사에서 영웅은 회의와 불안 같은 인간적인 약점을 극복하거나 초월하였기에 영웅을 칭호를 부여받을 수 있었다. 온라인게임에서는 그런 영웅의 전통적이고 관습적인 이미지가 놀이의 영역 안에 자리 잡게 됨으로써 자아탐색의 인물 기능이 기술적으로 매끈하게 봉쇄되었다. 놀이를 심각하게 고민하여 즐길 유저는 아무도 없기 때문이다.

세 번째, 임무를 수행하는 데 있어 전통적인 영웅서사가 하나의 임무와 그 수행에 모든 서사를 집중하는데 비해, 온라인게임 영웅서사는 다양한 임무가 준비되어 있고, 하나의 임무가 끝이 나면 다시 새로운 임무가 부여된다. 그리고 그 임무수행은 끝없이 계속 진행된다. 만약 임무수행이 더 이상 이루어지지 않는다면 그 온라인게임은 게임으로서의 존재가치를 상실하게 된다. 온라인게임의 서사는 기실 임무수행의 서사이며, 아무리 어려운 임무라 하더라도 언젠가는 유저에 의해 수행되고야 만다. 따라서 임무가 수행되면 그것으로 서사가 종결되는 전통적인 영웅서사와 달리 온라인게임 영웅서사는 항상 새로운 임무를 마련해 놓아야 한다.[31] 전통적인 영웅서사가 공주를 구하거나 보물을 획득하거나 전쟁에서 승리하는 등의 퀘스트 중심의

---

31 국내 온라인게임 업체들이 주기적으로 업데이트하여 내놓은 '에피소드'는 임무수행의 새로운 버전이라고 할 수 있다. 시간이 경과할수록 유저는 점점 강해지고 그에 따라 게임의 재미도 삭감될 수밖에 없다. 게임의 재미를 지속시켜 유저로 하여금 그 게임에 대한 흥미를 잃지 않게 하기 위해서는 계속 새로운 임무를 부여해야 한다. 그리고 그 임무는 퀘스트의 수행이나 새로운 유니크 아이템의 획득, 물리적 수치의 증가인 레벨업 등 다양한 형태로 부여된다.

임무인데 반해, 온라인게임의 영웅서사는 관습적인 퀘스트 수행에 더하여 레벨업이나 아이템 획득 등의 임무가 양식화되어 새롭게 부여된다. 그리고 이 임무들의 수행을 통해 영웅-주인공에게 주어지는 보상은 강해지는 것이다. 전통적인 영웅서사에서 보상이라는 의미는 공주와의 결혼이나 권력이나 부의 획득 등 권선징악적인 요소를 지니며 곧 서사의 결말을 의미한다. 그러나 온라인게임 영웅서사에서 보상은 결론이 아니라 강해지는 과정에 불과하다.[32] 자신만이 영웅-주인공일 때는 강함을 비교할 대상이 없기에 현재 자신의 수준에 만족할 수 있지만, 온라인게임 영웅서사에서는 수없이 많은 영웅-주인공이 있고, 유저인 나는 항상 그들과 자신을 비교하거나 비교당할 수밖에 없다. 따라서 강해지기 위해서는 임무를 수행하며 하며(그래서 계속 새로운 임무가 부여되어야 하며), 강해지고자 하는 욕망에는 끝이 없고(필드상의 수많은 영웅-주인공들 역시 그 욕망을 위해 서사를 진행하기 때문에) 그 욕망은 결코 이루어질 수 없다(계속 새로운 임무가 부여되기 때문에). 따라서 전통적인 영웅서사와 달리 온라인게임 영웅서사는 완결될 수 없는 것이다.

네 번째, 전통적인 영웅서사가 목적지가 분명한 귀환형 구조라면 온라인게임 영웅서사는 목적지가 없는 미로 구조이다. 목적지가 존재하느냐 존재하지 않느냐는 서사의 완결성에 중요한 영향을 준다. 목적지가 존재한다는 것은 출발지도 역시 존재한다는 것이다. 출발지에서 임무를 부여받고, 그 임무를 수행하기 위해 목적지로 여행을 떠나고 목적지에 도착해 임무를 완수하면 다시 임무가 부여됐던 출발지로 보상을 받기 위해 귀환하는 것이 전통적인 영웅서사의 일반적인 관습이라면, 온라인게임의 영웅서사는 그 전개 방식이 결코 관습적이지 않다. 영웅-주인공은 임무를 부여받고 목적

---

32 퀘스트를 수행하면 금전이나 아이템의 보상이 있고, 유니크 아이템의 착용이나 레벨업을 통해 영웅-주인공은 그런 보상을 받지 못한 다른 유저에 비해 훨씬 더 강해진다.

지로 향한다. 임무를 수행하면 다시 돌아와 그에 따른 보상을 받는다. 다시 새로운 임무를 부여받는다. 떠난다. 그 과정을 반복하면서 점차 강해지면 영웅-주인공은 다시 새로운 임무 부여자를 찾아낸다. 그를 만나 다시 동일한 과정을 반복한다. 강해질수록 영웅-주인공은 거기에 맞는 새로운 임무 부여자를 찾아내야 하고, 임무에 맞는 새로운 목적지로 여행을 떠나야 하고, 이런 과정을 반복하면서 서사는 끝도 없이 진행되는 것이다. 온라인게임 영웅서사에서 정착 구조는 결코 가능하지 않는데, 정착한다는 것은 곧 더 이상 게임을 진행시키지 않겠다는 의미이기 때문이다. 가상세계를 오로지 강해지겠다는 목적 하나로 끊임없이 여행하는 온라인게임의 영웅-주인공은 정착을 거부하는 디지털 노마드의 정체성이 놀이문화와의 결합을 통해 전형적으로 양식화된 것으로 볼 수 있다.

마지막으로 전통적인 영웅서사에서는 주인공의 성별이 서사 진행에 큰 영향을 주지만, 온라인게임 영웅서사에서는 주인공의 성별이 서사에 아무런 영향도 주지 않는다. 전통적인 영웅서사의 주인공은 주로 남성들이었다. 여성들은 남성 영웅에게 부여된 임무의 대상이거나 임무수행의 보상으로 존재하였다. 남성 영웅들은 大義나 正義를 실현시키기 위해 당당하게 주어진 임무를 받아들이지만, 남성 영웅에 비하면 수적으로도 열세인 여성 영웅들은 아버지의 병을 고치거나 사랑하는 남편을 위해 어쩔 수 없이 길을 떠난다. 그리고 임무를 수행하는 방식도 남성 영웅들이 전적으로 자신의 의지와 능력을 통해 완수하는데 비해 여성 영웅들은 남성 조력자의 도움이나 조언을 통해 비로소 완수하게 된다. 임무수행의 동기나 원인이 남성 영웅(大義나 正義를 실현)과 여성 영웅(孝나 愛情)에게 이처럼 다르게 나타나고, 그 과정 역시 차이를 보이는 것은 성별에 따른 편견이 영웅서사의 구조화에 직접적으로 영향을 미쳤기 때문이다. 그러나 온라인게임 영웅서사에서 성별은 유저가 선택해야 할 수없이 많은 선택 사항 중 하나일 뿐이다.[33] 남성을 선택하나 여성을 선택하나 게임의 서사를 진행하는 데는 아무런 차이가 없으며, 강해진다는 목적 또한 두 성별 모두 동일하다. 온라인 공간의 익명성 보장이라는 문화적 배경이 온라인 놀이 문화인 게임에도 삼투되어 들어간 것이다.

2) 온라인게임 영웅서사의 구조적 특징

조셉 캠벨이 정리한 신화의 기본적 이야기 구조는 다음과 같다.

01. 일상적 세계에서 영웅 / 주인공이 소개된다.
02. 영웅이 모험에의 부름을 받는다.
03. 영웅은 그 부름에 대해 망설이거나 두려움을 표현한다.
04. 영웅이 정신적 지도자(mentor)를 만나 지혜와 확신을 얻는다.
05. 영웅이 모험을 시작하고 특별한 세계로 진입한다.
06. 영웅은 시험, 적, 보조자를 통해 특별한 세계의 법칙을 발견한다.
07. 영웅은 실패와 좌절에 부딪힌다.
08. 영웅은 가장 큰 시련(혹은 죽음)에 직면한다.
09. 특별한 세계에서 재탄생한 영웅은 시련의 대가를 보상받는다.
10. 영웅은 특별한 세계를 떠나 귀환한다.
11. 영웅은 새로운 존재로 거듭난다.
12. 출발지로 돌아온 영웅은 그의 전승품을 친구 공동체와 나눈다.

[33] RPG 게임인 〈디아블로〉의 경우에는 아예 직접 자체의 성별이 고정되어 있다. 아마존이나 소서리스를 직업 클래스로 선택한 유저는 본인의 의지와는 무관하게 여성의 성별을 갖고 게임 서사를 진행시켜야 한다. 그러나 남성 직업 클래스인 바바리안이나 팔라딘이나 여성 직업 클래스인 아마존이나 소서리스는 모두 동일한 임무를 수행하고 동일한 보상을 받는다. 성별에 따른 차별이나 불이익은 존재하지 않으며, 오히려 1:1 PK에서 원거리 공격 캐릭터인 여성 직업 클래스가 훨씬 더 유리하기도 하다.

이것을 토대로 캐릭터 중심으로 정리해보면 다음과 같은 같다.

01. 주인공이 그동안 살았던 세계에서 이탈
02. 주인공이 정신적 지도자를 만남
03. 주인공이(조력자와 함께) 특별한 세계로 진입
04. 주인공이 적대자 / 위기상황을 만남
05. 주인공이 시련을 겪으며 임무 완성(통과의례 : initiation)
06. 영웅으로 재탄생한 주인공이 원래의 세계로 귀환

캐릭터 중심 내러티브 구조에서 가장 핵심적인 부분은 주인공의 놀라운 변신이다. 처음에는 일상적 세계에서 보통 사람에 불과했던 주인공이 운명처럼 거대한 임무를 발견하거나 초자연적인 경험을 조금씩 해가면서 자신의 임무를 깨닫는다. 그런 과정을 거치며 주인공은 대단한 임무를 수행할 만한 인물로 변신해야 한다. 그의 이런 변신은 판타지 차원을 끌어들이며, 그 과정에서 정신적 지도자와 조력자가 개입된다. 그런 의미에서 주인공은 고독한 영웅같이 보이면서도 결코 혼자가 아니며, 그를 둘러싼 세계가 그가 영웅의 지위를 획득하게 도와주는 축복받은 캐릭터이다.

결국 주인공은 이야기 시작에서부터 결말에 이르기까지 가장 큰 폭의 변신을 거듭하는 판타지적 존재가 되고, 캐릭터의 초자연적인 변모, 위대한 성취는 진부한 일상에 가위눌린 우리를 매혹시킨다. 지금보다 나은 미래, 답답한 자신의 현실적 한계를 초월하고 싶은 욕망을 갖는다면 신화적 캐릭터가 내러티브상 수행하는 변신 기능이야말로 인류가 집단 무의식 속에서 꿈꿔온 이상의 실현이다.

그러나 온라인게임 서사에서 영웅은 우리가 지금까지 알고 있었던 영웅과는 거리가 먼 반영웅이다.[34] 공공의 이익보다는 개인의 사사로운 욕심을 앞세우고, 임무를 수행하는 목적 역시 경쟁에서 승리하고자 하는 욕망에 충실할 뿐이다. 무조건 착하고 정의로운 관습적인 영웅의 모습과는 달리 마음 내키는대로 행동하며, 어떤 경우에는 동정심이 가득한 선인의 모습을 보이기도 하지만 때때로는 악당보다도 잔혹하게 상대편을 파멸시키기도 한다. 게임상에서 영웅－주인물의 모든 행동은 철저히 자신의 기분과 의지에 좌우된다.

〈리니지1〉에서 플레이어와 플레이어 사이에 PK

---

34 문학의 주인공을 가리켜 영웅이라고 하는 것은 신화나 설화 등을 비롯한 고대의 서사물의 주인공들이 대개의 경우, 범상한 사람보다 뛰어나고 영웅적인 자질을 지녔던 관습적 배경과 밀접한 관련이 있다. 저돌적이고 강하고 용감하고 계략에 능한, 따라서 자신에게 닥치는 모든 난관을 헤치고 나아가는 비상한 정신적, 육체적 능력을 지닌 서사물의 영웅적 주인공들은 근대 사회가 이루어지기 이전까지 인류의 역사와 더불어 매우 오랫동안 사랑을 받아온 인물유형이다. 반영웅적 인물의 등장은 전통적인 가치규범의 상실과 더불어 소설이 추상적이고 공동체적인 가치규범보다는 개개인의 세속적이고 일상화된 경험적 현실을 중시하게 되었다는 사실과 깊은 관련을 맺고 있다. 고대의 영웅적 주인공 대신 끊임없이 주저하고 망설이면서 하찮거나 비열한 혹은 소심하고 무기력한 모습으로 대처하는 새로운 주인공의 유형이 등장하게 된 것이다. 이러한 주인공은 자신에게 다가오는 운명과의 대결에서 실패할 소질이 부여된 인물로서 대개의 경우 문제적 주인공으로 등장한다.

길드워에서 고레벨 캐릭터가 저레벨 캐릭터에게 도움을 주는 장면

앞에 화면은 고렙 캐릭터가 자신보다 약한 캐릭터를 별다른 이유 없이 PK를 하는 모습이고, 위 화면은 고렙 캐릭터가 레벨이 낮은 캐릭터들에게 '택시'[35]라고 하는 선행을 베푸는 모습이다. 두 행위 모두 공공의 이익과는 거리가 멀다. 자신의 삐뚤어진 분노를 타인에게 폭발시키거나, 공명심을 충족시키기 위한 개인적인 희생일 뿐이다. 더구나 '택시'는 저레벨이 원칙적으로 갈 수 없는 존을 고레벨이 데려다줌으로써 게임 자체의 질서를 파괴하는 반서사적 행위이다.

EA코리아의 〈아미오브투(Army of Two)〉는 용병이라는 주인공의 특성을 십분 활용한 안티히어로 게임이다. 주인공은 사설 군사 집단을 막기 위해 돈을 받고 전장에 투입된 용병이다. 돈을 받고 전장에 투입됐기 때문에 선행이나 영웅적 행동과는 거리가 먼 행동을 주로 하며, 심지어 게이머의 안

---

35 온라인게임에서 저레벨이 갈 수 없는 존을 고레벨이 앞장서 몹을 처지해주며 존까지 안전하게 이동시켜주는 행위를 '택시'라고 한다.

녕을 위해 파트너를 적 앞으로 집어던지는 행위도 마다하지 않는다.

이는 플레이어와 함께 다니는 NPC 캐릭터도 마찬가지다. 이 인공지능 캐릭터는 게임을 진행하는 플레이어의 진행 방식 패턴을 배워, 그가 한 행동을 따라해 플레이어를 적진 한가운데로 집어 던지거나 방패로 삼는 행위를 일삼는다.

〈아미오브투〉의 전투 장면

덕분에 게이머들은 영웅적인 플레이보다는 협력자를 경쟁자로 인식해 서로를 깎아 내리는 행동을 보이게 되며, 일반적인 영웅 게임과는 다른 색다른 재미를 경험할 수 있게 된다.

위메이드의 〈찹스온라인〉에 등장하는 괴짜 캐릭터들은 모두 선행과는 거리가 있다. 말썽꾸러기와 고집쟁이, 돈 많은 왕재수 캐릭터까지, 보기만 해도 한 대 쥐어박아주고 싶은 캐릭터들이 등장해 게임 속 세상을 난장판으로 만든다. 특히 큰 얼굴과 짧은 다리, 큰 눈을 가진 이들이 서로에게 토

〈칩스온라인〉의 전투 장면

마토부터 뚫어뻥, 폭탄 등의 무기를 던지는 모습에서 영웅의 모습은 찾아볼 수 없다.[36]

그러나 다른 식으로 접근해보면 온라인게임 서사가 바로 이 같은 반영웅적 행위들을 가능케 해줌으로써 일탈, 파괴, 자아도취라는 지극히 재미있는 서사 경험을 아무런 윤리적, 도덕적 책임감 없이 수행할 수 있도록 부추기고, 이것이 기왕의 서사에서는 경험할 수 없었던 온라인게임 서사만의 또 다른 매력이라고 해석할 수 있다.

온라인게임의 영웅서사가 근본적으로 반영웅(Anti Hero)에 초점이 맞춰져 있다는 것은 영웅서사의 관습적 이야기 구조가 장르의 특성과 맞물려 변형되고 있음을 보여준다.

따라서 조셉 캠벨의 영웅서사 이야기 구조는 온라인게임에서는 다음과 같이 수정되어야 한다.

01. 일상적 세계에서 비일상적 세계로 주인공이 입장한다.
02. 반영웅이 모험에의 초대를 받는다.
03. 반영웅은 그 초대에 대해 흔쾌히 응답한다.
04. 반영웅은 직접 습득한 정보를 통해 스스로에 대한 확신을 갖는다.
05. 반영웅이 모험을 시작하고 특별한 세계로 진입한다.
06. 반영웅은 시험, 적, 보조자를 통해 정보를 습득하고 특별한 세계의 법칙을 발견한다.
07. 반영웅은 실패와 좌절에 부딪힌다.

---

36 『게임동아』(http://www.gamedonga.co.kr/), 2008년 3월 5일자 부분 인용.

08. 반영웅은 가장 큰 시련(게임을 포기하고픈 절망감)에 직면한다.
09. 특별한 세계에서 재탄생한 반영웅은 시련의 대가를 보상받는다.
10. 반영웅은 특별한 세계를 떠나 귀환한다.
11. 반영웅은 강한 존재로 거듭난다.
12. 반영웅은 자신보다 더 강한 존재가 있음을 실감한다.
13. 출발지로 돌아온 반영웅은 다시 여행을 준비한다.

온라인게임의 반영웅적 속성은 시대를 막론하고 스토리텔링의 출발점이 욕망에서 비롯되어 왔음을 염두에 두어보면 충분히 이해될 수 있다. 전통적인 영웅서사에서 독자는 관전자에 위치에 머무를 수밖에 없고 이 때문에 영웅의 모험과 성공은 현실에서 이룰 수 없는 꿈에 대한 대리만족의 효과만은 가져다주었다. 독자의 욕망은 영웅을 통한 조화로운 세계, 질서의 유지, 해피엔딩이라는 영웅서사의 관습에서 결코 자유로울 수 없다.

그러나 온라인게임은 행위자로 직접 참여하게 됨으로써 영웅이 이미 만들어 놓은 완벽한 세계의 구경꾼이 아니라 스스로 세계를 창조하는 창조주로서의 우월감을 경험하게 된다. 남이 만들어 놓은 세계는 윤리적, 도덕적 잣대로 평가할 수 있지만 자신이 만들어 나가는 세계는 그 누구도 윤리적, 도덕적 잣대를 가져다 댈 수 없다. 온라인게임 서사는 반영웅-주인물을 중심으로 조직화된 지극히 개인적이며 동시에 중층적인 욕망의 서사이기 때문이다.

Chapter ❼ 온라인게임 서사의 제 문제

1. 작가와 독자의 문제

정보화사회에서 서사는 소통 공간(인터넷)의 특성상 텍스트의 완성이 끊임없이 연기되고 미루어진다. 텍스트는 완결될 수 없으며 누군가에 의해 이어 쓰이고 고쳐 쓰일 수 있는 현재진행형일 뿐이다.[1] 따라서 이 새로운 서사 방식에 학적으로 접근하기 위해서는 결과가 아니라 행위에 주목하여야 한다. 서사가 '만들어진 것'이 아니라 '만들어지고 있는' 또는 '만들어가고 있는' 과정 중의 한 단계에 위치하고 있을 때 서사에 대한 전통적인 시각(특히 작가의 문제)은 이제 더 이상 유효할 수 없다. 텍스트가 완결되지 않는다면 작가의 지위와 역할은 약화될 수밖에 없기 때문이다.

사이버 서사는 문학의 탄생 이후 견고하게 유지되어 왔던 작가와 독자,

---

[1] 컴퓨터와 인터넷으로 인해 가능해진 새로운 서사는 물적 도구인 컴퓨터와 소통 공간인 인터넷 중 어디에 중심을 두느냐에 따라 디지털서사와 사이버 서사로 용어를 나누어 볼 수 있다. 서사의 표현 방식에 주목한다면 디지털서사라는 용어를, 서사의 소통 공간에 착안한다면 사이버 서사라는 용어를 선택할 수 있다. 이 장에서는 소통 공간을 중심으로 논의를 전개해나가기에 사이버 서사라는 용어를 사용코자 한다.

텍스트라는 삼각형을 급속토록 붕괴시키고 있다. 특히 작가는 전통적인 맥락에서의 역할 대부분을 독자에게 넘기게 되었고 대신 새로운 지위와 역할을 획득하였다. 컴퓨터와 인터넷의 지속적이면서 급속한 발전은 서사의 영역을 확장시키고 방식을 변화시키고 있지만 상대적으로 사이버 서사에 대한 학적인 논의는 미약하다. 이는 사이버 서사를 서사학의 대상 텍스트로 삼기에 아직 우리의 미학적 판단이 전통적인 가치 안에서 자유롭지 못하기 때문이다. 사이버 서사를 서사학의 한 영역으로 수용한다면 우리는 작가의 지위와 역할이 이전의 그것과는 다를 수밖에 없음도 아울러 인정해야 한다.[2]

이 절에서는 앞으로 진행될 사이버 서사에서의 작가성에 대한 서사학적 논의를 위한 기본 토대를 마련해보고자 한다. 사이버 서사에서의 작가에 대한 논의를 진행시키기 위해서는 무엇보다도 다음 세 가지 문제 제기에 대한 논의가 선행되어야 할 것이다. 첫째, 사이버 서사에서 작가란 존재하는가? 둘째, 사이버 서사에서 작가―독자의 관계는 활자 텍스트에서의 작가―독자의 관계와 어떻게 다른가? 셋째, 사이버 서사에서 작가는 어떤 역할을 수행하는가이다.

필자는 이 세 가지 문제 제기를 염두에 두고 먼저 서사와 매체의 상관성을 통해 작가의 위치가 왜 약화될 수밖에 없는지를 살펴보고, 다음으로 사이버 서사의 영역과 특징은 무엇인지, 마지막으로 사이버 서사의 한 행위물인 온라인게임을 작가의 역할이라는 측면에서 분석해 보고자 한다.

---

2 사이버 서사를 서사학의 한 영역으로 인정하느냐의 문제는 앞으로 주요한 논쟁거리가 될 것이다. 작가와 독자, 텍스트에 대한 전통적인 시각을 포기하지 않는다면 결코 우리는 사이버 서사를 서사학의 한 영역으로 받아들일 수 없기 때문이다.

1) 서사와 매체의 상관성

정보화사회에서 서사의 근본적인 변화는 컴퓨터와 인터넷이라는 새로운 매체의 등장으로 인해 구체화되고 있다. 서사와 매체의 관계는 여러 가지 각도에서 그 영향 관계를 살펴볼 수 있다. 먼저 매체는 서사의 기본 단위인 스토리와 플롯의 구성에 영향을 미친다. 활자 텍스트에서 스토리와 플롯은 이미 작가에 의해 선택되어 문자로 고정되었다. 스토리와 플롯의 구성에 대한 권리는 전적으로 작가에게 있었으며 그 권리에 대한 신성불가침이 작가의 권위를 만들어 주었다. 독자는 작가가 창조해낸 세계를 작가가 선택한 스토리와 플롯에 의지해 탐색할 뿐이었다. 그리고 그것이 가능할 수 있었던 것은 책이라고 하는 매체의 완결성과 폐쇄성과 작가성 때문이다. 자본주의 시대 문학의 매체가 책이었다면, 정보화사회는 서사물의 새로운 매체로 인터넷을 탄생시켰다. 인터넷은 실시간성, 쌍방향성, 익명성, 비대인적인 매체이며 무엇보다도 그 자체가 거대한 하이퍼텍스트이다. 하이퍼텍스트는 서사의 진행을 전적으로 독자의 선택에 의지한다. 선택되지 못하면 그 순간 서사는 끝이 난다. 책의 서사가 작가의 일방적인 강요에 의해서 가능해진다면 사이버 서사는 독자의 자의적인 선택에 의해서만 가능하다. 페이지를 넘기는 행위는 무의식적이지만, 마우스를 클릭하는 행위는 의식적이다. 따라서 스토리와 플롯은 독자가 무엇을 선택하느냐에 따라 다양한 경우의 수로 분열된다. 작가는 선택의 수를 만들어줄 수 있을 뿐 선택의 동선에 개입할 수는 없다. 사이버 서사에서 스토리와 플롯은 인과적으로 연결된 단일한 동선 위에 위치해 있지 못하고, 무수히 쪼개진 채 텍스트 위를 부유한다. 전통적인 서사에서의 독서 행위가 작가에 의해 유도되는 선형(線形)이라면 사이버 서사는 독자의 선택에 의해서만 독서 경험의 동선이 진행되며 그 과정은 선형적(扇形的)이다. 전통적인 서사에서 작가는 스토리와 플롯을 만들어냈고 그것을 조직해 내었지만 사이버 서사에서 작가는 만들어 낼 수 있을 뿐 텍스트 내에서 의미를 갖고 있게끔 유기적으로 조직해 내는 것은 독자의 몫이 되었다.

매체는 서사물에 대한 접근 방식에도 영향을 준다. 활자 텍스트는 서사물에 대한 독자의 접근을 읽기 그 이상 허용하지 않았다. 활자는 이미 고정된 것이고 불변한 것이며 신성한 것이었다. 그러나 활자 텍스트를 밀어내고 정보화사회에 등장한 디지털 텍스트는 텍스트의 개방성과 수정가능성으로 인해 독자를 단순히 읽는 자가 아니라 텍스트의 창작 과정에 참여하고 스스로 서사를 만들어갈 수도 있도록 유도한다.[3] 또한 사이버 서사에서 독자는 읽는 자뿐만 아니라 보는 자이다. 책은 흑백이며 본문의 활자체와 글자 크기는 텍스트 내내 고정되어 있다. 그러나 인터넷은 다양한 활자체를 원하는 크기로 컬러플한 화면 위에 임의로 배치할 수 있다. 문자 자체도 이미지화되면서 우리는 '읽는다'고 느끼면서 실제로는 '보고' 있다. 사이버 서사에서의 독자는 초독자(超讀者)이며 시독자(視讀者)인 것이다.

마지막으로 매체는 텍스트와의 상호작용 과정에서 작가와 독자의 주체성에 영향을 준다. 활자 텍스트의 독서 과정은 독자라는 주체가 텍스트를 매개로 하여 작가라는 타자와 소통하는 행위이다. 주체와 타자 사이에는 엄격한 구분이 존재하며 그 구분은 읽는 자와 쓰는 자라는 고정된 역할에서 비롯되었다. 엄격한 구분 덕분에 독자는 주체성을 가지고 텍스트를 바라볼 수 있었다. 책을 읽는다는 행위를 통해 독자는 자신과 작가 사이에 분

---

3 수동적인 독자가 아니라 능동적인 독자, 읽는 독자가 아니라 참여하는 독자, 서사를 해석하는 독자가 아니라 서사를 만들어나가는 독자라는 의미에서 새롭게 등장한 독자형을 초독자라 명명할 수 있다. 초독자에 관해서는 필자의 「정보화사회 새로운 문학패러다임 연구」, 한남대학교 국어국문학과 박사학위논문 2000을 참조할 수 있다.

명한 시공간적 거리가 존재한다는 것을 깨닫게 된다. 책을 쓴 시공간과 책을 읽는 시공간 사이에는 거리가 있으며, 이 거리는 읽는 자와 쓰는 자의 구분을 더욱 명확하게 해 준다. 독자는 자신이 읽고 있는 텍스트가 작가의 손을 벗어나 오로지 자신의 영역 안에 놓여 있으며, 다시 작가에게 되돌아갈 수 없음을 알고 있다. 쓰는 자인 작가에게 되돌아갈 수 없음으로 해서 텍스트는 고정적이며 확정적이며 완결형이 된다. 텍스트와 작가 사이에 거리가 있음으로 해서 오히려 작가의 권리는 더욱 견고해진 것이다. 따라서 책은 읽는 자로서의 독자의 주체성과 쓰는 자로서의 작가의 주체성을 서로 충돌시키지 않은 채 일정한 거리를 독서 과정 내내 유지시킨다. 그러나 사이버 서사물에서 작가와 독자와 텍스트의 거리는 시공간적으로 아무 의미가 없다. 책이 출판되어 나왔을 때 작가는 비로소 자신이 작가가 된 것을 실감하게 되지만, 사이버 서사물에서는 작가가 자신의 창작물을 인터넷상에 올렸을 때 그것은 작가의 손을 떠나 독자에게 간 것이 아니라 작가 자신이 독자가 되었음을 의미하는 것이다. 전통적인 서사물에서는 글쓰기와 글읽기가 별도의 현실공간에서 개인적인 행위로 이루어지는데 비해 사이버 서사물은 그것이 인터넷이라는 공공의 영역 안에서 집단적인 행위로 이루어진다. 시독자인 '나'가 인터넷에 올려진 서사물을 경험하는 그 순간, 서사물의 스토리와 플롯을 조직해 내는 선택은 각기 다르겠지만, 동일한 서사물을 경험하는 무수히 많은 시독자가 같은 시공간에 존재하고 있다. 그리고 그 시독자 중에는 작가도 포함된다. 작가는 인터넷에 접속하는 그 순간부터 작가의 주체성을 상실하게 되는 것이다. 사이버 서사물에서 텍스트는 작가에게 되돌아갈 수 있다. 작가가 원한다면 올려진 텍스트를 수정할 수도 있고 보완할 수도 있고 삭제할 수도 있다. '쓰인 것'이라는 과거완료형이 아니라 '쓰이고 있는' 현재진행형으로, 그리고 누구에게나 수정과 보완의 가능성이 열려 있는 개방형으로 사이버 서사물이 존재함으로 해서 텍스트와 작가, 독자 사이의 분명하고 엄격한 거리는 유지되지 못하며 이로 인해 작가의 주체성은 훼손될 수밖에 없는 것이다.

작가의 천부적인 권리라 여겨졌던 스토리와 플롯의 유기적인 조직이 독자의 선택으로만 가능해지고, 작가와 독자의 구분이 모호해지며, 완료형이 아니라 진행형의 텍스트로 사이버 서사는 존재한다. 이는 인터넷이라는 매체가 갖고 있는 공간적 특징이 고스란히 그 안에서 탄생한 서사 텍스트에 미친 영향의 결과이다. 사이버 서사물들은 비록 사용된 기술은 다르지만 서사물로서의 특징은 공유하고 있다. 사이버 서사물의 특징을 간략하게 목록화해 보면 다음과 같다.

> 01. 사이버 서사는 비순차적이며 임의적이다.
> 02. 사이버 서사는 도전적이고 실험적이다.
> 03. 사이버 서사는 능동적이고 참여적이다.
> 04. 사이버 서사는 선택적이며 진행형이다
> 05. 사이버 서사는 기술선도형이며 탈장르적이다.

이제 사이버 서사물의 하위 장르 중 하나인 온라인게임 서사물을 작가의 지위와 역할이라는 측면에서 분석해 보자.

2) 온라인게임 〈디아블로2〉 분석

우리 인간은 새로운 언어를 통하여 우리의 의식 세계를 부단히 확장시켜

왔다. 마찬가지로 새로운 전자 매체도 서사물의 세계를 무한히 확장시켜 나갈 것이다. 서사물을 하나의 의사소통으로 보든, 또는 가상세계로 보든 전시대에서는 감히 상상하기 어려운 문제들이다. 그러나 새로운 매체는 새로운 사유 체계를 하게끔 우리에게 영향을 미친다. 가상현실은 분명히 우리에게 엄청난 상상력을 가져다 줄 것이며 전자 매체 시대의 서사물에 새로운 전기를 마련해 줄 것이다. 가상현실의 세계에 살고 있는 우리는 가상현실을 가장 잘 서술할 수 있는 서사물을 창작해내야 한다.[4] 그리고 가상현실을 가장 잘 표현해낼 수 있는 서사물이 바로 온라인게임 서사물이다. 게임은 그 자체가 가상현실이며, 그런 게임을 가상현실인 인터넷상에서 즐길 수 있기 때문이다.

온라인게임 서사물은 크게 세 가지로 나눌 수 있다. 먼저 문자 텍스트 방식의 머드게임(MUD), PC용 게임의 온라인 버전인 배틀넷 게임(BATTLENET), 그리고 순수 온라인게임인 머그게임(MUG)이다. 머드는 1990년대 중반 국내에 처음 소개되어 4~5년 동안 폭발적인 인기를 끌었던 게임 장르이다. 머드는 'Multi User Dungeon'의 약자로 다수의 플레이어가 동일한 공간 안에서 성장(레벨업)을 목적으로 하여 이미 만들어진 괴물(몹)들과 전투를 하거나 아이템을 구하는 역할분담(롤플레잉)게임이다. 초기에는 대단한 인기를 끌었지만 문자 텍스트 위주의 게임 환경과 동시 접속자 수의 제한 때문에 최근에는 이용자 수가 현저하게 줄어들고 있는 추세이다.[5] 배틀넷 게임은 미국의 게임업체인 블리자드사가 〈스타크래프트〉라는 전략시뮬레이션 게임을 PC용으로 출시하면서 이용자들의 재미를 증대하기 위해 배틀넷이라는 자체 서버를 통해 이용자들간의 실시간 전투를 가능하게 하면서부

---

4 김병욱, 「매체의 변별성에 따른 서사의 변용 양상」, 『내러티브』 제4호, 2001, 22면.
5 국내의 대표적인 머드게임으로는 〈쥬라기 공원〉과 〈강호무림〉, 〈무림크래프트〉 등이 있다.

터 시작되었다. 이후 배틀넷은 실시간 온라인게임의 고유명사가 돼버렸고, 최근 출시되고 있는 대부분의 PC게임은 자체적으로 배틀넷 서버를 운용하고 있다. 컴퓨터와 즐기던 게임을 다른 플레이어와 실시간으로 대결을 벌일 수 있다는 점에서 게이머들의 열광적인 지지를 받고 있다. 머그 게임은 'Multi User Grapic'의 약자로 문자 위주의 머드게임이 그래픽 위주로 발전한 것이다. 세계적으로는 울티마 온라인이 있고, 국내에서는 〈리니지〉와 〈바람의 나라〉, 〈뮤〉 등이 대표적인 머그 게임이다. 특히 〈리니지〉는 전 세계적으로 350만 명에 달하는 월 접속자와 30만 명의 동시 접속자를 보유하고 있으며, 중독성으로 인해 최근 들어 심각한 사회문제로까지 확산되고 있는 게임이다.

서사물이라는 측면에서 보면 세 게임 장르 모두 일정한 스토리와 플롯을 갖고 있다. 특히 머드와 머그는 문학적인 서사를 근간으로 하여 스토리가 형성되는데 〈강호무림〉이라는 머드는 무협소설의 서사를 고스란히 차용한 것이고, 〈리니지〉는 서구 판타지소설의 서사를 게임화한 것이다. 배틀넷 게임도 마찬가지로 문학적인 서사를 담고 있는데 그 영역이 무협이나 판타지뿐만 아니라 전쟁, 연애, 역사 등 다양하다. 게임의 스토리는 중심 서사의 역할을 수행하며 그것을 밑그림으로 플레이어들은 세부 서사를 독자적으로 만들어낸다. 따라서 플롯은 고정된 것이 아니며 동일한 스토리 라인 위에서도 플레이어들에 의해 다양한 방식으로 변용된다. 머드와 머그는 성장 위주의 플레이 방식이기 때문에 게임의 엔딩이 가능하지 않으며 이 때문에 서사는 항상 열려 있고 끊임없이 앞으로 진행된다. 배틀넷 게임 역시 주어진 목표를 완수했다 하더라도 항상 다른 플레이어들과 다른 공간에서 게임을 다시 할 수 있기 때문에 서사가 언제나 현재형이다.

이 절에서 분석해 볼 게임은 〈디아블로2〉라는 배틀넷 게임이다. 블리자드사가 2000년에 발표한 롤플레잉 게임인 〈디아블로2〉는 출시 11개월만에 국내에서만 100만 장이 넘게 팔렸으며, 이는 전 세계 〈디아블로2〉 판매량의 3분의 1에 해당하는 엄청난 수치이다. 〈디아블로2〉를 대상 텍스트로 선정한 이유는 국내에서 가장 많이 팔린 게임이며, 현재 배틀넷 게임 중에서 동시 접속자 수 1위를 기록하고 있으며,[6] 온라인게임 서사에서 가장 큰 비중을 차지하고 있는 판타지 롤플레잉 게임이라는 점 때문이다.[7]

온라인게임 서사는 게임을 시작하기 전에 이미 주어져 있는 게임 외부 서사와 플레이어가 게임을 진행시켜 나가면서 NPC[8]와의 대화나 특정 공간에 들어갔을 때 자동으로 부여받는 임무를 통해 시작되는 게임 내부 서사로 나눌 수 있고, 게임 내부 서사는 다시 서사에 고정되어 있는 중심 서사와 플레이어에 의해 능동적이고 임의적으로 형성되는 세부 서사로 나눌 수 있다. 먼저 〈디아블로2〉의 게임 외부 서사를 알아보자. 〈디아블로2〉의 게임 외부 서사는 총 11개의 에피소드로 이루어져 있다.[9]

---

6 2002년 11월 기준으로 〈디아블로2〉의 일일 평균 동시 접속자수는 2만 명 내외이다. 게임이 출시된 지 3년이 지났다는 것을 상기해보면 여전히 엄청난 인기를 누리고 있음을 알 수 있다.

7 롤플레잉(Role Playing)게임을 번역하면 역할 수행 게임이라고 해석할 수 있다. 플레이어는 게임 속의 주인공 역할을 맡아 해당 캐릭터의 특성에 맞는 역할을 수행해야 한다. 어드벤처와 비슷한 이야기 흐름을 가지고 있지만 롤 플레잉에서는 자신이 선택한 특징 있는 주인공의 능력을 게임을 진행하면서 발전시켜 나가는 성장의 게임이라는 부분이 다르다. 초기에는 힘도 없고 마법력이 약한 소년(소녀)으로 시작하여 전투나 훈련, 임무수행 등을 통해 점점 더 강력한 힘을 얻게 되고 새로운 능력들도 얻어 나가게 된다. 울티마 시리즈, 디아블로, 발더스 게이트, 마이트 앤 매직 시리즈, 창세기전 시리즈 등이 롤 플레잉 장르의 명작들로 손꼽힌다.

8 NPC(Non-Player Characters)는 게임 내에 존재하는 고정된 캐릭터를 통칭한다. NPC는 주로 모험을 떠나기 전 플레이어가 머무는 마을에 존재하는데, 플레이어는 NPC와의 대화를 통해 정보를 얻거나 임무를 부여받는다.

9 이 11개의 에피소드는 〈디아블로2〉의 사용자 매뉴얼과 블리자드사의 홈페이지를 통해 얻은 정보를 배열해 놓은 것이다.

The Great Conflict ·························· 대충돌
The Sin War ································· 죄악의 전쟁
The Dark Exile ······························ 어둠 속의 추방
The Demon of The Three ············· 세 명의 위대한 악마들
The Binding of The Three ············ 세 개의 봉인
The Lands of Khanduras ············· 칸두라스의 땅
The Awakening ···························· 깨어남
The Darkening of Tristram ·········· 트리스트람의 어둠
The Fall of Black King ··············· 암흑왕의 몰락
The Reign of Diablo ·················· 디아블로의 통치
Fall of Diablo ···························· 디아블로의 몰락

각 에피소드들의 제목을 보면 알 수 있듯이 〈디아블로2〉의 게임 외부 서사는 전통적인 판타지소설의 서사와 닮아 있다. 이야기의 진행이 순차적으로 이루어진 기승전결의 구조를 가지고 있으며, 등장하는 캐릭터와 아이템, 마법 역시 북구 유럽의 신화와 톨킨의 판타지소설에서 일정 부분 차용하였다. 〈디아블로2〉의 문학적인 요소는 서사의 도입부라 할 수 있는 'The Great Conflict / 대충돌'의 에피소드를 살펴보면 확연히 드러난다.

태초 이래로 질서와 혼돈의 세력은 모든 창조물의 운명을 결정짓는 주도권을 차지하기 위해 끝없는 투쟁을 전개해 왔다. 이러한 투쟁은 마침내 치명적인 영역에 이르렀다. 인간도 악마도 천사도 어떠한 존재도 상처입을 수밖에 없게 될 것이다.

3대 지옥의 주신 중 가장 젊은 공포의 신 디아블로는 오랫동안 잠들어 있던 어두운 지하로부터 깨어났다. 동부의 모래 속에 유배되어 있는 그의 형제 메피스토(Mephisto)와 바알(Baal)을 구출해내기 위해 거대한 음모를 실행에

옮기며 디아블로는 서부의 작은 왕국인 칸두라스(Khanduras)를 지배하게 되었다. 트리스트람(Tristram)의 지하에 위치한 고대 무덤 깊숙한 곳에서 활동을 전개한 디아블로는 공포와 망상증에 사로잡힌 트리스트람 주민들에게 막강한 영향력을 행사하기 시작했다.

결국 칸두라스의 선한 왕인 레오릭마저 디아블로의 사악한 힘 앞에 무릎을 꿇게 되자 한 고독한 영웅이 그 땅을 뒤덮었던 어둠에 대항하기 위해 홀로 일어섰다. 트리스트람의 지하에 있는 지옥과 같은 미로를 빠져나온 무명의 영웅은 마침내 공포의 신인 디아블로와 직접 맞서게 되었다.

디아블로의 사악한 영혼은 절대로 파괴될 수 없다는 사실을 정확히 알고 있던 영웅은 가장 고귀한 희생을 한다. 자신의 영혼과 건전한 몸을 포기하며 그 영웅은 자신의 강한 의지가 악마를 사로잡아둘 수 있기를 기원하며 디아블로의 영혼을 직접 자신의 내면세계로 끌어들였다. <u>하지만 이 영웅은 자신의 사심없는 행동이 디아블로의 승리를 보장할 뿐만 아니라 영원히 자신의 영혼을 파멸시키리라는 사실을 몰랐던 것이다.</u>

마치 판타지소설의 첫 부분을 요약해서 읽는 듯한 이 에피소드에서 우리는 전통적인 서사물에서 볼 수 있는 작가의 목소리를 발견하게 된다. 밑줄 친 인용문에서 보듯 디아블로와 맞서 싸운 영웅의 운명은 이미 작가에 의해 사전 제시되어 있다. 맨 마지막 에피소드인 'Fall of Diablo / 디아블로의 몰락'에서 영웅은 디아블로를 봉인하여 자신의 육체 안에 가둔 채 동방으로 여행을 떠난다. 그리고 바로 여기서부터 게임 내부 서사가 시작된다. 게임은 마을에서 시작된다. 플레이어는 마을의 NPC와의 대화를 통해 다시 악마들이 활개를 치기 시작했으며, 디아블로가 부활했다는 소문을 전해 듣는다. 그가 안전한 마을을 빠져나와 적대적인 낯선 세계에 첫 발을 내딛는 순간 혼란에 빠진 세상을 구할 영웅이 되기 위한 모험이 시작된다. 몬스터를 사냥하며 레벨업을 하고 아이템을 습득하여 좀 더 강력한 능력을 지닌

장비를 구하고 주어진 임무를 수행하면서 서사를 진행시켜 나가는 플레이어는 ACT2에서 동방으로 여행을 떠난 영웅의 운명을 알게 된다.[10] 자신의 육체 안에 가둬둔 디아블로의 강력한 악마적인 힘을 감당하지 못한 영웅은 결국 디아블로에 의해 조정되는 적대자로 변하여 플레이어와 맞서게 된다. 게임 외부 서사와 게임 내부 중심 서사가 만나는 이 같은 접점은 〈디아블로2〉의 게임 내부 서사 곳곳에서 발견된다. 게임 내부 서사가 작가가 창조해낸 게임 외부 서사와 밀접한 연결고리를 갖게 되면서 중심 서사가 만들어지며, 중심 서사의 존재로 인해 게임 서사물에서의 작가의 존재가 확인되지만, 플레이어는 작가의 존재를 깨닫지 못한다. 그 접점이 작가에 의해 치밀하게 계산된 서사라고 생각하기보다는 자신의 탐색에 의해 스스로 발견한 것으로 인식하기 때문이다. 전통적인 서사물에서 작가는 텍스트의 서사를 창조해 낸 신적인 존재지만, 온라인게임 서사물에서 작가는 서사 진행의 중간 중간 이정표를 세워 플레이어를 다음 서사로 이동하게끔 유도해 줄 뿐 직접적인 관여는 할 수 없다. 이것은 온라인게임 서사물에서 서사 진행이 전적으로 플레이어의 선택에 의지하기 때문이다.

게임 내부 서사를 시작하기 위해서는 먼저 모험을 떠날 캐릭터를 선택하여야 한다. 〈디아블로2〉에는 바바리안·아마존·소서리스·팔라딘·네크로맨서·어세신·드루이드 등 모두 7개의 캐릭터가 있다. 각각의 캐릭터는 특징이 아주 분명하다. 단지 그래픽상의 외모와 사용하는 기술이 다른 것뿐만 아니라 어떤 캐릭터를 선택하느냐에 따라 게임의 재미까지도 영향을 준다. 몸싸움을 즐기기 위해서는 접근전에 강한 바바리안이, 화려한 게임을 위해선 다양한 마법을 구사하는 소서리스를, 강인한 여성을 바란다면

---

10 〈디아블로2〉는 총 다섯 개의 ACT로 이루어져 있으며, 최종 몬스터 몹과의 전투에서 승리하면 다음 ACT로 자동적으로 넘어간다.

활을 통한 원거리 공격에 능한 아마존을 선택할 수 있다. 게다가 같은 캐릭터라도 플레이어의 임의적인 스킬 배분에 따라 완전히 다른 캐릭터로 성장한다. 바바리안이라 할지라도 칼을 주무기로 사용할 때와 창을 사용할 때, 망치를 사용할 때, 스킬과 능력치 배분이 달라지며, 아이템 또한 무기의 성격과 플레이어의 개성에 따라 제각각이다. 이 때문에 같은 캐릭터일지라도 플레이어의 세부 서사는 결코 동일할 수 없다.

캐릭터를 선택하고 게임을 시작하면 그때부터 서사가 시작되는데 서사의 진행은 NPC와 대화를 나누거나 적대적인 몹과의 전투, 다른 플레이어와의 동맹과 아이템 거래 같은 능동적인 상호작용을 통해서만 가능하다. 작가는 NPC와 몹과 아이템을 만들어 내었지만 그것과의 상호작용을 결정하는

〈디아블로2〉의 일곱 캐릭터

것은 플레이어이다. 전통적인 서사물에서 독자와 텍스트 사이의 상호작용은 독서라고 하는 의식적인 과정 안에서 이루어지지만, 온라인게임 서사물에서의 상호작용은 선택이라는 행위의 과정을 통해 임무수행이나 아이템 획득 등의 결과(물)로 구체화된다. 전통적인 서사물에서 독자는 텍스트 외부에서 독서를 시작할 것인가 중단할 것인가 정도밖에 선택할 수 없으며 이 선택은 서사의 진행에 아무런 영향을 주지 않지만, 온라인게임 서사물에서는 플레이어가 어떤 선택을 하느냐가 세부 서사의 진행에 커다란 영향을 미친다. 플레이어와 서사물 사이의 능동적인 상호작용으로 인해 온라인게임 서사물에서 작가라는 존재는 서사를 이끌고 나가는 권한을 플레이어에게 넘겨주게 되었다.

〈디아블로2〉에는 난이도에 따라 노말, 나이트메어, 헬의 세 가지 모드로 구분된다. 세 모드 모두 마을에서 시작하여 바알이라는 최종 몹을 상대해야 한다는 점에서는 동일하지만, 플레이어와의 상호작용의 양상은 사뭇 다르다. 난이도가 높아짐에 따라 플레이어가 상대해야 할 몹도 그만큼 강해지고 몹이 강해지는 만큼 구할 수 있는 아이템의 종류도 변화한다. 고급 아이템을 구하기 위해서는 난이도가 가장 높은 헬에서 플레이해야 하며 헬의 서사는 나이트메어에서 마지막 임무인 바알과의 전투에서 승리해야만 경험할 수 있다. 난이도를 만든 것은 작가지만 이 역시 선택은 플레이어의 몫이다.

온라인게임 서사물에서 작가라는 존재의 희미함은 동일한 서사 공간에서 각기 다른 주체성을 갖고 있는 플레이어가 실시간으로 게임을 함께 진행시킬 수 있다는 점에서 극대화된다. 전통적인 서사물에서 독자는 서사 공간 안으로 뛰어들 수는 있지만 단지 텍스트를 해석하는 그림자에 불과하다. 해석의 과정 내내 독자는 작가의 존재감을 무겁게 느낄 수밖에 없다. 독서 과정 중에 생각은 할 수 있지만 서사를 변형시키는 어떠한 행동도 할 수 없고 다른 독자를 만날 수도 없다. 그러나 온라인게임 서사물의 서사 공간은 플레이어가 직접 행동으로 개입하며 다른 플레이어와 만나 함께 서사를 진행하고 변형시킬 수 있다. 혼자가 아니라 여럿이 서사를 구성해나갈 때 작가는 그 존재감이 플레이어들에게 인식되지 못하는, 서사 공간을 떠도는 그림자에 불과하다.

〈디아블로2〉의 작가가 만들어 놓은 게임 내부 중심 서사는 헬 모드에서 바

최종 보스몬스터 바알과의 전투

알과의 전투에서 승리하면 끝이 난다. 악마는 퇴치되었고 세계는 다시 평화를 찾았으며, 주인공은 영웅의 지위를 획득하였다. 그러나 플레이어들은 여기서 서사를 멈추지 않는다. 그들의 목적은 바알을 물리쳐서 세상을 구원하는 것이 아니라 스스로를 성장시켜 강하게 만드는 것이기 때문이다. 다른 플레이어와의 경쟁에서 승리하고 희귀한 아이템을 수집하려는 플레이어들의 욕망은 바알을 물리치는 임무가 완수된 이후에도 여전히 그들을 서사 공간 안에 잡아둔다. 바알 퇴치의 임무가 완수되면 그동안 희미하게나마 서사 공간을 떠돌았던 작가의 그림자는 완벽하게 사라진다. 이제 남은 것은 오로지 플레이어의 욕망뿐이며, 그 욕망이 타자의 시선 안에 놓여 있는 한 결코 충족될 수 없기에, 〈디아블로2〉의 서사는 끝이 나지 않은 채 지금 이 시간에도 여전히 진행 중이다.

3) 온라인게임 서사물에서의 작가의 지위와 역할

〈디아블로2〉에 대한 서사 분석을 통해 도출해낼 수 있는 온라인게임 서사물에서의 작가의 위치와 역할을 정리해보면 다음과 같다.

먼저 온라인게임 서사물에서 작가는 서사의 기본 프레임을 짜는 설계자로서 존재한다. 그는 게임 외부 서사와 게임 내부 중심 서사를 만들어 내지만 그 존재감이 전통적인 서사물에 비해 미약하다. 플레이어들은 자신의 선택에 의지해 서사 공간을 탐색해 나가며, 선택의 권력에 도취되어 작가의 존재감을 느끼지 못한다. 탐색의 과정 중에 만나게 되는 중심 서사는 게임 내부 서사에서 유일하게 작가가 관여하는 부분이지만, 그조차도 플레이어에게는 세부 서사의 한 과정으로 인식될 뿐이다. 작가의 지위는 서사 전체의 기본 골격을 구성하는 설계자이지만, 실제로 서사를 만들어나가는 책임은 플레이어에게 있으며, 작가의 설계는 플레이어의 선택에 의해 임의로 해석되거나 변형될 수 있다.

둘째, 작가의 역할은 플레이어가 좀 더 많은 선택을 할 수 있도록 서사의 밑그림을 그리는 것이다. 온라인게임 서사물에서 훌륭한 작가란 플레이어가 오로지 자신의 의지와 선택에 의해서 서사 탐색이 가능했다고(가능하다고) 확신하게끔, 스스로의 존재를 얼마만큼 지울 수 있느냐에 달려 있다. 전통적인 서사물에서 작가가 스토리와 플롯의 유기적인 결합을 통해 서사를 완성시켰다면, 온라인 서사물의 작가는 오히려 서사의 완성을 연기시키고 미루도록 하는 데 그 역할이 있다.

셋째, 작가는 서사물을 끊임없이 수정하고 보완해야 할 책임을 안고 있다. 이것은 전통적인 서사물에서는 찾아볼 수 없는 온라인게임 서사물만의 특징이다. 작가는 패치(patch)를 통해 각종 버그를 퇴치하고 게임의 흥미를 배가할 수 있도록 선택의 경우의 수(아이템이나 임무 등)를 확장시킬 책임이 있다. 온라인게임 서사물은 결코 완결되거나 닫힐 수 없다. 작가에게는 책임으로 인해 플레이어에게는 욕망 때문에 항상 진행형으로 존재하기 때문이다.

넷째, 온라인게임 서사물에서 작가는 둘 이상의 복수로 존재한다. 하나의 게임이 완성되기 위해서는 시나리오를 구성하는 스토리 작가뿐만 아니라 그래픽 디자인을 담당하거나, 게임 음악을 작곡하고 아이템을 만들어내는 등 다양한 부문에서 각기 다른 능력을 가진 작가를 필요로 한다. 온라인게임 서사물은 어느 한 사람의 독창적인 창작물이 아니라 서로 다른 영역에 전문성을 가진 작가들의 공동 창작의 결과물이다.[11]

온라인게임 서사물에서의 작가는 전통적인 서사물의 작가와는 분명히 다르다. 지위와 역할뿐만 아니라 정체성까지도 확연하게 다른 온라인게임 서사물에서의 작가를 전통적인 입장에서는 결코 작가라고 부를 수 없을 것이다. 따라서 우리가 작가라고 부르기 위해서는 전통적인 입장을 포기하거나, 왜 작가라고 불러야 하는지를 학적으로 규명해낼 수 있어야 한다. 아직 우리는 사이버 서사물에서 작가의 문제에 접근할 어떠한 이론적 틀도 만들어놓지 못하였다. 작가가 아니라 다른 이름으로 불러야 한다면 그것은 이론적인 틀이 만들어진 그 다음에야 비로소 가능할 것이다. 사이버 서사물의 등장으로 인해 서사학은 모든 것을 새로 시작하여야 한다.

2. 시간 : 주관화 혹은 빗겨난 시간

온라인게임 서사는 시간의 결합축이라는 부분에서 그동안 우리가 만들어낸 어떤 형식의 서사물에서도 발견할 수 없었던 독특한 제양상을 보여주고 있다. 엇갈리는 시간의 동선, 시간의 집단화, 중첩된 시간축, 삼차원적 시간 구조, 단절 혹은 타자화된 시간 등으로 목록화할 수 있는 이 양상들은 서사의 전통적인 시간관을 파괴하면서 우리의 서사체험을 낯설게 하고 있다. 만약 우리가 온라인게임을 서사로 부르기에 주저하고 있다면 그것은 서사공간의 문제가 아니라 서사시간의 혼란 때문일 것이다. 이 절의 목적은 온라인게임 서사의 시간축이 갖는 제양상들을 살펴보는 것이다. 이 양상들에 새로운 시학적 의미를 부여하는 작업은 추후 과제로 남겨두고자 한다. 아직 온라인게임이 서사물로서의 완전한 지위를 획득하지 못한 상태에

11 이 절에서는 온라인게임 서사물을 서사학의 대상 영역으로 상정하고 문학적인 시각으로 작가의 문제를 바라보고자 하였기에 가장 문학적인 영역이라 할 수 있는 시나리오 작가를 논의의 중심으로 삼았다.

서 시학적 의미를 주장하기에는 해결해야 할 문제들이 많이 남아 있기 때문이다.[12]

1) 선험(先驗)적 서사와 체험(體驗)적 서사

온라인게임 서사에서 시간의 결합축을 논의해보기 전에 먼저 문자 서사와 온라인게임 서사가 서사를 경험하는 방식의 차이에 대해 살펴보자. 문자 서사의 서사 경험은 읽기(reading)를 통해 이루어진다. 읽는다는 것은 지극히 선험적인 행위이다. 칸트에 의해 규정된 선험적(先驗的, transcendental)이라는 용어는 대상에 관한 인식이 아니라 오히려 선천적으로 가능한 범위에서의 대상 인식방법에 관한 인식을 의미한다. 우리는 문학 텍스트를 읽을 때 선험적으로 준비된 몇 가지 인식 틀을 가지게 된다. 문학은 현실을 반영하고 있지만 실상 허구의 세계라는 것, 허구의 세계를 통해 나와 나의 일상을 반추해 볼 수는 있으나 실재 나의 삶은 아니라는 것, 작가가 만들어 놓은 텍스트의 동선을 따라가야 한다는 것, 서사의 의미를 재부여할 수는 있으나 서사 자체를 재구성할 수는 없다는 것 등은 문학이 독자에게 이미 제공하고 있는 선험적 조건이다.

이에 반해 온라인게임 서사의 서사 경험은 하기(doing)를 중심으로 진행된다. 하기는 체험의 선행 조건이다. 체험을 통해 이루어지기에 온라인게임 서사가 만들어내는 세계는 문학이 재현하고 있는 세계와는 분명하게 다

---

12 '과연 컴퓨터 게임을 서사물로 볼 수 있는가?' 하는 문제는 본 절의 주제와 부합되지 않으므로 생략하고자 한다. 이 부분에 대해서는 이미 두 편의 논문을 통해 나름의 견해를 밝힌바 있다. 「사이버서사에서 작가의 문제-온라인 온라인게임 서사물을 중심으로」, 내러티브 제6호, 한국서사학회, 2002; 「컴퓨터 게임 스토리텔링의 서사 구조 연구」, 게임산업저널, 한국게임산업개발원, 2004.

른 양상을 보인다. 허구의 세계이지만 실재 세계처럼 인식되며, 실재 나와 게임 캐릭터 나 사이에 의식적 거리가 존재하지 않으며, 게임 플레이어 '나'는 스스로 서사를 만들어 나가면서 실시간으로 그것을 따라가야 하는 작가이며 동시에 독자라는 점 등은 '체험'이 서사에 미친 영향의 결과이다.

선험과 체험의 차이는 시간에 대한 인식에도 변화를 주었다. 선험은 의식의 세계이지만, 체험은 몸의 세계이다. 우리 의식은 과거를 회상할 수 있지만 몸은 과거로 갈 수 없다. 의식의 세계는 과거 현재 미래를 자유롭게 이동할 수 있지만, 몸의 세계는 오로지 현재형일 뿐이다. 나와 텍스트 사이의 거리가 의식의 세계 안에서 매개되는 것과 몸을 통해 매개되는 것 사이의 차이는 읽혀지는 것과 만들어 나가는 것의 차이로 확장된다. 문학은 과거형의 세계를 현재형으로 읽는 것이지만, 컴퓨터 게임은 미래형의 세계를 현재형으로 만들어 가는 것이다. 시간의 흐름에 의식이 아니라 몸이 개입해 들어가는 체험적 서사라는 온라인게임만의 독특한 관계는 시간의 결합축을 그동안 우리가 경험해보지 못했던 낯설고 복잡한 방식으로 구성한다.

2) 엇갈리는 시간의 동선

일반적으로 컴퓨터 게임의 이야기는 기존의 소설이나 영화와 같은 전통적인 서사와는 다른 특징을 갖는다. 즉 전통적인 서사에서 구체적인 이야기를 이루는 문장, 쇼트, 장면들은 실질적인 존재이지만 창작자의 상상 세계나 특별한 문학적 영화적 스타일을 형성하는 다른 요소들(계열체들)은 가상적으로만 존재한다. 그러나 컴퓨터 게임에서는 계열체적 요소는 실질적으로 주어지는 반면 통합체는 가상으로 구축되는 것이다. 결국 컴퓨터 게임에서 실제 이용자들이 체험하는 이야기, 즉 통합체는 제각기 다른 것이며 이야기에 대한 체험의 방식도 객관적인 것이 아니라 주관적인 형태의 것이 된다.[13]

　이야기가 주관적으로 만들어지기에 이야기의 시간 역시 나를 중심으로 새롭게 형성된다. 게임상에 다수의 플레이어가 동일한 공간에 위치해 있을 때 그들이 만들어 온 그리고 만들어 나갈 시간은 전혀 다르다. 제각기 다른 시간대에서 온 플레이어들이 우연히 또는 동일한 목적을 갖고 서사 공간 위에서 조우한 것뿐이다.

〈리니지〉의 장례식 장면

　위 그림은 대표적인 온라인게임인 〈리니지〉의 게임 화면을 캡처한 것이다. PC방에서 게임을 하다가 갑작스런 심장마비로 사망한 유저의 죽음을 추모하기 위해 예배당에 모인 플레이어들은 제각각 다른 시간대에서 자신

13　전경란, 「컴퓨터 게임 스토리텔링의 이해와 분석」, 이인화 외 공저, 『디지털 스토리텔링』, 황금가지, 2003, 64면.

만의 시간을 소유하고 있다가 추모라는 동일한 목적을 공유하면서 같은 시공간 위에 모여 있다. 죽음은 게임 자체 서사와는 무관한 별도의 사건이지만, 추모는 온라인게임 서사의 한 부분으로 진행되고 있다. 전통적인 서사에서는 텍스트 외부의 사건이 텍스트 진행에 아무런 영향도 미치지 않지만 온라인게임 서사에서는 이처럼 인터랙티브하게 관여한다.

실재 사건인 죽음과 허구의 사건인 추모가 동일한 시간대 위에서 중첩되면서, 위 화면에는 실상 수없이 다양한 시간의 동선들이 엇갈리고 있는 것이다. 얼핏 보면 동일한 시간을 공유하고 있는 것처럼 보이지만, 개개의 플레이어들이 진행하고 있는 게임 외부 시간과 게임 내부 시간은 사뭇 다르다. 게임 외부 시간이 실제 게임을 즐기고 있는 현실공간의 물리적인 시간이라면, 게임 내부 시간은 게임 속 가상세계에서 플레이하고 있는 의식적인 시간이다.

예를 들어 PC방에서 한 유저가 2시간 동안 〈리니지〉를 플레이했다면 그의 게임 외부 시간은 2시간이지만 게임상에서는 몇 년이 흘러가기도 한다. 물론 문학 텍스트의 시간도 텍스트 외부 시간과 텍스트 내부 시간이 다르다. 독서 시간이 1시간일지라도 그 시간 동안 주인공 인생 전체를 읽어낼 수 있다. 그러나 문학 텍스트에서 외부 시간과 내부 시간이 텍스트를 경계로 분명하게 나눠진 채 별도로 진행되는 반면, 온라인게임 서사에서는 외부 시간과 내부 시간이 그 경계가 모호해진 채로 서사에 자연스럽게 뒤섞이고 만다. 문학 텍스트에서는 외부 시간이 텍스트 내부 시간에 아무런 영향을 주지 못하는데 비해, 온라인게임 서사에서는 외부 시간이 내부 시간을 간섭하는 것이다. '물리적 시간'과 '의식적 시간'이라는 두 개의 이질적인 시간대가 서사장(敍事場)[14] 안에서 서로 만날 수 있는 것은 온라인게임 서사가 체험적 서사이기 때문이며, 따라서 컴퓨터 게임의 서사장 안에는 체험하는 주체로서의 '나'가 만들어내는 무수히 많은 시간의 동선들이 공간과 공간을 넘나들며 서로 엇갈리고 있다. 그러나 이 엇갈림이 서사 진행에는 혼란을 야기하지 않는데, 그것은 체험하는 주체로서의 '나'가 자신의 시간을 중심으로 이야기를 만들어가는 과정에서 타자의 시간을 전혀 고려하지 않기 때문이다.

3) 시간의 집단화

〈리니지1〉의 공성전

온라인게임 서사의 시간축에서 시간의 엇갈림은 다양한 형태로 보인다. 개인의 시간과 타자의 시간이 엇갈리고 있으며, 물리적인 시간과 의식적인 시간이 엇갈리고 있고, 일상의 시간과 가상의 시간이 엇갈리고 있다. 그러나 그 엇갈리는 시간들이 동일한 공간 위에서 만났을 때, 그 순간 시간은 개인의 영역에서 벗어나 집단의 영역으로 전이한다.

위 화면은 〈리니지〉 유저들이 공성전이라고 부르는 전투 장면을 캡처한 것이다. 공성전이란 가상세계 내에 적대적인 두 집단이 각자의 이익을 위해 합의된 공간에 모여 상호 간에 전투를 벌이는 것을 말한다. 서로 다른 시공간에 흩어져 있던 플레이어들은 군주[15]의 명령을 받아 정해진 곳에 집

---

14 '서사장'이라는 용어는 컴퓨터 온라인게임 서사를 설명하기 위한 조어이다. 시작은 있으나 끝이 존재하지 않는, 완결된 구조가 생래적으로 불가능한 온라인게임 서사에서 서사가 이루어지고 있는 현재형의 공간을 일컫는 용어이다.

결하고 일정한 규칙에 의해 전투를 벌인다. 공성전에서 중요한 것은 얼마나 많은 혈맹의 구성원들이 전투에 참여하는가이다. 다시 말해 개별적으로 흩어져 있던 시간을 혈맹이라는 이름하에 집단의 시간으로 효과적으로 묶어낼 수 있어야만 승리할 수 있다. 엇갈리는 시간의 동선 위에서 개인의 시간이 집단의 시간으로 전이되기도 하고, 집단의 시간에서 다시 개인의 시간으로 분열되는 일련의 현상들은 전적으로 플레이어들의 상황 판단에 의해서 결정된다. 이때 상황은 의식의 차원이 아니라 가상 육체(아바타)가 행동을 통해 직접 겪는 체험의 문제이다.

시간의 집단화가 타자의 시간 속으로 틈입해 들어가는 방식으로 이루어지는 것이 아니라 타자의 시간을 독립적인 시간 단위로 인정하면서 서로의 시간을 간섭하지 않는 방식으로 진행된다는 것 역시 전통적인 서사의 시간축과 온라인게임 서사의 시간축이 변별되는 부분이다. 문학 텍스트에서도 타자의 시간은 존재한다. 작중 화자의 시간이 그것이다. 독자가 텍스트에 몰입하게 되면 그는 작중 화자에 자신을 투사시켜 인물의 시간을 내면화한다. 특히 1인칭 소설의 경우 독자는 작중 화자 나의 시간을 독서 과정 중에 자연스럽게 받아들인다.

> 지금 나는 예전의 스크랩북에서 우연히 발견하여 책갈피에 끼워 두었던 신문지 조각을 들여다보고 있다. (…중략…) 나는 무심한 눈길로 그 물건들의 이름들을 하나씩 더듬어 나간다. 이제 과거라고 이름 부르기도 거북한 시기의 어느 날, 나는 신문 가두 판매대 근처의 택시 정류장에서 그 그림을 처음 보았다.
>
> ─최수철, 『얼음의 도가니』 중 일부분 발췌

---

15 '군주'란 〈리니지〉 내에 존재하는 클래스(계급) 중 하나로, 다른 클래스(기사, 요정, 법사 등)의 유저들을 모아 혈맹(일종의 동맹)을 구성하고, 공성전에서 적대적 혈맹에게 선전포고를 할 수 있는 권한을 갖는다.

위의 예문에서처럼 현재에서 현재화된 과거로 시간의 이동이 진행될 때 독자는 작중 화자의 시간에 삼투되어 들어간다. 작중 화자와 같이 보고 듣고 말하고 이해한다. 그 순간 독자의 개인적인 시간은 사라지고 텍스트 위를 흘러가는 것은 '화자 / 독자'의 합일된 시간이다. 온라인게임 서사에서는 '나'와 '타자'의 시간은 개별적이고 독립적으로 서로 간섭하지 않은 채 움직인다. 그러나 문학 텍스트에서는 독자가 작중 화자의 시간에 대해 간섭할 수 없지만 작중 화자는 목소리를 통해 독자의 시간을 간섭한다. '시간의 분리'와 '시간의 통합'이라 구분 지을 수 있는 이 같은 변별 지점 역시 '선험'과 '체험'의 차이에서 비롯된 것이다.

4) 중첩된 시간축

온라인게임 서사에서 시간의 중첩은 다양한 지점에서 발생한다. 물리적인 시간과 의식의 시간이 중첩되고, 현실의 시간과 가상의 시간이 중첩되고, 동일한 공간 위에서 유저들이 시간 역시 집단화되어 중첩된다. 그러나 서사 시학적인 측면에서 온라인게임 서사의 중첩된 시간은 스토리 시간과 텍스트 시간의 중첩을 통해 가장 확연하게 드러난다. 스토리 시간은 텍스트 안에 조직되어 있는 이야기들의 시간이고, 텍스트 시간은 이야기들이 서술되는 시간이다. 전통적인 서사에서 스토리 시간과 텍스트 시간은 일치하지 않는다.

텍스트-시간은 어쩔 수 없이 선조적이어서, 사실상의 스토리-시간의 다선성(多線性)과 일치할 수가 없다. 그러나 텍스트-시간을 관례적인 스토리-시간, 즉 이상적인 자연적 연대기와 비교해 보아도 이 두 가지가 일치해야 한다는 가설적인 규범이 실현될 때는 극히 드물고, 다만 극히 간단한 서사물에서만 지켜지고 있음을 알 수 있다. 실제에 있어서 텍스트는 항상 선조적 연속으로 펼쳐진다고 하지만 이것은 반드시 연대기적 순서와 일치하지 않으며, 많은 경우 거기에서 벗어나 갖가지 종류의 불협화음을 자아낸다.[16]

문학 텍스트에서 텍스트 시간은 온라인게임 서사에서 행위 시간으로 환치된다.[17] 행위 시간은 스토리에 따라 유저들이 일련의 행동을 진행시키는 시간이다. 온라인게임 서사에서 스토리 시간과 행위 시간은 동시발생적으로 진행되며, 그것이 중첩되어 서사장에 표시됨으로써 구분하기가 모호해진다. 전통적인 서사가 이야기 시간과 담화 시간 간의 차이를 주로 이용하는데 반하여, 컴퓨터 게임은 상호작용을 통해 확보되는 현재 시점의 사건을 다루며 이야기는 그와 동시에 진행되는 사건의 연결에 의해 이루어지기 때문이다.[18]

온라인게임 서사의 한 요소로 퀘스트(임무)라는 것이 있다. 플레이어가 NPC로부터 특정한 임무를 부여받고 그것을 해결하면 합당한 보상을 받는 시스템이다. 기실 온라인게임 서사에서 가장 문학적인 부분이 바로 퀘스트이다. 퀘스트는 전통적인 영웅담의 도식을 차용하여 임무 부여자와 적대자, 조력자 등이 등장하고 낯선 세계로의 여행과 모험의 완수, 그리고 보상의 순서로 이루어져 있다. 퀘스트는 유저의 레벨과 능력을 고려하여 부여되며, 단계적으로 진행된다. 첫 단계 퀘스트를 수행해야 다음 단계로 넘어갈 수 있는 방식이다.

---

16 S.리몬-케넌 저, 최상규 역, 『소설의 시학』, 문학과지성사, 1990, 73면.
17 '텍스트-시간'과 '행위-시간'의 차이점 역시 선험과 체험의 차이에서 비롯된다. '텍스트-시간'은 의식의 수준에서 진행되지만 '행위-시간'은 가상 육체를 통한 행동(Action)의 수준에서 진행된다.
18 전경란, 앞의 논문, 64면.

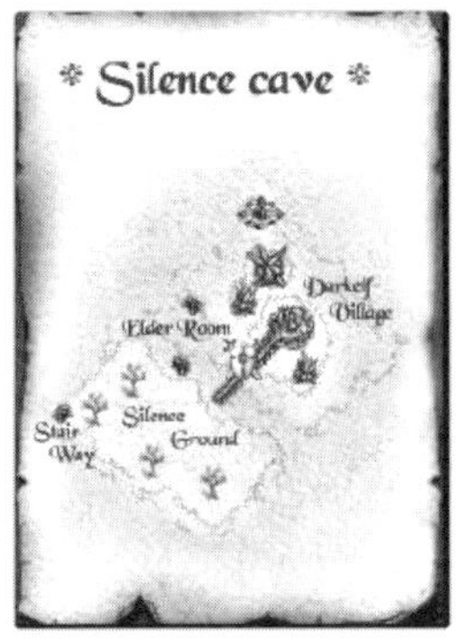

1) 다크엘프 마을인 침묵의 동굴(Silence Cave)에 있는 경비
대장에게 찾아가면 퀘스트를 시작할 수 있습니다. 이 지역
의 경비대장을 맡고 있는 칸은 아직까지 당신을 당당한 한
명의 일원으로 인정하지 않으며, 이번 임무 수행을 통해 자
신의 역량을 발휘해보라고 합니다.

2) 경비대장 칸으로부터 받은 임무는 침묵의 동굴에 서식하는 오크 장로를 잡아 그 증표로
'오크 장로의 머리'를 달라는 것입니다.

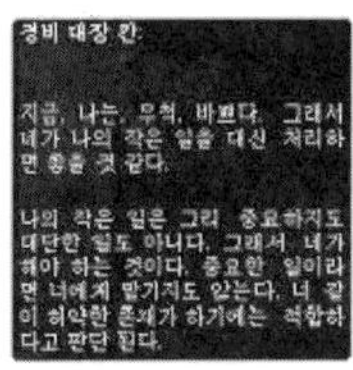
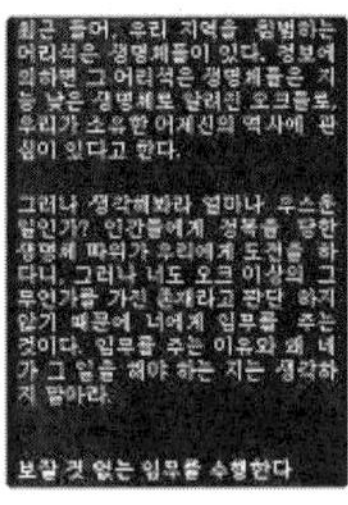
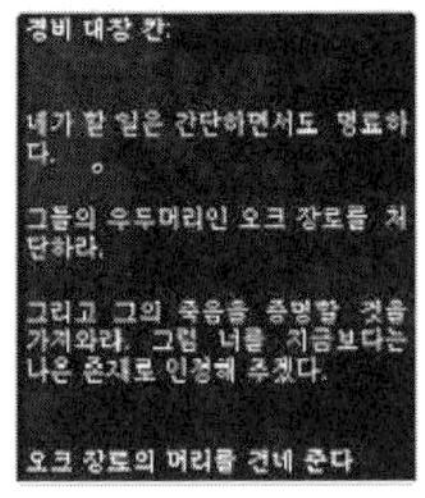

〈리니지2〉의 임무 부여 장면

위 화면은 〈리니지〉 직업 클래스 중 하나인 다크엘프의 15레벨 퀘스트이다. 침묵의 동굴에 서식하는 오크 장로를 사냥하고 그의 목을 가져오면 보상으로 흑정령 수정과 그림자 가면이라는 아이템을 준다는 것이다. 플레이어가 경비대장 칸에게 임무를 부여받을 때 비로소 그는 스토리-시간을 획득하게 된다. 퀘스트를 부여받지 못했을 때 플레이어에게 주어진 시간은 행위-시간뿐이다. 그는 레벨을 올리고 아이템을 획득하기 위해 단순 반복적으로 몹을 사냥한다. 몹을 많이 사냥하면 할수록 플레이어는 강해진다. 그러나 행위-시간 안에는 어떠한 스토리도 존재하지 않는다. 게임 외부

서사[19]가 주어지기는 하나 그것은 일종의 안내문일 뿐 실제 스토리가 존재하는 서사의 진행은 퀘스트라 불리는 게임 내부 서사에 의해 이루어진다.

> 말하는 섬의 배경 스토리는, '곧은 마음의 군터'라고 불리던 엘모어 지방의 저명한 기사 군터가 계략에 빠져 추방당한 후, 마법사 게렝과 함께 말하는 섬에서 붉은 기사의 훈련소를 운영하면서부터 이야기가 시작됩니다. 여러분들은 반왕의 세력을 피해 힘을 기르는 왕자 / 공주 또는 그를 돕는 기사와 요정이 되어, 주인공으로 리니지의 첫발을 내딛습니다.

〈리니지〉에 처음 입문하는 유저들은 '말하는 섬'이라는 초보자를 위한 지역에서부터 모험을 시작한다. 위 인용문은 〈리니지〉의 첫 번째 에피소드인 말하는 섬의 게임 외부 서사를 요약해 놓은 것이다. 15레벨이 되기 전까지 플레이어들은 말하는 섬을 무대로 자신의 레벨에 맞는 몹들을 사냥하여 능력치를 향상시키는데 주력하여야 한다. 행위-시간만이 존재하는 것이다. 15레벨이 되면 각 클래스별로 별도의 레벨 퀘스트가 부여된다.

다크엘프 클래스에 부여된 첫 임무는 침묵의 동굴에 서식하고 있는 오크 장로의 목을 칸에게 가져다 주는 것이다. 칸이 왜 오크 장로의 목을 원하는지, 오크가 왜 나쁜 무리인지, 플레이어가 왜 임무를 수행해야 하는지가 대화를 통해 드러나고, 퀘스트 부여 이전에는 단순한 행위에 그쳤던 사냥이 비로소 이야기성을 획득한다. 게임 서사에서 스토리는 게임 외부 서사와 게임 내부 서사로 나뉘는데, 실제 서사장 내에서 게임 외부 서사는 후경화될 뿐 플레이어의 행위-시간에 아무런 영향도 주지 못한다. 스토리가 전

---

19 게임 서사의 근간이 되는 시공간적 세계관을 실제 서사의 바깥에 이야기 형식으로 풀어놓은 것을 '게임 외부 서사'라 한다.

경화되는 것은 게임 내부 서사, 특히 퀘스트에 의한 사건의 발생에서 비롯된다. NPC에 의해 플레이어에게 임무가 부여되는 순간 행위-시간과 스토리-시간은 동시에 진행된다. 플레이어는 이미 만들어진 스토리 동선을 따라 임무를 수행해야 하는데 그가 이전에 진행해 왔던 행위-시간의 연장이라고 인지할 수는 있으나 별도의 타임 라인이 형성되었다고는 느끼지 못한다. 이것은 게임 서사의 시간축이 철저히 타자의 시간을 배제한 채 유저의 시간대 위에서 현재형으로 표시되기 때문이다.

전통적인 서사에서는 몰입은 허용되지만 독자가 텍스트의 흐름에 참여하는 것을 금지시켰기에 스토리-시간과 텍스트-시간이 구분될 수 있었다. 그러나 게임 서사는 행동을 통한 직접적인 참여를 통해 몰입을 극대화시키는 방식을 채택함으로써 스토리-시간과 행위-시간의 구분을 모호하게 만들었고, 이 같은 중첩은 결과적으로 현실과 가상의 경계선조차 모호하게 만들었다. 게임 서사에서 우리가 몰입의 경계선에서 균형을 잡지 못하고 현실과 가상, 실재와 허구를 혼동하는 것도 이 때문이다.

5) 삼차원적 시간 구조

온라인게임 서사의 시간축은 3차원적이라 할 수 있다. 전통적인 문자 텍스트에서 시간은 종이라는 평면적인 공간 위에서 서술의 형태로만 진행된다. 독자가 간섭할 수 없는 치외법권의 영역이며, 오로지 앞으로 혹은 뒤로만(현재화된 과거) 갈 뿐이다. 그러나 멀티미디어 환경에서 구현되는 온라인게임 서사는 시간의 진행이 옆이나 위로도 갈 수 있다. 이때 '옆'이나 '위'라는 표현은 서사장 내부에 위치해 있으면서도 시간축 상에서는 서사 시간 외부에 위치할 수도 있다는 의미이다.

플레이어가 캐릭터를 마을에 세워둔 채 다른 유저들과 채팅을 하는 경우, 그의 시간은 게임 전체 서사의 시간에서 비켜나 있다. 캐릭터에 대한 장악력이 현저하게 저하되며, 플레이어와 캐릭터 사이에는 시간의 단절이 발생한다. 채팅은 온라인게임 서사와는 무관한 집단적인 커뮤니티 행위이다. 행위-시간의 일부이지만 실제 게임 서사에서 한발 물러나 있는 일종의 관전자의 위치에서 이루어진다.

〈리니지1〉에서 마을에서 채팅하는 장면

온라인게임 서사에서 스토리-시간이나 행위-시간은 개인적 시간축 위에서 형성된다. 그러나 채팅은 개인적 시간축들이 만나거나 충돌하는 공유 영역이다. 가상 육체와 실제 육체가 번갈아가면서 채팅에 참여하고[20] 특정인이나 불특정 다수인과 실시간으로 대화를 주고받는다. 대화를 나누는 동안에는 게임 서사의 진행이 멈춘다. X축으로만 진행되던 시간축이 잠시 정

---

20 경매의 경우에는 가상 육체가 채팅에 참여하는 것이고, 잡담의 경우는 실제 육체가 채팅을 주도한다.

지하고 Y축을 받아들임으로써 타자의 틈입을 허용하는 유일한 시간이다.

필드에서 사냥 도중에 다른 유저와 만나 채팅을 하는 경우도 마찬가지이다. 몹을 사냥하면서 한편으로는 다른 유저와 이야기를 나누는 경우 행위—시간은 이중적이 된다. 가상 육체가 게임 서사에 참여하고 있는 행위—시간과 키보드를 두드려 이야기를 나누는 행위—시간 사이에는 X축과 Y축의 '만남'이라는 고정된 좌표가 형성되는 것이다. 채팅은 앞이나 뒤로 가는 것이 아니라 현재 좌표 위에 시간을 고정시키는 행동이다. 전체 서사 시간의 흐름에서 보면 '옆'으로 비켜 서 있는 것이다.

플레이 도중에 죽었을 경우 유저는 색다른 경험을 하게 된다. 자신의 가상 육체가 죽어 있는 것을 화면상에서 타자적 시선으로 목격하는 것이다. 다시 시체를 부활시키기 전까지 가상 육체의 시간은 멈추어져 버리며, 플레이어는 부활을 결정하기 전까지 시간의 공백을 경험하게 된다.

〈리니지1〉의 PK 장면

앞 화면 중앙 좌측에 두 몹 사이에 누워 있는 것이 플레이어의 시체이다. 자신의 능력치보다 강한 몹과 전투를 하다가 위기의 순간에 미처 도망가지 못하면 가상 육체의 생명력이 다 닳아 죽을 수가 있다. 죽는 순간 게임 서사는 멈추어 버린다. 이제 플레이어는 다시 부활을 할 것인지, 아니면 게임을 끝내고 현실 세계로 나갈 것인지를 결정하여야 한다. 그 판단의 시간 동안 서사장에서 시간의 X축은 사라져 버리고, 서사 공간과 별개의 삼차원의 의식 공간에 머물게 되는데 이때가 플레이어의 행위−시간이 시간축 '위'에 위치하는 경우이다. 부활을 결정하게 되면 화면은 다시 마을로 바뀌게 되고, 중립적 공간에서 플레이어는 끊겼던 서사 시간을 다시 연결하게 된다. 그러나 몹에게 죽임을 당하면 경험치가 깎이거나 자신의 아이템 일부를 잃어버리게 된다. 시간이 삭제되는 것이다. 온라인게임 서사에서 과거형은 존재하지 않지만 죽을 때마다 경험치가 과거 어느 시점으로 되돌아가거나 특정 아이템의 습득 이전 상태로 변화함으로써 현재형으로 표시되는 과거가 언제든 행위−시간 안에 개입할 수 있다. 물론 플레이어는 이를 과거로 인식하지 않으며 시간의 삭제 또한 느끼지 못한다. 체험적 참여를 통해 몰입하고 있기 때문이다.

서사의 시간축이 삼차원에서 진행됨으로써 온라인게임 서사의 시간은 더욱 복잡한 양상을 띠게 된다. X축 위에 서사 상황에 따라 X^n과 X^o가 표시되는 것이다. X^n은 X축의 시간이 불특정 다수(n)에게 열려 있는 것을 의미하는 행위−시간이며, X^o는 X축의 시간이 공백(o)을 경험하게 되는 행위−시간이다.

6) 단절 혹은 타자화된 시간

전통적인 서사에서 책을 읽는 도중에 독서 행위를 멈추게 되면 기왕의
독서 경험은 기억으로 저장된다. 다시 독서를 재개할 때까지 시간은 기억
으로 형질 변경된다. 그러나 온라인게임 서사에서 행위-시간은 유저의 기
억으로 저장되는 것이 아니라 게임 서버의 메모리에 흔적으로 남는다.

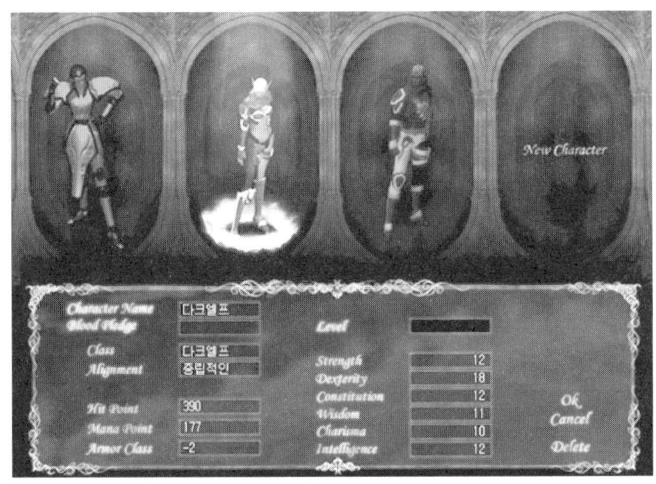

〈리니지2〉의 캐릭터 선택 창

위 화면은 〈리니지2〉 시작 화면이다. 유저는 자신이 키우고 있는 세 개의
캐릭터 중 하나를 골라 게임 서사에 참여하게 된다. 메모리에 저장되어 있던
행위-시간과 그 결과물이 호명되고 마을에서부터 행위-시간은 다시 시작
된다. 게임을 마치고 '저장'을 누르고 난 후 현실 세계로 돌아오면 서사장 내
에서 진행되었던 모든 행위-시간과 그 결과물은 더 이상 '나'의 시간에 아무
런 영향도 주지 못한다. 시간은 단절되고 서사에 대한 기억은 타자화 된다.

문학 텍스트에서 독서 경험이 독자의 기억으로 저장되었다가 다시 독서를 시작할 때 자연스럽게 복원되는데 반해, 온라인게임 서사에서는 유저를 대신하여 서버가 그 기억을 대신 저장해줌으로써 주체와 기억 사이가 단절된다. 이때 단절이란 의미는 시간의 타자화를 의미하는 것일 뿐 기억 자체의 형질에는 아무런 변화도 없다. 문학 텍스트에서 기억은 과거형이지만 온라인게임 서사에서는 새로고침을 통해 언제든 게임 종료 직전 서사 경험을 불러올 수 있음으로 해서 기억조차 현재형이다. 온라인게임의 서사 체험은 항상 저장된 행위—시간을 Reload하기 때문이다.

따라서 문학 텍스트에서는 독서 기억이 희미해지거나 변조될 수 있지만, 서버 메모리에 저장되어 있는 기억은 비트이기 때문에 희미해질 수도 변조될 수도 없다. 아날로그 기억과 디지털 기억이라 구분할 수 있는 이 차이는 행위—시간을 주체화할 수 있느냐 그렇지 못하느냐, 기억이 시간으로 연결되느냐 아니면 단절되느냐의 문제이다.

7) 온라인게임 서사의 시간관

이 절은 온라인게임 서사의 시간축이 기존의 전통적 서사의 시간축과 어떻게 다른지를 살펴볼 목적으로 기획되었다. 지금까지의 논의를 관습적 형태의 놀이와 디지털 놀이로서의 온라인게임을 비교해서 정리해 보면 다음과 같다.

엇갈리는 시간의 동선, 시간의 집단화, 중첩된 시간축, 삼차원적 시간구조, 단절 혹은 타자화된 시간 등의 제양상들은 분명 우리가 익숙하게 보아왔던 서사물들의 시간축과는 사뭇 다르다. 앞에서도 언급했듯이 우리가 온라인게임을 완전한 서사체로 받아들이기에 망설이는 것은 공간의 문제이기 보다는 시간의 문제에 그 원인이 있다. 체험의 방식으로 서사에 직접 참여하게 될 때 현실과 가상의 경계는 희미해지게 되고, 시간 역시 '스토리-시간'과 '행위-시간'이 중첩되면서 물질적 시간과 의식적 시간이 서사장 내에서 혼재하게 된다.

그러나 실제 게임을 즐기는 유저들은 이것을 전혀 어색해하거나 낯설어하지 않고 아주 자연스럽게 받아들이고 있다는 사실에 우리는 주목하여야 한다. 디지털 내러티브라 명명할 수 있는 새로운 서사 양식들은 아직 예술 형식으로 인정받고 있지는 못하지만 기존의 서사 문법과 규칙들을 전복시키거나 해체하고 있다. 정보화사회 서사예술에 대한 논의는 당연히 디지털 내러티브에 대한 시학적 관심에서부터 출발하여야 한다. 온라인게임을 즐기는 그들이 바로 미래의 독자들이기 때문이다.

관습적인 놀이의 시간은 시작과 끝을 가지고 있고 다시 되돌아갈 수 없는 선형적인 시간이다. 개인보다는 공동의 시간을 우선시하며 저장할 수 없는 휘발되는 경험의 시간이다. 현실공간과 놀이 공간이 중첩되기 때문에 시간 역시 현실의 시간관을 고스란히 답습한다. 그러나 온라인게임의 시간관은 '시간의 경험'이라는 부분에서 그동안 우리가 만들어낸 어떤 형식의 놀이 문화에서도 발견할 수 없었던 독특한 제양상을 보여주고 있다. 엇갈리는 시간의 동선, 시간의 집단화, 중첩된 시간축, 삼차원적 시간 구조, 단절 혹은 타자화된 시간 등으로 목록화할 수 있는 이 양상들은 비선형적인 시간관 위에서 펼쳐지며, 관습적인 놀이의 시간관을 파괴하면서 우리의 놀이 체험을 낯설게 하고 있다.[21]

---

21 이 부분에 대한 자세한 논의는 졸고 「디지털서사체의 미학적 구조 연구(3)」, 『한국언어문학』 제56집, 2006 을 참고할 수 있다.

3. 공간 : 의식 공간의 두 유형

1) 게임 내부 서사에서의 의식 공간

온라인게임의 공간적 지반인 사이버스페이스는 인류가 지금까지 경험해 왔던 어떠한 공간과도 다르다. 사이버스페이스는 물리적 현상에 근거를 두고 있지 않기 때문에 물리학 법칙의 적용을 받지 않으며, 그러한 법칙의 한계에 의해 제한되지도 않는다. 특히 이 새로운 공간은 물리학자들의 초공간 복합물에도 포함되지 않는다. 여기서 공간의 개념 자체는 지금까지 이해된 바 없는 전혀 새로운 의미를 띠게 된다.[22] 공간이 물리적 법칙에 지배당하지 않는다면 그것은 의식의 수준에서 접근해야함을 의미한다. 사이버스페이스는 우리의 의식이 육체와는 무관하게 만들어낸 시뮬라크르한 영토이다. 사이버스페이스 안에서 의식 주체는 호명될 수 있는 기호(아이디)를 통하거나 대체 육체(아바타)를 만들어 공간을 돌아다닌다. 공간과 공간 사이에 이동은 어떠한 룰에도 의지하지 않고 전적으로 의식의 판단에 맡겨지며, 관심사를 쫓아 떠돌아다니는 것 자체가 사이버스페이스에서는 주요한 놀이이다.

오른쪽 화면은 〈세피로스〉의 한 유저가 게시판에 "경치가 좋아서 한 컷…"이라는 제목으로 올린 캡처 화면이다. 게임 공간을 이동하다가 처음 와 본 곳의 경치가 너무 좋아 캡처해 올린다는 설명이 붙어 있다. 마치 우리가 새로운 곳을 여행할 때 경치나 풍광이 좋

〈세피로스〉의 스크린 샷

22 마거릿 버트하임, 『공간의 역사』, 생각의나무, 2002, 301면.

은 곳을 만나면 사진기로 사진을 찍는 것과 동일한 행위이다. 그래픽 디자이너에 의해 창조된 물리적으로 존재하지도 않는 디지털 이미지를 실재로 인식하고, 댓글을 통해 "대체 그곳이 어디인가요?", "와우… 정말 멋진 곳을 발견하셨군요." 등의 반응을 보이는 유저들에게 온라인게임 공간은 실재하는 공간이다. 그리고 이 같은 착시(錯視)는 육체와 무관한 의식의 흐름 안에서 이루어진다. 공간의 좌표가 의식 안에 위치해 있는 것이다.

따라서 사이버스페이스는 '의식 공간'이라 할 수 있다.[23] 이는 우리가 놀이 공간이라 했을 때 떠올릴 수 있는 관습적인 공간상인 '육체 공간'과 배치된다. 전통적인 놀이는 물리적 공간 위에서 육체의 움직임을 통해 이루어진다. 놀이의 원시적인 형태는 육체와 육체 사이의 격렬한 투쟁에서 비롯되었다. 호이징가는 고대의 사고 영역을 더듬어 나가면서 거기에는 무기를 사용하는 엄숙한 전투와 하찮은 놀이에서부터 목숨을 건 유혈 투쟁에 이르기까지 갖가지 시합이 모두 놀이 그 자체이며 또한 포함된 어떤 규칙에 의해 제한되는 운명적인 싸움이라는 근본적으로 단일한 생각이 들어 있다고 말한다. 놀이가 투쟁이고 투쟁이 놀이라는 것이다.[24]

온라인게임의 공간 역시 투쟁의 공간이다. 다른 사람보다 강해지기 위해 수없이 많은 사람들이 동시에 게임 공간을 돌아다닌다. 그러나 실제로 돌아다니는 것은 육체가 아니라 의식이며, 의식이 이미지화된 아바타이다. 육체적 투쟁이 아니라 의식적 투쟁을 통해 놀이의 목적을 달성코자 한다. 이것은 매우 중요한 의미를 갖고 있다. 육체는 물리적인 시공간의 지배를 받지만 의식은 지배를 받지 않는다. 사이버스페이스가 물리적인 법칙에 지

---

23 의식 공간이라는 용어는 온라인게임의 공간이 의식을 통해서만 경험할 수 있는 가상세계이며 실재하지 않지만 실재한다고 느껴지는 시뮬라크르한 공간이라는 점에서 착안한 용어이다.
24 요한 호이징가, 『호모루덴스』, 까치, 2005, 67면.

배를 받지 않기 때문에 그 공간 안에서 행해지는 놀이 문화는 자연스럽게 의식적 수준에서의 즐거움과 보상을 목적으로 행해진다. 공간의 성격이 놀이의 성격을 규정하고 있는 것이다.

〈마비노기〉의 '한 여름밤의 꿈' 공연 장면

위 화면은 2004년 7월 31일 〈마비노기〉 에린 서버에서 연출한 세익스피어의 작품 '한여름 밤의 꿈' 공연의 한 장면이다. 화면에 표시되어 있지는 않지만 무대와 관객 사이에 엄연한 구분이 있고, 배우와 관객 사이에 역할에 따른 상호 소통이 이루어지고 있으며, 의식의 수준에서 이루어지는 놀이의 형태를 잘 보여준다.[25] 온라인게임의 의식 공간이 물질 공간을 대체하는 다양한 방식 중에 하나이다.

호이징가가 『호모루덴스』에서 역설하고 있는 놀이의 본질은 두 가지이다. 첫째, 놀이란 간접적이며 실제적인 목적을 추구하지 않으며, 움직임의 유일한 동기가 놀이 자체의 기쁨에 있는 정신적 혹은 육체적 활동이다. 둘

25 이 캡처 화면은 2007년 4월 20일 「가상세계와 디지털스토리텔링」이라는 제목으로 전주대학교에서 강연한 이인화의 프레젠테이션 자료에서 재인용하였다.

째, 놀이란 모든 참여자에 의해 인정받는 어떤 일정한 원칙과 규칙, 즉 놀이 규칙에 따라 진행되는 활동이며, 거기에는 성취와 실패, 이기는 것과 지는 것이 있다.[26] 그러나 온라인게임은 첫 번째 본질에 위배된다. 온라인게임은 강해지고 싶다는 실제적인 목적을 위해 끊임없이 움직이는 의식적 활동이며, 놀이의 기쁨은 놀이 자체가 아니라 활동(play)과 보상(reparation)을 통해서만 주어진다. 온라인게임에서도 육체의 움직임(마우스 조작과 같은)이 있지만 그것은 놀이 공간 외부에서 의식 혹은 무의식적 판단의 자동 반응으로 행해진다는 점에서 놀이 공간 내부에서의 직접적인 육체 활동과 다르다.

전통적인 놀이는 놀이 규칙이 육체 공간 내에서 시작과 끝을 통해 한시적으로 작동하지만 온라인게임에서의 놀이 규칙은 의식 공간에 접속할 때마다 매번 새롭게 시작된다.[27] 보상은 있지만 성취와 실패, 이기는 것과 지는 것이라는 놀이의 결과가 끊임없이 차연되는 온라인게임의 속성 역시 호이징가가 명쾌하게 규명해낸 놀이의 본질과 어긋난다.

놀이의 중요한 기능 중 하나인 '공동체적 유대감과 친밀감의 확장'이라는 측면에서도 전통적 놀이와 온라인게임은 그 양상이 다르다. 전통적인 놀이에서 친밀감이 육체적 접촉을 통해 형성된다면 온라인게임에서의 친밀감은 육체적 접촉보다는 의식적 접촉을 통해 형성되며 의식이 게임 공간 안에 머무는 동안에 집중적으로 활성화된다. 물론 온라인게임 이용자들이 정모나 번개 같은 육체적 만남을 통해 친밀감을 도모하고 유대감을 형성하기도 하나, 이는 의식적 수준의 육체적 연장이라는 점에서 관습적 놀이 문화의 육체적 친밀감과는 그 밀도나 촘촘함에서 분명한 차이가 있다. 또한 온라

---

26 요한 호이징가, 앞의 책, 317면.
27 온라인게임에서 주기적으로 행해지는 업데이트와 이벤트 등은 온라인게임의 놀이 규칙이 유동적, 첨가적, 상황의존적임을 보여준다.

인게임의 공동체적 유대감과 친밀감이 지극히 공격적이며 위악적인 배타성을 바탕으로 하여 이루어진다는 것도 놀이 공간의 성격과 유관하다. 관습적인 놀이에서 유대감과 친밀감은 아군, 적군을 구분하지 않고 놀이 공간 구성원 전체에게서 발현되며 놀이가 끝난 후에도 지속되지만,[28] 온라인게임에서는 아군과 적군, 동료와 적에 대한 인식적 판단이 분명하며 이 정확한 피아 구분이 유대감과 친밀감을 확장시키는 동시에 대립 관계에 있는 개인이나 다른 공동체 구성원에 대한 반목과 질시를 가져다준다. 온라인게임 서사 자체가 이를 의도적으로 부추기기도 한다. 최근 온라인게임의 추세는 파티 플레이를 통해서 쉽게 경험치나 아이템을 획득할 수 있도록 역할 분담을 강화하는 것이다.[29]

온라인게임 〈아이리스〉 파티 사냥 장면

한정된 사냥터와 일정한 텀을 두고 출현하는 몹을 효율적으로 사냥하기 위해 구성된 파티는 사냥 내내 강한 유대감을 형성시킨다. 반면에 동일한 사냥터에서 경쟁해야 하는 다른 파티에 대해서는 적대감을 가질 수밖에 없다. 그러나 동일한 목적을 위해 구성된 파티는 일시적이다. 파티가 해체되

---

28 이는 관습적인 놀이들이 대부분 승패의 결과를 확인하는 순간 끝이 나는 것과 관련이 있다. 승리를 위해 서로 대립하였지만 결과가 나온 후에는 대립 자체가 무의미해지기 때문이다. 그러나 온라인게임에서는 게임이 결코 끝나지 않기 때문에 대립 역시 끝없이 이어질 수밖에 없다.

29 대표적인 온라인게임인 〈리니지2〉나 〈뮤〉, 〈와우〉 등은 모두 파티 플레이가 아니면 몹을 쉽게 잡을 수 없을 만큼 몹과 유저 사이의 능력치 밸런스가 불균형하다. 이 불균형을 바로 잡기 위해서는 다수의 캐릭터가 역할 분담을 통해 몹을 사냥하는 파티 플레이가 요구된다. 온라인게임의 유대감과 친밀감의 최소 단위는 파티이며, 길드는 그것이 확장된 것이다.

면 유대감도 약화되거나 소멸된다. 육체 공간의 유대감이 함께 놀이를 즐기고 있다는 '육체적 접촉'에서 비롯됐다면 의식 공간에서의 유대감은 피아의 명확한 구분이라는 '의식적 판단'에서 출발하며 그 판단은 자신의 이해관계에 따라 유동적이다.

게임 공간이 이중으로 형성되어 있다는 점도 관습적 놀이 공간과 다른 점이다. 게임 공간은 게임을 하는 필드(내부 공간)와 유저 간의 소통을 도와주는 게시판(외부 공간)으로 나뉘어져 있다. 관습적 놀이 공간은 소통과 플레이가 한 공간에서 실시간으로 이루어지지만 온라인게임 공간은 소통을 하는 별도의 공간을 따로 마련해 두고 있다. 필드에서도 소통은 이루어지지만 그것은 필드 자체의 시간과 공간의 제약을 받기 때문에 국지적으로 이루어진다. 그러나 게시판은 그런 제약 없이 모든 유저들이 자유롭게 글을 쓰고 읽을 수 있는 공간이다. 글을 쓰고 읽지만 우리는 게시판을 '드나든다'라고 표현한다. 공간으로 판단하고 있는 것이다.[30]

관습적 놀이가 육체적 접촉을 통해 놀이로서의 정체성을 획득한다면, 온라인게임은 의식적 판단을 통해 그것을 획득한다. 놀이의 목적, 즐거움과 보상, 구성원들 사이의 유대감과 적대감이 모두 의식적 수준에서만 가능한 온라인게임의 공간은 관습적인 놀이공간과 다를 수밖에 없으며, 이는 놀이의 시간관에도 영향을 미친다.

2) 게임 외부 서사에서의 의식 공간

인터넷은 의식 공간이다. 우리는 공간에 직접 글을 쓸 수는 없다. 그 공

간 안에 글을 쓸 수 있는 종이가 있어야 한다. 그리고 그 종이가 바로 게시판이다. 게임 서사 내부에서 물리적 공간으로 착시되는 의식 공간과 달리, 게시판은 게임 서사 외부에 홈페이지라는 집의 의식 공간 안에서 방처럼 기능하는 공간이다. 이 절에서는 전통적인 쓰기 매체인 책과 디지털 기술이 만들어낸 새로운 쓰기 매체인 게시판을 비교해보고 글을 쓴다는 의식적 행위가 게시판이라는 의식 공간 안에서 어떤 화학적 반응을 보여주는지를 논의토록 하겠다.

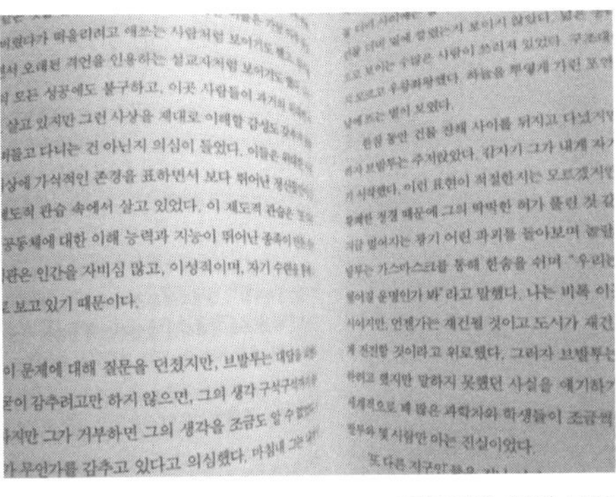

전통적인 책의 본문

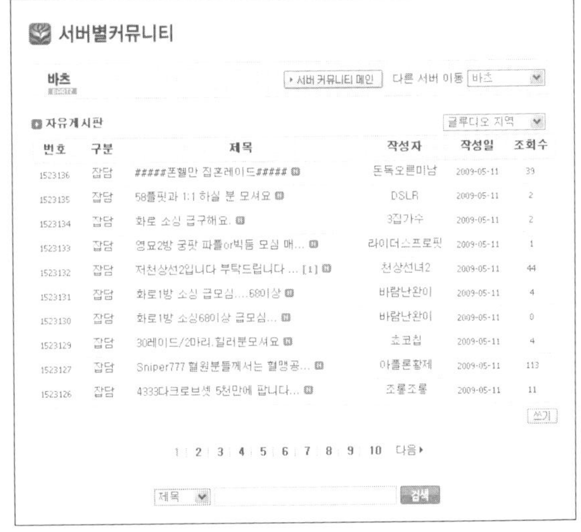

일반적인 게시판 인터페이스

산업혁명 이후 문학의 소통방식은 책이라는 매체를 통해 이루어졌다. 책은 종이이며 동시에 종이 묶음이다. 게시판 역시 종이이며 종이 묶음이다. 책과 게시판은 페이지로 나뉘는 종이 묶음이지만 여러 가지 부분에서 서로 다르다. 먼저 책과 게시판은 독서의 기본 구조부터 다르다.

책은 오른쪽에서 왼쪽, 또는 왼쪽으로 오른쪽으로 페이지를 넘기며 시신경을 수평으로 이동하면서 문자를 읽어 나가지만, 게시판은 위에서 아래로 스크롤바를 움직이고, 시신경 또한 고정되거나 위에서 아래로 수직적으로 움직인다. 수평이 아니라 수직으로 움직이는 시운동은 읽기가 아니라 보기에 더 적합하다. 책을 읽을 때는 고개를 약간 숙이게 되고 이때 우리의 두 눈은 안압에 의해 가운데로 무의식적으로 모여지게 된다. 가운데로 모여진 두 눈은 수직보다는 수평적인 시운동에 더 적합하며 책과 두 눈의 거리가 가깝기 때문에 시야가 좁아짐으로써 문자를 읽는데 편리하며 동시에 효과적인 환경이 마련된다. 이와는 반대로 고개를 들고 모니터를 응시할 경우 우리의 두 눈은 책과 비교했을 때 거리가 멀리 떨어지게 된다. 나와 게시판 사이에 거리가 멀어짐으로써 시신경 또한 어느 한 곳에 집중하기 보다는 분산적이 될 수밖에 없다. 책은 왼쪽 페이지 맨 위에서부터 읽기가 시작됨으로 시신경이 약속된 지점에 집중할 수 있지만, 게시판은 글 쓴 사람이 임의대로 시작 지점을 지정할 수 있음으로 해서 집중의 강도가 상대적으로 약화된다. TV나 영화를 볼 때와 우리가 컴퓨터 모니터를 볼 때 시신경의 운동성이나 조건은 큰 차이가 나지 않는다. 따라서 게시판에 쓰인 문자를 읽을 때 우리가 '읽는다'라기 보다 '본다'라고 인식하게 되는 것이다.[31] 책과 달리 게시판이 '본다'라는 인지적 공간으로 기능할 때 문자는 읽기보다는 보기 위한 쪽으로 재구성된다.

다음 캡처 화면에서도 볼 수 있듯이 행간과 행간 사이의 공백, 말줄임표, 이모티콘의 사용은 문장을 읽기 어렵게 만든다. 게시판 상의 글쓰기가 묘사보다는 대화 위주이고 쉬워야 하고 글 사이에 공백이 많아야 하는 까닭은 인터넷상의 독자들이 읽는 것이 아니라 보는 것을 더 자연스러워하여 또 그것을 원하기 때문이다. 인터넷 작가들은 바로 그 점을 정확하게 간파하여 게시판소설의 주요한 글쓰기 전략으로 이용하고 있다.

---

31 물론 문자언어에 익숙한 30대 이후 세대들에게는 여전히 컴퓨터 모니터도 읽는 것일 수 있다. 그것은 읽는 이 스스로의 오랜 관습과 타성 때문이지 결코 컴퓨터가 조성한 것은 아니다.

나 화장실 갔을때 모니터를 키고 확인을 했단 말인가? -_-; 무슨 알바가 저래????

젠장!!! 우울했다. 레종이의 허리를 접어버렸다. 쓰레기통에 집어넣으며, 씁쓸한 마음으로

자리에 돌아와서 모니터를 켰다. +_+

....

빨강 스틸레토 ....

.... 떴다 ....

화면에.............. 써있다.

+15 스틸레토가 성공적으로 강화되었습니다.

+16 스틸레토 무기 정보를 클릭!

공격력 194
마법력 155

이젠 쓸만한 무기가 되었다!! ^-^

알바녀 히쭉거리면서, 날 쳐다보고 웃는다.

(망할....X .... 뭐 저런것이 다있어....)

아뭏튼, 이리하여, +16 스틸레토를 손에 넣게 되었습니다.

다음편 기대해주세요.

대가리가 커져서 악마의 단검을 지르는 스토리가 전개됩니다. ^^*

1편 끝!!!

두 번째, 책은 이미 쓰인 종이이지만 게시판은 끊임없이 계속해서 써지고 있는 종이이다. 쓰인 종이는 독자가 임의로 수정하거나 조작할 수가 없다. 자본주의 시대 '쓰다'와 '읽다'라는 행위가, 작가와 독자가 분명하게 구분될 수 있었던 것은 책이 가지고 있는 폐쇄성과 완결성 때문이었다. 그러나 게시판은 '쓰다'와 '읽다'라는 행위가 동시에 이루어지며 작가와 독자의 역할 구분이나 심리적 거리가 존재하지 않는 종이이다.

　　게임 사이트의 창작 게시판에 가보면 게임 소설을 연재하는 인터넷 작가의 연재 글 밑에 위와 같이 짧은 코멘트를 단 글들을 쉽게 발견할 수 있다. 작가의 글을 본 후 독자가 감상을 적거나 질문을 던지기도 하고, 질문에 작가가 답변을 적기도 한다. 텍스트는 개방되어 있고 그 안에서 작가와 독자는 쉽게 만날 수 있다. 쉽게 만날 수 있다는 것은 그만큼 거리가 좁혀진다는 것이며 작가에 대한 심리적 위축이 사라질 때 자연스레 독자는 작가를 욕망하게 된다. 인터넷 작가의 대부분이 글을 쓰기 위해, 작가가 되기 위해 인터넷에 들어온 것이 아니라, 독자로써 다른 작가들의 글을 보다가 자연

스레 자신도 글을 써봐야겠다는 욕망에 사로잡히게 되고 그래서 작가가 되었다는 것은 결국 게시판이라는 새로운 종이가 갖고 있는 개방성과 밀접한 관련을 맺고 있다. 대부분의 게시판소설들이 연재라는 형식을 취하고 있는데, 그 이유 역시 게시판의 개방성과 맞물려 있다. 연재를 하기 위해서 가장 중요한 것은 독자의 반응이다. 연재는 독자의 암묵적인 동의가 있어야 가능하다. 독자들이 보지 않는 글을 게시판에 연재할 수는 없다. 게시판은 독자들의 반응을 실시간으로 알려준다. 독자의 반응은 조회수나 리플, 코멘트로 작가에게 전달되며 독자들의 반응에 따라 작가는 스토리를 수정할 수도 있고, 분량을 조정할 수도 있다.

책이 쓰인 종이인데 비해 게시판이 쓰이고 있는 종이라는 점은 모든 게시판이 공통적으로 수정과 삭제라는 명령 아이콘을 가지고 있음을 보면 더욱 분명해진다. 작가가 독자의 비판이나 요구를 받아들이거나 자신이 독자가 되어서 자신의 글을 읽고 난 후 마음에 들지 않을 때 그는 수정 버튼을 눌러 자신이 쓴 글을 곧바로 고칠 수 있다. 현실공간에서 작가는 퇴고와 교정 교열 등의 섬세한 작업을 통해 더 이상 고칠 것이 없다는 확신이 든 다음에 책을 출판한다. 출판된 책은 작가라 할지라도 더 이상 수정할 권리나 방법이 없기 때문이다. 그러나 인터넷 작가들은 머릿속에 떠오른 글감이 있으면 바로 게시판에 들어가 글쓰기 버튼을 눌러 글을 쓴다. 수정과 삭제가 언제든지 가능하기 때문에 자신의 글에 대해 현실공간 작가들이 느꼈던 무거운 책임감을 느낄 필요도 없다. 책임감에서 벗어날 때 그리고 완벽하게 자신의 글을 장악하고 지배할 때(언제든지 수정하고 삭제할 수 있으니까), 작가에게 글쓰기는 놀이이고 게임이고 유희일 수 있다. 인터넷 작가들이 글쓰기를 즐길 수 있는 것도 이 때문이다.[32]

세 번째로 책은 문자 이외의 언어는 허용하지 않지만 게시판은 HTML

태그를 사용하여 음악이나 동영상, 사진 등의 비문자적 언어들을 자유롭게 첨가할 수 있다.

<embed src="http://www.cyberism.co.kr/LoveSong.asf" loop="false" hidden="true" AutoStart="true">

이 HTML 태그는 글을 읽을 때 〈러브송〉이라는 곡을 자동으로 연주하고 그 음악 플레이어는 화면에 보이지 않게 하며 단 한번만 연주하라는 명령어이다. 작가가 태그 명령어에 대한 기본적인 지식만 있다면 자신의 글을 음악이나 사진과 함께 독자에게 내보이는 일은 어려운 일이 아니다. 또한 책은 종이에 문자를 고정시켜놓고 있지만, 게시판은 마퀴(marquee) 태그를 사용하여 문자를 왼쪽에서 오른쪽으로, 아래에서 위로, 가운데서 바깥으로 자유롭게 이동시킬 수 있고 원하는 횟수만큼 반복할 수도 있다. 종이에 문자만을 쓸 수 있었던 시대에서 종이에 문자와 음악과 영상을 모두 쓸 수 있는 시대로 변화하였다면 당연히 작가의 상상력 또한 문자 중심에서 벗어나게 된다. 인터넷 작가들이 만화나 영화, 게임 등 비문자적인 예술에서 상상력을 차용해 오거나 아예 만화적·영화적·게임적 상상력을 문자화하고 있는 것은 그들이 사용하고 있는 종이의 멀티미디어적 가능성과 결코 무관하지 않다.

미적으로도 게시판은 책보다 훨씬 유리하다. 문자 이외에 다양한 멀티미디어적 요소를 사용할 수 있기 때문이다. 책에 표지가 있다면 게시판에는 스킨이라는 것이 있다. 스킨은 게시판을 좀 더 실용적이며 심미적으로 꾸

---

32 현실공간에서 작가들의 글쓰기는 경제적인 행위이다. 인세를 받거나 원고료를 받기 때문에 글쓰기에는 경제적 대가에 대한 책임이 따른다. 그러나 인터넷 작가들은 경제적인 부담에서 전적으로 자유롭다. 그들은 돈을 벌기 위해서가 아니라 스스로의 만족을 위해 글을 쓴다.

며주는 기술적 장치이다.

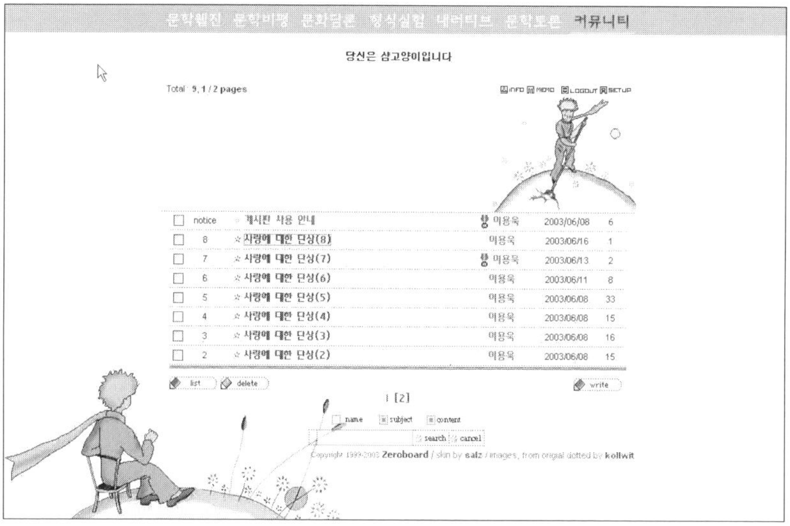

〈인문인(http://www.inmunin.com)〉의 게시판

위 게시판은 사랑에 대한 글들을 올리는 게시판이다. 게시판 관리자는
〈어린왕자〉 스킨과 〈티티체〉라는 웹폰트를 사용하여 게시판 전체의 미적
요소를 사랑이라는 주제와 조화를 이루게 하였다. 단순히 글을 올리고 보는
곳이 아니라 독자들의 독서환경을 의도적으로 조성하기 위해 게시판 인터
페이스를 기술적으로 수정한 것이다. 책의 인터페이스는 소비자 중심이라
기보다는 생산자 중심이다. 독자들 역시 책은 표지보다 내용이 더 중요하다
고 생각하는 오랜 관습에서 자유롭지 못하다. 그러나 인터넷은 시각적인 공
간이고 따라서 그 공간의 독자들은 게시판의 인터페이스를 내용만큼이나
중요하게 생각한다. 책은 인쇄술로 인해 대중화·상업화가 가능해졌지만

인쇄술의 발전이라는 기술적 진보가 책의 인터페이스를 파격적으로 변화시키지는 못하였다. 책은 보수적이며 전통적이며 독립적인 매체이다. 그러나 게시판은 진보적이며 능동적이고 기술 의존형 매체이다. 종이(게시판)가 기술의 발전을 전폭적으로 수용할 때 글쓰기 또한 기술의 발전을 어떤 방식으로든 받아드릴 수밖에 없다. 게시판에서 HTML 태그의 사용은 그 방식의 첫 단계인 것이다.

네 번째, 책은 그 자체로 독립적이고 자족적인 결과물이지만 게시판은 무수히 연결되어 있는 링크와 링크 사이의 한 고리일 뿐이다. 이 차이는 현실공간과 인터넷에서 글의 전파 방식에 큰 영향을 미친다. 책과 독자는 1 대 1의 고정된 대응 관계이지만 게시판과 독자는 다 대 다의 비고정적이며 불규칙적인 관계이다.

〈WOW〉의 토론 게시판에 가보면 게시물마다 조회수가 제각각이다. 최대 6378번에서 최소 6번까지 조회수에서 6000번 이상 차이가 나는 것이다. 이는 독자가 게시판에서 글을 볼 때 순서대로 보는 것이 아니라 임의적이며 불규칙하게 본다는 것을 의미한다. 즉 자신이 읽고 싶은(재밌다고 생각되는) 부분만 골라서 읽는다는 것이다. 게시판의 맨 첫 번째 글과 맨 마지막 글의 조회수가 제일 높은 것도 이 때문이다. 임의적으로 순서를 정해 글을 볼 때 독서 과정은 연속적이거나 인과적이지 않음으로 독서기억은 훼손될 수밖에 없다. 결국 독자가 기억하는 것은 자신이 방금 본 장면뿐이다. 게시판소설의 서사가 빈약한 것은 작가들의 역량에도 이유가 있겠지만, 게시판 자체가 분절적이고 비연속적인 구조를 가짐으로 해서 인과성을 갖는 풍부한 서사보다는 순간적으로 집중하고 바로 느낄 수 있는 짧지만 감각적인 서사를 작가와 독자 모두 선호하기 때문이다.

제목	작성자	추천	조회
어린이 주간의 [인생의 쓴맛]은 좀 말도 안됩니... [쪽: 1 . 2 ... 6]	하악한불덕후	88	6378
이거 정말 사기아닌가요?	젊은조개아가씨	1	27
대규모 해킹사건 블코 자작인가여? [쪽: 1 . 2 ... 5]	금발의미소녀	73	2788
토론의 대가들 ㅎㅎ	까르르호호	0	9
80 렙 명예템 무기류 는 언제쯤?	삼푸큐피트	1	72
(아래글)대규모 해킹사건 블코 자작인가여? 한유...	미즈라	1	62
격노 명예 신기템에 왜 극대가 0인가요?	연화요란	0	8
이제 와우는 .. 더이상 재미가 없다.	최종전설	3	158
기계공학은 PVP 기술이라고 명시를 합시다	Doomguy	1	91
은행이 너무 작습니다.	게임박	4	214
와우 레벨 30까지 무료	이노오옴	11	581
이중특성 교체시 마나직업이 불공평합니다 -_-;	샛별처럼	6	415
고대해안 선공문제	Dayblood	0	23
부활의 두루마기좀 보내주실분 없으세여 결제나...	분노의종결	0	12
모바일 인증기는 지원 기종 업데이트 계획은 없...	Online	0	6
유료 케릭 이전에 서버 선택권이 더 많았으면 좋...	칼강	1	26
인던 리셋을 통해 아이템 파밍할 경우 계정은 영...	구링	6	299
와우 1:1 밸런스에 대해서 제 생각이에여	lllllllll	0	53
잡설 : 과거의 pvp 가 더 재미있었던 심리학적 ...	Lunaticheart	6	304
방어도 무시와 방어구 관통력의 관계?	삼차원	0	44
케릭터 선택 순서 바꿀수있게 해주세요	최고사랑관	1	66

〈WOW〉의 토론 게시판

　　현실공간에서 경제적 대가를 지불하고 책을 샀다는 것은 나만이 그 책을 소유할 수 있음을 법적으로 보장받고 의미하는 것이지만, 인터넷에서 게시판의 글을 보았다는 행위는 무수히 많은 불특정 독자 중의 한 사람이 되었다는 것이다. 네티즌은 그 글을 자신만의 것으로 소유할 수는 없지만 자신이 이동할 다음 장소에 그 글을 가져갈 수는 있다. 가장 성공한 인터넷 작가중 한 명인 귀여니의 소설은 귀여니 공식 홈페이지에서만 볼 수 있는 것이 아니다. 다음이나 프리첼, 세이클럽 같은 대형 포털 사이트의 문학 게시판이나 문학 동호회와 커뮤니티 사이트의 게시판 등에서도 쉽게 찾아볼 수 있다. 귀여니 홈페이지에 와서 글을 본 독자들이 그 글을 '퍼다'[33] 자신이 즐겨찾는 다른 홈페이지에 옮겨 놓았기 때문이다. 현실공간에서 책이 전파되기 위해서는 독자들이 돈을 들고 서점에 찾아가야 한다면, 인터넷에서는 독자들이 링크와 링크 사이를 오가며 글들을 퍼다 날라야 한다. 책은 '퍼다 나를 수' 없다. 이미 소유자가 분명히 정해져 있기 때문이다. 경제적 대가를 지불한 소유자가 있다는 것은 책의 저작권이 보호받는다는 것을 의미한다. 게시판소설은 저작권의 보호를 받을 수 없다. 경제적 대가를 요구할 수도 소유자를 명확하게 할 수도 없기 때문이다. 귀여니의 홈페이지에 와서 글을 본 사람은 6만 명 내외지만 인터넷상에서 귀여니의 글을 본 사람은 수 십 만 명일 수 있는 것은 귀여니 홈페이지 또한 무수히 많은 링크와 링크 중 하나일 뿐이기 때문이다.

마지막으로 책은 처음 만들어진 때부터 지금까지 외형적으로나 구조적으로 별다른 변화가 없었지만, 게시판은 기술의 도움을 받아 끊임없이 변화하고 발전하고 있다. 책은 처음부터 직사각형이었고, 겉에는 제목 등을 적는 표지가 둘러싸고 있고, 문자를 고정시켜 인쇄한 종이로 이루어져 있다. 이 형식은 백년 전이나 지금이나 동일하다. 그러나 게시판은 PHP나 CGI같은 컴퓨터 기술의 발전과 함께 나날이 새로워지고 있다. HTML 태그나 마퀴 태그를 게시판에 사용할 수 있게 된 것도 모두 기술의 발전 덕분이다. 최근에 등장한 게시판은 초보자들에게 어려운 HTML 태그를 자동으로 입력시켜 주며, 폰트와 글자 크기, 색깔까지도 글 쓰는 이가 선택할 수 있도록 해준다.

---

33 '펌'이라고도 하는 이 용어는 특정 게시판의 글을 복사하여 다른 게시판으로 옮기는 행위를 지시한다.

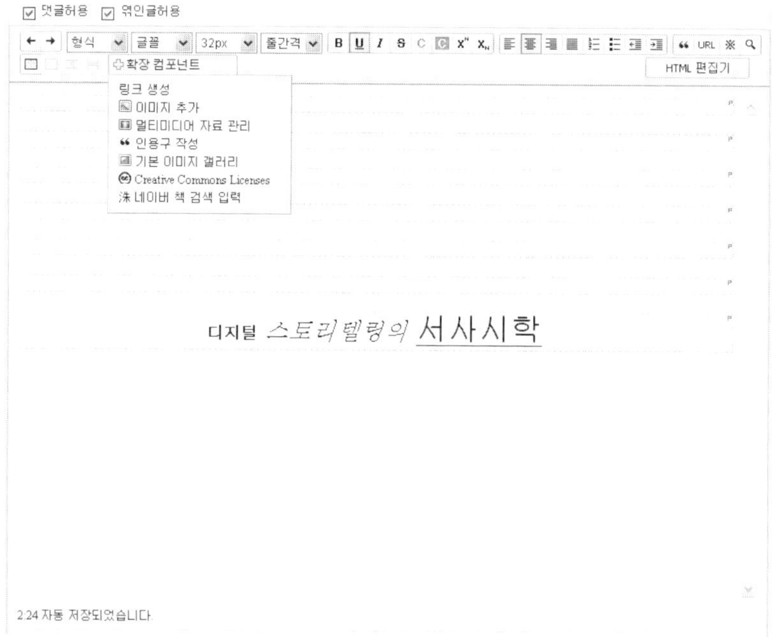

게시판의 edit 기능

온라인게임 서사는 두 개의 의식 공간을 갖는다. 게임 내부 서사에 위치한 시뮬라크르한 착시 공간과 게임 외부 서사에 위치한 게시판이라는 이중 공간이다. 이중 공간이라는 의미는 게시판이 큰 집에 작은 방들로 기능하면서 동시에 글을 읽고 쓸 수 있는 지면이라는 의미를 동시에 갖고 있기 때문이다. 게시판을 통해 온라인게임의 유저들은 게임 내부에서의 커뮤니티 영역을 게임 외부로 확장시킨다. 온라인게임의 공간은 현실공간과 마찬가지로 커뮤니티 기능을 수행한다. 그러나 그 커뮤니티가 면대면 방식이 아니라 비(非)면대면 방식으로 이루어진다는 점에서 확연히 다르다. 면대면은 육체의 물리적 거리를 전제로 하지만 비면대면은 정신의 의식적 거리를 조건으로 삼는다. 온라인게임 서사에서 공간이 갖는 의식 수준의 층위는 다양하다. 모든 서사예술의 서사 경험은 의식 수준에서 진행되지만 온라인게임은 한 걸음 더 나아가 의식 수준의 서사 경험과 대체 육체(아바타)를 통한 서사 체험을 일치시켜 강렬한 몰입 경험을 다시 의식에 되돌려준다는 점에서 그 어떤 서사예술보다도 매력적이다. 온라인게임 서사의 공간 특성은 시뮬라크르한 착시의 현전(現前)이며, 디지털 기술과 커뮤니티 기능이 만나 촉발된 화학적 반응이다.

4. 서사 : 누적(累積)의 서사와 내러티브의 변주

1) 휘발되는 혹은 휘발되지 않는 서사

사이버공간의 놀이터는 누구나 만들고 참여할 수 있으며, 연극 배우가 무대 위에서 자기에게 맞는 역할을 하듯 자연스럽게 사이버공간에 참여한다. 여기에는 아이가 소꿉장난과 같은 놀이에서 경험하는 '환상 유지 법칙(Illusion conservation rule)'이라는 흥미로운 현상이 발견된다. 이 현상은 놀이에 참가하는 아이는 자신들이 놀이 속에 있어야 함을 잘 알고 있을 뿐 아니라 자신들이 보이는 행동도 꾸며져 있다는 사실도 알고 있지만 알고 있다는 표시를 내지 않는다는 것이다. 서로 다 거짓인지 알지만 전혀 거짓이 아닌 듯 이야기를 진행해 나가는 것이다.[34]

놀이는 이야기를 만들어 나가는 것이다. 관습적인 놀이에서 이야기는 상황을 만들어 내는 밑그림이다. 육체의 접촉이라는 행위에 의해 구체화되지

---

34 황상민, 『사이버공간에 또 다른 내가 있다』, 2000, 김영사, 135면.

만 동시에 그로 인해 후경화 된다. 상황은 관습적으로 이미 고정돼 있기 때문에 이야기의 스펙트럼 역시 제한적이다. 이야기는 상황에 참여토록 플레이어를 유도하는 역할만을 담당한다. 이에 반해 온라인게임에서 이야기는 의식의 판단을 결정하는 중요한 요소이며 상황을 만들어내는 힘이다. 판단에 따라 놀이 행위를 펼쳐나가기 때문에 상황은 주관화되고 복잡하며 다양하게 전개된다. 온라인게임에서 이야기는 이미 주어진 것이 아니라 스스로 만들어 나가는 것이다.

온라인게임의 독창성은 컴퓨터 기술의 발전이 서사 형식에 미친 영향 관계로부터 그 논의가 출발할 수 있을 것이다. 온라인게임은 기술 의존적 놀이이기 때문이다. 그러나 관습적인 놀이에서 기술의 발전이 서사에 미친 영향은 극히 미미하였다. 관습적인 놀이는 기술이 아니라 현실 세계와 그것을 둘러싸고 있는 시대정신에서 이야기 원형을 찾아냈다. '오징어'라는 놀이는 우리의 분단 상황을 메타하고 있고 딱지 따먹기나 구슬치기는 자본주의의 놀이적 반응이다. 온라인게임의 이야기 원형이 신화나 전설같은 과거의 서사로부터 상상력을 빌려 온 것과는 분명 다른 맥락이다.

관습적인 놀이의 서사 역시 영웅서사의 희미한 기억을 간직하고 있다. 그러나 그 기억이 놀이가 끝나면 그 즉시 휘발된다는 점에서 서사가 메모리로 누적되는 온라인게임과는 다르다. 이는 놀이의 시작과 끝이 가능한가 가능하지 않은가와 관련된다. 관습적인 놀이는 그것이 가능하며 끝이 나면 다시 새로운 놀이를 시작하여야 한다. 놀이를 새로 시작할 때 기왕에 경험했던 놀이 서사에 대한 기억은 오히려 불편하다. 서사는 의식적으로든 무의식적으로든 휘발되어 기억에서 날아가 버려야 다시 시작되는 놀이에 순수하게 몰입할 수 있다. 그러나 온라인게임은 시작과 중간은 있지만 끝은 불가능한, 혹은 있어서도 안 되는 현재 진행형 서사이다. 중간은 메인 서버에 저장된 기억에 의해 매번 놀이를 시작할 때마다 불러질 수 있으며, 놀이 시간 동안 누적되었다가 게임 공간에서 나가면 다시 서버에 저장된다. 관습적인 놀이에서는 세이브(Save)이 불가능하지만 온라인게임에서는 세이브가 서사를 진행해 나가는 데 아주 중요한 조건이다. 저장이라는 독특한 기술적 요소는 온라인게임이 서사를 누적시킬 수 있도록 도와줌으로써 놀이의 즐거움을 지속적으로 유지시켜 준다.

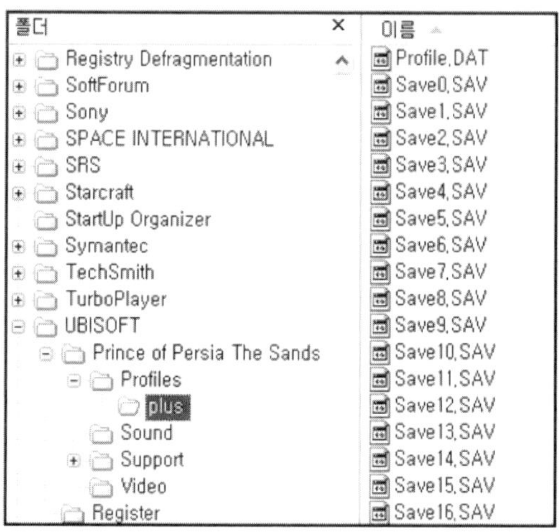

자장된 세이브 파일

온라인게임의 서사 문법은 체험과 몰입, 누적을 통해 완성된다. 체험과 몰입이 놀이를 완성하는 필요충분조건이라면 누적은 그것을 온전한 형태로 지속시켜 줌으로써 서사의 완성을 끊임없이 차연시켜 준다. 온라인게임의 접속을 끊으면 그동안 경험했던 서사는 순간 휘발되어 날아가지만, 다시 접속하면 세이브라는 서사 누적 메커니즘에 의해 다시 복원된다. 끊어졌던 서사 경험을 다시 이어주는 것은 유저 자신이 아니라 메모리에 저장된 게임 서버의 기억이다. 서사 기억이 타자화됨으로써 자연스럽게 내러티브는 유저가 어떤 선택을 하느냐에 따라 변주된다.

2) 선택에 의한 내러티브의 변주

온라인게임에서 다중이 갖는 의미는 서사의 형성과 관련된다. 게이머들이 만들어낸 자율형 서사는 게임 텍스트 안에 겹쌓여 있다.[35] '겹쌓여 있다'를 이해하기 위해서는 층(層)으로 형성되는 서사와 겹으로 형성되는 서사의 차이부터 변별해야 한다. 층이 '놓인 곳 위에 또 놓이는 것' 의미한다면 겹은 '뒤로 계속 겹쳐 있지만 눈앞에 보이는 맨 앞의 사물만 인식하는 것'을 나타낸다. 다시 말해 층은 아래에서 위로 쌓여간다면, 겹은 앞에서 뒤로 겹쳐진다.

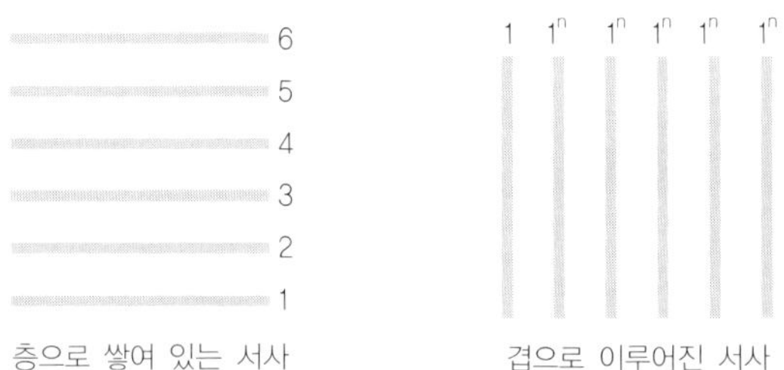

층으로 쌓여 있는 서사   겹으로 이루어진 서사

층으로 형성된 텍스트이건 겹으로 형성된 텍스트이건 우리가 보는 것은 동일하다. 문제는 그것을 보기까지 우리가 거쳐야 하는 서사의 메커니즘이다.

---

[35] '겹쌓이다'는 일이나 사회적 현상이 여러 갈래로 생기거나 일어나 겹치다는 사전적 의미를 갖는다.

층서사(층으로 쌓여 있는 서사)에서 6을 보기 위해서는 1부터 순차적으로 보아나가야 한다. 서사경험은 누적되고 시간은 선조적으로 흐른다. 문학이나 영화 같은 전통적인 서사는 이와 같은 방식으로 구조되었다. 그러나 겹서사(겹으로 이루어진 서사)는 1을 보기 위해 뒤에서부터 차례로 볼 필요가 없다. 아래에서 위로 쌓여가는 서사가 아니라 옆으로 겹쳐지기 때문이다. 위아래 대신 앞과 뒤가 있는데, 위아래가 고정돼 있는 반면 앞뒤는 언제든지 바뀔 수 있다. 우리가 1^n을 보는 순간 1^n은 1이 되고 원래 1은 1^n이 된다. 층서사에서는 1을 임의로 지정할 수 없다. 이미 작가에 의해 주어지기 때문이다. 반면 겹서사는 1을 독자가 임의로 지정한다. 서사의 순서를 조작할 수 있으며 1^n은 무한대로 확장될 수 있다.

온라인게임의 자율형서사는 겹서사이다. 유저가 게임 서버에 접속하는 순간 그가 직전에 경험했던 서사는 1^n이 되고, 새로운 1과 만난다. 독자가 소설을 3까지 읽고 중단했다가 다시 읽으면 3부터 시작해야 하는 것과 다르다. 서사가 누적되지 않고 휘발되기 때문이다.

〈A3〉를 처음 시작하면 유저는 캐릭터를 만들어야 한다. 최대 다섯 개까지 캐릭터를 만들 수 있는데 유저는 게임에 접속할 때마다 다섯 개의 캐릭터 중 하나를 선택하여

| 새 캐릭터를 만들려면

계정 상에 기존에 만들어 놓은 캐릭터를 선택하거나 새로운 캐릭터를 생성할 수 있습니다.
새 캐릭터를 만드실 때는 "New Character" 버튼은 누르시면 새로운 캐릭터 생성과정으로 들어갑니다.
하나의 계정당 한 서버에 최고 5개의 캐릭터를 만들 수 있습니다.

| 플레이 할 캐릭터 선택하기

새로 만들어진 캐릭터를 포함해 본인이 만든 캐릭터의 모두를 캐릭터 선택화면에서 보실 수 있습니다.
생성된 캐릭터 중 플레이할 캐릭터를 클릭하면 캐릭터가 선택되게 됩니다.
선택한 캐릭터로 플레이를 하고자 하면 "Select"버튼을 클릭하세요. 그러면 선택하신 캐릭터로 게임을 접속하게 됩니다.

〈A3〉의 캐릭터 선택 화면

플레이할 수 있다. 환언하면 유저는 〈A3〉라는 게임 서사를 진행하면서 모두 다섯 개의 각기 다른 서사를 임의적으로 선택할 수 있다는 것이다. 유저가 어떤 캐릭터를 선택하느냐에 따라 게임 내부 서사는 매번 변주된다. 40 렙 요정 캐릭터로 플레이 할 때의 내부 서사와 67렙 법사 캐릭터로 플레이 할 때의 내부 서사는 확연히 다르다. 퀘스트 수행도 파티 구성도 심지어는 집단적 유대의 대상까지도 달라지면서 유저는 완전히 다른 두 개 이상의 이야기에 반영웅-주인물이 된다.

〈WOW〉의 캐릭터 선택 화면

블리자드의 대작 MMOPRG 게임인 〈WOW〉에서 게임을 시작하기 위해서 유저는 제일 먼저 캐릭터를 생성해야 한다. 〈WOW〉에는 두 개의 종족이 있는데 얼라이언스와 호드 종족이다. 미리 주어진 게임 외부 서사에 의하면 얼라이언스와 호드 두 종족은 불구대천의 원수지간이다. 〈WOW〉는 플레이어들끼리 전투하게 설정된 PvP 서버이기 때문에 게임 내부 공간에서 두 종족이 서로 만나면 생사를 건 전투를 벌인다. 두 종족간의 대립은 〈WOW〉에서는 아주 일반적인 일이며, 상대종족에 대한 PK는 죄책감보다는 숭고한 의무로 여겨진다.

호드족에 대한 분노를 공공연히 표출한 얼라이언스 캐릭터들

그러나 간혹 〈WOW〉 유저들 중에는 복수(複數) 계정을 이용하여 얼라이언스와 호드 두 종족을 모두 플레이하는 유저가 있다. 이 경우 캐릭터 선택 창에서 얼라이언스를 선택하면 게임 내부 서사에서 호드와 적대적인 관계를 형성하고, 호드를 선택하면 얼라이언스와 적대 관계를 형성해야 하는 딜레마에 빠지게 된다. 하지만 유저들은 전혀 혼란해하지 않으면서 서사를 진행시켜 나가는데 이는 〈WOW〉의 게임 내부 서사가 층서사가 아니라 겹서사이기 때문이다. 겹서사에서 중요한 것은 임의적인 선택이지 행위의 인과 관계가 아니다.

2005년 1월 11일 〈WOW〉의 한 서버에서 발생한 '악령의 숲 호드 살해 사건'은 선택에 의한 서사의 변주가 어떤 방식으로 스토리텔링 되는가를 보여준다. 약초를 캐러 갔다가 얼라이언스를 만난 호드 종족의 한 유저가 관습대로 얼라이언스를 PK했다. 그러나 그 약초밭은 두 종족 간에 평화협정을 맺고 사이좋게 약초를 채집하기로 약속한 공간이었다. 그것을 몰랐던 호드 유저는 그 후 거센 비난에 직면했고 급기야는 같은 종족에 의해 살해당하고 만다. 이 사건 이후 게임 외부 서사 공간인 게시판을 통해 호드가 '얼라이언스를 살해하는 것은 당연하다'는 입장과 '내부 규칙을 모르고 위반한 것은 잘못이다,

〈악령의 숲 호드 살해 사건〉을 패러디한 포스터

그렇다고 해서 호드가 호드를 살해한 것은 게임의 가장 중요한 규칙을 위반한 것으로 잘못된 것이다' 등등 많은 논쟁이 벌어졌다. 〈WOW〉의 게임시나리오 작가들이 미리 설정해 놓은 내러티브가 유저들에 의해 변주되었고, 그 변주된 내러티브가 다시 한 유저의 자의적인 판단으로 변주됨으로써 서사가 비인과적으로 확장된 것이다.

한 유저가 클래스(직업) 선택에 대해 자신의 블로그에 쓴 글을 읽어보면 어떤 클래스를 선택하느냐, 그리고 어떻게 육성하느냐에 따라 무수히 많은 경우의 수의 서사가 존재함을 알 수 있다. 게임의 재미를 위해 대부분의 유저들이 주캐릭터와 보조캐릭터를 키우고 있는데 '주'와 '보조'의 의미는 상징적일 뿐 캐릭터를 선택하여 게임에 접속하는 순간 모든 캐릭터는 서사의 중심이 되는 반영웅-주인물이 된다.

아무튼.. 슬슬 서버 분위기에 적응하려고 하던 무렵. "부캐를 키우자!" 라는 소리는 나를 혹하게 만들기 충분했다. 그리고 친구 초대 연결이 된 필자와 김빌리 둘이서 무슨 클래스를 할까 고민을 하기 시작했다. 그동안의 플레이 스타일이 닥탱. 필드쟁은 잼병 이었던 필자. 그리고 호드를 써걱써걱 썰어대던 김빌리. 필자는 얌전한 플레이 스타일을 버리고 굶주린 짐승 김빌리의 뒤를 따라가기로 했다.

"호드를 썰면서 렙업 하자!" 라는 주 목표가 정해진 뒤. 클래스를 정해야 했다. 와우의 클래스는 총 10가지. 전사, 도적, 마법사, 사제, 흑마법사, 사냥꾼, 주술사, 죽음의 기사, 드루이드, 성기사. 이 10개의 클래스 중에서 전사와 마법사는 이미 플레이 했으니 제외. 남은 8가지의 직업군 중에서 피브이피가 강력한 클레스를 골라봤다.

소위 말하는 썹사기. 라고 불려지며 판금입은 딜러. 징벌기사(성기사) 와 죽음의 기사(죽바퀴)가 물 밑에 올랐으나 징기는 사냥이 지루하다는 이유로 보류. 죽음의 기사는 레벨 55부터 시작하므로 쪼랩때 호드를 못 쓴다는 이유로 보류.

냥꾼은 너프를 거듭해서 인구수도 줄었고, 필자와 빌리 둘 다 캐스터 계열은 싫어 하므로 남은 클래스는 '도적' 하나 뿐 이었다. 때는 도적이 너프되기 전이라 도적의 데미지가 사기라느니 디피가 편다느니 하는 이야기가 있었고 우리 둘 다 양손으로 쉴 새없이 공격을 하는 도적에 끌리기 시작했다.

그리고 어느새 우리는 도적을 생성하고 있었다.

필자는 도검숙련이 붙은 인간 도적으로, 빌리는 은신과 회피에 종특이 붙은 나이트엘프 도적으로.

그리고 둘은 렙업은 뒷전이요, 호드 썰기라는 주 목표를 향해 돌진했다.

〈WOW〉 게시판에 올려진 클래스 선택에 관한 글

선택에 의해 호명된 서사에만 충실할 수 있는 것은 근본적으로 서사 기억의 주체가 유저가 아니라 게임 서버의 메모리이기 때문이다. 기억으로부터 자유로울 때 유저는 지금, 현재, 여기서 경험하고 있는 서사에만 집중하면 된다. 몰입된 집중의 서사 기억은 겹쌓이고, 호명의 선택에 의해 전경화와 후경화를 반복한다. 전경화와 후경화를 반복하는 사이에 〈WOW〉에 접속한 모두 유저들은 각각 개별적인 서사를 만들어나가게 되고, 이 경험들이 메모리에 저장되어 결국 자율형 서사로 변주되어 누적된다. '선택에 의해 자의적으로 변주될 수 있는 서사'라는 온라인게임 서사의 특징을 미학적 효과 면에서 분석하기란 쉽지 않지만, '명백히 존재하는 서사'라는 결과가 아니라 '명백히 경험하는 서사'라는 과정이 디지털서사학의 영역임은 분명하다.

Chapter ❽ 디지털서사학의 전망과 쟁점

1. 디지털서사학을 위한 몇 가지 이론틀

1) 복수 주체

새로운 사회 형태는 새로운 성격 형태, 새로운 사회화의 방법, 새로운 경험 조직화의 방식 등을 필요로 한다. 정보화사회가 새로운 사회 형태라면, 온라인게임의 가상공간 또한 정보화사회가 만들어 낸 또 하나의 사회 형태이다. 그리고 두 사회 형태 모두 대중매체와 멀티미디어를 통한 개인적인 사회화 과정과 경험 조직화의 방식을 통해 주체의 조작을 노정하고 있다는 점에서 동일하다. 이제 문제는 새로운 사회 구조 안에서 우리의 주체성은 어떻게 조직화되는가 하는 것이다.

모든 시대는 자체의 독특한 병리 형태를 발전시키는데 이는 그 사회의 저변에 있는 성격 구조를 과장된 형태로 표시한다. 자본주의 사회는 상호 경쟁과 잉여가치 생산이라는 히스테리와 강박신경증이 관련된 성격 특질

(소유욕, 일에 대한 광적인 몰두, 그리고 관음의 맹렬한 억제)을 극단으로 몰고 갔으며, 경제 공동체 안에서 자신의 입지를 보장받기 위해 개인적인 성향을 억누르고 집단의 성향에 굴복하는 매저키즘이 돌출 되었다.[1] 그러나 컴퓨터와 네트워크가 거미줄처럼 촘촘히 연결되어 만들어낸 가상 공동체와 그 안에서 형성되고 있는 일상 세계는 이전과는 판이하게 다른 성격 구조를 형성하고 있다.

후기 자본주의 사회로 접어들면서 전통의 단절과 권위의 붕괴, 영역화된 사회 제도의 해체로 인하여 칸트적인 의미에서의 주체는 심각한 도전을 받게 된다. 하버마스는 귀족 헤게모니에 저항하는 부르주아의 투쟁기까지 거슬러 올라가면서 공공 영역과 소통 합리성이 출현하는 지점을 탐색한다. 초기 저작인 『공공 영역의 구조적 이행』(1962)에서 그는 찻집, 살롱, 여관에서 공공 영역이 탄생하는 과정을 신문이라는 인쇄 문화의 확산과 관련시켜 탐구한다. 이러한 사회적 공간에서 다음과 같은 특징을 가진 공적 발화의 한 유형이 정립된다. 첫째, 신분에 대한 무관심, 둘째 공통의 관심사라는 새로운 영역의 문제화, 셋째, 포함의 원리, 즉 원하는 자는 누구라도 참여할 수 있다는 원리이다. 하버마스는 이러한 공공 영역의 기본 조건으로 부르주아의 가족 문화를 제시한다. 가정이라는 새롭게 구축된 사생활 속에서 찻집이라는 공공 영역으로 옮겨오면서 새로운 주체가 나타났다는 것이다. 가정 내에서 부르주아는 편안하고 안락하며 도덕적으로 흠집이 없는 인간이라고 느낀다. 이를 기반으로 부르주아들은 일단 찻집으로 들어오기만 하면 스스로를 자율적이고 비판적이고 자유로운 주체로 구성하기 시작한다. 그러나 부르주아의 공공 영역을 보편화하려는 하버마스의 시도는 모더니티

---

[1] 크리스토퍼 라쉬 저, 최경도 역, 『나르시시즘의 문화』, 문학과지성사, 1989, 61~62면.

의 문제와 계몽의 기획에 뿌리를 둔 것일 뿐이다. 하버마스에 있어 주체는 미리 주어져 있는 것, 언어 이전의 것이다. 하버마스는 문화적 또는 상징적 상호작용을 소통 행위로만 한정시켰으며, 더 나아가 타당성 요청이라는 합리성으로 한정시켰다. 그에게 주체는 합리적인 이성이며, 계몽의 도구이다. 하버마스에게 영화관에 가고, 라디오를 듣고, 컴퓨터나 팩스로 메시지를 보내고, 전화를 이용하는 것 등은 모두 소통 합리성의 퇴화, 다시 말해 시스템이 생활 세계를 식민지화하는 예에 지나지 않는다. 소통 합리성 이론의 가장 큰 한계는 그것이 합리성이라는 것의 결핍만을 강조함으로써 전자적으로 매개된 커뮤니케이션이 가지고 있는 언어적 차이를 설명할 수 없다는 것이다.[2]

정보화사회에서 하버마스가 제시한 공공 영역은 점차 그 역할이 감소하고 있다. 가정, 학교, 교회 같은 전통적인 재사회화 기관들은 그 기능의 일부를 가상공간 안으로 이동시키고 있으며, 찻집이나 살롱이 했던 역할을 대화방이나 게시판 같은 가상공간의 비물질적 영역이 대체하고 있다. 새로운 공공 영역이 출현하고 있는 것이다. 그러나 하버마스에게 가상공간의 공공 영역은 생활 세계를 식민지화하는 시스템에 불과할 뿐이다. 왜냐하면 그 공간 안에서 주체는 더 이상 합리적인 이성도 계몽의 도구도 아니기 때문이다. 대중 매체(신문, 잡지, 텔레비전)가 가져다주는 공동체 의식은 자신이 어느 집단에 소속되어 있다는 소속감을 일깨워주기는 하나, 그것이 책임감으로까지 연결되지는 않는다. 더구나 정보화사회는 대중 매체들이 쌍방향 소통 방식으로 그 매체적 특성을 변화시킴으로써, 사회 공동체의 소속감마저도 희석시키고 있다. 매체 특성의 변화와 탈영역화 현상의 심화로 인한

---

2 마크 포스터 저, 이미옥·김준기 역, 『제 2 미디어 시대』, 민음사, 1999, 78~81면 부분 요약.

공동체 의식의 붕괴는 사회 구조의 가장 기본이 되는 가족공동체에도 영향을 미쳤다. 핵가족 제도가 자본주의 체제의 근간으로 기본적인 경제 단위의 역할과 일차 사회화 기관의 기능을 수행한데 비해, 정보화사회에서는 가족의 의미가 일차적인 사회화 기관으로서의 기능보다는 개별적이고 일시적인 결합의 형태로 전락한다. 전통적인 사회화 기관이었던 가정, 학교, 교회 대신에 대중 매체와 컴퓨터를 통한 개인 대 사회의 관계만이 그 역할을 대신함으로써 사회화 수행 과정에서 개인의 역할이 커지게 되고 이것이 주체의 조작으로 연결된다.

공공 영역의 제도화, 즉 민주주의의 확장문제에 천착함으로써 계몽의 자유주의적 전통을 계승하고자 했던 하버마스에게 가상공간은 공공 영역의 해체를 공공연하게 드러내주는 우울한 그림자로 드리워진다.

하버마스와 달리 후기 구조주의자들은 언어가 사실 확인적이고 재현적이며 단성적인 것 이상의 것임을 드러내고자 했으며, 말과 사물의 관계가 영원히 고정되어 굳어진 것이 아니라는 사실을 보여주었다. 이러한 비판 작업은 그러한 고정성 뒤에 있는 주체의 모습을 드러내 보여주는 것이며, 그것의 근거를 제공하는 매개체 / 대상과 같은 주체의 이원적 형이상학을 폭로한다. 그들은 하버마스가 주체와 언어의 관계를 재개념화하는 데 실패했으며, 언어가 주체를 서로 다른 수많은 형태로 구성하는 방식을 인식하지 못했다고 주장한다.

데리다는 주체를 가두는 가장 견고한 형식인 문자의 합리성에 회의를 가졌다. 그의 저서『문자와 차이』에서 데리다는 에드몽 자베스의 "너는 쓰는 자이고 동시에 써지는 자이다."라는 말을 패러디하여, "우리는 씀으로서 써진다."라고 고쳐 읽는다. 단적으로 글을 쓰는 주체가 존재할 수 없음을 주장한 것이다. 하버마스가 합리적인 이성이며 계몽의 도구로 파악했던 주체는 데리다에게 있어 단지 '우리'라는 복수 안에 흔적처럼 존재할 뿐이다.

데리다의 문자학에서 주체는 자율적인 존재가 아니라 하나의 문자로서 타자나 타인에게로 향한 주체의 분열이나 모호한 욕망이다. 왜냐하면 현존적 자기 향유나 자기의 즐거움은 신화요 환상이며, 현존으로서의 주체는 없고, 차연으로서의 주체가 있을 뿐이기 때문이다. 주체는 이 세상에 살아가기 위하여 남들과 말을 해야 하고 교제를 해야 하며 그런 가운데서 자기 자신을 언제나 되새긴다. 주체는 말을 하든 침묵하든 그 자신 속에 차이를 잉태할 수밖에 없다. 주체가 언제나 스스로에게 물음을 제기할 수밖에 없는 존재라면, 주체가 합리적인 이성이라는 진술은 환상에 불과해진다. 주체는 다른 주체와의 단순한 차이이며 흔적에 지나지 않기 때문이다. 그런 점에서 '나'나 '그대'는 단순한 현존의 기쁨이나 향유가 아니며 단지 문자(흔적)이다. 주체가 글을 쓴다는 것은 많은 다른 흔적들과의 차연적 공동의존에 의해서 주고받는 놀이의 반복이 낳은 체계에 의해서 가능하다. 그래서 데리다는 '나'는 써진다고 말할 수밖에 없다. '나'는 글을 씀과 써짐의 파르마콘이다. 그러므로 '나'와 '그대'는 현존적 부름과 응답의 그런 성실성의 관계가 아니고 분열이나 별리의 순간이다.

데리다에게 문자는 정원에 살지 않고 사막을 헤매는 인간이 자기 자리를 상주시킬 수 없기에 자리를 벗어나야 하는 운명을 상징한다. 자기의 울타리를 벗어나기 위하여 타자와의 관계를 통해 자리를 보아야 한다. 이때에 타자는 꼭 타인의 존재일 필요는 없다. 모든 흔적이면 족하다. 흔적은 타자를 암시하는 암호요 은유이며, 흔적을 남긴다는 것은 쓰는 것이다. 흔적을 남김은 저자의 부재와 같다.[3]

---

3 김형효, 『데리다의 해체철학』, 민음사, 1993, 160~166면 부분 요약.

데리다에 의하면 우리는 기억과 지각에 의해 글을 쓴다. 기억은 뉴런의 틈 사이에 생기는 차이, 즉 흔적의 차이이다. 순수 현존으로서의 기억의 단순성은 어디에도 없다. 지각도 마찬가지다.

> 순수한 지각은 없다. 언제나 이미 지각을 감시하는 우리 안에 있는 심급(審級)에 의하여 글을 쓰면서도 우리는 쓰인다. (…중략…) 문자의 주체는 심적인 것, 사회와 세계 등의 기층들 사이에 있는 관계의 한 체계이다. 그런 무대의 내부에 고전적 주체인 점과 같은 주체는 발견할 수 없다.[4]

데리다가 말한 문자나 원문자는 결국 현존, 현재, 주체, 고유성, 고유명사의 지움과 다르지 않다. 하버마스가 공공 영역 안으로 끌어들여 복원시키려 했던 칸트적 주체는 데리다에 이르러 다시금 지워진다.

그러나 데리다의 주체도 정보화사회의 주체관을 설명하는 데는 적절치 못하다. 무엇보다도 가상공간 안에서는 "주체는 다른 주체와의 단순한 차이이며 흔적에 지나지 않는다."라는 데리다의 주장이 유효하지 않기 때문이다. 현실공간에서는 타자의 시선을 분명하게 인식할 수 있기 때문에 그 차이와 흔적에 주체를 가둬둘 수 있지만, 가상공간은 수없이 많은 타자들이 모여 있다고 단지 추측할 수 있을 뿐, 궁극적으로는 언제나 혼자이다. 현실공간에서는 '나'가 쳐다보기 전에 '그'가 쳐다보지만, 가상공간에서는 '나'가 쳐다보기 전에는 절대로 '그'가 '나'를 쳐다보지 않는다. 오히려 가상공간 안에서의 주체는 타자와의 관계 속에서 획득되는 것이 아니라 주체 안의 무수한 주체와의 상호작용을 통해서 계속 새로운 주체가 만들어진다. '나'는 '그'와 대화하는 것이 아니라 '나'와 대화할 따름이다. 데리다가 하버

---

4 J. Derrida, *L´Ectiture et la difference*, 1967, Paris, Seuli, p.335.

마스의 주체를 탈주체화 하였다면, 가상공간은 데리다의 탈주체를 복수 주체로 다시 변화시킨다. 가상공간에서 우리의 자아는 이제 더 이상 순수하게 외적 현실이 그것에 대해 확실한 연속성을 가지기 때문에 일관되며 연속적인 것이라는 환상 안에 갇혀 있길 거부한다. 이제 주체는 어떤 내적인 연속적 자아성도 가지고 있지 않으며, 강한 휘발성을 띤 무수히 쪼개진 형태로 현존한다. 프로이트의 용어 '동일시'는 타자의 특성들을 취하는 것을 포함하여 일종의 복종을 의미했다. 그러나 가상공간에서 타자와 '동일시한다'는 것은 자아의 영역에 타자를 가상적으로 동화시키면서, 그 타자성을 무효화하는 것이다. 예컨대 우리는 컴퓨터 게임을 할 때마다 매번 그 게임이 요구하는 새로운 자아를 동일시를 통해 획득하지만, 그 게임을 끝내는 순간 만들어진 자아는 소멸되고 만다.

정보화사회는 언어의 근본적 재구성을 불러일으키며 이성적, 자율적 개인이라는 형식 바깥에서 주체를 다시 구축한다. 친숙했던 자본주의시대의 주체는 복수화되고, 분산되고, 탈중심화되고, 여기저기로 계속 호명되는 주체를 선호하는 정보 양식에 의해 불안정한 정체성을 가진 주체로 대체된다. 가상공간은 주체와 타자 사이의 거리에 대한 다양한 해석을 허용한다. 주체와 타자사이의 엄청난 공간적 확장은[5] 자기 동일적 주체가 그 틈에 접근하지 못하도록 막아온 것들을 뒤엎어버린다. 디지털 커뮤니케이션이 만들어내는, 엄청난 거리와 시간성의 즉각적인 결합은 주체와 타자를 떼어놓기도 하고 그들을 서로에게 데려가기도 한다. 아날로그 커뮤니케이션과 대립되는 이러한 경향들은 개인의 위치를 철저하게 재배치하기 때문에, 시공간적으로 고착되고 주변의 대상들을 인식론적으로 통제할 수 있는 자아의

---

5 인터넷을 떠올려보자. 그 공간 안에서 우리는 이제 더 이상 물리적 시공간의 거리를 느끼지 못한 채 무수히 많은 타자들을, 그들의 흔적을 경험할 수 있게 되었다.

모습은 더 이상 유지될 수 없다. 언어는 리얼리티를 재현하지 않으며, 주체의 도구적 합리성을 강화시키는 중립적인 도구가 아니다. 언어는 리얼리티 자체가 되거나 리얼리티를 좀 더 잘 재구성한다. 그렇게 함으로써 주체는 언어를 통해 호명되며, 그러한 호명에서 쉽게 벗어날 수 없다. 디지털 커뮤니케이션은 모더니티 이론에서 본질적으로 고착된 지점, 근거, 토대들을 체계적으로 제거한다.

컴퓨터와 가상공간으로 상징되는 정보 양식은 사회 형태를 변화시킬 뿐만 아니라 우리가 주체에 대해 생각하는 방식까지 변화시켰다. 정보 양식은 개인들이 불안정한 정체성을 갖도록 만들고, 그들을 복수 정체성 구성의 지속적인 관계로 밀어 넣는다. 정보 양식은 주체 구성의 과정에서 언어의 역할에 초점을 맞추는 이론들, 읽는 사람과 쓰는 사람을 비평가와 저자라는 안정된 지점에서 바라보는 관점을 해체하는 이론들을 조장한다. 인쇄가 주체에 대해 이해를 매개할 때, 언어는 재현적인 것으로, 즉 대상을 지시하기 위해 사유자들이 환기시키는 기호들의 자의적인 체계로 이해된다. 이러한 체계 속에 자리잡고 있는 한, 주체는 시공간적으로 안정적인 위치에 머물게 된다. 디지털 커뮤니케이션이 주체에 대한 이해의 한 요소가 될 때, 언어는 수행적이고 수사학적인 것으로, 즉 주체에 대한 능동적인 형상화와 자리잡기로 치환된다. 이러한 커뮤니케이션 체제가 널리 퍼져나가게 되면 주체는 단지 부분적으로만 안정된 것으로, 시공간의 다양한 지점들에서 반복적으로 재구성되며, 각기 동일적이지 않고 항상 부분적으로만 타자로 이해된다.[6]

가상공간 안에서 주체는 더 이상 합리적 이성이나 계몽의 도구도 아니

---

6 마크 포스터, 『제2미디어 시대』, 민음사, 1999, 96~97면.

며, 타자의 시선 안에 갇혀 있는 차이와 흔적뿐인 탈주체도 아니다. 현실공간이 슈퍼 에고와 에고의 지배를 받는 실재 공간이라면, 가상공간은 이드의 지배를 받는 시뮬라크르한 공간이다. 그리고 그 이드는 주체가 어떤 타자와 접속하느냐에 따라 무수하게 분열된 형태로 다시 재조합되면서 우리의 주체를 다성적으로 매개한다. 탈주체가 주체는 단일하며 선험적으로 이미 존재하고 있다는 전제하에서 주체의 억압과 시선으로부터 벗어나고자 하는 의식적인 노력을 지시하는 용어라면, 복수 주체는 주체가 결코 단일하거나 견고할 수 없으며, 하나의 육체 안에 두 개 이상의 이질적인 정체성(正體性)이 존재할 수 있음을 전제한다. 정보화사회는 우리에게 육체가 경험하는 물리적인 세계 이외에도 의식적인 흐름만으로 경험할 수 있는 세계를 가능케 해 주었다. 육체와 무관한 의식의 세계 안에서 우리의 주체성은 상황이나 의지에 따라 쪼개지거나 분열된다. 복수 주체는 바로 이같이 쪼개지거나 분열된 우리의 정체성을 지시해 준다.

2) 메타 리얼리티

문학에 있어 리얼리티의 문제는 문학 패러다임의 역사에 그 괘를 같이 하고 있다. 새로운 문학 패러다임이 생성될 때마다 이전의 패러다임을 고쳐 쓰는 가장 분명한 지점은 재현의 미학적 층위였다. 여기서 미학적 층위가 의미하는 바는 소위 '재현'의 문제이다. 리얼리즘의 인식론은 근본적으로 재현을 주체가 주체 바깥에 놓인 객체를 재생산하는 것으로 생각하면서 지식과 예술에 대한 반영 이론을 제시하는데, 그 기본적 평가 범주들은 적절성, 정확성, 그리고 진리 그 자체이다. 바로 이 재현의 문제에 집중하여 리얼리즘과 모더니즘, 그리고 포스트모더니즘에 이르기까지 자본주의시대의 문학 패러다임이 변모해 온 것이다.

디지털서사학에서 필자가 주창하는 리얼리티는 기존의 리얼리티와는 다른 개념으로 사용된다. 디지털서사 텍스트와 기존문학의 가장 큰 차이는 문학적 원형을 이루는 상상력의 층위에 있다. 문학은 허구의 산물이므로, 상상력이야말로 문학을 지탱하는 가장 큰 힘이다. 디지털서사의 상상력이 기존문학의 상상력과 갈라지는 부분은 리얼리티의 지시점(재현공간)을 어디에다 설정해 두고 있느냐이다.

가상공간 또한 인간에 의해 인위적으로 만들어진 현실이다. 그러나 그것은 실제가 아니라 이미지이다. 가상공간은 그 자체가 하나의 거대한 사회 구조를 이루고 있지만 그 공간 안에 실제 발을 딛고 서 있는 인간은 없다. 네티즌들은 다만 그들의 가변적인 자의(自意) 이미지를 가상공간 안에 투사하여 또 하나의 가상현실을 재구하고 있을 뿐이다.

젊은 세대들에게 익숙한 상징체계가 다른 세대들에게 그렇지 못한 경우 생기는 서사적 단절감은 기실 별 문제가 아닐 수도 있다. 서사의 생명력은 새로운 시대에 맞춰 새로운 리얼리티를 창출해 내는 데 있으며 그 전위에는 항상 새로운 세대들이 위치해 있기 때문이다. 단절감은 새로운 서사의 형성을 위한 일종의 과도기적 통과 의례로 이해할 수 있으며, 더구나 서사 생산 메커니즘의 가장 주요한 위치를 점하고 있는 독자들의 소비적 기호가 변화하고 있는 상황에서 그 거리는 새로운 리얼리티의 수용이라는 방향으로 자연스레 해소될 것이다.

필자는 여기서 기존의 리얼리티 개념이 변화하는 사회 현실을 담아내기에 한계가 있다고 판단하여 메타 리얼리티라는 용어를 새로이 제안하고자 한다.[7] 리얼리티가 현실 세계를 모사 하거나 참조하여 텍스트 안에 재현하고자 하는 의식적인 실천의 층위라면, 메타 리얼리티는 리얼리티의 지시 영역을 물리적인 세계가 아니라 우리의 상상력 안에 두고 있는 미적인 층위이다. 보드리야르의 시뮬라크르 개념이 실재하지 않지만 실재하는 것보다 더 실재처럼 인식되는 것이라면, 메타 리얼리티는 시뮬라크르한 세계를 문학 텍스트 안으로 끌어들였을 때 미학적으로 확대되고 확장되는 세계를 지시해준다. 메타 리얼리티는 다시 현실 세계가 아니라 가상세계 안에서 펼쳐지는 인간의 삶이나 경험을 그려내는 버추얼 리얼리티와 우리의 무의식 깊숙이 자리잡고 있는 문화적 기호들이 만들어 내는 이미지 리얼리티로 나눌 수 있다. 이제 우리가 상상하는 모든 것이 리얼한 시대에 우리는 살고 있는 것이다.

디지털서사체의 비물질적인 상상력은 궁극적으로 이미지의의 확대 재생산으로 연결된다. 이미지란 'Image(상, 像·잔상, 殘像·표상, 表象)'와 'Way of Seeing(바라보기의 방법)'[8]으로 다시 나누어진다. 디지털서사학의 상상력을 이해하고자 하는 시학적 접근의 하나는 문학텍스트에 안에 구현된 이미지를 어떻게 이해해야 하는 가이다.

우리 앞에 던져진 수많은 사물(事物)들은 객관화된 실체이다. 불특정 다수인이 동시에 바라본다는 측면에서 그러하다. 그러나 우리는 그것들을 각각의 주관적인 의식 구조 안에서 개별적인 의미로 해석해 낸다. 따라서 객관화된 실체를 주관적인 의미로 해석해 내는 일이 선행된 다음에야 우리는

---

7 메타 리얼리티라는 용어는 메타픽션이라는 용어의 개념을 차용한 것이다. 문학 텍스트가 텍스트 밖에 존재하는 다른 세계를 반영하거나 재현하는 것이 아니라 텍스트 그 자체를 반영하는, 창작 과정 자체를 중요한 주제로 다루는 자기반영적인 소설을 메타픽션이라고 한다. 메타 리얼리티는 현실의 세계를 반영하는 것이 아니라 작가의 의식 또는 무의식적인 세계 안에 자리잡고 있는 시뮬라크르한 세계를 반영한다. 메타픽션이 글쓰기 행위 자체에 주목한다면, 메타 리얼리티는 리얼리티를 만들어내는 우리의 상상력에 주목한다.

8 'Way of Seeing'은 영국의 미술비평가 존 버거(John Berger)가 1972년에 쓴 『이미지(Way of Seeing)』, 동문선, 1990에서 그 영문 표기를 차용하였다.

그 실체의 상(像)을 가질 수 있다. 결국 이미지는 주관화의 작업(Way of Seeing)을 거쳐 객관적으로 기호화된 것이다. 가상공간을 '이미지로 현현하는 세계'라 특징화하였을 때, 주되게 관심을 두고 있는 것은 사물들을 바라보는 우리들의 개별적인 의식이다. 동일한 사물을 바라보는 우리들의 의식은 결코 일치할 수 없다. 바라보기의 방법에 따라 수많은 상(像)으로 분열되기 때문이다.

장 보드리야르는 이미지를 연속적인 네 개의 단계로 파악하였다.

> 01. 이미지는 깊은 사실성의 반영이다.
> 02. 이미지는 깊은 사실성을 감추고 변질시킨다.
> 03. 이미지는 깊은 사실성의 부재를 감춘다.
> 04. 이미지는 그것이 무엇이건간에 어떠한 사실성과도 무관하다.
>   : 이미지는 자기자신의 순수한 시뮬라크르이다.[9]

보드리야르의 연속적인 4단계를 'Way of seeing'과 'Image'의 관점으로 재해석하면 다음과 같다. 첫 번째 단계는 객관화된 사물을 인지하는 단계이다. 두 번째와 세 번째는 그 객관성을 담지자의 주관적 시선(way of seeing)에 의해 내면화시키는 과정이다. 네 번째 단계는 주관적 시선이 다시 객관화된 기호(image)로 현현하는 단계이다. 그리고 네 번째 단계에서 이미지는 그 자체로 하나의 '현실'이 된다.

전통적인 관점에서 이미지는 현실을 가리는 가상(假像)에 불과했다. 따라서 현실은 현실이고, 이미지는 이미지라는 완강한 이분법적 구도가 흐르고 있었다. 그러나 이제 이미지는 세계를 보는 방식의 차원이며, 현실을 가리

---

9 장 보드리야르 저, 하태환 역, 『시뮬라시옹』, 민음사, 1992, 27면.

는 가상이 아니라 그 자체가 또 하나의 현실이 되어버렸다. 이미지의 가상성과 현실성의 빗금이 소멸되어버리면서 우리는 동일한 사물에서 무수한 이미지들을 창출해내고 그것을 소비함으로써 스스로 시뮬라시옹(시뮬라크르의 동사형으로 '시뮬라크르 하기'의 의미를 지닌다) 한다. 사물의 이미지와 주체의 이미지가 통합됨으로써 또 하나의 이미지를 생산해 내는 것이다.

이미지와 디지털서사학의 상상력과는 어떤 관련을 맺고 있는가를 살펴보자. 일단 근본적으로 독자는 주어진 텍스트를 읽을 때, 작가의 의도를 자신의 의미로 맥락화 시키는 작업을 수행한다. 이때 독자의 의미화 작업에 주요한 모티브로 기능하는 것이, 작가가 텍스트에 의도적으로 삼투시켜놓은 이미지들이다.

전통적인 글쓰기에서 텍스트는 이미지의 시니피에(기표, 記票)들 사이에서 독자를 지도하며, 거기에서 어떤 것은 피하고 다른 어떤 것은 받아들이도록 해준다. 흔히 섬세한 배치(Dispatching)를 통해서 텍스트는 독자를 사전에 선택된 의미로 원격 조정한다.[10] 따라서 이미지는 조작된 곳이며, 그것은 작가만이 정당하게 해독할 수 있고 독자는 그것을 받아들이는 수동적 이미지 생산밖에는 행할 수 없다.

그러나 디지털서사학은 그 이미지들을 창작주체들의 섬세한 배치에 의해 독서주체들로 하여금 능동적으로 재생산해내도록 유도하는 문학이다. 어떤 문학텍스트를 읽을 때, 독자는 작중 화자와 자신을 동일시하거나 더 나아가 작가의 창작 의식과 자신의 독서 의식을 동일시 할 수도 있다. 그리고 만약 이 동일시만으로 독서 행위가 끝난다면, 그는 자신만의 바라보기 방법으로 새로운 의미 기호 구축에 실패하고 만 것이다. 독자수용이론이

---

10 롤랑 바르트 저, 김인식 편역, 『이미지와 글쓰기』, 세계사, 1993, 96면.

텍스트의 의미 생산자로서의 독자의 권위를 인정한 문학패러다임이었으나 전적으로 의미의 재생산을 독자들의 자율적인 독서 행위 내에서 찾았던 반면, 디지털서사학은 작가 역시 독자들의 의미 생산에 함께 참여하는 쌍방향소통의 열린 구조를 지향한다. 독자수용이론에서 주장하는 것처럼 여백과 불확정영역을 독자들이 찾아내 의미를 부여하는 것이 아니라, 작가와 함께 소통하며 텍스트의 틈새를 메꿈으로써 독자들의 능동적인 의미화 작업을 도와주는 문학인 것이다. 그리고 그 작업은 바라보기의 방법에 의해 끝없이 갈라지는 이미지를 생산해 내는 것이다.

텍스트 안에는 무수한 이미지들이 부유하고 있다. 그것은 의도적이든 의도적이지 않는 작가의 창작 의식에 의해 생산된 것이지만, 독자의 독서 행위 안으로 들어가는 순간, 독자의 독서 방식에 의해 재생산되어야 한다. 기술복제시대의 문자 텍스트는 원본이 있음으로 해서, 독자가 감히 원본이 권위에 도전할 수 없었지만, 전자복제시대의 디지털 텍스트는 끝없는 조작 가능성으로 인해 원본의 권위를 상실하게 된다. 이제 텍스트는 이미지가 살아 숨쉬는 열려 있는 공간이며, 독자의 개별적인 이미지 구축작업에 의하여 고정된 기호는 미망에 불과하게 된다. 바라보기의 방법을 지향하는 이미지의 시학은 공간이 주는 비물질적인 상상력과 개별적인 시간을 통해 중첩적 현재를 경험하는 시간의 시학과 함께 디지털서사학의 상상력을 포스트모더니즘의 상상력과 갈라지게 하는 주요한 지점이다.

가상공간은 끝없이 갈라지는 길들이 있는 정원이다. 우리는 하나의 길을 선택하여 들어가지만 그 안에서 길들은 또 다른 길들로 끝없이 연결되어 있다. 비트들이 끝없이 교차되고 연속되는 정원(가상공간)은 시작과 끝이 없는 거대한 뫼비우스의 띠이다. 길들은 계속 갈라질 것이고 미로처럼 엉킬 것이다. 그러나 가상공간이 아무리 끝없이 갈라지는 길들을 만들어낸다 하더라도 우리는 그 미로를 빠져 나올 수 있다. 우리가 만든 미로이기 때문이다.

우리가 육체적인 경험과 무관하게 순수하게 의식의 세계 안에서 경험하는 세계를 모사하는 것이 버추얼 리얼리티라면, 이미지 리얼리티는 우리를 둘러싸고 있는 무수히 많은 서사적 이미지들이 우리의 상상력에 영향을 주어 형성되는 무의식의 세계를 참조한다. 서사적 이미지는 영화일 수도 있고, 만화일 수도 있고, 패션이나 건축일 수도 있다. 우리의 머릿속에 강렬한 이미지로 숨어 있다가 서사 텍스트 안에 언어로 구현되는 순간, 불가해성의 이미지는 해석 가능한 리얼리티를 획득한다. 우리가 현실을 반영해야 한다는 상상력의 감옥에서 빠져 나올 수 있다면 그것은 이미지를 리얼리티로 전화시킬 수 있기 때문일 것이며, 디지털서사학은 '비물질적인 상상력'을 통해 메타 리얼리티를 재현시켜 주어야 한다.

3) 디지털 커뮤니케이션

커뮤니케이션이란 말의 사전적 정의는 '전달, 통신, 연락' 등으로 되어 있는데, 이러한 단어로는 오늘날 커뮤니케이션이 갖는 다양한 의미를 모두 포괄하기는 어렵다. 커뮤니케이션은 손에 잡히거나 눈에 보이는 개체로 이해되기보다는 '무언가를 나누는 행위 또는 그 과정'을 의미하는 단어로 사용되었고, 이 의미는 시간이 흐르고 산업 혁명과 각종 통신 기술이 발달하면서 그 범위와 과정이 더욱 넓어져 사회 속에 다양하게 존재하는 관계의 개념으로 자리잡게 되었다. 즉, 자연과 사람과의 관계, 사람과 사람과의 관계, 더구나 개인 사이뿐만 아니라 복수나 조직 간에도 적용되는 상호 관계의 개념을 띠게 되었다. 따라서 커뮤니케이션은 이전에 비해 사회적으로 강한 영향력을 미치는 사회적 행위로 자리잡은 것이다.

커뮤니케이션의 구성 요소는 1) 송신자와 발신자, 2) 정보, 3) 신호, 4) 코드, 5) 매체, 6) 피드백이다. 송신자는 정보를 전달하는 사람이고, 수신자는 그 정보를 받아들여 이해하는 사람을 말한다. 송신자와 수신자 어느 한 쪽은 반드시 인간이 위치해야 하는데, 기계가 자발적으로 정보를 주고받을 수는 없기 때문이다. 정보는 신호를 통해 송신자에서 수신자로 전달되는 내용이다. 이때 전달되는 내용은 일반적으로 자료라고 불리는 것과는 성질이 다르다. 자료가 사람이나 대상, 사건, 그리고 어떤 개념을 상징적으로 나타내는 수학적 기호들을 뜻한다면, 정보는 의미를 전달하기 위해 자료를 형식화하거나 변형화한 결과라고 할 수 있다. 신호는 커뮤니케이션 과정에서 정보를 전달하기 위한 기본적인 단위이다. 다시 말해 신호는 물리적인 것으로 우리가 감지할 수 있는 것이며, 송신자와 수신자는 신호를 통해 의미를 전달한다. 코드는 상징이나 글자, 또는 커뮤니케이션에 사용되는 말들의 체계적인 질서라고 정의할 수 있다. 한국어, 일본어, 영어 등과 같은 언어 체계는 대표적인 코드의 예이다. 매체는 정보가 채널을 통해 전달될 수 있도록 전환시켜주는 물리적·기술적 수단들을 의미한다.[11] 마지막으로 피드백은 전달된 메시지에 대해 수신자가 송신자에게 보내는 반응이다. 직접 대화에서는 피드백 가능성이 매우 높지만, 대중 매체에서는 일방적 커뮤니케이션이므로 피드백 가능성이 낮다.[12]

---

[11] 매체는 그 매체가 전달할 수 있는 코드의 범위나 전달될 수 있는 영역을 기준으로 세 가지 범주로 나눈다. 먼저 표현적인 매체로 자연언어를 사용하는 목소리, 얼굴, 표정, 몸짓 등이다. 두 번째는 구상적인 매체로 문화적, 심미적 관습에 의해 창조해낸 것들로 서적, 그림, 사진, 편지, 건축 등이 여기에 포함된다. 표현적 매체를 저장할 수 있으며, 시간적·공간적 제약에서도 벗어날 수 있다. 마지막으로 기계적 매체이다. 표현적·구상적 매체를 전달하는 전달 매개의 역할을 하는 전화, 라디오, TV, 컴퓨터통신 등이 여기에 해당된다. 앞의 두 매체에 비해 시간적·공간적 제약으로부터 훨씬 자유롭지만 TV 화면의 크기, 전화선, 통신망 등의 기술적 환경의 제약이 있다.

[12] 시정곤, 「디지털 네트워크와 커뮤니케이션의 구조」, 『디지털시대의 문화 예술』, 문학과지성사, 1999,

커뮤니케이션을 자본주의사회와 정보화사회로 나누어 그 변화를 살펴보면 아날로그 커뮤니케이션과 디지털 커뮤니케이션으로 구분 지을 수 있다. 아날로그 커뮤니케이션은 신문, 잡지, TV와 같이 송신자와 수신자가 분명하게 고정된 미디어를 통해 이루어지는 단방향적이고 대중적이며 포괄적인 형태이다. 아날로그 커뮤니케이션에서 중요한 것은 송신자가 만들어낸 정보를 수신자가 정확하고 고정적으로 받아보느냐 하는 정보의 단선적인 흐름의 연속성이다. 신문은 매일, 잡지는 주나 월 단위로, TV는 프로그램 순서에 의해 한치의 오차도 없이 정보를 제공한다. 수신자는 정보의 생산이나 가공 전달에 직접적으로 참여할 수 없으며 단지 소비할 뿐이다.

그러나 자본주의시대의 미디어와 커뮤니케이션 사이의 단순한 대응관계는 정보화사회에 오면 더 이상 유효하지 않다. 자본주의시대에서는 매스미디어는 매스커뮤니케이션이라는 등식이 성립하였다. 즉, TV나 신문 등을 통해 실현되는 커뮤니케이션이 매스커뮤니케이션이라는 입장이었다. 그러나 컴퓨터 네트워크 위에서 이루어지는 디지털 커뮤니케이션은 미디어와 커뮤니케이션이 분리된다. 컴퓨터는 그 자체로 미디어이면서 다른 모든 미디어를 구현할 수 있는 포괄 미디어이다. 그러한 컴퓨터들이 상호 연결된 네트워크는 그 가능성의 범위를 한층 넓혀 더욱 강력한 미디어로 변한다. 더구나 하이퍼텍스트와 같이 단순히 기존 미디어를 대체하는 것이 아닌 새로운 미디어로 발전할 가능성도 충분히 있다. 커뮤니케이션 행동의 관점에서 보면 송신자이면서 동시에 수신자가 되고, 수신자이면서 송신자가 되는 커뮤니케이션의 세계를 시스템적으로 가능케 한 것이라 할 수 있다. 컴퓨터는 미디어지만 그것이 네트워크로 연결되는 순간 가상공간이라는 새로운 커뮤니케이션의 공간으로 전환된다. 디지털 커뮤니케이션은 이같이 컴퓨터를 통한 새로운 소통 방식을 일컫는 용어이다.

디지털 커뮤니케이션의 첫 번째 특징은 쌍방향성이다. 아날로그 커뮤니케이션이 일방적인 정보의 전달과 수용만 가능했던 데 비해 디지털 커뮤니케이션은 정보의 전달과 수용이 실시간으로 이루어지면서 송신자와 수신자의 위치가 수시로 바뀐다. 두 번째 특징은 시공간의 제약으로부터 해방되는 것을 촉진한다. 시간적인 제약을 받지 않고 정보를 언제든지 신속하게 제공받을 수 있는 수시성(隋時性)과 실시간으로 신속하게 제공된다는 속보성(速報性)이 가능한 커뮤니케이션 환경이다. 신문은 매일 아침이나 저녁이라는 시간적 제약을 받으며 정보를 제공해주지만, 컴퓨터 네트워크는 '나'가 접속하는 순간 언제 어디서든 새로운 정보를 제공받을 수 있다. 세 번째, 디지털 커뮤니케이션은 개성화를 부추긴다. 이용자가 주체가 되는 디지털 커뮤니케이션은 각각의 이용자가 자신의 요구에 맞는 정보를 제공받을 수 있다. 이용자는 자신이 원하는 정보를 언제, 어디서나 획득할 수 있으며, 그 정보를 마음대로 변경할 수 있다는 의미에서 가변성(可變性)을 가질 수 있다. 뿐만 아니라 특정 이용자를 대상으로 한 정보의 제공도 가능한데, 그런 의미에서 디지털 커뮤니케이션은 특정인을 수신자로 지정할 수 있는 미디어이며, 개성화와 탈대중화를 지향하는 경향이 있다고 할 수 있다. 네 번째 특징은 네트워크화이다. 정보 처리와 정보 통신의 융합이 진전됨에 따라 개별 전자 미디어가 네트워크화되고 시스템화됨으로써 한층 더 강력한 위력을 발휘하게 된다. 다섯 번째 디지털 커뮤니케이션은 다양한 종류의 정보를 대량으로 처리, 축적, 전달하는 것이 가능하다. 시공간의 제약을 받지 않을 뿐 아니라 물리적인 질량(質量)도 무시된다. 책 한 권에 저장될 수 있는 정보는 한정적이지만, 가상공간상에 저장할 수 있는 정보는 무한하다. 여섯 번째, 디지털 커뮤니케이션은 가상의 정보를 대량으로 제공하고, 의사 환경을 만들어줌으로써, 간접 체험의 기회를 증대시킨다. 간접 체험의 기회를 확대하는 것 못지않게, 보다 이른 시기에 간접체험을 하도록 영향을 미치기도 한다. 일반적으로 어린이들은 직접체험의 양적 확대에 의해 정보의 인지와 이해, 조작능력의 발달이 촉진되며, 이러한 직접체험을 자신의 것으로 만든다. 그러다가 글을 읽게 되면 간접체험이 서서히 증가하며 자신의 체험세계를 형성해간다. 그러나 디지털 커뮤니케이션이 발달하면서 어린이들은 가족이나 이웃이라는 실제 세계에서 상호작용을 통해 획득하는 직접 체험보다 자신에 대한 정보가 가려진 네트워크화 된 가상공간에서의 간접 체험에 열중함으로써 체험의 순차적인 단계를 무시할 수 있게 되었다. 마지막으로 디지털 커뮤니케이션은 정보의 시각화를 촉진시킨다. 아날로그 커뮤니케이션이 문자 중심의 정보 전달 방식이었다면, 디지털 커뮤니케이션은 문자보다는 음향이나 동영상 등 공감감적 텍스트를 통해 정보를 제공하고 있으며, 송신자나 수신자 모두 정보 생산의 멀티미디어적 환경에 익숙해지고 있다.

아날로그 커뮤니케이션에서 디지털 커뮤니케이션으로 우리의 정보 전달 방식이 변화하고 있음은 서사예술의 소통방식에도 영향을 미친다.

디지털서사학에 오면 원본은 사라지고, 텍스트의 물질성은 소멸된다. 텍스트는 끊임없이 고쳐 써지는 열린 공간이며, 그 고쳐 씀은 작가와 독자가 동시에 수행해나가는 작업이 된다. 기존문학에서 작가들에 의해 이루어지는 개작(改作)이 원본을 인정한 채 이루어지는 것과는 달리, 디지털서사는 작가와 독자의 원활한 쌍방향소통구조로 인하여 실시간적으로 개작의 가능성이 열리며, 이때 전(前) 텍스트는 그 물질성을 소멸함으로 해서 원본의 지위를 새롭게 고쳐 써진 텍스트에게 넘긴다. 그리고 그 고쳐 써진 텍스트 역시 의미 구축 작업에 독자의 참여를 다시 받아들임으로써 언제든지 원본으로서의 지위를 상실할 개연성을 스스로 안고 있다.

따라서 전통적인 쓰는 자로서의 작가와 읽는 자로서의 독자라는 용어는 이제 그 지시력을 상실하며, 새로운 용어가 그 자리를 대신하여야만 한다.

필자는 작가와 독자라는 용어 대신에 초작가(超作家)와 초독자(超讀者)라는 용어로 대체하고자 한다. 디지털서사학에서 문학 행위의 주체로 떠오르는 초작가(超作家)와 초독자(超讀者)는 볼프강 이저의 내포독자[13]와 웨인 부우드의 내포작가[14] 개념을 이어 쓰고 고쳐 쓴 용어이다.

초작가는 자신의 작가로서의 권위를 주장하지는 않지만, 일차적으로 텍스트를 고쳐 써야 하는 책임을 갖고 있다. 텍스트의 고정된 의미를 독자들에게 주장하지 않고, 독자들이 자신의 텍스트 안에서 마음놓고 의미 구축 작업을 할 수 있도록 텍스트의 개방성을 최대한으로 보장한다는 점에서는 작가를 초월하지만, 끊임없이 자신이 만들어낸 텍스트를 고쳐 쓸 의무가 있다는 점에서는 또한 작가이다. 웨인 부우드의 내포작가 개념이 동일한 작가의 각각의 개별 텍스트에 또한 각각의 작가상이 존재하고 있음을 의미한다 할 때, 초작가 개념은 끊임없이 고쳐 쓰이는 개별 텍스트에 각각 다른 모습으로 현현한다는 점에서는 내포작가 개념을 이어 쓴 것이지만, 그 현현이 독자와의 상호 소통에 의해 영향을 받는다는 부분에서는 고쳐 써지고 있다.

초독자는 텍스트의 의미 구축 작업에 직접 참여하면서, 동시에 작가에게

---

13 독자가 한 문학 작품을 읽을 때, 그는 이미 그 텍스트를 수용하기 위한 전형적인 독자의 모습을 갖게 된다. 그러나 이 전형적인 독자의 모습은 또 다른 문학 작품을 읽을 때 다시 수정되는데, 이같이 독자가 문학 작품의 독서 체험 시 갖게 되는 개별적인 독자상(讀者象)을 내포독자라 한다.

14 마치 개인적인 편지들이 수신자와의 상이한 관계나 개개의 편지의 목적에 따라서 상이한 자신의 변형을 내포하듯이, 작가도 개개의 작품의 필요에 따라 상이한 태도로 출발한다. 작가가 아무리 비개인적이 되려고 해도 독자는 하나의 전형화된 개인의 모습으로 글을 쓰는 공식적 기록자의 모습을 마음속에 그리게 되는데 이 개개의 작품마다 달라지는 공식적인 기록자의 모습이 내포작가이다(웨인 부우드 저, 최상규 역, 『소설의 수사학』, 새문사, 1994, 96면).

끊임없이 고쳐 쓸 것을 요구하는 독자이다. 단순히 읽는다는 의미에서의 독자와 텍스트의 의미를 재생산한다는 의미에서의 독자 개념을 초월하고 있는 부분이 바로 '요구하는 독자'라는 부분이다. 지금까지의 현대 문학 이론에서 독자의 역할은 읽거나, 또는 텍스트의 의미를 재생산할 수는 있어도, 자신의 독서 경험을 근거로 작가에게 무언가를 질문하거나 요구할 수는 없었다. 이저의 내포독자 개념 역시 받아들이는 독자의 모습이지 요구하는 독자의 모습은 아니었다. 그러나 디지털서사학에 오면 독자는 텍스트의 의미 구축 작업에 작가와 같이 참여하며, 그 결과를 작가에게 당당히 이야기하거나 요구할 수 있다.[15]

초작가가 초독자의 요구에 의해 끊임없이 텍스트를 고쳐 씀으로써 이제 원본(原本)이라는 개념은 사라지게 된다. 그리고 고쳐 씀의 문학 행위는 버전업의 개념으로 환치된다. '버전업(version up)'이라는 용어는 원래 소프트웨어의 성능 향상을 지시하는 용어이다. 하나의 소프트웨어가 개발되면, 그것이 아무리 완벽을 기해 만들어졌다 하더라도 버그라는 치명적인 약점이나 한계를 갖고 있기 마련이다. 소프트웨어 개발자는 프로그램이 갖고 있는 자체 버그를 매번 버전을 높임으로 해서 하나 하나 제거해 나가기 시작한다. 또한 버전업은 단순히 버그를 제거하는 수준뿐만 아니라 새로운 기능을 첨가하거나 프로그램의 용도를 확장시킬 수도 있다. 우리에게 잘 알려진 운영 체제인 Windows는 Window vista까지 출시되었고, 워드프로세스인 '혼글'은 한글 2007까지 버전업되었다. 일단 하나의 소프트웨어가 버전업되면 구(舊) 버전은 구매력을 상실하거나 폐기 처분된다. '혼글'은 한

---

15 실시간성과 쌍방향소통구조가 가져다 준 이 같은 변화는 작가의 권위를 손상시키지도(후기구조주의), 독자에게 해석의 책임을 전가시키지도(독자수용이론) 않는다. 쓰는 재(작가)와 읽는 재(독자)라는 기본적인 구도 위에서 끊임없이 새롭게 고쳐 쓰는 작가(초작가)와 그것을 요구하는 독자(초독자)야말로, 문학이 우리 삶에 뛰어든 이래 가장 진보적인 문학 행위 주체관이다.

글 2007까지 나왔지만 아무도 버전 한글 2003이나 한글 2005를 기억하지 않는다. 버전업이 될수록 그 프로그램의 기능은 점차 향상되며, 이용자들에게 그만큼의 편리함을 가져다준다.

프로그램 개발자가 버전업을 하기 위해서 가장 필수적인 것은, 이용자들의 의견 개진이다. 직접 그 프로그램을 사용해 본 이용자들이 문제점으로 지적하거나 추가해달라고 요구하는 사항들이 모두 다음 버전업시 참고가 된다.[16]

따라서 글쓰기에 버전업 개념이 도입된다는 것은, 초작가와 초독자의 위상과 밀접한 관련이 있다. 요구하는 독자와 그 요구를 받아들여 다시 고쳐 쓰는 작가의 관계는 프로그램 개발자와 사용자의 관계에 다름 아닌 것이다. 초작가와 초독자에 의해, 전자 언어로 이루어진 텍스트가 끊임없이 버전업 될 수 있다는 가능성은 무엇보다도 디지털 텍스트(digital text)의 조작가능성과 연결된다.

디지털 텍스트는 종이 위에 쓴 텍스트와는 달리 가벼운 존재이며 따라서 텍스트 그 자체에 집중하게 하는 효과를 갖는다. 나는 지금 이 텍스트를 **이렇게 쓸 수도 있고 이렇게도 쓸 수 있다.** 이제 텍스트는 작품세계로 나아가기 위해 통과하기만 하면 되는 관문이 아니다. 텍스트 표면이 있다면 그것은 이제 고정된 것이 아니라 주무를 수도 있고 변형이 가능한 표면이다. 책이라면 이런 일은 편집과정에 속하고 특히 제작과정상의 문제이므로 작가가 개입할 지점은 아니었다. 그러나 작가는 자신의 텍스트의 모양새까지도 신경을 써야 한다. 디지털 텍스트를 창작할 때 결국 조작가능성의 증거라는 특징을 가지는 셈이다. 이 조작가능성은 텍스트의 끝없는 변신가능성과 연결된다. 디

---

16 실제로 네이버이나 심파일의 자료실에 가보면, 프로그램 개발자들이 이용자들에게 버그를 발견하거나 사용시 불편한 점이 있으면 알려달라는 게시물들을 쉽게 발견할 수 있다.

지털 텍스트는 소위 말하는 최종 편집(final cut)이란 것이 있을 수 없다. 텍스트는 안정된 채로 있지 않고 늘 새로운 개작의 가능성에 열려 있어서 정본(正本)과 이본(異本)의 구분을 하기가 어렵다. 이로 인해 텍스트의 실체라는 개념은 사라지며, 텍스트는 하나의 잠재태로만 존재할 뿐이다.[17]

텍스트가 잠재태로만 존재한다는 것은, 그것이 끊임없이 고쳐 쓰일 수 있는 유동적인 의미망만을 가지고 있음을 말해준다. 이 같은 잠재태 존재로서의 디지털 텍스트를 더 발전시켜 로베르 에스카르피는 텍스트를 작가와 독자가 협력하여 만들어내는 유기적인 의미 구조라 단언한다.

에스카르피는 문자언어로 된 텍스트들이 구어(口語)의 코드화 된 표기법과 시각 언어의 구성이라는 이중의 역할을 담당함으로써, 음성적 사건의 변질적 이미지와 사건의 연쇄에 종속된 이미지만을 나타내는 준자료로 기능 한다고 보았다. 독자는 텍스트가 담고 있는 외적 기억력의 혜택을 받지 못하는 이른바 훼손된 담화만을 접한다는 것이다. 따라서 독자는 담화의 지속성을 구성하기 위해, 상대적으로 기호들의 축소된 부분만을 저장할 수 있는 자신의 단기 기억력에 호소할 수밖에 없다. 그러나 전자 언어로 이루어진 텍스트는 독자의 눈 움직임이 지속적이지 않고, 그렇기 때문에 자료를 구성하는 데 필요한 운동과는 등주기적이지 않다. 즉 탐색은 지향적이지만 글을 쓰는 데 필요한 규약적인 순서에 의해 결정되지는 않음으로 해서 수많은 '다시 읽기'가 가능해진다는 것이다.[18] 결국 전자 언어로 이루어

---

17 강내희, 「디지털시대의 문학하기」, 『문화과학』 1996년 봄호, 72~73면 부분 인용.
18 우리가 책을 읽을 때와, 컴퓨터 모니터를 볼 때를 생각해 보자. 문자언어로 이루어진 텍스트는 연속적이며, 앞에 읽은 내용이 단기적 기억으로 저장되어 계속적으로 진행되는 독서에 영향을 준다. 따라서 어느 한순간 기억이 막혀버리면 텍스트 전체의 맥락 파악에 손상을 가져다주며, 결국 훼손된 담론만을 기억하게 된다. 그러나 전자 언어로 이루어진 텍스트는 비연속적으로 진행된다. 한 화면에 쓸 수 있는 줄 수는 한정되어 있으며, 디지털 텍스트들은 한 화면상에 최대로 쓸 수 있는 20줄이면 20줄, 30줄이면 30줄이라는 정해진 줄 안에 마치 신문 연재소설처럼 클라이맥스 부분을 설정해 놓음으로써 자연스레 독자들에게 엔터 키를 눌러 다음 페이지를 보게끔 유도한다. 텍스트의 연속성이 지켜지지 않음으로서 독자가 굳이 자신의 단

진 텍스트를 읽을 때, 독서는 나름대로의 목적을 갖고 있는 독자의 주도권에 의해 결정되며, 그 목적은 텍스트에게 정보를 묻거나 텍스트를 모호하고 모순되는 속성으로 가득 채운 작가를 공격하는 데 있다. 텍스트는 쓰이고 읽히기 때문에 존재한다. 텍스트는 하나의 사물도 매체도 아니며, 텍스트는 글쓰기-독서의 변증법이 구성하는 이중적이고 상반되는 행위의, 항상 움직이고 항상 연루된 결과이다. 따라서 텍스트는 작가와 독자의 협력의 결과물이다.[19]

에스카르피의 지적은, 디지털 텍스트의 조작가능성과 함께 버전업 글쓰기에 대한 중요한 단서를 제공해 준다. 요구하는 독자와 그 요구를 수용하는 작가의 관계는 텍스트를 재생산하기 위한 협력의 관계에 다름 아니기 때문이다.

따라서 쌍방향 실시간 소통에 기반하는 디지털서사는 텍스트의 완결성이라는 전통적 관념 또한 미망에 지나지 않음을 통박(痛駁)해 낸다. 작가도 비평가도 독자도 없는, 오로지 있다면 동등한 자격을 가진 아이디(ID)들만이 존재하는 사이버 공간에서는 문학행위의 중심이 한 작가가 제시한 자기완결적 텍스트로부터 창작과 감상, 비평이 한데 뒤섞여 텍스트들의 연쇄가 비정형적으로 만들어내는 컨텍스트(context)로 이동한다. 하나의 텍스트란 단지 소통의 한 단계 혹은 하나의 계기에 지나지 않으며 이렇듯 보다 거대한 소통의 맥락에 의해 의미가 축소, 한정된 자기완결성은 컴퓨터 프로그

기적 기억력에 의지해 독서를 진행 할 필요성을 느끼지 못하게 된다. 또 전에 읽은 페이지를 다시 읽는 경우에, 문자언어로 된 텍스트가 좌우로 이루어지는 데 비해, 전자 언어로 써진 텍스트는 겹쳐지면서 또는 위 아래로(흔글에서의 PgUp, PgDn 키를 생각해 보자) 진행됨으로써 '다시 읽기'가 훨씬 용이하다. 하이퍼텍스트의 경우는 '다시 읽기'가 더 직접적이다.

독자는 서로 교차되어 있는 링크들 중 하나를 선택해 마우스를 클릭함으로써 선택된 화면을 읽는다. 만약 선택을 다시 하고 싶다면, 언제든지 앞으로 가서 다른 링크를 클릭하면 된다. 따라서 텍스트의 줄거리는 자의적인 선택에 따라 끊임없이 유동적이 되며, 독자의 단기적 기억력은 아무런 도움도 되지 못한다.

19 로베르 에스카르피 저, 김광현 역, 『정보와 커뮤니케이션』, 민음사, 1996, 188~192면 부분 요약.

래밍의 용어를 빌려와 버전(version)이라 환치된다.

그러나 디지털서사가 단지 버전과 버전 사이의 계기적 연쇄만을 지칭하는 것이 아니다. 버전업이란 단절적이고 비연속적인 단계적 발전이 아니라 유기적이고 연속적인 성장의 과정이다. 우리의 시선이 텍스트로부터 컨텍스트로 옮겨가는 순간 우리의 관심은 고정된 텍스트의 완결성이라는 미망으로부터 역동적인 소통의 과정 그 자체로 이동한다. 버전업은 쌍방향 실시간 소통의 기반 위에서 역동적으로 표현되고 상호 침투됨으로써 고양되는 문학 행위에 대한 새로운 상상력을 위한 주요한 글쓰기 방법론으로 기능한다.

버전업 글쓰기는 그러나 텍스트의 자기완결성을 전면 부정하지는 않는다. 비유적으로 말하자면 최초의 버전이 없이는 버전업이 이루어질 수 없으며, 하나의 버전에 대한 버전업은 궁극적으로 또 하나의 버전을 통하여 이루어진다. 버전업은 완결과 성장, 단절과 연속의 변증법을 지향하는 것이다.[20]

결국 버전업 글쓰기의 개념은 독자라는 다중주체(多衆主體)들에 의해 끊임없이 고쳐 쓰이기를 요구받고 그것을 행하는 글쓰기를 의미한다. 이제 텍스트는 읽은 모든 사람들에 의해 자유롭게 사유(私有, 그리고 思惟)될 것이며, 그들에 의해 해체되고 분열되어 한층 진전된 텍스트의 형태로 발전하게 된다. 모든 글쓰기는 다중주체들에게 열려 있어야 하며, 이어쓰기와 고쳐 쓰기는 다중주체들이 원텍스트 안에서 논의의 진전과 향상을 위해 취사할 수 있는 버전업 글쓰기의 주요한 방법론으로 기능할 것이다. 텍스트의 비물질성에 기초한 이어쓰기와 고쳐 쓰기는 원본을 소멸시키고 지속적인 텍스트의 버전업을 가져다 줄 것이기 때문이다.

---

20 변정수, 「사이버문학비평그룹 버전업 발기문」, 하이텔 '버전업' 게시판, 1996 부분 인용.

2. 디지털서사체(비언어적 서사)의 서사분석

이제 문학 연구는 전통적인 언어 서사물에만 의존해서는 안 된다. 정보화사회에서 문학 연구의 핵심은 문자가 아니라 서사에 두어야 하며, 문자로 이루어진 서사방식과, 비트화된 문자가 여타 코드들과 통합되면서 만들어지는 서사방식이 어떻게 다른가에 주목하여야 한다. 필자는 이 같은 인식하에 디지털 기술로 형성된 새로운 서사방식을 디지털 내러티브로, 디지털 내러티브로 완성된 서사체를 디지털서사체라 명명하고, 그 개념과 특징, 그리고 기존 서사 방식과의 변별적 차이를 이론화시키는 작업을 제안하였다. 이 절에서는 웹아트와 온라인게임, 플래시 애니메이션, 하이퍼텍스트 등 디지털 기술로 창작된 디지털서사체 중 웹아트의 내러티브 방식을 분석해봄으로써 기존 문자 서사물과의 미학적 변별점을 논의해고자 한다. 이 절의 목적은 비문자적 언어로 이루어진 디지털서사체의 분석 방법론을 제시하는 데 있다. 문자가 탈각(脫却)된 디지털 텍스트를 어떻게 미학적으로 분석할 것인가가 향후 디지털서사학 연구의 중요한 쟁점이 될 것이다.

1) 디지털 스토리텔링과 디지털 내러티브

모든 이야기[敍事, 내러티브]들은 그 이야기의 구조가 있고, 생성되고 전파되는 방식 상에 일련의 공통분모 또는 심층구조가 존재한다. 즉 이야기 안에는 그것을 지탱해 주는 요소인 사건－행위들이 있고, 그것을 일으키는 인물들이 존재한다. 그리고 당연히 사건과 인물은 시·공간적 배경을 벗어날 수 없다. 이 같은 이야기 구성의 3요소는 작가가 시간의 흐름에 따라 사건들을 배열하고, 그것이 인과관계의 고리로 이어지도록 미리 만들어 놓은 것이며, 단일한 결말로 인도한다. 전통적인 서사물은 창작자→작품→독자로 이어지는 단선적인 창작과 수용의 과정을 거친다.

그러나 디지털 기술의 획기적인 발전은 서사 패러다임 요소들의 틀을 파괴하거나, 기존의 매체 자체의 폐쇄성에서 탈피하여 새로운 형태의 서사체들을 만들어내고 있다. 디지털 기술은 다양한 개방성과 유연성, 매체 통합성에 기초하고 있으며 이 같은 매체 전복적 성격은 이제까지 개별 장르들이 견지해 왔거나, 여타 장르와의 변별성을 획득할 수 있도록 미학적으로 지지해주었던 특수성을 디지털이라는 매체의 보편성으로 환치시켜 놓았다. 따라서 그동안 문학과 영화, 음악, 미술 등의 전통적인 예술 장르들이 개별적으로 진행시켜왔던 내러티브 방식은 디지털 내러티브로 통합된다.

내러티브는 스토리텔링(이야기하기)에 의해 구성된다. 문학은 문자를 통해 이야기하고, 영화는 영상을 통해, 음악은 음향에 의지하여 독자-관객-청중에게 전달된다. 그러나 디지털 기술은 문자와 영상과 음향을 모두 비트라는 단일한 코드로 통합시킴으로써 이야기하기의 방식도 변화시키고 있다. 이미 서구에서는 이 같은 이야기하기의 변화를 '디지털 스토리텔링'이라 명명하고 활발한 연구가 진행되어 왔다.

디지털 스토리텔링이란 한 사람의 이야기를 다양한 매체 즉, 디지털 영상, 텍스트, 음성, 사운드, 음악, 비디오, 애니메이션을 통해 서로 공유하는 과정이다. 따라서 디지털 스토리텔링은 이야기를 멀티미디어 작업으로 전환해서 보는 사람의 관심을 끌어내고 정서적인 경험을 제공하는 능력을 가지고 있다. 디지털 스토리텔러란 과거 스토리텔링 기술을 새롭고 강력한 멀티미디어 기술과 조합하는 예술가나 작가들을 말한다. 이들은 이야기를 하기 위해, HTML로 텍스트를, 케이크웍으로 디지털 음악을, 매크로미디어의 디렉터로 애니메이션 프로그래밍을, 어도비 프리미어로 디지털 영화를 만들며, 그 결과물의 형태는 항상 비트이다.

인터넷상의 웹문서를 참고하여 디지털 스토리텔링의 특징을 개략적으로 살펴보면 다음과 같다.[21] 첫째, 디지털 스토리텔링은 유연하고 탄력적으로 만들어진다. 디지털 스토리는 컴퓨터의 다양한 기능을 이용해서 복합적인 플롯을 만들고, 동일한 사건의 다양한 버전을 보여줄 수 있다. 청자는 이야기의 한 인물을 맡기도 하고, 극중인물과 상황에 대해 토론할 수도 있다. 컴퓨터와 멀티미디어 기술 덕택에 청자의 흥미에 맞게 수정된 독특한 배경을 만들 수 있는 것이다.

둘째, 디지털 스토리텔링은 보편성을 갖고 있다. 컴퓨터 가격이 떨어지고 인터넷이 확산됨에 따라, 사람들은 다양한 미디어로 이야기할 수 있는 수단을 갖게 되었다. 아직 모든 사람들에게 보급된 것이 아니지만, 분명 이런 방향으로 나아가고 있는 것은 사실이다. 어쨌든 일반 사람들도 과거에는 부자나 기업에서만 이용할 수 있었던 도구나 기계들을 이용해서 전 세계 청자를 상대로 개인적이고 예술적인 목적으로 이야기를 할 수 있게 되었다. 유투브의 성공과 매체로서의 파급력을 떠올려보면 알 수 있다.

셋째, 디지털 스토리텔링은 다른 미디어와 달리 상호교환 할 수 있다. 영화, 비디오, TV쇼, 신문 등과는 달리, 일단 디지털 스토리가 웹 상에 뜨면, 창작자와 시독자간의 구분이 없어진다. 디지털 스토리 작가는 시독자를 초대해서 비슷한 경험을 공유하기도 한다. 이런 경험들이 본래 이야기에 첨가되어서 또 다른 독특한 이야기로 변형된다. 본질적으로 디지털 스토리텔링은 모두가 이야기 구성 과정의 참여자가 될 수 있다.

---

21 인터넷상의 웹문서는 특성상 저자가 분명하게 밝혀지지 않는 경우가 많다. 여기에 인용한 웹문서 역시 저자가 누구인지 밝혀져 있지 않아 대신 웹문서의 출처(http://www.siatcorp.com)만을 명기한다.

넷째, 디지털 스토리텔링은 공동체를 활성화하는 힘이 있다. 디지털서사체는 자발적이고 능동적인 개입에 의해 텍스트 안으로 독자들을 끌어들이며, 이는 서사경험을 공유하는 커뮤니티를 형성으로 연결된다. 예를 들어 젊은이들 사이에서 폭발적인 인기를 얻었던 플래시 애니메이션 〈엽기토끼 마시마로〉의 홈페이지는 회원 가입을 하여야만 마시마로를 만날 수 있으며, 이 홈페이지는 디지털서사체 '마시마로'에 공감하는 네티즌들의 자발적 공동체에 다름 아니다.

다섯째, 디지털 스토리텔링은 전통적인 스토리텔링에서 성공했던 것과 똑같은 특징들도 공유한다. 우선 디지털 스토리는 친숙한 시독자에게 들려줄 수 있다는 장점이 있다. 같은 사람들이 웹사이트에 다시 들어와서 이야기를 읽고, 듣고, 공유할 수 있다. 또한 디지털 스토리는 믿을 수 있는 환경에서 이야기된다. 예를 들어 온라인 스토리 디자이너들은 사람들을 초대해서 취미가 맞고 믿을만한 환경을 조성해서 이야기들을 공유할 수 있도록 사이트를 기획한다. 그리고 디지털 스토리는 실시간이나 적어도 실시간에 가깝게 이야기된다. 마지막으로 디지털 스토리는 스토리텔러에게 피드백과 듣고 감상할 수 있는 감각도 제공한다. 예를 들어, 많은 온라인 스토리텔러들은 시독자의 생각과 이야기에 대한 반응을 요구한다.

이상 살펴본 디지털 스토리텔링의 특징을 통해 필자는 디지털 내러티브가 전통적인 내러티브(문자로 이루어진)와 갈라지는 변별점들을 논의해 보고자 한다. 그리고 이 변별점은 결국 디지털서사체의 특징과 연결될 것이다. 먼저 디지털 내러티브는 텍스트를 개방시켜 놓음으로써 서사 경험을 개인적인 행위가 아니라 집단적인 차원으로 변화시킨다.[22] 문자 텍스트를 읽는

---

22 물론 영화관에서 영화를 보는 것 역시 집단적인 행위이다. 그러나 영화관에서 우리는 임의적으로 접근 시간을 조절할 수 없다. 정해진 시간에 영화관에 들어가 정해진 시간에 나와야 한다. 또 불이 꺼지고 영화가

다는 행위는 철저하게 개인적인 행위이다. 우리는 책을 읽을 때 자기 이외의 다른 사람의 개입을 허용하지 않는다. 전통적인 내러티브의 독서 행위는 오로지 개인의 시공간 안에서 이루어진다. 그러나 디지털서사체는 우리가 서사체에 접근하는 바로 그 순간에 자기 이외의 다른 누구가도 접근하고 있음을 인정하여야 한다. 내러티브가 개인의 영역(책)이 아니라 공공의 영역(인터넷)에 놓여 있고, 그 영역이 누구의 개입도 허용하는 개방성을 가지고 있다는 점은 서사 경험의 과정에 중요한 영향을 미친다. 즉 자신의 서사 경험이 타자에 의해 훼손되거나 간섭당하거나 또는 무시될 수 있는 가능성이 발생한다. 문자 텍스트의 서사 경험이 오로지 텍스트에 대한 주체의 응시로만 이루어지는데 비해, 디지털서사체는 주체와 텍스트 사이에 타자의 시선이 개입될 수도 있는 것이다. 물론 이때의 타자는 주체와 대립적일 수도 있고 친화적일 수도 있다. 중요한 것은 이제 '나'가 텍스트를 바라보는 것이 아니라 텍스트가 '나'를 바라본다는 것이다. 텍스트는 무수히 많은 '나'에게 노출되어 있으며, 독자는 그 무수히 많은 '나' 중에 하나일 뿐이라는 점은 디지털 내러티브의 개방성이 서사 경험에 미친 중요한 영향이다.

두 번째 디지털 내러티브는 결과가 아니라 오로지 과정만이 있을 뿐이다. 디지털서사체는 비트로 이루어져 있고, 비트는 무한 복제가 가능하며 원본과 복사본의 구분을 불가능하게 만든다. 문자 텍스트는 작가가 쓴 친필 원본이 있고, 그것이 책으로 만들어졌을 때 생산된 활자 원본이 따로 존재한다. 만약 책을 복사한다면 그 복사본은 친필 원본뿐만 아니라 활자 원본에서도 멀어진 것이며 물질적인 아우라가 분명하게 구별된다. 더구나 문자 텍스트는 종이 위에 활자가 고정되어 있어 독자가 임의로 텍스트를 수

시작되면, 전혀 불가능한 것은 아니지만 처음부터 끝까지 영화의 서사에 집중하여야 한다. 그러나 디지털 서사체는 임의로 접근 시간을 선택할 수 있으며, 언제든지 자의에 의해 서사 과정에서 빠져나올 수도 있다.

정하거나 훼손할 수 없다. 그러나 디지털서사체는 작가의 원본과, 서사체로 표현됐을 때와, 독자가 자신의 컴퓨터에 저장했을 때에 아무런 질적인 차이가 존재하지 않는다. 작가의 원본은 작가의 컴퓨터에, 디지털서사체는 공공의 영역에, 독자의 복사본은 독자의 컴퓨터에 저장되어 있다는 저장 장소의 차이만 있을 뿐인데, 이 역시 그 차이를 명확하게 구분하기 어렵다. 독자가 임의로 원본을 수정할 수 있고 이를 다시 공공의 영역에 디지털서사체로 업로드 할 수 있음으로 해서 작가와 독자의 구분은 무의미하다. 따라서 디지털서사체에서 텍스트의 완결성은 기대할 수 없다. 텍스트는 일종의 마디이며, 이 마디들은 다른 초독자에 의해 다른 마디로 재생산될 수 있기 때문이다. 디지털 내러티브는 독자로 하여금 내러티브에 참여하고 싶은 강한 욕구를 갖게 한다. 이는 디지털 기술이 발전의 속도만큼 대중적으로 확산되면서 예술적인 표현 욕구를 갖고 있는 누구나 간단한 소프트웨어적인 기술만 습득한다면 디지털서사체를 생산해낼 수 있기 때문이다. 더구나 서사체를 고스란히 복사해 쉽게 수정할 수 있다는 비트의 특징은 생산자와 소비자의 경계를 무너뜨렸고 이것이 결국 텍스트의 완결성을 밀어내며 언제나 마디의 과정만이 존재하는 내러티브를 우리에게 보여준다.

세 번째로 디지털 내러티브는 회상이 과거형이 아니라 현재형의 좌표 위에서 성립된다. 문자 텍스트에서 '회상'은 주요한 서술 기법이었다. 작가는 회상을 통해 이야기의 진행에 과거와 현재를 병치시켜 놓음으로써 독자들이 서사를 이해하는 중요한 단서를 제공해 줄 수 있었다. 이는 문자가 과거형과 현재형을 표시할 수 있는 독특한 기능을 가지고 있기 때문에 가능하다. 그러나 음향과 영상은 본질적으로 과거를 재현해낼 수 없다. 비트화된 문자와 음향, 영상이 통합된 디지털 내러티브에서 독자는 일차적으로 시각 이미지에 집중하게 된다. 청각보다는 시각이 우리의 인지에 우월하게 작용하며 읽기보다는 보기가 훨씬 더 직접적이기 때문이다. 문자와 음향은 시각 이미지를 해석하는 데 필요한 보조 수단일 뿐이다. 따라서 디지털서사체의 독서 과정에서 독자는 회상 자체도 현재형으로 이해할 수밖에 없다. 이것은 디지털서사체의 독서 과정과도 연관된다. 책은 독서 과정 중에 다시 앞 페이지로 되돌아갈 수 있지만, 플래시 애니메이션이나 온라인게임 같은 디지털서사체는 한번 진행되면 결코 중간에 뒤로 돌아갈 수 없다. 플래시 애니메이션은 일시 정지 기능(pause)이 있을 뿐이며, 온라인게임은 저장(save)만이 가능하다. 일시 정지나 저장은 모두 현재를 고정시킬 뿐이다. 만약 과거로 되돌아가고 싶다면 그동안의 축적된 서사 과정을 지워버리고 처음부터 다시 시작하여야 한다.

마지막으로 디지털 내러티브는 선택의 서사이다. 이때의 선택은 서사 과정 내에서 다양한 형태로 존재하는데 디지털서사체에 접근할 것인가 접근하지 않을 것인가 부터, 끝까지 독서를 진행시킬 것인가 아니면 중간에 그동안의 축적된 기억을 지워버리고 나와버릴 것인가, 그리고 하이퍼텍스트의 경우처럼 다양한 경우의 수의 스토리 라인 중 어느 것을 선택할 것인가 등 다양하다. 선택의 몫이 독자에게 있음으로 해서 서사 경험은 자발적이고 능동적으로 진행되며, 선택의 경우의 수에 따라 동일한 서사체라 하더라도 다양한 독서 경험이 존재할 수 있다. 문자 텍스트의 경우 중간에 독서를 중단한다 하더라도 그때까지 진행된 독서 기억은 우리의 무의식 속에 남아 있다가 다시 독서를 재개하였을 때 표면 위로 부상하여 독서 행위에 영향을 미친다. 그러나 디지털서사체는 중간에 독서를 중단하면 그 순간 기억도 사라져버린다. 온라인게임의 경우에는 그 기억을 서버 자체의 메모리가 대신해주지만 웹아트나 플래시 애니메이션은 단지 흔적으로만 남게 된다. 이것은 결국 온라인게임같이 별도의 저장 매체를 갖고 있지 못한 디지털서사체는 선택의 능동성에 반비례하여 독자들이 서사체에 집중하는 강도와 지속 시간이 문자 텍스트에 비해 약할 수밖에 없음을 말해준다.

이상의 논의를 통해 필자는 디지털서사체란 "현재형으로 코드화된 비트로 이루어져 있으며 디지털 스토리텔링을 통해 개방화된 서사를 선택적으로 경험하는 디지털 내러티브의 예술적 과정물이다."라고 정의내려 보고자 한다.

2) 디지털서사체의 미학적 구조 : 웹아트의 디지털 내러티브[23]

디지털 기술로 구현된 가상공간에서의 예술적 변화는 종래의 미학적 차원에서 단순한 도구적 수단의 변화만을 의미하는 것이 아니다. 그것은 예술의 개념, 존재형식, 예술가의 행동양식, 예술제도, 예술가와 관중의 관계 등의 폭넓은 범위를 망라한다. 무엇보다 예술개념과 존재형식에 있어 디지털 기술은 종래의 수동적인 응시 대상으로서의 작품을 능동적인 상호작용의 차원에서 정의하고 존재하게 한다. 여기에는 작가―컴퓨터 사이의 인터페이스, 작품―관객 사이의 인터페이스가 존재하는데, 전자는 창작수단의 확장이라는 측면에서, 후자는 소통과 경험의 확장이라는 측면에서 의미를 갖는다.[24] 그렇다면 디지털 기술로 구현된 디지털서사체는 구체적으로 어떤 모습을 가지며, 그 문학적 의미는 무엇인지 인터넷상에 실제 구현된 웹아트의 구체적인 텍스트를 예로 살펴보도록 하겠다.

---

23 웹아트에 대한 분석은 웹아트페스티발기획위원회와 사단법인 사이버문화연구소가 공동 주관한 '2001 웹아트 페스티발' 학술 심포지엄에서 발표했던 내용을 수정·보완한 것이다. 이 글을 처음 발표했을 당시에는 웹아트를 별도의 예술 장르로 상정하였었지만, 지금은 디지털서사체라는 범주 안에 하위 장르로 상정함으로써 대상 텍스트에 대한 근본적인 시각이 변화하였다.

24 http://www.kpaf.org

아직 국내에는 생소한 예술 개념인 웹아트는 이미 서구에서 괄목할만한 양적·질적 성장을 이루고 있는 정보화사회 새로운 예술 개념이다. 간단하게 웹아트를 정의 내리자면 다음과 같다.

> 웹아트는 멀티미디어 아트(multimedia art)·디지털아트(digital art)·넷아트(net art)라고도 한다. 디지털 아트의 최대 공헌자는 인터넷의 보급이다. 인터넷을 통해 미술가는 프로그램을 다운받거나 다양한 디지털 도구를 이용하여 새로운 작품을 제작할 수도 있게 되었고 대중은 미술가의 홈페이지나 사이버 갤러리를 통해 작품을 감상할 수 있게 되었다. 웹아트의 가장 혁신적인 특징은 무엇보다 관객이 찾아와서 보는 작품이 아닌 관객과 함께 한다는 점이다. 언제든지 인터넷을 통해 그 작품을 감상하고 가질 수 있다. 심지어는 작가와 감상자와 함께 작품을 만들기도 한다. 이러한 작업을 '인터렉티브 아트(interactive art)'라고 한다. 때문에 디지털 아트는 몇몇 감상자를 위한 작품이 아닌 보다 대중적이며 세계적인 감상자를 위한 예술이다. 즉 작가는 옛날처럼 작품의 제작자로서 존재하는 것이 아니라 큐레이터(학예연구관)로서의 역할도 함께 한다.
>
> —『두산세계대백과사전』 참조

지금까지 국내 웹아트는 미술이라는 단일 분야에서 집중적으로 이루어졌다. 그러나 최근에 문학에서도 인터넷을 통한 다양한 형식 실험이 이루어지고 있다. 2000년에 '새로운 예술의 해'를 맞이하여 문화부 후원으로 기획된 김수영의 「풀」을 하이퍼텍스트로 재구성한 〈언어의 새벽〉 프로젝트와 박태원의 『구보씨의 일일』을 하이퍼텍스트화 한 〈구보 프로젝트〉가 대표적인 예이다. 그러나 이 두 프로젝트 모두 링크를 통한 하이퍼텍스트 구축에 초점을 둔 까닭에 문자 중심의 텍스트에서 벗어나지 못하여 문자를 비주얼한 이미지로 포섭하는 데는 실패하였다. 초보적인 형태이기는 하지만 디지

털서사체로서의 웹아트의 가능성을 보여주는 콘텐츠로 〈生時・生詩〉(http://
www.shuttle.co.kr)를 들 수 있다. 김정란과 이중재가 책임 기획하고 성기
완, 허수경 등 젊은 시인 15명이 공동 참여한 〈生時·生詩〉는 비록 문자 텍스
트와 비주얼 텍스트가 분리되어 있어 완벽한 상호 교섭에는 한계가 있지
만, 국내 최초로 기성 시인들이 문자와 이미지를 통해 시 작업을 진행했다
는 점에서 그 의미가 크다.

〈生時・生詩〉의 메인 화면

〈生時・生詩〉의 메인 화면에서 기획자인 김정란은 만일 문학이 근대 이
래 문화의 왕으로 군림하며 자랑하던 그 휘황한 단색 언어의 영광을 꿈꾼
다면, 문학의 영광은 다시는 없다고 단언한다. 그러나 만일 문학이 잡색의
종합 매체 안에 다시 겸손하게 자리잡을 생각이라면, 근대 이후 어느 예술
장르보다도 명민성을 자랑하던 문학은 그 명민성의 축적을 바탕으로 전혀
다른 형태의 문학을 창조해낼 수 있을 것이다라고 내다보았다. 웹아트가

다소 겸손한 문학 방식인지는 모르겠지만 분명한 것은 인터넷이 디지털서사체의 출현을 위한 필요충분조건이라는 것이다.

　메인 화면에서 엔터 키를 치고 들어가면 작업에 참여한 15명의 시인들 이름이 좌측 프레임에 정렬되어 있다. 독자가 자신이 보고 싶은 시인의 이름을 클릭하면 오른쪽 프레임에 문자로 완성된 시 전문이 뜨게 된다. 다시 우측 상단에 'image' 아이콘을 누르면 새 창이 뜨면서 플래시로 만든 동영상이 배경음악과 함께 나온다. 문자와 비주얼 이미지가 각기 독립된 프레임을 갖고 있는 것인데, 이는 기술적인 어려움 때문이기도 하겠지만 〈生時·生詩〉 프로젝트가 문자 텍스트의 보조 수단으로서의 비주얼 이미지로 그 역할을 제한하고 있기 때문이다.

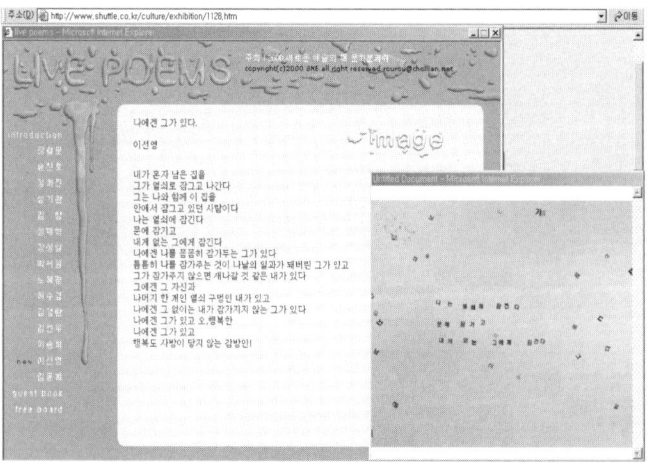

〈生時·生詩〉의 본문 화면

　위의 그림은 이선영의 시 「나에겐 그가 있다」의 문자 텍스트와 비주얼 이미지를 캡처한 것이다. 비주얼 이미지는 「나에겐 그가 있다」 시 전문이

각기 조각난 문자로 화면 가득 부유하다 합쳐져 문장을 이루었다 다시 해체되는 과정을 반복적으로 보여주고 있다.

> 내가 혼자 남은 집을
> 그가 열쇠로 잠그고 나간다
> 그는 나와 함께 이 집을
> 안에서 잠그고 있던 사람이다
> 나는 열쇠에 잠긴다
> 문에 잠기고
> 내게 없는 그에게 잠긴다
> 나에겐 나를 꼼꼼히 잠가두는 그가 있다
> 틈틈히 나를 잠가주는 것이 나날의 일과가 돼버린 그가 있고
> 그가 잠가주지 않으면 새나갈 것 같은 내가 있다
> 그에겐 그 자신과
>
> 나머지 한 개인 열쇠 구멍인 내가 있고
> 나에겐 그 없이는 내가 잠가지지 않는 그가 있다
> 나에겐 그가 있고 오, 행복한
> 나에겐 그가 있고
> 행복도 사방이 닿지 않는 감방인!
>
> —이선영, 「나에겐 그가 있다」 전문

비주얼 이미지는 낮고 침울한 신서사이저 음향을 배경으로 하여 직사각형 프레임에 반복적으로 문자가 모였다 해체하는 모습을 보여줌으로서 지루한 일상과 잠김과 풀림의 반복, 갇혀 있음이라는 시적 이미지를 은유적으로 표현하였다. 독자는 비주얼 이미지를 읽지 않는다. 다만 응시할 뿐이다. 그러나 독서 과정에 있어 맨 처음 문자 텍스트만을 읽었을 때와 비주얼 이미지를 보고 난 후 문자 텍스트를 읽는 것의 느낌은 확연히 달라진다. 시

어에 생동감이 부여되면서 시 자체가 입체적으로 읽혀지는데 이는 일차적인 문자 해독, 이차적인 이미지 덧씌움, 그리고 마지막으로 문자와 이미지의 조합으로 독자의 독서 과정이 완성되었기 때문이다. 디지털 텍스트는 지속적인 집중이 어렵고 연속이 아닌 분열된 기억력을 활성화시키기 때문에, 인터넷상에서 문학 텍스트를 읽을 때 독자는 항상 바로 전 단계의 독서 경험을 토대로 다음 독서 과정을 진행시킨다. 독서 행위를 중지한 후 독자에게 남는 것은 문자에 대한 기억이 아니라 이미지이며, 이 기억은 다음 독서 행위 때 다시 독서 과정에 끼어들어 영향을 준다. 이선영의 작품 역시 비주얼 이미지가 기억으로 저장되어 있다가 문자 텍스트를 읽을 때 독서 과정에 끼어 든 것이다. 비록 문자와 비주얼 이미지가 별개의 프레임으로 나누어진 한계는 있지만 〈生時·生詩〉 프로젝트는 웹아트로서 문학이 시도할 수 있는 다양한 가능성 중 하나를 구체화시켰다는 점에서 주목할 필요가 있다.

그 동안 시, 소설, 회화, 그래픽, 만화, 영화 이미지의 소비는 주로 '수동적 응시'에 의한 것이었다. 그러나 하이퍼텍스트의 상호작용에 참여하는 사람들은 그런 방식을 취하지 않는다. 그들에게 이미지는 단지 보이기 위한 대상이 아닌 시각적 기제의 상징성과 의미 구조 사이를 매개하는 일종의 지시체 역할을 수행하는 것이다. 또한 이미지는 하이퍼미디어로 통합되기 때문에 변화로의 가능성을 내포한 생성적 의미를 지닌다고 할 수 있다. 이는 마치 다중음성성(Multivocality)이라는 개념을 통해, 소설적 담론이 기호학자들이 주장하는 단순한 메시지의 전달과 수용이 아니라 대화가 이루어지는 역동적인 환경이며, 타자의 담론이 주인공의 의식과 말에 은밀하게 작용한다고 했던 미하일 바흐친의 설명과도 같다고 할 수 있다. 하이퍼텍스트에서는 저자의 횡포적인, 단일한 음성의 목소리가 존재하지 않는다. 오히려 텍스트 안의 목소리는 언제나 순간적 초점에 결합된 경험의 힘에 의해 증발되고 독자가 개입하는 경로에 따라 새로운 서사구조가 (독자의 마음속에서) 만들어진다. 즉, 이제 이미지 텍스트는 수많은 기표들이 중첩된 다중 시점의 교차점이 되는 것이다.[25]

다음으로 문자 텍스트와 비주얼 이미지가 하나로 합쳐진 목진요의 디지털서사체를 살펴보자.

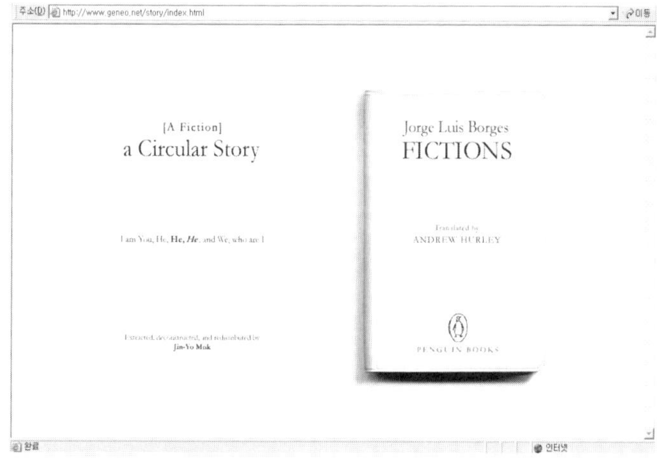

목진요의 〈돌고도는 이야기〉 메인 화면

왼쪽에는 목진요가 새롭게 고쳐 쓴 『a Circular Story』의 겉표지가, 오른쪽에는 보르헤스의 소설 『FICTIONS』의 책 표지를 시각적으로 배치한 첫 화면으로, 물질적 질량감을 갖고 있는 책을 해체하여 링크가 걸려 있는 이미지로 환치시켜 놓았다. 왼쪽 이미지가 평면적으로, 오른쪽 이미지가

---

25 http://www.kpaf.org

입체적으로 구현된 것은 디지털 텍스트와 활자 텍스트의 구분을 역설적인 방식으로 보여주는 것이라 할 수 있다. 왼쪽 화면의 중앙을 누르면 다음 화면으로 넘어간다.

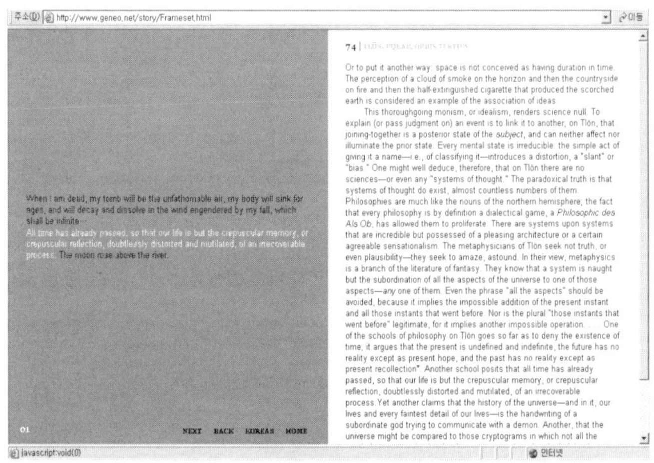

목진요의 〈돌고도는 이야기〉 본문 화면

화면을 두 개의 프레임으로 나누고 왼쪽에는 목진요가 『FICTIONS』라는 소설에서 임의로 뽑아낸 문장들로 만든 새로운 이야기가, 오른쪽에는 그 문장들을 뽑아낸 원문이 나란히 배치되어 있다. 마우스를 임의의 문장에 갖다대면 검은 색 글씨가 하얀색으로 변하면서 오른쪽 프레임에 그 문장의 원문이 나타나는 방식이다. 왼쪽 하단에는 페이지를 나타내는 쪽번호가 있고 그 옆으로 'NEXT', 'BACK', 'KOREAN', 'HOME'의 네 가지 아이콘이 위치해 있다. 화면 전체가 거대한 비주얼 이미지인 것이다. 'NEXT'와 'BACK'은 페이지를 앞으로 진행시키거나 뒤로 되돌리는 기능을 하며, 'KOREAN'은 왼쪽 문장을 한글로 번역해주는, 'HOME'은 맨 첫 화면으로 되돌아가게

해 준다. 종이책과 E-BOOK이 합체된 형태라고 할 수 있다. 이렇게 새롭
게 고쳐 쓴 이유를 목진요는 다음과 같이 이야기한다.

> 책 속에는 페이지 수만큼 혹은 문장 수만큼의 거울이 들어 있다. 날
> 마다 신선한 기호들이 춤추고 노래하고 너스레를 쳐와도 책 읽는 만큼
> 은 안 되는 게 분명하였다. 게다 손에 침을 묻혀 넘기는 바스락한 책장
> 의 구조는 따져보면 새삼스레 정교하고 세심하며 즐겁다. 한때 정교한
> 내비게이션(navigation)이 이 즐거움을 대체할 수도 있다고 믿었던 것
> 에 대하여 반성한다.

디지털로 작업하면서도 종이 책이 주는 물질적 질량감을 향수로 간직하
고 있는 목진요의 이율배반적인 세계관은 그가 창작한 〈돌고도는 이야기〉
에서 구체화된다. 목진요의 디지털서사체 〈돌고도는 이야기〉는 앤드류 헐
리(Andrew Hurley)가 영문으로 번역한 17개의 짧은 허구(fiction)들로 구성된
호르헤 루이스 보르헤스(Jorge Luis Borges)의 『FICTIONS』를 다 읽은 후,
그 글들을 최소 구 단위까지 순서 없이 해체하여, 그 요소들(문장과 구)로 한
치의 더함도 뺌도 없이 다시 하나의 짧은 이야기(fiction)를 만든 것이다.[26]
이 작품은 독창적이면서 동시에 전혀 독창적이지 않다. 〈돌고도는 이야기〉
를 목진요의 작품이라 할 것인지, 아니면 보르헤스의 작품으로 보아야 할
것인지에 대한 판단은 중요하지 않다. 앞에서 언급했듯이 디지털 스토리텔
링에서 이질적인 예술 장르들의 상상력은 끊임없이 서로 다른 영역들과 인
터 텍스트하며, 다른 미디어와 상호 교환하기 때문이다. 목진요는 그것을
구체적으로 보여주고 실천했을 뿐이다. 독자는 〈돌고도는 이야기〉를 읽을
수 없다. 다면 볼 수 있을 뿐이다. 그렇다고 인터넷상에서 우리의 독서가

---

26 〈돌고도는 이야기〉의 한국어 전문은 http://www.geneo.net에서 볼 수 있다.

현실공간에서의 그것과 완전히 다른 것은 결코 아니다. 변한 것은 독서 경험이며, 우리는 여전히 인터넷에서 문학을 소비한다.

마지막으로 살펴볼 박경일의 〈헬로북 7장〉[27]이라 제목 붙여진 디지털서사체는 디지털 텍스트가 독서의 진행 과정에 어떤 영향을 주는가라는 측면에서 주목할 만하다. 장정일의 『Appetition』을 원작으로 한 이 작품의 첫 화면은 개인의 독서 행위를 타자화하여 시각적으로 구성되어 있다.

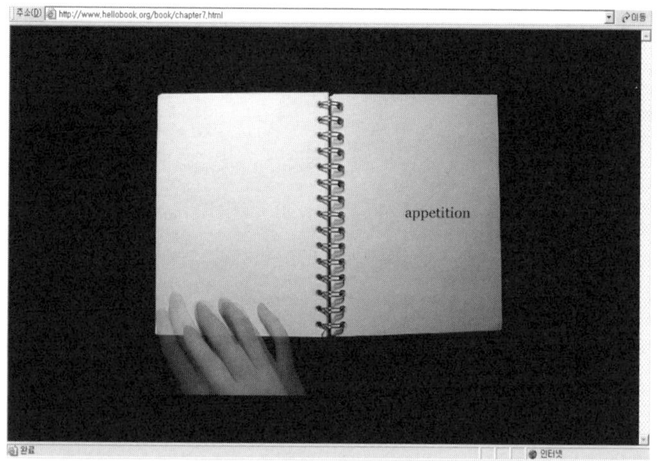

박경일의 〈헬로북 7장〉의 첫 화면

화면 좌측 하단에 위치한 손은 페이지를 넘겨주는 '나 / 너 / 그(그녀)'의 손이다. 일반적인 독서 과정에서 우리는 페이지를 넘기는 자신의 손을 의식하지 못한다. 우리의 시야를 가로막는 것은 종이와 문자로 가득 찬 활자 텍스트일 뿐이다. 독서는 문장을 읽어가는 과정이며, 문장은 텍스트의 마지막까지 바로 뒷문장과 계속적으로 연결된다. 독서 과정에서 공백은 페이

27 http://www.hellobook.org

지를 넘기는 것에서가 아니라 문단이 새로 시작되는 곳에서 발생한다. 페이지를 넘기는 자신의 손과 그 동작을 의식하지 못하기 때문에 독서 과정은 연속적일 수밖에 없다. 페이지를 넘기는 행위는 활자 텍스트가 그리고 독자가 읽어가고 있는 서사가 페이지의 크기만큼 분절되어 있다는 것을 의미한다. 그러나 그 동작을 독자가 의식하지 못한 채 독서 과정이 진행되기 때문에 종이책은 연속적이고 선형적인 독서 과정을 제공해 주는 것이다. 박경일은 바로 그 연속적인 독서 과정에서 생략된 '페이지를 넘기는 손'을 시각적으로 보여줌으로써 개인적인 독서 행위를 타자의 행위로 환치시켰다. 페이지를 넘기는 손의 움직임과 소리까지 생생히 보여주고 들려주는 일련의 과정은, 화면을 응시하는 실제독자 '나'와 페이지를 넘기는 허구독자 '나 / 너 / 그(그녀)'를 분리시켰고, 독자와 텍스트 사이의 정서적 긴밀감을 파괴하며, 궁극적으로는 독서 과정의 연속성을 해체시켜 놓았다. 디지털 텍스트의 속성을 비주얼하게 표현한 것이다.

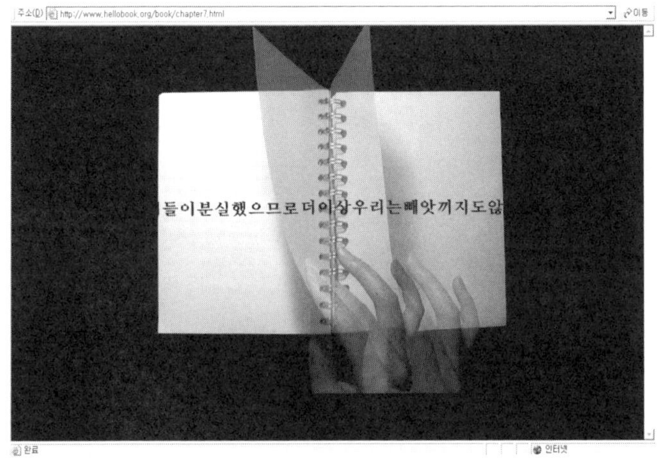

박경일의 〈헬로북 7장〉의 본문 화면

페이지를 넘기는 손을 따라가면서 시작되는 〈헬로북 7장〉의 독서 여로는, 아무 것도 적혀 있지 않은 마지막 책장을 넘기고 멈춰있는 손이 다른 손에 의하여 화면 아래로 사라지면서 끝이 난다. 독자는 독서 행위 내내 활자 텍스트와는 다른 독서 경험을 하게 되는데, 서서히 움직이는 문자들을 보기도 하고, 뒤집혀진 문자를 읽기도 하고, 개구리와 닭, 아스피린의 사진 이미지를 문자들 틈에서 만나기도 한다. 그리고 이 모든 독서 행위는 오른쪽에서 왼쪽으로 진행된다. 활자 텍스트의 독서가 왼쪽 페이지 위에서 시작되어 오른쪽 페이지 아래로 이어지는 연속된 행위라면 박경일의 디지털 텍스트는 오른쪽 페이지 중간에서 시작되어 왼쪽으로 진행되고 다시 오른쪽 왼쪽을 반복하는 비연속적인 행위이다. 장정일의 시는 구와 절이 해체되어 단지 일련의 연속된 이미지로 기억될 뿐이다. 오른쪽에서 왼쪽으로 진행되는 독서는 페이지를 넘기는 손의 동선과 맞닿아 있다. 오른쪽에서 왼쪽으로 페이지를 넘기는 손의 움직임이 고스란히 독서 과정에 개입한 것이다.

박경일의 디지털서사체 〈헬로북 7장〉은 그동안 독서 행위에서 소외당해 왔던 손을 오브제로 내세워 디지털 텍스트의 비연속적인 독서 행위를 시각적으로 표현하였다. 플래시 기법을 최대한 이용한 이 작품은 예술적 감수성이라는 소프트웨어와 컴퓨터 응용 프로그램이라는 하드웨어의 결합이 미학적으로 보여줄 수 있는 웹아트의 현 주소를 여실히 보여주고 있다.

앞에서도 언급했듯이 웹아트는 미술에서 먼저 출발하였다. 웹아트가 미술에서 먼저 시작되었다는 것은 인터넷이라는 매체가 갖는 비주얼한 속성과 맥을 같이 한다. 여타 예술에 비해 시각적인 효과를 두드러지게 이용하는 미술은 생래적으로 인터넷의 멀티미디어 환경과 강한 친화력을 가진다. 이는 역으로 문자언어를 존재론적 기반으로 하고 있는 문학이 인터넷이라는 매체를 통해 어떤 모습을 보여줄 수 있는가에 대한 심각한 회의로 연결된다. 문자를 창작 도구로 삼고 있는 문학의 존재론적 기반은 문자조차 비주얼한 이미지의 하나로 사용되고 있는 인터넷의 매체적 특성으로 인해 공간과 불협화음을 일으키거나 아니면 문자를 포기하는 두 가지 극단적인 선택 앞에 놓여 있는 듯하다.[28] 이 극단적인 선택을 피해가기 위해서는 디지털서사체를 문학 연구 영역 안으로 끌어들이려는 시도가 지금 우리에게 필요하다.

인터넷은 모든 예술의 창작 도구를 컴퓨터로 일원화시키고 있다. 인류가 예술 행위를 시작 이후 가장 혁명적인 변화라고 할 수 있는 창작 도구의 일원화는 그동안 견고하게 유지되어 왔던 예술 장르 간의 상호 변별적 자질을 희미하게 만들고 있다. 우리는 인터넷에서 음악만을 듣지 않는다. 음악을 들으면서 무언가를 읽거나 본다. 개별 장르를 넘나드는 멀티적인 예술 향유 행위는 궁극적으로 통합적 예술의 등장으로 이어졌으며, 이 새로운 예술 방식이 바로 웹아트이다. 웹아트는 원시종합예술과 비견될 수 있다. 초창기 예술이 제의적 카니발에서 시작되어 통합된 형태로 존재하다 창작 도구의 변별로 개별 예술 장르로 분화 발전하였다면, 인터넷은 다시 그 창작 도구를 통일시킴으로써 웹아트라는 종합 예술을 탄생시킨 것이다. 따라서 인터넷과 문학의 관계를 설명함에 있어 우리는 근본적인 인식 수정을 요구받는다. 문자도 음악도 회화도 모두 비주얼한 이미지로 처리되는 인터넷 환경에서, 디지털서사체로서의 웹아트가 존재하기 위해서는 문자를 비주얼한 이미지로 포섭하여야 한다. 비주얼한 이미지 안으로 문자가 포섭될 때 문학은 앞에서 이야기했던 극단적인 두 가지 선택 모두를 비켜가며 서사예술로서의 새로운 경쟁력을 확보할 수 있다.

---

28 인터넷에서 우리는 문자를 '읽는' 것이 아니라 '본다'. 전통적인 내러티브와 디지털 내러티브의 변별점이 바로 여기에서부터 시작된다.

한국의 웹아트는 이제 막 걸음마 단계에 있다. 그래서 더더욱 웹아트의 정의함에 있어 '기술을 위한 예술'인지 아니면 '예술을 위한 기술'인지 그 구분을 분명히 해야 한다. 전자의 경우 기술 발전의 한 시기로서 예술이 충분조건으로 기능하는 것이고, 후자는 예술 발전의 한 단계로서 기술이 필요조건으로 기능하는 것이다. 초창기 웹아트는 전자적인 측면이 강하였다. 새롭게 발전해 나가는 디지털 기술을 구체화시키기 위해 예술이 이용되었던 것이다. 그러나 이제 웹아트의 무게중심은 기술이 아니라 예술에 두어야 한다.

〈生時・生詩〉 프로젝트와 목진요의 하이퍼텍스트 〈돌고도는 이야기〉, 박경일의 디지털 텍스트 〈헬로북 7장〉은 기술이 예술의 미학적 가치를 위해 어떤 방식으로 활용되고, 또 역으로 기술이 예술의 미학적 가치에 어떤 영향을 주는가를 보여주고 있다. 한 가지 아쉬운 점은 문학 텍스트 생산자와 웹 이미지 생산자가 분리되어 있다는 점이다. 〈生時・生詩〉 프로젝트는 시인들의 작품을 읽고 웹디자이너가 별도의 이미지 작업을 한 것이고, 목진요의 하이퍼텍스트는 보르헤스의 작품을, 박경일의 〈헬로북 7장〉은 장정일의 작품을 원텍스트로 하고 있다. 문자와 이미지의 생산 과정이 별개의 주체에 의해 분리되어 진행된다면 필연적으로 그 연결고리가 약화될 수밖에 없다. 정보화시대 예술은 예술가들에게 미학적 감수성뿐만 아니라 소프트웨어의 능숙한 활용이라는 기술적인 부분도 요구하고 있으며, 디지털서사체로서의 웹아트의 미래는 이 두 개의 이질적인 코드가 얼마나 적절히 어우러지느냐에 달려 있을 것이다.

3. 현 단계 디지털서사학의 쟁점

현재 국내 디지털서사학의 논의 수준에서 가장 이슈가 되고 있는 것은 서사학과 매체미학의 충돌이다. 디지털서사를 일련의 서사체 발전 과정에 한 지점으로 보느냐 그렇지 않으면 기왕의 발전 과정을 무시한 전혀 다른 새로운 서사체로 보느냐의 충돌이다. 환언하면 디지털서사를 소설, 영화 등 기존 서사물의 연장선상에서 이해하려는 '서사학(narratology)'과 이전에는 존재하지 않았던 새로운 디지털 시대의 산물로 이해하려는 '매체미학(media aesthetics)'의 충돌이다.

예술은 애초부터 매체, 도구 또는 기술과 밀접한 상관관계를 맺어 왔다. 현재의 디지털 매체 예술뿐만 아니라, 모든 예술은 이를 전제하고 있다. 즉 도구 없이 예술 작품의 탄생은 가능하지 않기 때문이다. 또한 매체, 도구 기술을 기반으로 전혀 새로운 예술 형식이 등장하기도 한다(사진, 영화, 디지털 매체 예술 등). 따라서 현재 예술은 디지털 매체와 밀접한 관계를 맺을 수밖에 없다. 매체의 변화, 특히 디지털 매체의 등장은 예술의 영역에서 그 이상의 것을 의미한다. 왜냐하면 디지털 매체의 등장은 예술 작품 그 자체의 성격과 특성, 그리고 그것의 수용 방식을 바꾸어놨기 때문이다.

전통적인 예술 작품과는 완전히 다른 예술 작품들이 등장하고 이것의 수용 방식 또한 근본적으로 변화하고 있다. 예술을 둘러싼 새로운 지형도가 등장한 것이다. 뿐만 아니라, 이 새로운 지형도를 읽기 위한 예술 이론, 즉 미학도 역시 큰 내부적 변화에 직면하게 되었다. 이것은 자명한 일이다. 분석 대상이 바뀌었다면, 그것을 읽고 해석하는 이론 또한 변화를 겪을 수밖에 없는 일이기 때문이다. 예를 들어서 조형예술의 범위에서 살펴보면, 전통적인 예술 작품에서 이미지는 움직이지 않는 정적이고 완전한 형태로 존재했다. 그러나 매체 예술에서 이미지는 움직이는 이미지를 기본으로 한다. 따라서 정적인 이미지에 근거한 전통적 미학으로는 움직이는 이미지를 중심으로 하는 현재의 매체 예술을 설명할 수 없다. 따라서 새로운 미학이 요청된다.[29]

매체미학의 입장을 따르게 되면 디지털서사체들은 지금까지 우리가 경험해 왔던 서사체들과 전혀 다른 새로운 종(種)이다. 이 새로운 종을 예술영역으로 포섭하기 위해서는 연구방법론과 적용모델, 이론화의 수준 모두를 다시 새롭게 구축하여야 한다. 언어적 서사물에 적용되었던 서사학이론으로 멀티미디어 서사물을 해석해 내기란 쉽지 않을 것이다. 그렇다면 디지털서사학을 정립하기 위해서는 기존의 서사학은 폐기처분되어야 하는가? 하이퍼텍스트의 내러티브가 가지고 있는 이야기 선택과 컴퓨터게임이 보여주는 이야기 확산, 웹아트의 이야기 구축은 모두 이야기라는 공통화소를 갖고 있다. 이 공통화소를 분석하기 위해서는 여전히 서사학의 도움을 받아야 하지 않는가? 이것이 첫 번째 쟁점이다.

두 번째 쟁점은 디지털서사학이 국어국문학의 연구영역인가 아닌가 하는 것이다. 만약 디지털서사를 "어떻게 이야기하는가?"라는 서술행위에 초점을 맞춰 연구한다면 국어국문학의 영역 안으로 포섭하기가 쉽지 않다. 문자와 비문자적 요소들이 디지털로 통합된 멀티미디어 텍스트에서 '어떻게'는 당연히 비문학적일 수밖에 없기 때문이다. 그러나 "무엇을 이야기하는가?"라는 서술대상에 초점을 맞춘다면 디지털서사 역시 현실과 비현실을 넘나들며 차연되는 일상적 욕망과 등가물이며, 현실의 왜곡된 상, 혹은 변형된 모사물이 된다. 따라서 텍스트 분석은 지극히 문학적인 행위가 될 수

---

29 「매체 미학이란 무엇인가?」(http://blog.naver.com/pocahon)

있다.

마지막 쟁점은 온라인게임에 집중되어 있는 현 디지털서사 연구의 편향성이 학문적 보편성을 획득할 수 있는가 하는 점이다. 같은 온라인게임이라 하더라도 게임 장르, 플랫폼, 게임성에 따라 각기 다른 서사규칙을 도출할 수 있다. 블리자드의 온라인게임 〈WOW〉와 엔씨소프트의 온라인게임인 〈리니지〉 사이에는 공통점과 상이점이 존재한다. 만약 서사장르 연구자가 〈리니지〉 유저라면 그는 〈리니지〉에 적용되는 서사모델을 만들어낼 수 있다. 그러나 그 모델 중 일부가 〈WOW〉에서는 작동하지 않는다면 그 모델의 이론적 보편성은 심각하게 훼손된다. 결국 이 쟁점은 온라인게임이 디지털서사학으로 가는 과정이지 목적은 아니라는 점을 분명히 해 준다. 모든 온라인게임에 공히 적용될 수 있는 서사모델은 결국 디지털서사학의 정립을 통해 이루어낼 수 있는 학문적 이상이 될 것이다.

4. 디지털서사학의 정립을 위한 제언

마지막으로 디지털서사학의 정립을 위해 몇 가지 제언을 하고자 한다.

먼저 '변화'에 대한 의지가 필요하다. 디지털이 통합과 통섭의 테크롤로지인 만큼 디지털서사학 또한 인문과학과 사회과학, 자연과학, 예술 등이 서로 협업하고 소통하는 열린 지식 체계를 지향하고 있다. 따라서 디지털서사학을 연구하기 위해서는 무엇보다도 국어국문학이 변화해야 한다. 아날로그 국문학이 필요하다면 당연히 디지털 국문학도 필요하다. '디지털 국문학'이란 디지털이라는 기술과 국어국문학을 결합시키는 것이다. 이광수의 『무정』은 문자 텍스트로뿐만 아니라 웹문서로, 디지털 이미지로, 하이퍼텍스트로, 게임으로 끊임없이 그 외연을 확장시켜야 한다. 문자라는 모노미디어가 디지털이라는 멀티미디어로 변환되어가는 과정이 자연스러워질 때 문학은 디지털서사학과 만날 수 있다.

두 번째, 목적과 수단에 대한 분명한 경계지음이 필요하다. 한국에서 온라인게임 연구가 주류를 이루고, 스토리텔링이 어느 순간 문화산업의 주요한 키워드로 부상하면서 전국 대학의 국어국문학과 커리큘럼에 스토리텔링 관련 교과목이 빠지지 않고 등장하게 된 이면에는 학문과 어울리지 않는 시장논리가 개입되어 있다. IMF 이후 대학의 인문학 관련 전공들이 생산성과 실용성의 따가운 비판에 내몰리게 되면서 문학의 산업적 활용이라는 시대 흐름을 추종하게 되었고 그것이 학문의 목적이 되어야 할 키워드들을 수단으로 전락시킨 것이다. 문화산업은 분명 인문학의 도움을 필요로 한다. 그러나 디지털서사학이 문화산업과 같은 자리에 위치해 있을 필요는 없다. 오히려 학문은 산업과 멀리 떨어질수록 그 생산성이 높아진다. 아날로그스토리텔링과 디지털스토리텔링의 변별적 자질과 변환 과정의 메커니즘을 구체화하는 작업이 디지털서사학의 역할이지, 결코 디지털스토리텔링의 산업적 활용방안을 모색하는 것이 아니다.

마지막으로 리터러시에 대한 새로운 이해가 필요하다. 정보화사회가 요구하는 디지털리터러시는 정보를 적절하게 선택하고 가공하고 창조하고 전달할 수 있는 능력이라고 할 수 있는데, 좀 더 구체적으로 정의한다면 "자신이 필요로 하는 정보, 유용하고 가치 있는 정보를 판별해내고, 그것을 해석·평가하며, 재배열 또는 재구성하고, 적절하게 활용함으로써, 직면해 있는 문제 상황이나 과제를 해결하거나 다른 사람에게 정보를 효과적으로 전달할 줄 아는 능력"이다. 디지털서사학은 한 개인의 위대한 창조성에 의해 발전될 수 없다. 롤랑 바르트, 제럴드 프랭스, 미하일 바흐친 같은 위대한 학자들의 시대는 갔다. 이제는 동일한 학문적 관심을 공유하는 연구자들의 집단지성이 서로 교류하고 소통하고 통섭함으로써 만들어나가는 네트워크 시스템이 위대한 천재들을 대신할 것이다. 디지털서사학의 학문적 발전은 집단지성의 구축 여하에 달려 있다.

디지털서사는 인문학적 상상력과 예술적 감각과 공학적 기술이라는 삼요소가 완벽한 조화를 이루었을 때 가능한 21세기 신(新)예술이다. 그러나 우리의 학문 풍토는 인문학, 사회과학, 자연과학이 모두 별개의 영역을 갖고 서로 견고하게 대립하고 있다. 학제간 연구가 제대로 이루어지지 못하고 있기 때문에 디지털서사를 연구할 수 있는 크로스오버적인 이론 토대가 아직 마련되지 못하였다. 하이퍼텍스트는 문학 쪽에서, 웹아트는 미술 쪽에서, 인터랙티브 픽션은 4D 기술 구현을 연구하는 공학 쪽에서 관심을 갖고 있는데 그 학문적 성과물들이 해당 학문에 대한 전문 지식과 상호교류의 인식 부재로 인해 공유되고 있지 못하다.

디지털에 대한 우리의 편견도 문제이다. 세계 최고 수준의 디지털 인프라를 갖고 있지만 우리에게 '디지털'은 여전히 차가운 기술이다. 마음을 움직이는 예술 앞에 디지털이라는 접두사가 낯설게 느껴지는 것은 예술 텍스트에 기술이 전경화되는 것에 대한 우리의 생래적 거부감 때문이다. 디지털서사를 예술로 인정하지 않으려는 시각은 '예술'과 '기술'을 분리하여 이해해왔던 미학(美學)의 관습적인 경향과 무관하지 않다.

정보화사회와 날로 발전해 가는 디지털 기술은 새로운 형태의 서사체들을 끊임없이 만들어내고 있다. 그동안 가장 강력한 서사예술이었던 문학과 영화의 우월적 지위는 인터랙티브 픽션, 하이퍼텍스트, 디지털 영화, 컴퓨터 게임 등 디지털 기술에 의존하는 기술형(技術型) 서사체가 등장함으로써 위협받고 있다. 이 새로운 서사체는 내용뿐만 아니라 내러티브의 형식에 있어서도 기존의 서사체와 분명하게 구분되며, 기존의 문학 연구 방법론으로는 해석할 수 없는 새로운 미학적 영역들을 보여주고 있다.

김병욱의 지적대로 이제 서사체는 가상현실을 매개로 하여 무한한 변형을 겪을 것이다. 새로운 매체는 기존의 장르 이론에도 일대 변혁을 가져올 것이며, 문자의 발명이 우리들에게 사고의 대변혁을 가져왔듯이 전자 매체는 우리의 사고 체계를 뒤바꿔 놓을 것이다. 작자와 독자의 경계가 무너지고 서술성에 대한 개념도 재수정하지 않을 수 없다. 전통적인 시간과 공간은 새로운 매체에서는 따로따로 존재할 수 없고 크로노토프로 변형될 것이다.[30]

정보화사회에서 서사체의 근본적인 변화에 대한 예상은 이미 몇 년 전부터 연구자들에 의해 지속적으로 제기되어온 것이 주지의 사실이다. 그러나 안타깝게도 디지털서사체에 대한 우리의 인식은 예상과 추측에 머물러 왔을 뿐 그 이상의 학문적 접근으로 연결되지는 못하였다. 이는 두 가지 관점에서 이해할 수 있는데 하나는 예상과 추측을 뛰어넘을 수 있는 미학적으로 구체화된 디지털서사체가 아직 등장하지 않았다는 텍스트 부재의 당연한 결과로 이해하는 것이고 다른 하나는 문학 연구의 영역 안으로 포섭되는 서사체는 문자로 이루어져야 한다는 우리의 신념이 여전히 견고하다는 것이다. 이 두 가지 관점은 개별적인 듯 보이지만 실제로는 서로 밀접하게 연결되어 있다. 즉 우리가 문자라는 신념을 포기하고 있지 않기 때문에 학문적 영역 안으로 포섭될 수 있는 디지털서사체의 범위가 협소해질 수밖에 없는 것이다.

그러나 디지털 기술은 태생적으로 문자와 대항한다. 알파벳이 근원적으

---

30 김병욱, 「매체의 변별성에 따른 서사의 변용」, 『내러티브』 제4호, 한국서사학회, 2001, 21면.

로 상형문자에 대항했듯이, 현재에는 디지털코드(bits)들이 자모음 코드들을 추월하기 위해 그것들에 대항하고 있다. 근원적으로 알파벳에 토대를 둔 사고방식이 마술과 신화(형상적 사고)에 대항했듯이 디지털코드들에 토대를 둔 사고방식은 순차적·진보적 이데올로기들을 구조적·체계분석적·사이버네틱적 사고방식으로 대체하기 위해 그것들에 대항하고 있다.[31] 디지털 기술은 문자를 단독으로 처리하는 것이 아니라 문자를 비트화 시켜서 문자 이외의 다른 코드들(음악, 사진, 동영상 등)과 통합시키는 것이다. 이때 모든 코드들은 각각의 매체적 특징을 상실한 채 비트로만 표시된다. 따라서 우리가 디지털서사체라고 명명할 수 있는 무언가가 존재한다고 인정한다면 그것은 '문자만'이 아니라 '문자도' 포함되어 있는 통합적 서사체가 되어야 한다.

디지털서사학은 통합의 학문이다. 인문학·사회과학·자연과학·예술학 등 학문 제영역 간의 통합이며, 기존 서사학과 새로운 매체 미학의 통합이며, 예술과 기술의 통합이며, 경험과 체험의 통합이다.

디지털시대의 창의력은 무언가 새로운 것을 만드는 것이 아니라 무언가를 새롭게 만드는 것이다. 편집은 새롭게 만드는 기술이고 통합적 사고의 결과이다. 따라서 디지털서사학을 연구하기 위해 우리는 작가가 아니라 편집자가 되어야 한다. 작가는 구분하고 분리하지만 편집자는 이어붙이고 고쳐 쓴다. 디지털서사학 연구자들이 편집자 마인드를 갖고 집단지성의 일원으로 몸을 낮추며 스스로 이름을 지울 때 디지털서사학은 더욱 풍성해지고 발전할 것이다.

---

31 빌렘 플루서 저, 윤종석 역, 『디지털시대의 글쓰기』, 문예출판사, 1998, 263면.

참고 문헌

___논문

강내희, 「디지털시대의 문학하기」, 『문화과학』, 1996 여름.

강진옥, 「한국설화에 나타난 낙원과 낙원상실」, 『문학과비평』, 1991 봄.

강현국, 「서사물의 구현 양상」, 『내러티브』 창간호, 한국서사연구회, 2000.

김병욱, 「매체의 변별성에 따른 서사의 변용」, 『내러티브』 제4호, 한국서사학회, 2001.

김병욱, 「한국 현대 환상소설의 위상과 기능」, 『한국현대소설학회』 제14회 연구발표대회요지집, 1999.

김병익, 「컴퓨터는 문학을 어떻게 변화시킬 것인가」, 『동서문학』, 1994 여름.

김성곤, 「멀티미디어 시대와 미래의 문학」, 『문학사상』, 1994. 11월호.

김성재, 「문학과 멀티미디어」, 『문학정신』, 1994. 5월호.

김열규, 「한국무속신앙과 민속」, 『한국무속의 종합적 고찰』, 고대 민족문화연구소 출판부, 1982.

김영봉, 「게임과 스토리텔링」, 『한국문학이론과 비평학회』 전국학술대회 발표집, 2007.

김주환, 「정보화사회와 뉴미디어, 어떻게 볼 것인가」, 『문화과학』, 1996 여름.

박훈하, 「생산적인 사이버문학론을 위하여」, 『오늘의 문예비평』, 1999 여름.

변지연, 「소설에서 서사로」, 『21세기 문예이론』, 문학사상, 2005.

복거일, 「전산통신망 시대의 문학하기」, 『문예중앙』, 1995 가을.

시정곤, 「디지털 네트워크와 커뮤니케이션의 구조」, 『디지털시대의 문화 예술』, 문학과지성사, 1999.

서정남, 「영화-음영서사에서 초점화와 서술의 문제」, 『내러티브』 창간호, 2000.

심광현, 「전자복제시대와 이미지의 문화정치 : 벤야민 다시읽기」, 『문화과학』, 1996 여름.

우찬제, 「모든 것은 리얼하다」, 『포에티카』 1997 봄.

이용욱, 「웹아트의 문학적 가능성」, 웹아트 페스티발 학술 세미나, 2001

이용욱, 「디지털스토리텔링의 서사시학 (1)-논의를 위한 몇 가지 전제」, 『국어문학』 제43집, 국어문학회, 2007.

이용욱, 「디지털 서사체의 미학적 구조 연구 (1)-웹아트의 디지털 내러티브를 중심으로」, 『한국문학이론과비평』17집, 한국문학이론과비평학회, 2002.

이용욱, 「디지털 서사체의 미학적 구조 연구 (2)-전자종이로서의 인터넷 게시판의 문학적 가능성」, 『어문연구』43집, 어문연구학회, 2003.

이용욱, 「컴퓨터 게임 스토리텔링의 서사 구조 연구」, 『게임산업저널』, 한국게임산업개발원, 2004.

이용욱, 「사이버서사에서 작가의 문제-온라인 온라인게임 서사물을 중심으로」, 『내러티브』 제6호, 한국서사학회, 2002.

장경렬, 「컴퓨터로 글쓰기, 무엇이 문제인가?」, 『현대비평과이론』, 1992 가을, 겨울 합병호.

장은수, 「사이버문학의 앞날」, 『문예중앙』, 1997 겨울.
장석주, 「글쓰기와 글읽기의 혁명적 전환 - PC통신과 미래의 문학」, 『문학사상』, 1994. 11월호.
정과리, 「문학의 크메르루지즘 - 컴퓨터문학의 현황」, 『문학동네』, 1995 봄.
장경렬, 「현실의 환상성과 환상문학」, 『문학수첩』, 2003 봄.
정정호, 「컴퓨터시대의 글쓰기의 명암」, 『소설과사상』, 1994 봄.
이세영, 「세기말의 판타지 현상을 어떻게 볼 것인가」, 『교수신문』 제169호, 1999.
이정엽, 「디지털 게임의 서사학 시론」, 한국문학이론과비평학회 전국학술대회 발표집, 2007.
이정엽, 「디지털게임의 환상성과 정치적 무의식」, 대중서사연구 제14호, 2005.
전경란, 「컴퓨터 게임 스토리텔링의 이해와 분석」, 이인화 외 공저, 『디지털 스토리텔링』, 황금
        가지, 2003.
츠베탕 토도로프, 「문학과 환상」, 『세계의 문학』 여름, 1997.
하응백, 「판타지소설의 허와 실」, 『문예중앙』 1999. 2월호.
한혜원, 「디지털게임의 환상성 연구」, 제3회 디지털스토리텔링 컨퍼런스 발표집, 2007.
그렉 코스티캔, 「I Have No Word & I Must Design」, 『Interactive Fantasy』 #2, 1994
        (http://cafe.naver.com/destinygame.cafe).

___단행본

김외곤, 『한국현대소설탐구』, 도서출판 역락, 2002.
김욱동, 『대화적 상상력』, 문학과지성사, 1988.
김원보, 최유찬 공편, 『온라인게임과 문화』, 이룸, 2005.
김종래, 『유목민 이야기』, 지우출판, 2002.
김형효, 『데리다의 해체철학』, 민음사, 1993.
노드랍 프라이, 임철규 역, 『비평의 해부』, 한길사, 2000.
니콜라스 네그로폰테, 백욱인 역, 『BEING DIGITAL』, 박영률출판사, 1996.
다니엘 벨, 서규환 역, 『정보화사회와 문화의 미래』, 도서출판 디자인하우스, 1993.
로만 야콥슨, 신문수 역, 『문학 속의 언어학』, 문학과지성사, 1989.
로버트 리처드슨, 이형식 역, 『영화와 문학』, 동문선, 2000.
로버트 C. 홀럽, 최상규 역, 『수용이론』, 삼지원, 1985.
로베르 에스카르피, 김광현 역, 『정보와 커뮤니케이션』, 민음사, 1996.
로제 카이와, 이상률 역, 『놀이와 인간』, 문예출판사, 2001.
롤랑 바르트, 김인식 편역, 『이미지와 글쓰기』, 세계사, 1993.
류현주, 『온라인게임과 내러티브』, 현암사, 2003.
마거릿 버트하임, 박인찬 역, 『공간의 역사』, 생각의나무, 2002.
마이클 하임, 여명숙 역, 『가상 현실의 철학적 의미』, 책세상, 1997.
마크 포스터, 김성기 역, 『뉴미디어의 철학』, 민음사, 1994.
마크 포터스, 이미옥·김준기 공역, 『제2미디어 시대』, 민음사, 1999.
반 건넵, 전경수 역, 『통과의례』, 을유문화사, 1989.
배식한, 『인터넷, 하이퍼텍스트 그리고 책의 종말』, 책세상, 2000.

복거일, 『세계환상소설사전』, 김영사, 2002.
빌렘 플루서, 윤종석 역, 『디지털 시대의 글쓰기』, 문예출판사, 1998.
S. 리몬-케넌, 최상규 역, 『소설의 시학』, 문학과지성사, 1990.
시모아 채트먼, 한용환 역, 『이야기의 담론』, 고려원, 1991.
시모아 채트먼, 김경수 역, 『영화와 소설의 서사구조』, 민음사, 1992.
안토니오 네그리 · 네그리 하트 공저, 윤종수 역, 『제국』, 이학사, 2001.
앙드레 고드로 · 프랑수아 조스트 공저, 송지연 역, 『영화서술학』, 동문선, 1994.
앙드레 바쟁, 성미숙역, 『오손 웰즈의 영화미학』, 현대미학사, 1996.
E. M 포스터, 이성호 역, 『소설의 이해』, 문예출판사, 1991,
월터 J. 옹, 이기우 · 임명진 역, 『구술문화와 문자문화』, 문예출판사, 1995.
웨인 C. 부우드, 최상규, 『소설의 수사학』, 새문사, 1994.
요한 호이징가, 『호모루덴스』, 까치, 2005
유리 로트먼, 박현섭 역, 『영화 기호학』, 민음사, 1995.
유현주, 『하이퍼텍스트, 디지털미학의 키워드』, 연세대학교출판부, 2003.
이만재 · 이상선 공저, 『멀티미디어교과서』, 안그래픽스, 2005.
이용욱, 『사이버문학의 도전』, 토마토, 1996.
이용욱, 『문학, 그 이상의 문학』, 역락, 2004.
이유선, 『판타지문학의 이해』, 역락, 2005.
이인화 외 공저, 『디지털스토리텔링』, 황금가지, 2003.
이인화, 『한국형 디지털 스토리텔링』, 살림, 2005.
이정엽, 『디지털게임, 상상력의 새로운 영토』, 살림, 2005.
쟝 보드리야르, 하태환 역, 『시뮬라시옹』, 민음사, 1992.
잭 라일 · 더글라스 매클로드, 강남준 역, 『커뮤니케이션 혁명과 뉴미디어』, 한나래, 1996.
전경란, 『디지털게임의 미학』, 살림, 2005.
제럴드 프랭스, 최상규 역, 『서사학 : 서사물의 형식과 기능』, 문학과지성사, 1988.
J. 호이징가, 김윤수 역, 『호모루덴스』, 까치, 1989.
조셉 칠더즈 · 게리 헨치, 황종연 역, 『현대 문학 · 문화비평 용어사전』, 문학동네, 1999.
조셉 캠벨, 이윤기 역, 『세계의 영웅 신화』, 대원사, 1989.
조장환, 『아우또노미아』, 갈무리, 2005.
지크프리트 슈미트, 박여성 역, 『미디어 인식론』, 까치, 1996.
질 들뢰즈 · 펠리스 가타리, 김재인 역, 『천개의 고원』, 새물결, 2003.
최혜실, 『디지털 시대의 문화예술』, 문학과지성사, 1999.
캐스린 흄, 한창엽 역, 『환상과 미메시스』, 푸른나무, 2000.
크리스토퍼 라쉬, 최경도 역, 『나르시시즘의 문화』, 문학과지성사, 1989.
F. K. 슈탄젤, 김정신 역, 『소설의 이론』, 문학과비평사, 1990.
한국정보문화센터 편, 『한국사회와 정보문화』, 1997.
한혜원, 『디지털게임 스토리텔링』, 살림, 2005.
현길언, 『한국소설의 분석적 이해』, 문학과비평, 1990.